天下第一清官陈瑸

时代出版传媒股份有限公司
安徽文艺出版社

易卓奇，作家，一级警督，多年从事公安机关纪检监察工作。先后出版长篇小说《无须喝彩》《纪委在行动》《纪委调查》《圈》《推手》《迷失》《后患》《正道沧桑》《金陵警察》等九部。其中，长篇小说《无须喝彩》《纪委在行动》《纪委调查》获公安部第七、八、九届金盾文学奖；长篇小说《迷失》获全国首届法制文学原创大赛长篇小说类一等奖；短篇小说《另类》获全国首届法制文学原创大赛短篇小说类一等奖；长篇小说《金陵警察》获中国第三届网络文学大赛长篇小说奖；长篇小说《后患》参评第九届茅盾文学奖。编写电视剧剧本《净土》、二十集电视连续剧剧本《无须喝彩》，均已播出。新华网、中国作家网、《人民公安报》、《湖南日报》、湖南电视台国际频道等多家媒体曾对其作品、创作情况进行介绍、报道。

天下第一清官

陈瑸

TIANXIA DIYI QINGGUAN
CHEN BIN

易卓奇◎著

时代出版传媒股份有限公司
安徽文艺出版社

图书在版编目（CIP）数据

天下第一清官陈瑸/易卓奇著.—合肥：安徽文艺出版社,2018.11
ISBN 978-7-5396-6503-0

Ⅰ. ①天… Ⅱ. ①易… Ⅲ. ①长篇小说－中国－当代 Ⅳ. ①I247.5

中国版本图书馆CIP数据核字(2018)第253026号

出 版 人：朱寒冬
责任编辑：周 康　　　　装帧设计：褚 琦

出版发行：时代出版传媒股份有限公司　www.press-mart.com
　　　　　安徽文艺出版社　www.awpub.com
地　　址：合肥市翡翠路1118号　邮政编码：230071
营 销 部：(0551)63533889
印　　制：合肥创新印务有限公司　(0551)64456946

开本：710×1010　1/16　印张：20　字数：380千字
版次：2018年11月第1版　2018年11月第1次印刷
定价：52.00元

主要人物表

陈　瑸　曾任古田知县、台湾知县、台厦道、台湾知府、偏沅巡抚、福建巡抚、闽浙总督

康　熙　清朝第四位皇帝

张伯行　福建巡抚、江苏巡抚，曾被称为“天下第一清官”

李光地　吏部尚书，文渊阁大学士

刘　氏　陈瑸第一任妻子

吴秀珠　陈瑸第二任妻子

林　伯　陈瑸仆人

梅　鋗　福建巡抚

张鹏翮　户部尚书，钦差大臣

张廷玉　刑部左侍郎

明　珠　刑部尚书、都察院左都御史、武英殿大学士

噶　礼　两江总督

任　重　陈瑸仆人

卫南村　台湾知府

刘五哥　台湾罗汉门社大首领，陈瑸的保镖兼捕快

赵　普　江南乡试副主考

陈天立　泾县知县

伍思贤　江南才子

谢小玉　江南才女

佟裕贵　乡试解元，明珠妻侄，江南科考舞弊案作弊者

李　奇　江南科考舞弊案幕后策划者

刘阿妹　刘五哥之妹，后与林伯相爱，结婚

叩　氏　噶礼母亲，康熙乳母

玉　翠　叩氏贴身丫鬟

满　保　福建巡抚，闽浙总督

一

年底了，知府的私塾馆也放假了，学生也都回家过年了，陈琸打好了行装，匆匆地往家里赶去。

一路上，陈琸总觉得身后有人跟着，回头看看，却又没发现什么异样。除了三三两两和自己一样匆匆赶路的行人，没有可疑的人，他便照例赶他的路。

过了熙熙攘攘的镇子，前面就到东湖村了，他家就在村子的东边。转了弯，他还是感觉有人跟着，于是放慢了脚步，心里琢磨，是谁跟着我呢？跟着我干吗？莫不是遇上歹徒了？难道有人要害我？可我没得罪谁呀，在雷州这个地方，自己除了读书就是教书，没得罪过一个人，没一个仇家，谁会要害我？不太可能。想来想去只有一种可能：贼，自己是被贼盯上了。陈琸突然回过头一看，果然有个20多岁的小伙子跟着自己，盯着自己。那人一看见陈琸回头，就马上弯下腰装作提鞋子，像什么事也没有。陈琸停下脚步，想走过去问问那人为什么跟着自己，可转念一想，还是算了，你又怎么知道人家是跟踪你呢？大路朝天，各走一边，谁也没碍着谁呀。

走吧，各走各的，自己身上也就几千铜钱，真要抢就给人家呗。

还好，他一路上走走停停，一会儿快，一会儿慢，一会儿走小路，一会儿行大道，转弯抹角，仿佛是把那人甩了。快到家门口了，陈琸再回回头，什么也没看见，一路走来什么意外也没发生，一切安好，人在，钱也在。

回到家已经是傍晚时分了，陈琸跟母亲请了安，然后抱着孙子这里逛逛，那里走走，享受着天伦之乐。

这时妻子秀珠已经把饭菜端上桌了。

“吃饭了，老爷。”秀珠摆好了碗筷，叫着陈琸。

“再添副碗筷吧，秀珠。”陈琸把孙子交给儿媳妇，跟妻子秀珠说道。

“还添副碗筷？”秀珠不解，瞪大眼睛问陈瑸。在这个家里有多少个人，除了还不满一岁的小孙子谁都清楚。陈家是个大家庭，上有老母，下有孙子，俩儿三女一儿媳，加自己两口子，满打满算，一家十一口，秀珠已经摆好了十副碗筷，怎么还要加副碗筷？难道小孙子也能上桌吃饭了？

“有客人吗？”秀珠问。

“添上吧，一会儿你就知道了。”陈瑸也不多解释，努努嘴，让秀珠去拿碗筷。

秀珠也不多问，去厨房拿了一副碗筷摆到了桌上。

陈瑸的大儿子陈居隆以为父亲请了客人来吃饭：“爹，有客人来？您是不是请了吴先生（陈瑸的恩师）来？”

“不是，谁都不是，一会儿你们就知道了。”陈瑸咳了两声，对着自家的阁楼喊道，“下来吧，这位朋友，下来一起吃饭吧。”

一家人都傻了，盯着那阁楼，个个疑惑。

“谁？”陈居隆警觉起来，问道。

陈瑸没说话，看着阁楼，在等待上面的动静。

阁楼上没有任何反应，一点声音都没有。

“下来吧，别怕！我知道你躲在里面。放心，我不会抓你，也不会打你，更不会送你去官府，我想你也许太饿了，就跟我们一块吃个饭吧。粗茶淡饭，也没什么特别的招待你。”陈瑸的声音很平淡，平淡得就像在跟自己的家人说话。

阁楼里终于有了声响。

又过了一会儿，一个人从阁楼里爬了出来。

陈居隆眼快，上前一把揪住那人，吼道：“你是谁？你怎么躲在我们家阁楼上？”

“居隆，放开他！”陈瑸对老大摆摆手，喊道。

“爹，他……他是贼！肯定是贼！是来我们家偷东西的。”陈居隆说着就要揍那人。

“打！打死他！打死他！”陈瑸的小儿子陈居诚也冲过来揪住那人，挥拳就要劈下来。

“住手！都给我住手！谁也不准打他！”陈瑸命令道。

两个儿子都收了手，可老二还是不理解：“这人是贼！爹，他是来我们家偷东西的，不能放过他，要不送他去官府吧。”

“都听我说，谁也不能把他送官府，更不能打他。不错，他是贼，爹早就知道他是贼了，他跟踪我好久了。可我看这人本质不坏，要不是有什么难事过不去他也不会做贼，你把他送官府他这辈子就毁了。给他一个机会，原谅他吧，孩子们。”陈琎劝儿子们不要为难这个贼。

“可是他……”居诚还想说什么，陈琎摆了摆手，老二就不好再说什么了。

“来，饿了吧，一块吃饭。”陈琎向那人招招手。

那人扑通一下跪倒在陈琎的脚下：“老爷，我对不起你，我不是人，我是畜生！”

来人正是一直跟踪在陈琎后面的那个年轻男人。见陈琎如此待他，他终于说出了缘由：原来，他早就盯上了陈琎，看到陈琎背的包袱很沉，以为里面装的全是银圆，就准备在路上抢劫。可一路上人多，没有找到下手的机会，再加上陈琎已经有所察觉，时不时往后看，路上根本就下不了手，他就只好跟陈琎到了东湖村。进村之后，他悄悄地从陈家的后门溜进屋里，爬到了陈琎家的阁楼上，准备等到陈琎一家熟睡之后再下手行窃。没想到他刚刚躲进阁楼就被陈琎发现了，再也藏不住了，只好走出来。现在陈琎居然不抓他，不打他，也不交官府，还请他吃饭，小偷既诚惶诚恐，又感动不已，一脸的惭愧难当、无地自容，不知说些什么。

陈琎把他扶起来，拉他坐上饭桌，问了他家里的一些情况，诚心诚意地教导了小偷一番：千万不能做小偷，人穷志不能短，要获得财富必须靠自己诚实的劳动。不然哪天落到官府手里，人得被打个半死，还要吃牢饭，年纪轻轻的一辈子就毁了，多不值！如此这般说了一番，陈琎又打开自己的包袱，那里面一共有 4000 枚铜钱，是他做先生半个学期的工钱，陈琎从那堆铜钱里分出一半来，送给小偷。

“拿着吧，林伯，不要再到外面偷鸡摸狗了，这种昧良心的事做不得。拿着这些钱回去做点小本生意，安安分分地过日子吧。”陈琎把钱递给那个叫林伯的小偷。

林伯怎么也不敢接这个钱，虽然他做梦都想弄到钱，可真有人把钱送到他手上他又不敢接了。自己行窃的时间虽然不长，但他还是深有体会的，做贼的最怕被抓，被抓了不是卸胳膊就是砍腿，甚至被活活打死，要不就被送进官府关进大牢，没一个有好下场。现在他却碰到一个这样的人，不抓他，不打他，不骂他，也不送他去官府，反而请他吃饭，还给他这么多钱叫他回去做生意，这是什么人呀？

菩萨！只有菩萨才会这样呀！

他不敢相信自己的眼睛，心里只觉得是在做梦。

他揉了揉眼睛，再看看，一切都是真的，主人的手里捧着一堆铜钱还在他眼前晃动。

他不敢接，打死都不敢接。

“拿着吧，我不想看到你再偷。要自食其力总得有个成本，拿了这些钱好好去做些小本生意，永远别再做这伤天害理的事了。”陈瑸干脆把钱塞到林伯的口袋里。

林伯再次跪下，发誓一定好好做人，来世再来报答他的恩人。

林伯从陈家出来，就在镇子旁边的破庙里住下了，买了几件杀猪砍肉的行头，干起了杀猪卖肉的行当。他原本就是杀猪的，只是自己没有本钱，家徒四壁，加上老母亲病了，没办法，才出来做起了小偷。现在遇到了恩人，有了本钱，他发誓一定好好干，自食其力过日子。

林伯是知道感恩的，每天杀了猪开称之前他定要割上一块猪肝、一块最好的前腿肉，一斤两斤不等，也不说，悄悄挂在恩人家门口，然后再去做他的生意。

就这样一天两天三天四天，陈家的门口天天莫名其妙地挂着一份新鲜的猪肝和猪肉，孩子们都特别奇怪。

“肉，怎么会有肉？”儿媳妇开门见到肉颇感奇怪。

陈瑸当然知道这猪肝和瘦肉是谁送的，虽然林伯从来没有惊动过他们家任何一个人，但这种事情除了林伯还会有谁？送一两天也就算了，天天送陈瑸就受不了了。原本就是希望林伯改邪归正，自食其力过日子，卖肉本来赚头就不大，每天还要往他这里送一份，陈瑸有些过意不去。到第四天，陈瑸就跑到镇上跟林伯说：“别这样了，林伯！你的心意我领了，可你天天送肉过来就有违我的本意了。你的生意本来就不好做，还刚刚开始，我天天吃你的肉怎么心安？”

陈瑸突然又觉得自己这话说得有些可笑，忙改口说：“怎么是吃你的肉？是你的猪肉。”

林伯说:“就一点小意思,我能开个小肉铺全是您的恩典,我不能忘记恩人啊。我送一点猪肉算得了什么?应该的,应该的。”

陈瑸说:“什么应该?什么都不应该!吃你的猪肉就得付钱,你要再这样我就跟你急了。你一个小肉摊能赚多少钱?每天还要送肉给我,你还要不要过日子了?再说我们家能天天吃肉吗?你给我听好,明天不准再送了!别让我再来第二次!”

林伯不敢再送了,恩人生气了就不好了。

一晃春节过了。

这一年的春天,鲜嫩的树叶在枝头舒展,鲜花开满了山坡。陈瑸又准备去私塾当先生了,可这时突然官府来了官差,通知陈瑸立即赶往京城吏部领旨。陈瑸知道自己教书先生是当到头了,那年甲戌会试中的进士,在家候补都快五年了,孙子都出生了,现在总算有了眉目,为朝廷、为国家效力的时候到了。他立即收拾好行装,匆匆赶往京城。

这一年,陈瑸 44 岁,被朝廷任命为福建古田知县。

二

就要去古田赴任了,陈瑸得把家里一摊子安顿好。原本是想把妻子吴秀珠带去的,还是在去京城的路上,陈瑸就给儿子写了封信,说:“如果这回安排在江西、江南、湖广地方任职,与广东邻省,必去接你妈一同前往,如果安排在北边则不能了。”谁知他点到的那些地方一个都没安排,却被分配到舟车所不能到的福建古田。这里虽然距雷州并不太远,可在京城的时候就有不少人告诉陈瑸,古田穷山恶水,蓬蒿野草丛生,毒蛇猛兽出没吃人,危岩叠嶂鬼怪百出。当官的都互相告诫,那是个可怕的地方!古田实际上是块倾斜的大地,高处海拔1600多米,低处海拔仅10米,山峦起伏,山丘河谷错综复杂。闽江沿西南部急剧下切,江畔溪流多挟涧悬瀑。河道比降大,水流急,在当时实为危险之地,陈瑸怎么能带秀珠前往?那不是带她去受罪吗?再说让秀珠出门现在还不是时候,家里离开秀珠还真不行。一来家里大小事情都是秀珠在打理,秀珠走了家里就没了主心骨;再说老母健在,上了年纪,陈瑸自己不能在家照顾母亲,不能尽孝,就只能托付秀珠帮他照顾母亲了。看来带秀珠上任的计划只能搁浅了。

从京城一回来,陈瑸就跟秀珠说:“这次不能带你去福建古田了,家里全拜托你了。”

秀珠是个知书达理而又非常贤惠的女人,说,“你就安心赴任,安心当你的官吧,我可不想跟着你去受那份苦。放心吧,家里的一切事情都不用你操心,不用你牵挂了,有我。”

那一刻,陈瑸的眼泪都要掉下来了。多好的妻子!这么通情达理,这么顾全大局,这么善解人意,要她留下就留下,一点怨言也没有。

秀珠不仅没有怨言,还时刻在替丈夫着想。丈夫就要出远门了,自己不能在他身边,饮食起居谁来照顾?这是秀珠最不放心的事情。

这些日子家里来了不少客人，有来祝贺的，也有来要跟着陈瑸出去闯荡的，还有一些亲戚嚷着要跟陈瑸去发财的。陈瑸和秀珠一边接待客人，一边琢磨挑选一两个能一块去福建古田的人。

有几个备选的对象，大多是一些亲戚，或者本乡本土扯得上关系的人。有三个人要求最强烈：一个是陈瑸的本家任重，算起来还是陈瑸的堂弟，20来岁，非要跟堂兄出去闯荡一番不可。陈瑸和秀珠都觉得这个堂弟合适，就答应了。第二个是比陈瑸高一个辈分的三叔，也是本家，读了些书，能帮陈瑸抄抄写写。秀珠认为是最佳人选，可陈瑸却犹豫不决。犹豫的原因是三叔的年纪大了点，50多岁了，陈瑸这次去的地方山高路远，条件又不好，带上三叔就怕是个累赘。第三个就是做过小偷现在是屠户的林伯，一听说他的恩人要去福建做官，非要跟着去照顾陈瑸不可。陈瑸最初没有答应，说："你还要照顾你妈呢，不能去。"林伯说："我妈一个月前就过世了，现在我是孤身一人，一人吃饱，全家不饿，正好跟您。"陈瑸还是犹豫，林伯说："你要不答应，我就剁掉自己的手指……"

陈瑸就不好再犹豫了，看来这个林伯是真心的，就准备叫林伯跟随，可刚要表态却被秀珠拦住了。

"别急，这个人不行。"秀珠说。

"为什么？"陈瑸不理解。

"老爷你忘了他是干什么的？"

"干什么的？杀猪的呀，有什么不好？"

"我不是说杀猪不好，我是说他杀猪之前是干什么的？"

"杀猪之前？杀猪之前还是杀猪呀。"陈瑸根本忘了那段往事，只记得林伯是个杀猪的。

"老爷你忘了他来我们家是干什么的了？"

"来我们家？哦，那都是过去的事了，再说他也没偷什么东西。"

"没偷东西还是贼，让一个贼时刻跟着你怎么行？我不放心！"秀珠的担心很正常，丈夫要带着一个曾经做过贼的人上任，她根本不可能放心。其实，上一次她就觉得丈夫做得有些欠妥，一个贼跑到他们家偷东西被发现了，你不打他不抓他不把他送官府也就算了，这些她都能接受，可丈夫居然把贼留下来吃饭，她就不理解了。更不理解的是，丈夫还把自己刚拿回来的工钱分出一半给了那个贼。他们不亲不邻，没有半点关系，秀珠当时心里就不痛快。可家里是丈夫当家,再说秀珠也是知书达理之人,丈夫决定了的事情她是不好反对的,所以当时秀珠什么也没说。到了晚上,秀珠才问丈夫:“他爹,你凭什么相信那个人?”

“看眼神。”陈瑸说,“我第一眼看他就觉得他不是个惯偷。”

“看眼神?你怎么看出来的?”

“真正做贼的眼睛总是不停地瞄、不停地转,眼睛从来不敢跟人正视。可林伯不,你看他那眼神,一点都不像是做贼的眼睛。他在路上瞄着我就很心虚,诚惶诚恐,这不是真正做贼的,或者是刚开始干这活的。”陈瑸边说还边跟秀珠比画。经陈瑸那么一说,秀珠就相信了。秀珠知道,丈夫看人一向是很准的,他的学生哪些有出息,哪些有能力,陈瑸只要看上一眼就能猜出个八九不离十。所以秀珠虽然心里有些舍不得那些钱,可经丈夫一解释也就想通了,也觉得丈夫做了一件好事。可现在丈夫要把林伯带在身边,秀珠就想不通了,那个人毕竟曾经做过贼,一个做过贼的人时刻跟着丈夫哪还有安全感?要是林伯时刻惦记着丈夫身上的银子怎么办?时刻惦记着官府的银子怎么办?那日子还怎么过?你怎么帮他都行,可万万不能把他放在身边,把一个贼放在身边不是个随时可能爆炸的炸弹吗?

“不行,这个人绝对不能跟着你,他爹。”秀珠还是反对。

“放心吧,秀珠,这个人我观察好久了,是值得信赖的,不是你想象的那样。”陈瑸说。

“可是……可是……万一……”秀珠依然不放心。

“没有万一。相信我的眼睛,不会错的,就是他和任重了。”陈瑸坚定地说道。

丈夫一旦做出了决定,秀珠是不会再反对了,她尊重丈夫的选择。就这样,两个长随,一个是自家堂弟,一个是视陈瑸为恩人的林伯,一起跟着陈瑸踏上了去古田的任职之路。

临走的时候,陈瑸把全家人召集起来开了个家庭会,布置了一番就上路了。

陈瑸带着林伯和任重从家乡雷州出发,经海路北上到达福建境内,再经陆路赶到了古田……

早听说古田穷,陈瑸有思想准备,但没想到到了古田之后看到的古田比他想象的还穷。说是县城，其实还不如老家的一个村庄，两条交叉的街道又窄又小，坑坑洼洼，两边的店铺破败不堪，行人稀少。去的那天正好是赶集的日子，买卖东西的寥寥无几，实在太冷清、太萧条，这哪是什么县城！

县衙坐落在城西，一个四合院，门外的台阶上落满了树叶，大门是关着的，显然有些日子没有开门了。

林伯使劲擂门，过了足足五分钟那门才开了一条缝，里面冒出一只眼睛来，问："干什么的？没看见县衙不办差了？"

陈瑸没有急着进去，却问："堂堂县衙为何不办差呢？"

"废什么话，办差你给银子呀？去去去，没事我要关门了。"门差很不耐烦地说道。

"慢，把门打开，本人就是来办差的，只是没带银子。"陈瑸说着就往里走。

"哎，哎，你谁呀？给我站住！"门差要上前拦住陈瑸。

"去叫你们县丞来。"陈瑸径直往里走。

"哎，你谁呀？口气还不小呀。"那人还想拦。

"我们家老爷是新来的知县，还不快去叫你们县丞！"林伯对门差说道。

"啊？您是……"门差马上变脸了，诚惶诚恐地问道。

"我是陈瑸，新来的知县，你们县丞在吗？"陈瑸说。

"在，在，在，县丞在，留守的姚知县也在。听说您就要来了，他们这两天天天都在衙门等着您呢。"门差的态度一下来了个180度的急转弯，热情无比地回答着陈瑸，又向里面喊道，"姚知县、吴县丞，新知县来了。"

听门差这一喊，两个着官服的人很快就走到院子里来了。

"哎哟，陈知县，您终于来了，老夫恭候您多时了。"走在前面的那位长者拱手作揖，满怀热情。

"想必您就是姚知县了，久仰久仰！"陈瑸拱手还礼，随留守知县进了衙御。

"在下正是姚某，老夫这几天盼星星盼月亮，总算把您盼来了。哦，这位是吴县丞。"姚知县介绍站在旁边的吴县丞。

"在下吴琛，见过陈知县，以后还请陈知县多多关照。"吴县丞施了礼。

"哪里，哪里，能和吴县丞共事，陈某三生有幸呀。"陈瑸客套着。

"陈知县里面请。"留守知县边引领陈瑸进了里门，边说，"卫知府叮嘱又叮嘱，让在下一定要等陈大人到任后方可离开。今日陈大人终于上任了，在下总算可以卸下这副担子了，真是快哉快哉！”

留守知县和陈瑸寒暄了一阵，就把县衙的大印还有令箭、通牒之类的物件交给了陈瑸，接着移交了县衙的其他手续。

“姚大人离开古田要去哪里高就？”陈瑸问。

“哪儿还有什么高就？陈大人有所不知，在下只要能保住头上的顶戴花翎就算万幸，哪里还敢指望升迁？”留守知县说道。

“此话怎讲？”陈瑸不解，按照朝廷规定，一般朝廷命官在一个地方干满三年，只要不犯大错，回京复命多可升迁，姚知县何出此言？

姚知县也不瞒陈瑸，就告诉了他原委。

原来，在他之前的三任古田知县都因拖欠赋税被革职或被查办，姚知县在任这一届是拖欠得最少的，没被革职也没被查办已经是不幸中的万幸。

一来就是个下马威！前几任知县没一个不拖欠赋税的，没一个有好下场的，陈瑸来当这个知县会是什么结果呢？陈瑸不敢多想。他跟老知县对了一番账目，知道古田每年的税额为2.6万余两，前面三任知县年年征收不齐，光是康熙三十四年（1695年）到三十八年（1699年）四年时间就拖欠了1.2万两，缺额实在太大。

刚刚安顿下来，陈瑸就给儿子写了封信，告诉家里他已经安全到达古田走马上任了。

陈瑸在给儿子的信中写道，古田“处万山之中，舟车所不到”，在此偏远之地的好处是“无过客迎送之烦”，这正合了陈瑸的淡泊性情。除此以外，就是一大堆麻烦。摆在他面前最让他头痛的就是前任留下的欠账太多——1.2万两！“眼下接征，势难尽完。明年考成，必至代为受累”，自己一上任就有可能考核不合格，这让陈瑸甚为担心。在给儿子的信里，一向坚毅的陈瑸也不免对着儿子发上几句牢骚：“你父亲一生勤苦，好不容易考上进士得了一个官职，偏偏又遇到古田这穷山恶水之地，真是如遇魔障，难道这就是命中注定？！”

他有些难过，有些抱怨。可静下心一想，为什么要难过？为什么要抱怨？朝廷把你安排在这里不正是要考验你吗？考上功名都信誓旦旦要报效国家，难道把你分配到条件艰苦一点的地方你就退缩了？就畏惧了？就抱怨了？

那不是陈琔的性格，壮志满怀的陈琔是不会因此而气馁的。他怕家里为他担心，马上又对儿子说："君子学有所成，以身许国。现在朝廷给你爹一个有土有民的地方，理应尽心竭力把这个地方治理好，岂能因为这个地方艰苦而烦恼、退缩？""世人所说的好地方，不过是能多积金银财宝，让自己的家富起来。所谓三年清知府，十万雪花银。你爹我在一出门的时候就已经断绝了这种想法，我是绝对不会搜刮民财以自肥的。既然如此，还有什么难事呢？爹将抱定一个宗旨：只让老百姓交上朝廷规定的正供，多一分钱也不收，凡是与此相违背的陈规陋习一概革除。"

这其实就是他的就职宣言，他没处可说，他不喜欢吹牛皮，不喜欢说大话，就只好在信里跟两个儿子说说，既是倾诉，又表明自己的心志。在儿子的面前，他总不能说这里太困难了，收不起税，要打道回府，这样他以后还能在儿子面前说得起话？

断不退缩，勇往直前！

可光有决心远远不够，赋税是个极为敏感而又棘手的问题。没钱，账面上严重亏空，陈琔接手的就是个烂摊子、烫手的芋头，烂得放到手上就会化掉。完不成赋税官吏就没有薪俸，没有薪俸又有谁愿意当差？没人当差县衙就如同虚设。再退一步说，就算有人愿意当差，没有银子又怎么办得了差事？

银子，赋税，真让人头痛。

来的时候陈琔还信誓旦旦，想着要如何为老百姓办几件好事，比方说修路、架桥、修水库什么的，要把收上来的赋税花在刀刃上，让老百姓过上好一点的日子。可是古田的现状太糟糕，县衙一分钱没有，还欠了一屁股债，自己的理想其实都是空想，自己能干什么？

到县衙的第二天，他把吴县丞叫过来，详细询问了古田的情况，全县到底多少人丁，每个人丁要纳多少人头税。

"全县 5 万人丁，每丁征银四钱七分。"

"耕地？"

"全县耕地 6 万亩。"

"田亩税？"

"每亩征银三钱六分。"

陈琔好一阵没说话，在心里仔细盘算，一算，觉得这赋税也不高，就这两项收入也远远超过了规定上交的定额呀，怎么会年年拖欠？年年交不起赋税？

陈琸就问吴县丞怎么回事，到底问题出在哪里。

吴县丞说："陈大人您有所不知，古田这地方穷山恶水，尽出刁民，人们个个不愿意交税，官府年年收不到银子，日子难过呀！"

"哦？"陈琸心里疑惑，穷山恶水听说了，刁民却没听说过。怎么一个县全都是刁民？全县都是刁民了，剩下的就只衙门里的人不是刁民了？这可能吗？陈琸心里不相信，但初来乍到，话不能乱说，听着就是，也不多问，更不寻根问底，一切都要自己看看再说。

陈琸让吴县丞先做三件事：第一，县衙立即开门，不能关着，关着还叫县衙吗？第二，把所有衙役都叫来县衙，要求全体差役各尽职守，照常办差，有差办差，无差就打扫院子，把办公场地打扫干净，再在衙御留守待命。并且宣布：自本官上任之日起，做好本分之事的方可领取俸银，做得不好的一律扣罚俸银。第三，立即清理县衙一切资产，核实入档，自即日起县衙一切开支必须经过他的审核方可生效。

第一天正式上任，陈琸由吴县丞陪同到县衙的各个部门转了一圈，跟所有的差役见了面，进行了交流，一直忙到傍晚才结束。

陈琸就住在县衙里面，这天傍晚，刚吃了晚饭，吴县丞领了一个人来了，这人叫张天龙，是古田第一大户。

"陈大人，这位是张大人，是本县第一大户，听说您来了，特意前来拜访您。"吴县丞介绍道。

"陈知县陈大人，张某听说您走马上任了，今日特登门拜访。"张天龙举手鞠躬，说道。

"幸会幸会，张大人请坐，来人，看茶。"陈琸招呼张天龙坐下，一边喊林伯上茶，一边跟张天龙寒暄。

"张大人，本人初来乍到，对古田情况一无所知，以后还要请大人多多关照。"陈琸说道。

"哪里哪里，只要用得着在下的，陈大人只管吩咐，在下一定尽力而为。"张天龙很是激动。

吴县丞见新知县跟张天龙谈得投机，就说有点事要处理，先告辞出去了。

陈琔问了张天龙古田的一些基本情况，张天龙一一作答。

屋里就剩下宾主两人，张天龙从衣袖里掏出了一张银票，说道："陈大人，在下来得匆忙，什么都没买，这点银子是在下的一点小意思，请您笑纳，不成敬意。"

"你……这怎么行？张大人，本官绝不可收你一两银钱，请你收回去。"陈琔说道，把银票退给对方。

"陈大人，一点意思，不成敬意，您可一定得收下，算是在下来见大人的一点见面礼。"张天龙再三恳求陈琔收下。

"谢谢张大人的好意，本官是绝对不会收的，你赶紧收回去，要不本官就交给县衙充公了。"

"不不不，知县大人，您初来乍到，兴许还不知道古田的一些规矩。以往每届知县上任，地方上的人总要孝敬孝敬，您可不能破了这个例。"

"哦？有这回事？那……那好，你等等，林伯，去把吴县丞叫来。"陈琔边说边向屋里喊道。

"好嘞，我就去。"林伯答道，便跑了出去。

张天龙有些蒙，不知这新知县要干什么。

不一会吴县丞就进来了。

"知县大人，您叫在下？"吴县丞问。

宾主两人本来还在推让，见吴县丞来了，张天龙就收手了。

"没错，是本县叫你。是这样，本知县想当着你和张大人的面把话说清楚，张大人客气，非要送点什么东西给本官不可，但本官从踏上当官的这条路起就发了誓，绝不收他人一分一厘。本官从来说一不二，从今天起，本官就要兑现自己的承诺，张大人，请您理解。"陈琔干脆把话说穿了。

"这……这，也没什么，知县大人真是大清官，在下佩服，佩服。既然知县大人这么清廉，在下要再固执己见就玷污了陈大人的一身清白。这样吧，明天在下请陈大人吃饭，为陈大人接风洗尘。陈大人，这个面子您可不能不给呀。"张天龙说道。

"免了，免了，一切都免了。您张大人今天来了就是给足了本官面子，您就别客气了。不瞒张大人，本官一不善交际，二不喜张扬，您的心意本官领了，饭就不吃了，啊？"陈琔委婉地拒绝了对方。

"这……礼也不收，饭也不吃，陈大人真是少有的清官，让张某感动，敬佩,敬仰!”张天龙点头称是,一脸的佩服。

陈瑸送走了张天龙,跟吴县丞交代了一番:以后凡有送礼的一律拒绝,怎么都退不掉的就给人家打个收条,一律上缴国库。

陈瑸很清楚,送走了张天龙,还会来一个王天龙、李天龙,只要自己在知县这个位置上,人家就可能会送银子,就会有人请他吃饭,这一切都是在所难免的。可他不能收任何人的钱财,也不能接受任何人的吃请,所以一开始他就给自己立下了一条规矩:不贪一文,不受一贿,绝意逢迎,坚持直通!

陈瑸跟吴县丞说,也跟其他官员说:“取一钱与取千百金无异。”

这就是陈瑸做官的基本准则!

不收钱不收礼是律己,是为官必须要有的规矩。

可仅仅做到自己清廉还远远不够,重要的是怎么解决当下的问题,迫在眉睫的就是县衙就要揭不开锅了,怎么把税收上来?

陈瑸不只是问了吴县丞,也问了衙御里其他差役,个个都说县里最头痛的事就是收税。老百姓不愿交,衙御收不到银子,这已经成了铁定的事实。

问题出在哪里?老百姓为什么不愿意缴税?县衙又是怎么收这个税的?陈瑸想弄个明白。他不会因为吴县丞和县衙的差役说老百姓是刁民就怪罪老百姓,这中间一定有原因。

自己得下去看看。

这天,陈瑸要吴县丞安排一下,明天他要去下面的乡镇走走,了解了解古田的乡情民情。

吴县丞心想,新知县要到下面走走不过是跟以前的知县一样,无非就是走马观花,摆摆花架子,造个声势。既然是造声势干脆就把它造大,县衙没银子,就往下面摊派,叫几个乡绅大户先垫付,到时让新知县自己去还债。

吴县丞如此这般做了安排,第二天一早就去请陈瑸,没想到陈瑸已经出门了,吴县丞连陈瑸的影子都没看见,衙门里只留着仆人任重在给主人打扫院子。

“陈大人呢?”吴县丞问任重。

“陈大人去乡下了。怎么,吴大人您不知道?我们家老爷没告诉您?”任重故作惊讶地回道。

“没有呀,陈大人什么时候走的?怎么走的?去了什么地方?怎么没说一声就走了?”吴县丞问。

"昨天就走了,一个晚上都没回来,也不知道去了哪个乡哪个村,也不知道睡在什么地方呢。吴大人您怎么会不知道呢?这不是您亲自安排的吗?"任重明知故问。

"我哪里安排是昨天?是今天。陈知县明明说了今天去巡视,在下一切都准备好了,他怎么昨天就走了?这到底是怎么回事?"吴县丞的确一切都准备好了,可陈知县昨天就悄悄走了,除了一个仆人,其他什么人都没带。吴县丞所有的安排等于没安排一样,他不知道新知县这葫芦里卖的是什么药。

"陈知县说去哪里了吗?"吴县丞急忙地问任重。

"他什么也没说,只让小的转告吴县丞,衙门的事情请您安排好,有什么事情等他回来再说。"任重说。

既然陈知县这么说了,吴县丞也不好再多问。显然,陈知县是有意这么安排的。

那就让他去吧,吴县丞也不好派人去追。

一天两天没有回来,没事;三天四天还是没有回来,还是没事;八天十天依然没有回来,吴县丞就坐不住了,开始着急起来,这新来的知县会不会出什么事情?吴县丞赶紧又跑来问任重,陈知县到底去了哪里?到底干什么去了?不会有事吧?

任重说:"吴大人您放心吧,我们老爷说了,不会有事的。他说了可能会在乡下多待几天,叫您不用为他担心。"

不为他担心?怎么能不为他担心?知县才来,真要出什么事情,上面不会怪他?吴县丞是这个县的二把手,知县出了问题,他能脱得了干系?古田山高路远,不时有豺狼虎豹出没,要是新知县遇上了怎么办?要是新知县遇上山洪暴发怎么办?要是新知县掉进江河里怎么办?他这个县丞怎么向上头交代?

越想越害怕,越想越不能坐以待毙,吴县丞决定下去寻找陈知县。

"走,任重,你跟我一块去。"吴县丞对任重说。

"去哪儿?"任重不知吴县丞要去哪里,问道。

"去找陈大人。"吴县丞答道。

"找陈大人?算了吧,还是别去了。我们家老爷说了,不要替他担心,老爷从小在海边长大,什么风浪没见过?大人出门的时候再三叮嘱,请您把县衙里的事情管好,他办完事马上就会回来。”任重是不会随便跟吴县丞出去的,堂兄再三交代,叫他哪儿也别去,就在县衙待着。陈瑸一来就看上县衙东北角有块好地,叫任重留下来去开垦那块荒地种菜。另外,陈瑸还给了他一个任务,让他天天到衙门去遛遛,看衙门的官差哪个开溜了,哪个没干事,回来要一一汇报。所以他不会答应吴县丞去找人,找什么找? 上哪找? 古田那么大,他自己都不知道堂兄会往哪个方向走,怎么找?

“这……可是,10 天没消息了,要是……”吴县丞还是不放心。

“不会有事的,说不定我家老爷明天就会回来了,吴大人。”任重说。

吴县丞也不好再强求,要是陈瑸明天真的回来了呢?

只好再等。

一等等了 20 天。这 20 天吴县丞天天担心陈瑸的安危,又不好出门找,如坐针毡。

到第二十一天,陈瑸和林伯满身尘埃、胡子拉碴地从外面回到县衙。吴县丞迎上前去抱住陈瑸说:“您总算回来了,您总算回来了,急死下官了。”

“急什么? 家里出什么事了?”陈瑸问。

“家里什么事也没出,下官天天担心大人您,生怕大人有什么闪失。”吴县丞半是生气半是埋怨地说道。这些天,他的确时刻都在担心陈瑸。

“我没事,什么事也没有。你看,不是好好地回来了?”陈瑸没事人一样地说道。

“知县大人,您为什么要提前出发? 下官给您安排得好好的,您为什么要一个人悄悄提前走了?”吴县丞说。

“抱歉,本官比较性急,请吴大人原谅,本官以后一定注意。”陈瑸答道。

原来,为了让新知县陈瑸下乡巡视风光无限,吴县丞做足了功课。他安排了鼓乐为其鸣锣开道,把知县的官轿重新换了轿帘,安上了新轿椅,还安排了十几个随从紧跟其后,又叫张天龙安排食宿,还要在镇上唱大戏,各地还组织乡绅、百姓沿途放炮迎接。陈瑸前一天听说了吴县丞的安排,本想制止吴县丞,他不想接受这般款待,不想如此张扬,县衙一分钱都没有,还显摆什么? 可转念一想还是算了,原本就是他自己让老吴安排的,现在人家安排了你又制止,这样不好,人家一定会有想法的。自己初来乍到,以后还需要这个县丞帮衬,他也是一番好意,还是不驳人家的面子吧。既不想驳人家面子,又不愿意接受人家的安排,就只有提前出发,不坐人家准备的轿子,不看人家准备的大戏，不吃人家准备的饭菜，不要人家放炮迎接。他早就对当下的官老爷作风看不惯了，什么官出行都是前呼后拥，在老百姓面前耀武扬威。现在自己做官了，他决定一开始就不摆这个谱，一开始就不要什么做派，实实在在干事。他无法对别人说三道四，无法对别人指手画脚，但他可以约束自己。他决定就从这一次开始，改变古田的官场作风。于是他叫上林伯悄悄离开了县衙，主仆两人跑到乡下“巡视”去了，谁都没有惊动。

当陈瑸一身污垢回来的时候，人们才知道新来的知县已经微服私访了整个古田。

三

古田的穷让陈瑸感到震惊。半数以上的乡民连房屋都没有,住在哪儿?住在山上自己挖的洞里。而与之相反的是,每一个大的村庄都有一户或者几户富豪之家,住的是亭台楼阁,吃的是山珍海味,穿的是绫罗绸缎,日子过得特别滋润。陈瑸了解到,这些大户并不都是商户人家,大多是靠出租田地发家的。按理,这些地主每年应该缴纳很多田产税,但查账发现,这些大户根本不交田赋,但他们却没欠田地赋税,拖欠田地赋税的是那些住在山洞里的农民。

这太不可思议了！那些大户占了全县90%的田地,却不交田地赋税,过的是神仙般的日子;而那些农民连住的地方都没有,却欠了一屁股田地赋税。这是怎么回事?

陈瑸想弄明白。

最初,他跟林伯挑了个杂货担子走街串巷,却没有多少人跟他俩搭讪。原来,那些大户根本就看不上他们这个杂货担子,人家买东西专门有人采办,谁买你这小东西?穷人呢,也没人跟他做生意,他们没钱,连小东西都买不起,他们过的是自给自足的原始生活,需要小针小线就以物换物。

陈瑸和仆人看到的还只是古田的一点点表面现象,不行,得深入了解民情。

要了解民情就得跟老百姓一样打扮。陈瑸叫林伯找来两套破旧的衣服穿上,一副蓬头垢面的样子,走到山上的山洞里收山货,借机跟老百姓聊天套近乎。

跟村民混熟了,村民们就无话不说了。

原来,他们住到山里也是没办法的办法,有钱谁愿意住山洞?都是因为拖欠了官府的田亩税,担心官府收税,干脆躲起来。反正也没钱可交,躲在山里住一天算一天。

陈璸不解，村民们连田都没有，为什么还要交田亩税？田地不都是地主的吗？

村民说古田这地方怪，有田的地主不交田亩税，把土地租给农民；没地的农民租种了地主的土地，还要替地主交田亩税，但凡有一点办法，谁都不愿租田种地。农民一年到头辛辛苦苦种了粮食，交了租金加了田亩税就没有多少了。地主坐享其成，只入不出，过的永远是好日子；农民劳作一年却所剩无几，过的永远是穷日子。陈璸听出了这里面的道道，原来有地的人都拒交自身的田地税，把这些税转嫁到种地的农民身上。农民却层层遭盘剥，老实的莫名其妙交了不该他们交的赋税，“不老实”的农民干脆躲进山里躲官府催税的差役。这样，地主不交田亩税，农民躲交田亩税，拖欠的窟窿越来越大，富的越富，穷的越穷，贫富悬殊就越来越大。

显然这是让人钻了空子，人为制造了赋税难收的局面。

按照大清律法，抗交朝廷赋税应该治罪。而这些地主才是真正抗交赋税的对象，应该治罪，却从来没人管束。衙御的官差年年来收税，没钱的农民年年抗税，官差四处“追剿”还是收不到税银，所以官府里的人都说农民抗税，个个是刁民。

陈璸现在才明白，这事被颠倒了，抗税的地主过得悠然自得，不该交税的农民却像贼一样被赶到了山上，住在山洞里。真该治罪的是那些把地租出去又不交税的人，可在古田这种人岂止一个两个？所有的豪绅都是抗税者，要治罪该治他们的罪，然而能治他们的罪吗？能把他们都抓起来吗？显然是不可能的，县衙也是要靠这些豪绅支撑的。就像现在，县衙里仅有的一点库银都是这些豪绅缴纳的人头税，连这一点基础都铲除了，县衙就一天也维系不下去了。陈璸不会做这种傻事，就是他想整治这些乡绅也断不可将他们都治罪。这些豪门乡绅在地方上很有势力，有的还神通广大，上可通天，下可入地，陈璸太清楚了，自己一个七品芝麻官能奈他们何？不是怕他们，而是没必要去硬碰硬，更没必要以卵击石，最好的办法就是既让乡绅主动交税，又让百姓得实惠。说白了，就是把不该让老百姓交的税转到该交税的地主豪绅头上，做到既不激怒乡绅，又能稳定地方秩序。

陈璸经过深入调查，已经知道古田税收拖欠的症结所在，可要突破这个瓶颈实在太难。前面已经有三任知县在这上面摔倒了，没一个不是欠一屁股债离开古田的，现在轮到他了，怎么办？以前任何一届知县都是带着县里的差役到下面催款，逼迫农民交银子，交不了银子交稻子，交不了稻子交房子，实在没有银子、稻子、房子，就交猪狗牛羊、农副产品什么的。追缴税银成了知县的唯一工作。现在摆在陈瑸面前的好像只有两条路：一条是像前几任知县一样，带着大队人马到乡下去催款、收税，欺压百姓；还有一条，打道回府，不当这个知县了，因为这个知县实在太难当了，前几任都是勉强熬过来的，到自己这一届看来根本熬不过去了。能收的赋税早就让前面的人收了，自己还去哪里收？难，难于上青天！可陈瑸这人不服输，他认为未必就没有别的路可走。陈瑸走了一圈，发现古田百姓虽穷，可豪绅地主个个过得潇洒，陈瑸觉得该换个法子，换个思路，不能再像以前那样收下去了，再那样下去他也会跟前几任知县同一个下场，这不是解决问题的办法，也永远解决不了问题。以往县衙的人都走进了一个怪圈，一个只知道欺压百姓逼迫百姓而过于迁就纵容豪绅大户的怪圈，他不想也不能走别人的老路。虽然他不能从豪绅大户口袋里掏银子给贫穷的农民，但他可以把自己的心放在大多数的穷人一边，让他辖区的穷人不再更穷，这正是他下一步所要做的。

要从根本上解决问题，就必须把颠倒了的东西再颠倒过来，让应该缴税的豪门乡绅一分不少地缴税，让不该替别人缴的农民省去不该缴税的那一部分。

“政之所兴，在顺民心；政之所废，在逆民心”。陈瑸之前虽然没有半点当官的经验，但有一点，从一开始他心里就非常明确，这就是当官就要顺民心，通过自己的施政而得民心。

怎么做？

只有把眼睛盯住那些地主豪绅。

陈瑸回到县衙后认真理顺了自己的思路，很快就有了办法。

这一天他把吴县丞叫来，让吴县丞把县里的豪绅列个名单给他。

吴县丞在官场混了好多年了，前面辅佐过三任知县，知道新来的知县要本县豪绅贤达的名单是干什么，新来的陈知县下一步很可能就要去催缴赋税了。下去催缴赋税是不能随便乱来的，哪些人家能去，哪些人家不能去，作为在县衙干了那么多年的老官员，吴县丞再清楚不过。现在陈知县要这个名单，吴县丞就觉得这个新知县还是有头脑的，知道官场的规矩。吴县丞也不多问，很快就把本县的豪绅贤达名单列出来了，为了提醒陈知县，吴县丞还把本县有在朝廷为官的人家包括七大姑八大姨也列了出来，一并交给了陈琸。

陈琸接过名单一看，就问吴县丞，你把这些在朝廷为官的亲戚、家人也列在里面干什么？

“您是真不明白还是假不明白，陈大人？”吴县丞被陈琸问糊涂了，列这份名单也是知县大人叫列的，他只是多了个心眼，把本县有后台有背景的人家都列了出来，有些话是不用说穿的，彼此心照不宣就行了。可陈琸却装起了糊涂，吴县丞就有些不解了，只好如此问道。

陈琸摇摇头，答道：“真不明白。”

“这……”吴县丞有些莫名其妙了，“既然陈大人真不明白，下官就只好明说了。不瞒大人，本官帮您列的这个名单实际上就是个护官符，是保护您的。”

“哦？此话怎讲？”陈琸更加不明白他说的是什么意思。

“下官知道陈大人不久可能就要下去催缴赋税，有了这个名单大人就不会乱催乱缴了。古田这地方虽穷，可有些人的背景很深，上可通天，在下担心大人催缴赋税时不小心冒犯了那些个背景深厚的人家带来不必要的麻烦，所以就把那些有背景的人都列了进来。”

“哦，原来是这样。”陈琸总算明白了吴县丞的用意。他要列这个名单的用意没有跟任何人说，一说就捅了天大的篓子，计划实现不了还要弄得满城风雨。有时候，要干成一件大事自己就必须把握好，分寸全在自己手里。而吴县丞想到的却是另一层意思：用这个名单作为护官符来保护自己。陈琸突然觉得，这样更好，就按照吴县丞设想的思路走下去，也许会更隐蔽，离成功更近。

“护官符？对对，本官正是要这个东西，吴大人想得真是周到。这样吧，你赶紧通知下去，本官亲自写请帖，就按吴大人这个名单，本官想邀请全县的社会贤达、富豪乡绅到县衙来共商治理古田的大计。”陈琸说。

“好，很好，下官马上去办。”吴县丞满口应承。

吴县丞已经感觉到这位新来的知县和前面的几任知县都不一样，上次一个人跑乡下就让他刮目相看了。显然这个新知县没有步前任的后尘，他是在认真干事，吴县丞由最初的不理解到现在心里有了点佩服。其实一开始他也在观察新知县，有几个乡绅从新知县到古田第一天起就在打听新知县的情况，比方家境怎样？有什么喜好？更有些有钱人通过吴县丞引荐与陈知县见面了，送了几份厚礼给新知县，却被陈知县全都退回去了。吴县丞就在琢磨这新来的知县究竟是个什么官，是清官还是贪官？是有能力还是没有能力？是想为老百姓真正办事还是做做样子？最初，吴县丞猜陈瑸要么是真的廉洁，而且想干实事；要么就是沽名钓誉，演戏给人看。现在，从陈瑸这段时间的行为举止来看，吴县丞觉得前者的可能性更大，这个陈知县兴许能给古田带来点改变，真要为古田做点好事。吴县丞觉得应该多支持这位新知县。

吴县丞很快就把陈瑸写好的请帖送往各处，再三恳请那些名流乡绅务必于下月初三来县衙共商振兴古田大计。

那些社会贤达、豪绅大户收到陈知县的请帖之后，心里的那块悬着的石头总算落地了，这天下哪有不向着富人的知县？看，新知县请帖都来了，显然是把赌注下到了他们的身上。

约见的这一天终于到了，县里的社会贤达、豪绅大户如数到齐，聚集在破旧的县衙里。

陈瑸热情接待了大家，先对他们的到来表示感谢，然后就说他来古田有些时日了，了解了一些情况，发现拖欠赋税是古田县最大的顽疾，他决心痛下猛药整治这一顽疾，将按户追索，一户不漏，要请大家支持。

一听新知县要按户收税，个个高兴，都表态全力支持。

陈瑸说，那好，要按户征收就得收之有据。不瞒各位，现在县衙户籍数据根本不齐，漏登错登不少，不少人住到山上了，户头都没了，显然不能再按县衙的户名收税，所以还要请各位按照自己管辖的范围重新登记造册，务必查清欠税之人以及欠税数额，一月之内登记造册呈送县衙，可否做到？

豪绅们争相表态，此乃小事一桩，保证协助知县大人如数登记造册，如期送来县衙。

陈瑸心里高兴，就趁热打铁，按照行政区域做了进一步分工，每乡每镇责任落实到人，为期一月完成，不得有误！

陈瑸如此这般做了部署，乡绅个个高兴，便分头回去按新知县的要求开展工作去了。

跟乡绅见面之后，陈瑸就打算把自己新的征税想法写个条陈呈交知府卫南村，恳请知府大人支持。条陈刚写好，县衙的门差递上一份公函，说是福建巡抚衙门着人送来了信件。

陈瑸打开信封一看，不免有些惊讶，原来这是福建巡抚梅鋗大人的亲笔信，叫他速往巡抚衙门，巡抚大人要面见他。

陈瑸心里有些忐忑，自己才来三个月，巡抚大人就召见，是不是自己做错了什么？巡抚大人是不是要兴师问罪？

一想，自己并未做错什么，天天想着如何解决古田的赋税问题，也没什么罪可问呀？他想着想着心里就坦然了，见就见吧，正好把自己的设想跟巡抚大人禀报禀报。

这天陈瑸就带着林伯去了省城，直奔巡抚衙门。

也是凑巧，正好这一天回乡省亲的皇帝最信赖的大学士李光地也在巡抚衙门，巡抚梅鋗和李光地两人一块接见了陈瑸。

巡抚梅鋗先问了陈瑸在古田履职的情况，又问了他处理古田赋税问题的打算。赋税难收其实不是古田县一个县的问题，是全省普遍存在的问题，巡抚大人把陈瑸叫来的真实用意还是想听听陈瑸怎么解决这个天下第一难的问题。

陈瑸汇报了他的履职情况，最主要的是谈了自己的看法。陈瑸认为，古田赋税多年拖欠的症结不在百姓，不在穷人，而在富人，在那些富户豪绅。他们出租土地不缴税，农民租种土地还要替富人缴税，实在不合理，他准备把这件事再颠倒过来，让富人缴土地税。而且还想呈请巡抚大人上报朝廷，给古田县农民全免或减免一半人头税，以缓解当下古田穷苦农民的窘迫现状，使其更好地休养生息。

梅鋗和李光地听了陈瑸的汇报大为赞赏，对陈瑸的德行和才华赞不绝口，尤其赏识陈瑸的胆识。在两位朝廷重臣眼里，此人如此心系穷人百姓，不畏权贵，实在难得。

“好，文焕（陈瑸字文焕），你做得好，做得非常好！能视天下百姓如父母，此乃我大清之福，望你将此举进行到底，断不可半途而废！”李光地赞赏地对陈瑸说。

“请李大人放心，下官一定将此举进行到底，务必从根本上解决古田县多年拖欠赋税之顽疾。”陈瑸拱手回答。

“文焕，你大胆推行你的施政纲领，本抚台将全力支持你，有什么困难可以直接到巡抚衙门来找本抚台。”梅鋗巡抚拍拍陈瑸的肩膀说道。

"下官谢过巡抚大人的抬爱,谢过大学士李大人的支持,下官一定尽忠职守,不负两位大人所望。"陈瑸拱手致谢。

随后,梅鋗还滔滔不绝地谈了如何处理官场政务,如何当圣人君子,对陈瑸来说实乃醍醐灌顶,对梅鋗佩服得五体投地。末了,巡抚大人还满口答应了陈瑸关于减免古田百姓人头税的请求,说他将马上上奏皇上。为了表达对陈瑸的支持,巡抚大人又当着文渊大学士李光地的面,当即从巡抚衙门拨了一笔专款,指名一部分支付陈瑸的俸禄,另一部分作为陈瑸征收赋税的资金。

陈瑸万万没有想到,一趟省城之行会如此顺利,自己的想法得到了福建最高行政长官的全力支持,还得到了李光地大学士的赞许,还赚了巡抚的格外拨款,真是盆满钵满。

从巡抚衙门回来,他心里就更有底气了,一是手头有了银子,可以做他想做的事情;另一方面,他的收税计划有李光地大人的支持,还有巡抚大人的鼎力相助,这事还能干不成?

陈瑸没有把巡抚大人拨下来的一两银钱装进自己的腰包,而是真正用在收取赋税的大事上。眼看一个月的时间就要到了,正好赶上快要过中秋,陈瑸再次发出了请帖,把那些富绅大户请来县衙。

上一次请客仅仅一杯清茶,县衙没钱,请不起那些客人吃饭,更请不起客人看戏。这一次陈瑸一反常态,慷慨无比,从巡抚大人梅鋗拨来的银钱里拿出了一部分在县衙大院里办了 20 桌酒席,还请来戏班在县衙里唱了半天大戏,让全县的豪绅大户尽情玩乐。

前面让豪绅们喝酒看戏,叫吴县丞全程陪好客人,后面陈瑸却着人让豪绅们把所造的账簿送来,一一检查对照。

其实,上次他跑遍了各乡各镇,已经摸清了底数,哪个大户有多少佃户,哪个地主有多少田地,手里早已有了一本账。现在把豪绅们自己造的册子一比对,问题就明确了:豪绅们按照出租给佃户的田亩登记,谁租地,田亩税就归到了谁的名下,自己一两银子也不交;而租地的农民又要交地主的租金,还要交田亩税,留下还有多少是自己的?陈瑸今天就想了一招,要让所有的豪绅自己掏腰包上税。

这一招他只跟李光地和梅鋗两位大人透露过,在古田县还没一个人知道他这葫芦里卖的什么药。

要豪绅大户缴税不能直说,直说了就变成是官府求他们。缴税是天经地义的事情,这个天经地义的事情要让他们自己知道这税非缴不可,躲都躲不脱,陈瑸为此要了点小聪明。

午宴开始了,陈瑸给大家敬酒,感谢他们对本县各项工作的支持和信赖,特别是这次各位豪绅如期完成赋税登记造册,劳苦功高。现在征税有据,家家户户田亩税额都已清清楚楚,为确保以后税收无误,陈瑸郑重宣布:官府决定按各位提供的册子给各家各户核发土地契约,作为以后征收凭证,以后按契征收田地税。

当陈瑸宣布官府要按大家造的册子发地契,豪绅们都傻了。

“啊? 要按这个发地契?”

所有人都蒙了。原来,这些地主豪绅把自己的田地都造到佃户的名下了,官府真要按交来的登记册发地契,他们的地一下就飞走了,转眼之间真正有田的人被自己弄成没田的人了,相反,佃户实际上没田却被豪绅们弄成有田了。什么叫弄巧成拙,这就是! 这是他们打死也不愿干的。再想想,缴几个田地税算什么,土地没了就什么都没了。左右权衡,地主豪绅们都赶紧说明真实情况,地是我们的地,千万不能把地契发给租户。古田第一大户张天龙带头说,恳求陈知县把土地册子还给大家,我第一个带头按自己的实际田地数上税,10 天内缴清所有欠税,绝无戏言。

其他人一听张天龙都表态了,没一个敢怠慢的,纷纷表态,一律按自己的实际田亩数在 10 天内全部缴清欠税。

陈瑸说,那好,本官也不为难各位,不就缴点小钱吗,对各位来说实在不足挂齿。册子退回给你们,各位签个字立个字据,10 天之内缴清欠税,否则休怪本官上门讨要!

张天龙又带头签字,其他人跟着签字,保证 10 天内如数缴清欠税,没有一个落下。

一顿饭,一个册子,不抓一人,不打一板,所欠田地税 10 日之内全部缴清,天下第一难事就被陈瑸这么解决了。从此古田赋平役均,朝廷也真的免了古田县百姓这一年的人头税,古田百姓无不对陈瑸交口称赞!

四

让乡绅大户按期缴税其实并不是一件难事。俗话说,牵住了牛鼻子再顽劣的牛犊也可轻易驾驭,税收的问题实质上是那些豪绅大户跟官府打太极、玩阴的,把本来简单的事情弄复杂了。以前的县官不是没有发现问题的症结,只是不敢得罪那些富人,就像吴县丞给他的护官符一样,手里拿着那份护官符,对所有有背景的人都不敢去催粮催税,就只好拿穷苦的百姓出气,处处欺压百姓,而对那些富人无不点头哈腰,唯命是从。典型的欺软怕硬,被那些富人牵着鼻子走,最后倒霉的还是自己。陈瑸一上任就有自己的打算,他绝不被别人牵着鼻子走,他要按自己的意愿办事,他要为老百姓实实在在办点事。到古田上任这段时间他做到了,做得非常漂亮。过去是县里的官差被那些富人豪绅牵着鼻子走,陈瑸一来就把这事倒过来了,凭什么我堂堂知县被你们牵着鼻子走,你们不就是有几个钱吗?你们就没想想这钱是怎么来的?这都是从老百姓身上搜刮来的,我来当这个知县就不能让你们胡来,哪有有地不交税的?哪有又要收租金又把赋税转嫁到佃户身上的?佃户就这么好欺负?陈瑸把这些普通百姓视为自己的衣食父母、兄弟姐妹,当知县不为他们说话为谁说话?难道还能像以前那些知县一样去欺压百姓?绝不能!我要把已经颠倒了的东西再颠倒过来。怎么达到这个目的?对付这些人是得动脑筋用心思的,陈瑸调查了一番才有了方案,有了方案又得到了梅大人、李大人的支持,剩下的就是使手段的事了。为了达到目的,他精心设计了一番,一顿饭,一本册,造来造去,一个县的地主豪绅都被他搞定了。当人们知道上当之后什么话也不好说,缴税天经地义,人们只能在心里佩服,这个知县太厉害了,太有心计了,以后可得提防点。

幸亏当初没有接受张天龙的银票,也没接受他的请吃,不然怎么下得了手?收了人家的钱财就得替人消灾,就会想着如何保护人家,心里就只有那些送钱人的位置,哪还有百姓的位置?还是古人说得好,拿人家的手软,吃人家的口软。当官的人无论官位大小,最重要的是把握住自己,把握不住自己还怎么当好这个官?有人送你就收,有人请你就吃,心里只替几个富人着想,哪儿还能公平公正地处理政务?一开始不就被别人牵着鼻子了吗?

结果会怎么样?前面的知县就是个例证。该收的税收不上来,该办的事情办不了,拿了人家的钱生怕得罪人家,这官当得多么别扭,最终害了谁?还不是害了自己?!

人,第一是不要贪,一贪屁股就会坐歪,坐歪了屁股自己就成了别人的工具。

陈琸一开始当官心里就藏着百姓,所做的一切都是为了古田的百姓。他一到古田就向古田县的百姓保证:“本县的志向不在温饱,自读书之日起,目标已定。当一个小官,管一个小县,也可尽心尽力,实现自己的抱负。我要使饥者得食,寒者得衣,衣食足者知礼义而重廉耻,而一县的人心风俗,逐渐敦厚古朴。”

这是他做知县的承诺,也是他当古田知县为之奋斗的目标。

要实现自己的承诺,陈琸觉得首先自己本身要过硬,这才有了他给自己立下的规矩:不贪一文,不通一贿,绝意逢迎,坚持直通!

在他看来,“取一钱与千百金无异”,所以他到古田后那些请客送礼的均被他一一拒绝。人们渐渐发现,陈大人是个真正的清官。

陈琸的清廉让人难以置信。他穿的是粗布衣服,连七品芝麻官的官服都为粗布制成,用他的话说这样便于跟民众联系,穿着太好了老百姓不跟你说话。吃的也非常简单,四个字:粗茶淡饭。他给他的仆人林伯和任重列了个菜单:一是鱼鳞菜、长尾禾;二是竹笋、芋叶、蟛蜞汤;三是咸鸭蛋。他有一爱好——抽烟,自种的烟叶,一支“句老壳”(指烟管:烟嘴、吸嘴均用铜做的,中间管子用竹管制成),得闲的时候就抽上两口。

任重管生活,陈琸就把这三项菜谱分别写在三条竹签上,装在一个竹筒子里,饭前由任重打签,哪一条跳出来,任重就按哪一条的菜谱做菜。以后无论仆人如何更替,菜谱却一直没有变更。

陈琸不仅自己清廉,还时刻注意让自己身边的人保持廉洁。有一次,任重受陈琸的委托去一个大户人家办事,事情办好了,主人塞给任重五钱银子,算是赏钱。这在当时司空见惯,所以任重收了。回来后被陈琸知道了,陈瑸说不行,你不能收人家银子,把银子送回去。

“这是人家主动给的,没事。”任重说。

“主动给的也不行,送东西哪个不是主动给?什么叫没事?你不是我身边的人,人家会给你银子?什么也别说了,送回去!”陈瑸不容置疑地说道。

“大哥你……是不是太认真了?小题大做了吧?不就是一点赏钱,现在当差的哪个不收点赏钱,至于吗?”任重辩驳道。

“也是,老爷,要不这回就算了吧,下不为例。”林伯也出来帮腔。

“你什么意思?是不是你也收过?”陈瑸盯着林伯严厉地问道。

“没有,没有,小的从来没有收过任何赏钱。”林伯忙摆手说道。

“你们都给我听好,帮我做事我欢迎,也很感谢你们,但绝对不能收人家的一文钱东西,包括赏钱。你今天能收人家五钱银子,明天就能收人家一两银子,以后就可能收得更多,所以半文钱都不行!”陈瑸说得非常坚决。

“你自己不要钱也就算了,为什么还不让我们收点小钱?人家愿意给,为什么不能收?”任重很不理解。

“这钱你实在要收,大哥也不能把你怎么样?明天你就回雷州!”陈瑸有些气愤了,没想到自己的堂弟这么贪婪,要知道这样当初还不如不带他出来。

“我……好吧,我送回去还不行吗?”任重不好违抗大哥的命令,把那五钱银子送给了那家主人,心里却一直耿耿于怀。他原本是想跟着大哥来发财的,没想到大哥一身清廉,分文不取,自己不要钱,还不让跟着他吃苦的人要钱,别人给的一点小费,实在没什么大不了的事情,大哥却还如此较劲,任重实在不理解大哥心里是怎么想的。你做你的清官,我跟着收点小钱怎么就不行?为什么非要把你身边的人都弄得跟你一样清苦,身无分文?

看来,要想在大哥这里发财是没希望了。发不了财跟着赚点吃喝也行,可吃喝也没机会,天天粗茶淡饭、盐蛋小菜,这就是当官的生活?跟着大哥这么久了,哪见过10万雪花银?任重心里越来越失望了……

严于律己仅仅是陈瑸做官做人的起码要求,作为一个知县,陈瑸知道,仅仅清廉还远远不够,最重要的还是要有所作为。如何作为?陈瑸觉得古田要改变的东西太多了,也就是说他要治理的问题太多了。一个烂摊子到了他手上,要理顺的事情千头万绪。经过一段时间的调查,陈瑸发现,古田县最根本的问题还是吏治。清朝初年,古田料理六房公务正式书办只有14

名，朝廷按册发饷。后来这个群体不断膨胀，增至 28 名、56 名，到陈瑸上任时，古田吏胥竟然有 158 名之多。这是一个庞大而又特殊的利益群体。所谓“吏”，即负责抄写的文秘，“胥”即捕快等跑腿办事的人员。过去有句俗话，叫“铁打的衙门流水的官”，清朝的官员一般都是三年一任（实际上平均不足两年），吏胥却是历久而不换，甚至兄终弟及，父死子替。吏胥的职责是代替官员催征赋税、摊粮派款。这种事老实巴交的“好人”根本干不了，只有社会上的奸猾狡诈之徒才能胜任。他们聚集起来，可谓历经千锤百炼，形成了一个坚不可摧的特殊群体，既有权有势，又没有人能监督。经过调查陈瑸发现，这群人实际上就是一群害群之马。他在给知府大人卫南村的调查报告中这样写道：“差役下乡，分兵几路四处搜索，有如捕快抓捕罪犯，无处不在骚扰！乃至由乡至县、由县至省，小孩哭爹喊娘，妇女流泪哭泣，多少饥寒交迫的人在路上颠沛流离，这实在是一群劳民伤财、坑害百姓的害群之马呀。”“一个正差要带白役数人为爪牙，并轿夫随丁至数十人不等，共有数百辈，分乡分路，四处骚扰，所过之处搜刮一空，片甲不留。”

当时官场腐败，官员掠夺、欺压百姓的现象十分严重，陈瑸无不深恶痛绝。

在古田，还有一件怪事，有一种专门丈量土地的人叫丈量弓算手，十分吃香，听从里长安排，既为地主又为农民丈量土地，两头通吃。清朝初期，基层一级的权力机构叫里，负责人叫里长。里长的任务是管理一域日常事务，协助县衙催粮催款，调解纠纷，维持治安等，可古田县的里长却热衷于丈量土地，经常策动丈量土地，名义是清理隐漏的土地，实际上借以谋利。你的田亩增加或者减少，要看给弓算手的钱是多是少。古田县“足不履亩，席上丈量”的歌谣，说明在册的田亩数有一半是虚的。

陈瑸看透了这些贪婪可恶的丈量弓算手，可要免这些人的职还不在陈瑸职权范围内，所以陈瑸亲自调查撰写翔实材料向知府大人禀报：禀请免解弓算手！“下官近日到各乡微服私访，调查地方情况，采访地方舆情，对县衙各官吏知之最真，言之倍痛，如果要保全亿万生灵，则只有请求上峰笔下将那些贪官污吏包括丈量弓算手一并免解革除。”

吏治腐败，机构臃肿，官吏无所事事，除了欺压百姓几乎一事无成，已经到了非整治不可之地步。陈瑸给卫知府禀报是想整治此事，期望知府大人予以支持。

这是需要胆量的,一个外地人要在本县站稳脚跟,首先要有本县衙的差役支持你,否则就寸步难行。除了差役,还要有当地的豪绅大户的支持,有了这两拨人支持,知县就可以当得得心应手。至于普通老百姓,对于知县行使权力其实可有可无,老百姓是最弱势的群体,他们说什么、怎么说都不影响上面当官的,做知县的完全可以不把这些人放在眼里。可陈瑸刚好相反,他可以不把县衙里的差役放在眼里,也可以不把那些豪绅大户放在眼里,唯独不能不把普通百姓的事情放在眼里。他一到古田县摆在他面前的就只有两种选择:一是和县里的衙役、豪绅大户同流合污,他这三年知县可以安安稳稳度过,或者是明哲保身,得过且过,睁只眼闭只眼,他也可能平稳地混过三年的任期;第二条路就是站在豪绅大户和差役的对立面,而视百姓为自己的衣食父母。民心为最,他坚定地选择了后者,这也是最危险的选择,是拿自己的仕途做赌注。第一回他居然赢了,取得了意想不到的效果。现在,陈瑸在冒另一个险:拿县衙的人开刀。他知道这个刀难开,弄不好要把自己搭进去。为了做得更有把握,他需要上方的支持,所以他赶紧给他的顶头上司卫南村报告。

卫南村早已听说陈瑸为官为人清廉正直,而且很会办事,古田县豪绅大户自愿、主动缴纳赋税的做法已是享誉全省,各县、府现在都已纷纷效仿,百试百灵。卫知府是朝中资历深厚的老知府,一向对朝中官员不屑一顾,唯有这个比自己小 20 岁的陈知县让他刮目相看,赏识有加。接到陈瑸的禀报后,他立即复函表示全力支持陈瑸的改革方案,让陈瑸放手干,出了什么事情由自己兜着。

这让陈瑸心里底气更足了,省里有梅大人支持,知府有卫大人支持,他要做的事情还怕做不成?他决定坚定不移推行他的改革,出重拳整顿吏治。

他先叫来吴县丞,让他先谈谈对县衙衙御的看法。

其实吴县丞最清楚当下的差役是个什么情况,县衙里上百号当差的,这几年俸禄一直没有完全到位,每个知县都承诺百分之百给大家发饷银,可每每都是空头支票,拖欠饷银已经是个不争的事实。拿不到俸禄为什么这 100 多号人还待在县衙穷折腾呢?有油水。几乎所有的差役都不是靠俸禄生活的,而是靠捞,靠当差的油水。各豪绅大户要来县衙办事都得塞银子,每每陪同知县、知府或者巡抚下乡总能得到赏钱,走到村头巷尾见什么可以拿什么,真可谓雁过拔毛。官差走到哪里灾难就带到哪里。吴县丞还算良心未泥，总是叫手下别太过分，老百姓过日子不容易。可官差一旦下去了几个人听他的？吴县丞觉得这已经是个积重难返的问题了，既然陈知县问起，他就如实说了，官差就是靠捞，实际上是一帮害人虫、害群之马，有的比土匪还土匪，可谁能管得了？据他所知，县衙里的差役多多少少有些来头，每一届知县都要或明或暗地保护他们，一个都不敢动。

“本官想改变一下这个现状。”陈瑸跟吴县丞说，他已经有了计划，但在县里总得有人支持，他想先试探一下吴县丞的态度。

“大人想怎么改变？”吴县丞问。

“裁减一半差役。”陈瑸回答得很干脆。

“裁减一半？”吴县丞不敢相信，莫说一半，就是裁减两三个都可能引起轩然大波。

“对，一半！”陈瑸答得坚决。

“难呀，陈大人，您有所不知，这些人都是有来头的，牵一发而动全身啊。”吴县丞虽然不反对裁减县衙的差役，但他知道这几乎不可能。他想劝陈瑸还是别动这个心思，可看看陈知县信心十足，话到了嘴边还是咽回去了，只说太难。

“本官知道很难，所以才跟您商量。”陈瑸说。

“岂敢岂敢，陈大人，您想裁员并没错，不瞒大人说，下官也对现在衙门作风很反感。可不知大人想过没有，裁减差役会带来什么后果？大人您毕竟才来几个月，下官真替大人担心呀。”吴县丞说得很坦诚，也很实在。

“吴大人您跟我说句实话，您支不支持？”陈瑸问，其实就是在试探吴县丞，看他什么态度。

“我……”吴县丞有些犹豫。

“直说，古田的事就是我俩说了算。你是知道的，本官不喜欢转弯抹角！”陈瑸盯着吴县丞。

陈瑸的眼睛长得本来就往里凹，看人就显得威严，这一盯着吴县丞，吴县丞就有些战栗了。那眼神实在咄咄逼人，吴县丞心里都害怕了。

吴县丞这时才发现，其实自己已经走在十字路口，虽然陈瑸来古田还不到半年，可他做的事没一件不是干净利索。就拿征税之事，这是多少人没做好的，真是天下第一难事，却被陈瑸做好了，做得滴水不漏，连那些豪绅大户都佩服得五体投地。吴县丞已经辅佐了三任知县，前三任做事全都是装模作样,没一个是真心解决古田的问题,只有现在坐在他对面这位个子并不高却十分干练的瘦小男人才是干实事的,而且很有办法。现在陈知县已经把目光对准了县衙的这些差役,自己是县丞,也是差役的一员,陈知县是在看他的态度,他只有两种选择:支持,或者不支持。如果支持,他就得跟陈瑸一起裁员;如果不支持,他就是第一个被解雇的差役。吴县丞已经领教了陈知县的行事风格,不会给第三条路让他走。

吴县丞没得选择,唯有支持。

"绝对支持,下官将竭尽全力听从大人差遣,大人要裁减谁就裁减谁,下官保证不说半个'不'字!"吴县丞的态度非常坚决。

"那好,有吴大人支持本官就有信心了。这样,本官不会说裁减谁不裁减谁,只先说个原则,现有县衙里的差役一个不留,全部解聘。"

"啊?! 那谁来办差?"

"重新聘用,只聘 70 名。"

"聘谁? 怎么聘?"

"公开考试,择优录取。"

"好,这样公平,谁都没意见。"

两人说得投机,就把许多细节都一块讨论了。末了,陈瑸把吴县丞上次给他准备的那份本县豪绅贤达以及那些官场有背景的人的名单当着吴县丞的面一把火烧了,说,让这个护官符见鬼去吧,本官不需要。

县里的差役哪些人表现好,哪些人有能力,经过一段时间的接触了解,陈瑸现在心里已经有个底了。但他不能直接说把哪些人留下,把哪些人解聘,现在只有把所有人全都解聘了,重新统一考试,再结合平时工作表现,录一半人,裁一半人,这样谁都不会有意见。

公开招聘,自己出题,自己担任主考,吏考文化、书法、人品,胥也考文化,捕快看功夫,跑腿的看勤快,办事的看态度,凡有劣迹者一律拒用。其中有找上门说情的,有巡抚衙门、知府衙门的各种官员写的条子,希望陈瑸手下留情,照顾录用。陈瑸突然想起吴县丞给他的护官符,现在那些有后台的关系全都浮出水面来了,他要不要考虑? 走到这一步他已经没有退路了,顾不了那些背景了,护官符早已经烧了,点火的那一刻他就已经下了决心不给自己留后路了。顾这顾那就什么事情都干不成,现在自己必须往前走,所以凡来条者,陈瑸当着送条人烧毁字条,凡说情者都被陈瑸拒之门外,针插不进，水泼不进。就按他定下的标准，最后录取70人，登记造册，3天时间全部解决，那些水平低下的差役和“白役”一概被扫地出门。一个危害甚烈的地方“暴力”集团被和平解散，被正式录用的吏胥则被置于严格的管束之中，多年的弊政得以消除。陈瑸整治古田吏治之举轰动整个大清官场，被载入史册。

五

陈瑸经过深入调查访问之后，写出了他的施政纲领，这就是著名的《古田县条陈八事》：

> 闻之为治者，必先定其规模而后从事，治天下有天下之规模，治一国有一国之规模，治一邑亦有一邑之规模，不先定则事无统纪，条绪纷纭，心中惶惑，莫知所措，其何能令一邑之事各得其理胥？一邑之人相安于治？然所为规模者又非可悬空设想，偏立意见必按视一邑之山川地形厄塞险易之数，田土肥瘠户口盈耗与夫人情土俗之所，宜有便于昔，亦便于今者，因之不为雷同，有便于官不便于民者革之，不为矮异参酌变通，总以要诸至正之模无弊之规而止，则虽条分款列近于琐屑无非因其劳而……

整治了吏治，轻松自如收取了赋税钱粮，抓住了最关键的两件事情，陈瑸取得了治理古田最重要的突破。然而，这还远远不够，陈瑸在古田执政两年有余，一心想着的是如何为百姓造福。

当知县是要经常断案的，全县不时有各类案子发生，有刑事的，也有民事的纠纷。那时县一级还没有专门的办案机构，全靠知县一人裁定。陈瑸到古田后理清了以往积淀的各类案件，由于勤于处理政务，秉公办理案件，民间的案子比过去大为减少。

除了在县衙断案，陈瑸更多的时间是在县里的乡间地头。他极少穿官服，常常穿着粗布衣服，和最底层的民众朝夕相处。更确切地说，在古田这个地方，陈瑸就是个七品“农民”。

开春的时候，陈瑸便会跑到乡下，看看农民是否耕田播种。有谁家没有春耕他便要问个究竟，没有种子他会帮着弄来种子，没有耕牛他会帮着借来耕牛，没有农具他也会帮着借来农具，无论如何不能让一户农民耽误了耕种季节。

四月的农忙插秧时节，差役跑到乡下催缴摊派，正赶上在田里帮农民插秧的布衣县令陈琸，被陈琸一顿臭骂："我民此时插秧正忙，何暇及此？若急于催办，只我一人可当民工！"

盛夏骄阳似火，陈琸和县里的工匠一起挥汗如雨修城墙，建学宫，或者和村里的农民挖水渠，兴水利，砌砖挑土，添砖加瓦，干得如火如荼……

七月淫雨大作，溪水暴涨，农田里的禾苗被水冲了，被沙压了，农民的房子被水冲了，陈琸总会在第一时间奔走在乡间，堵水修堤，往来踏勘，查明灾情，赈灾救灾。凡田园绝收之户，每口给粟五斗；凡有田园半收之户，每口给粟三斗；其单丁、寡妇，每口给粟一石；房舍倒塌者，每一屋给钱二百文。每每救济之举从不假借他人之手，事必亲力亲为，以防救济钱粮途中流失……

过去的官府设立盐仓，垄断盐价，严禁私盐，与民争利。陈琸来了之后经过反复调查，发现此举多有弊端，这样尽管对官府大有好处，却不利百姓，陈琸力排众议，允许私盐自由买卖，从而盘活经济。从此，古田的平民百姓再也不用喝淡汤，口袋的银子也多了起来……

要使百姓真正过好日子，还得在教育上狠下功夫，兴办义学就成了陈琸最重要的工作之一。过去的私塾学堂是要收费的，而寒门子弟是上不起学的。陈琸对此最有体会，当年自己就因为家里贫穷上不起私塾只得趴在窗外偷听，幸亏遇上了恩师吴马期免费收其为弟子，后来又遇上明末进士洪泮洙悉心教导，他才有了功名学业。现在他当官了，有这个能力了，是到了该给那些寒门学子做点实事的时候了。"欲教子弟，苦于无力措办束修供给师长，而为官府者为之，设馆延师代为教之。"一定要让穷苦孩子上得起学，读得起书。根据当时的实际情况，如果一开始就大兴土木盖校舍，县衙还没这个能力，基本不可能实现。经过调查，陈琸发现县城内有一处房子地处僻静，便于习读，又访到本县有学问通明理行谊端方者，便请为师长。有校舍有老师，又挑选了一批卓异儿童为学生，学校就办起来了。

学校租房要钱，请老师要钱，孩子吃喝用度都要花钱，这些教育经费从哪儿来？县衙收取的赋税除了上缴朝廷还可自留部分，陈琸挪出点滴用作教育。可这还远远不够，杯水车薪，陈琸绞尽脑汁想出了一招：捐！"职愿捐薄俸量为周给。”

陈瑸此时为七品官,岁俸银45两,米45斛,另有养廉银600多两,除了留下主仆三人的小菜咸蛋伙食费用,陈瑸剩余的钱全都捐了出来。

每每听到朗朗的读书声,陈瑸心中无不陶醉,“弦诵之声与宫墙并振”是他心中的理想,现在总算实现了。

在解开古田县多年积弊的两个死结之后,其他一系列疑难问题都迎刃而解了。经过一番苦心经营,陈瑸盘活了整个古田政局,建立了人民安居乐业的良性发展的秩序。陈瑸仅用了两年多的时间,就把一个积弊丛生的古田治理得井井有条,史书记载:陈瑸执政古田,“邑中五彩云现”!

陈瑸曾慷慨赋诗:

古貌古心令古田,
取人以貌岂其然。
相逢唯有心堪问,
云出深山月印川。

此时台湾知府任期已满,被调往京城任职,原来台湾的知县升任知府,台湾知县空缺,急需有人接替,福建巡抚梅鋗受命在全省范围内考察寻找优秀的官员治台。福建巡抚梅鋗认为陈瑸清操绝俗、慈惠及民,为接任台湾知县的最佳人选,特上奏皇上予以推荐。臬使(按察使)范时崇亦极力保举陈瑸,所以才有后来陈瑸调往台湾任职一事。

康熙皇帝接到梅鋗的上奏后对陈瑸给予了很高评价,称陈瑸治理古田为“最绩”。这个“最绩”实乃对陈瑸的最高褒奖。康熙以前对陈瑸这个古田知县还一无所知,没有半点印象,因为陈瑸的“最绩”,陈瑸这个名字才在康熙皇帝的脑海中开始留下了印象。

皇上准奏,特调陈瑸接任台湾知县。

六

陈瑸要调往台湾当知县的消息很快在古田县传开。古田的父老乡亲纷纷前来打听,问陈瑸陈大人何时离开古田,他们准备举行隆重的仪式为他们最尊敬的知县送行。

陈瑸知道,古田的父老乡亲对自己是有感情的,真要走了,他也和乡亲们一样,难舍难分。早在去年,就有几个乡绅自发要给他建庙宇,被他拒绝了。现在自己要离开古田了,陈瑸心里感激古田的父老乡亲对他的信赖,可他并不想看到人民给他送行的场面。他太清楚了,古田老百姓的日子还很清苦,他不希望古田的老百姓花费一分钱来欢送自己,根本没有这个必要。

陈瑸正想着如何拒绝古田百姓给他送行的事情,张天龙来了,他是专门来打听陈瑸什么时候离开古田的。

"陈大人,古田的百姓真的舍不得您离开。"张天龙说。

"本官也舍不得离开古田。可是没办法,人在官场,身不由己,朝廷有令,不得不从啊。"陈瑸说道。

"陈大人准备什么时候离开古田?"

"还早着呢,调动的行文还没拿到,本官过两天去福州办差去打听打听,回头再告诉张大人。"

"陈大人,在下正在筹备为大人开个欢送大会,到时候要聚集全县上万民众为大人送行。所以一旦大人确定哪天离开古田一定要提前告知,在下好及时通知古田各乡民众为大人送行。"

"送行就免了吧,大家都忙,千万不可兴师动众。"

"陈大人,您就依在下一次吧,民意不可违呀。"

"那……好吧,本官在此先谢过张大人,更要谢谢古田百姓,等本官办差回来再来跟乡亲们话别。"陈瑸对前来打听的张天龙表达了深深的谢意,也给他撒了个小小的谎言：其实，陈瑸根本就不是去福州办什么差事，他早已拿到了巡抚衙门的调职公文，这一次就是去办手续，办了手续后他决定悄悄离开古田，不跟任何人打招呼。

直到一个多月之后，古田在台湾经商的人回来告知，陈大人已经到台湾就职了，人们才恍然大悟，纷纷表示惋惜，心里也更增加了对老知县的爱戴。

张天龙听说陈瑸已经离开古田去了台湾，心里十分难过，这是他认识的官员中最清廉且最有能力的一位，他是第一个送钱给陈瑸被拒绝的，又是第一个从心里最佩服陈瑸的豪绅大户。这个知县实在不简单，不仅自己一身清廉，而且非常有能力、有办法，真心想着百姓，两年多时间就把古田治理得井井有条。他原本是想等陈大人回到古田，真心实意为陈大人送行，可人家悄悄溜走了，这让张天龙更加佩服得五体投地。陈知县走了，他连一句感谢的话都没来得及说，现在心里只记着陈大人的好。他觉得这个好不只是他一个人记得，整个古田人都应该记得，这还不够，还要让古田的后人也记得。所以，张天龙自己掏钱，给陈瑸陈大人建了一座庙宇，还给陈瑸雕塑一尊像，用来纪念他。

在当时的中国，为一个活着的县官建庙塑像，这是第一次。

那天，陈瑸带着林伯、任重一早就离开了古田，前往福州府衙办理交接手续。

到了福州，陈瑸和两个长随并没有住在驿馆，却找到城边的一个破庙住下了。陈瑸说这样省钱。

陈瑸写好一封家书，准备派任重交到驿站发回老家去，任重却说还是我帮老爷带回去吧。

陈瑸就奇怪了，问："怎么？你准备回去？"

"正是，我正要跟大哥说此事，我想回家。"

"不想跟我一起去台湾了？"

"不想去了，太远了，我还是想回去照顾爹娘。"任重只说要回家照顾爹娘，其实还隐藏了另一层意思，就是跟着这位堂兄没有前途，没有半点油水。

陈瑸没有挽留，自从上次任重收了那五钱银之后，陈瑸就觉得任重跟着自己不合适。任重心里想的是如何捞钱，如何过好日子，他的想法没错，谁不想要钱？谁不想过好日子？错就错在不该跟着陈瑸，在陈瑸这里他能捞到钱？他能过上他期盼的好日子？这不可能，陈瑸是有钱，经手的钱成千上万，可没有掉下一点给他的堂弟，更没有留下一点给他自己，从他这里想捞到钱比登天还难。两年多了，任重没有捞到一文额外的钱，仅有的一次五钱银的赏钱也被陈瑸逼着退回去了。事实说明，在堂兄这里是不可能赚到钱的，也不可能有好吃好穿的，唯有苦可吃，所以任重决定离开。陈瑸觉得这是件好事，他满足不了堂弟的要求，带着他还是个麻烦，要是哪天没注意他收了别人的钱或者起了贪心怎么得了？防不胜防。正好，任重自己要走，那你就走吧，陈瑸把信交给了任重，说，你好好回家吧。

任重接过信却半天不走。

陈瑸说："怎么不走？"

"你总得给我点钱吧，我帮你干了两年多，别说赚多少，总得有点酬劳吧。"任重说。

"酬劳，不是给你了吗？"陈瑸不解。对两个长随，他还是给了基本工资的，虽然不高，也还过得去。

"给了？就那一点？我知道你是清官，可你手上经过的钱成千上万，多少总得给我们这些下人一点吧，何况我还是你兄弟。"任重平时没捞到一分钱，现在要走了，就想借机向堂兄要一点。

"我哪有钱，你又不是没看到？这样吧，你先回去，我叫我儿子给你些钱，行吧？"陈瑸手上实在没钱，只好这么说。

任重一脸的无奈，钱是不能多要一分了："我算看透了，跟了你，永远得不到好处！算了吧，算我倒霉！"说完转身愤然离去。

后来，陈瑸写信给儿子，正好任重家里借了陈瑸家钱，陈瑸就叫儿子把任重的钱免了算了，不要人家还了，算是对人家的一点补偿。

任重所说的前途不是别的，说白了就是"钱"途。

"你呢？是不是也要回家？"送走了任重，陈瑸又问林伯。他怕林伯也跟任重一样想发财，想捞钱，吃不了苦，他不想勉强人家跟着自己吃苦。

"我跟着老爷，老爷去哪我就去哪。"林伯回答。

"你不怕吃苦？"陈瑸问。

"不怕，老爷吃什么小的就吃什么，不苦。"林伯是绝对不会离开陈瑸的，他早就视陈瑸为他的再生父母了，怎么可能离开陈瑸？

"那你就跟我去台湾吧。"陈瑸跟林伯说道。

任重突然走了,陈瑸的心情还是不舒服的。毕竟跟了自己两年,多少还是有感情的,所以陈瑸郁闷了好一阵。

这天上午,他来到府衙办理交接手续。他满以为,一个交接手续三下两下就能办好,顶多半个时辰就能办得利利索索,办了手续他就赶紧去台湾。可出乎他意料的是,事情办得极不顺利。

“请大人帮在下办个交接手续。”陈瑸来到府衙,递上了签有梅鋗大人大名的公文。

“是陈大人啊,荣调台湾知县,边关重镇,恭喜恭喜。”办事的接过陈瑸递上去的公文,看了一眼,很客气地说道。

“哪有什么好恭喜的,苦差事一宗,实在不足挂齿。”陈瑸敷衍地回答。

“陈大人手续是否带齐?”公差问道。

“带齐了,带齐了,都在这,请大人过目。”陈瑸将所有交接文书都递给了办差的公差。

公差看了陈瑸递上来的公文,一件不少,再翻翻材料的背面,什么东西都没有,就看看陈瑸。

陈瑸不解,问:“少了什么?”

公差摇摇头,说:“也没少什么。”

“那就拜托大人帮在下把手续办了吧,在下好趁早启程。”陈瑸催道。

公差再看看陈瑸,陈瑸没有半点反应。公差心里就在琢磨,看来,这是个不懂规矩的知县,既然你不懂规矩我就打发你走吧,公差收起了陈瑸的材料锁进抽屉。

“不急,还早呢。这样吧,陈大人,你明天再来,管大印的人今天不在,要到明天回来,你明天再办。”公差说道,也不等陈瑸回答就起身走了。

“哎,你……”陈瑸想把他叫住,人家理都没理,走了。

无奈,陈瑸只好打道回府。

第二天,陈瑸又跑到衙门,又碰到了那个公差。

“大人,麻烦您帮我把手续办了吧。”接待他的还是那个公差,陈瑸上前说道。

“哦? 是陈大人来了,陈大人快请坐。”那公差热情地跟陈瑸打着招呼。

“坐就不坐了,麻烦大人赶紧帮下官办了手续吧,下官还得赶紧上路。”陈瑸催道。

“好的好的，在下这就帮陈大人办，东西都带来了吗？”公差问。

“东西？什么东西？材料不是都交齐了吗？”陈瑸不解。

“哦？是吗？哎，在下记起来了，下官再帮陈大人看看，管大印的马大人来了没有。昨天就是马大人不在，不能给大人盖章。”公差敷衍着，真跑到里屋去喊马大人，却什么回音也没有。

“实在抱歉，陈大人，马大人还是不在，您明天再来吧。”公差说道。

“什么？还要本官明天再跑一趟？”陈瑸生气了，“你什么意思？手续都齐了还不办事，哪有这样办差的？”

“陈大人息怒，息怒，明天，明天一定帮您办好，马大人肯定会回来的。”公差热情地劝说陈瑸。

陈瑸无奈，只好再次打道回府。

第三天还是如此，陈瑸什么都没表示，结果什么都没办好。陈瑸虽然气愤，依然无可奈何。

这一回刚走出衙门，一个长者走近陈瑸问道：“又没办好？”

陈瑸奇怪，问道：“您是？”

“在下姓李，刚从台湾回来，也是到衙门办事，办了五天了，什么都没办好。”长者说道。

“哦？李先生也是来办事的？为什么五天都没办好？”陈瑸奇怪，不就盖几个章，有那么复杂吗？

“大人，您还不知道，这个衙门没这个不行，办不了事的。”那长者做了个手势，即塞银子的样子。

“官府都要塞银子？”陈瑸不解。

“都要，没一个衙门不收。我都使了五两了，人家还是以各种借口拖着不给办。”那长者说道。

“什么？有这事？岂有此理！”陈瑸很是气愤，骂道。

陈瑸卸任古田接替台湾知县实乃正常调动，虽然没接到皇上的直接谕批，但有福建巡抚梅鋗梅大人的公文在手，要办交接手续自然凭公文即可，还要使什么银子？陈瑸其实并不知道，这里的衙门办事根本不是古田的县衙，很多事情到了办事的地方就容易走样，具体办事的人虽然不敢明说不办，但就是拖着，一个手续要经过府、司、院各级衙门，要盖好几个大印，有官员会遵章办理，但“断无肯白代为转册之理”。真是县官不如现管，你要走我这关过就得有所表示，就得放点血。所谓“官”即“关”也，一关关过去，就如转动一只破旧的木头机器，如果没有润滑剂，转起来摩擦就大，常常还转不动。要转动就得涂点润滑剂，官场上的润滑剂是什么？就是银子。官府就是一座机器，大清的这座机器虽然才开动不久，可这机器早就依赖润滑剂来润滑了！这已经是公开的秘密，官官之间彼此都心知肚明。不少知县调离都要刮地三尺，临走时车马成队，上面的府衙一般不能直接搜刮普通百姓的银子，捞不到民脂民膏，他们就想在那些频繁调动的知县知府身上弄点散碎银子，能捞一点算一点，不捞白不捞，还能让调离的知县知府带着沉甸甸的行李白走这些关口过去？你不出血谁出？同喜同喜嘛！

他们哪里知道，眼前这个陈知县根本不是那种搜刮民财的贪腐知县。

陈瑸一向为官清廉，余钱大多助了义学，哪有闲钱伺候这些老爷？陈瑸由府到司、由司到院，各衙门打弓作揖，办事官员个个面带微笑，寒暄不断，热情有加，可银子没到手，那个押就是画不下来，就是不给你放行。这衙门的作风以前陈瑸是没见过，这回自己要办个调离手续就见识到了，真是寸步难行。他带领仆役林伯住在城外一座荒凉的庙里，每日到街头吃碗米粉充饥，可衙门里的人天天让他等等，这一等真还不知要等到何年何月。陈瑸心里焦躁，便想若是要顺利过关，就得想法子，法子只有两种：一是送银子，还得求人家收下，可陈瑸断不能也不会这么做。在他心里，他根本就看不惯这种衙门作风，他不想因为自己的正常调离去给那些衙役使银子，莫说他没有这种余钱，就是有也不给。那就只有另一种方式了，找上司。官场上的事情就是这样，官大一级压死人，下面这些官吏，最怕的就是他们的上司。梅大人曾经跟他说过，有什么难事要办可以直接去找他，可为着这点小事去找巡抚大人他又觉得实在没必要，真要找到巡抚还得罪了那些办事的差役，说他把巡抚都搬上来了。于是陈瑸写了一封信给管事的臬台大人，向臬台大人报告求助，在信中陈瑸不无抱怨，说：“我的交接手续之事，钱粮、仓谷等项逐款清楚，并没有难出结果的地方，可所到之处却故意刁难，处处设卡，有意拖办，现在眼看就要到期限了，我和长随天天住在破庙之中，主仆形影相吊，实在度日如年。奈何我囊中羞涩，除了残书数卷，实在没有多余银子分给衙役官差，真是力不从心，无可奈何呀！本官已别无他法，只好披肝露胆，力求大人加意扶挈，方使本官得以迅速启程赴台。”

这一招果然管用，臬台传令下来，对陈瑸一律不许为难，更不许刁难，即到即办，立刻放行。

这一切手续顺利办好。

办好了手续，陈瑸专程拜访了对他有知遇之恩的巡抚梅鋗大人。

梅大人对陈瑸的清廉和施政才能是非常赏识的，这次陈瑸出任台湾知县正是梅大人的鼎力保举。

见陈瑸专门前来拜见，梅大人十分欣慰，设宴招待陈瑸。宴席上自然对陈瑸这两年在古田的政绩赞赏有加，一再勉励陈瑸再接再厉，不负皇恩。

临别时，巡抚梅鋗与他握手相勉："可努力破浪前去，自有天在。"

台湾远在海洋中间，那里天高皇帝远，所谓天，是指百姓人心了。

陈瑸听了，"顿觉行色增荣，意气激昂"，他对保举他的恩公梅鋗说："仕不废学，勉强砥砺，务为无瑕之玉而后快。"

就这样，他带着一堆心爱的书本和他最忠实的仆人林伯慨然登舟，踏上茫茫海路……

虽然有巡抚梅大人的赏识，可陈瑸去台湾的路上心情却不好。

客观地说，他不想离开古田，三年一任的时间并没有到期，他还可以干一段时间。再说就算到了任期他也舍不得离开，他真的对这个地方有感情了。在古田，改革的步伐才刚刚迈开，古田的面貌刚刚有一点起色，百姓的日子刚刚好过一点就要走，他心里有一百个不情愿，要是还能在古田再干上一届他坚信古田的发展会更好。可是，人在官场，身不由己，作为朝廷命官，岂有抗旨之理？

真是无可奈何花落去，又怎能依得了自己？这一去其实比当年去古田更糟，那天在衙门办事的时候，陈瑸碰到了那个李先生，就请李先生在茶馆里喝了半天茶，对台湾的情况详细打听了一番。李先生告诉他，台湾很不安宁，民变不断，民风剽悍，官民矛盾十分尖锐，当那个知县比在古田当知县更难。陈瑸突然觉得，为什么倒霉的事总是跟着我？又是一个烫手的山芋落到了自己的手中，怎么净摊些这等差事？

接到去台湾的通知之后，他就给儿子去了封信，他在信上说："自厦门开船至台湾，有 1200 里。爹此行，不但不知有身家，并驱命亦付造物矣。"在他的印象里，厦门到台湾相隔千里，实际上不过 300 公里。他虽然生长在雷州半岛，比一般内陆人对海洋有更多的认识，但他也从来没离开大陆这么远过，不知会有多少麻烦和危险在等待他，不知台湾这个知县能不能当下去，能不能当好。一切都是未知的，他只感到前程未卜，心里没一点底。

虽然没底，但他并不害怕。在给儿子的信中，他既表露出对未来的不可知，但他又觉得不能让家人担忧，尤其儿子一向把他视为楷模，视为精神支柱，他是不能露怯的，所以在信中虽稍有悲声，旋即又说："然人生之平险，不尽在山川也。你们兄弟切须勇往奋发以成名酬生我，则与爹之国而忘家所以酬成我者同一揆矣，岂在朝夕问视间耶。"

勇往直前，一路前行。

主仆两人一路吃的是粗茶淡饭，共享一个盐蛋，穿的是粗布衣服，也没走官道。陈瑸还是过去的那种想法，不走官道，不住驿站，打扮成普通老百姓的样子，这样就能多了解点民情。

陈瑸怎么也想不到，从他和林伯登上台湾码头的那一刻起，他就已经被人紧紧盯上了。实际上，他和林伯已经命悬一线。

盯上陈瑸的是台湾罗汉门社的大首领刘五哥。刘五哥听说朝廷派的新知县陈瑸这两天就要来了，便带了十几个人一直守候在码头。刘五哥的目的就是要利用陈瑸做人质，要挟朝廷释放牢里因为这次民变被抓起来的高山族犯人，包括他的妹妹刘阿妹。如果朝廷不答应放人他就杀掉陈瑸。

有时候人生就像一出戏，悲欢离合都在瞬间。

那天晚上，月朗星稀，海面波光粼粼，海风轻轻吹着，陈瑸和林伯坐船经过一夜的颠簸终于渡过台湾海峡，来到了台湾。

这时刘五哥和他的手下就蹲守在码头上，眼睛死死盯着上岸的每一个旅客。

刘五哥早就跟他的手下说好了，凡是见到身着官服的就紧跟不放，并要立即报告他，他好及时下手。

根据他们以往的经验，要来台湾就职的知县既然是官场人物必穿官服，随行必多，架子必大，威风必甚，必是前呼后拥，一眼便能认出。这样的人是最好找的，标志比一般人都明显，找到了着官服的就找到了陈瑸。可从第一个人下船到最后一个人登上码头，就是没有看到穿官服的人，这就奇怪了。

难道化装了？

难道知道有人要抓他？

刘五哥又布置下去，让手下盯住那些穿着好的、三五成行的男人，有消息立即向他报告,他就坐守在离码头不远的一家饭店里。

刘五哥分析得也没错,新知县要来台湾,怎么也得带上一帮人,怎么也要穿得像模像样,绝不会寒碜。

可偏偏陈瑸就是个例外,他不带庞大的随从队伍,不穿官服,也没有穿得雍容华贵,甚至连一般都谈不上,简直是寒碜,所以他躲过了跟踪他的人,躲过了一劫。

这时陈瑸和林伯也来到了刘五哥所在的那家饭店。

这家饭店虽然规模不大,但位置好,离码头不远。上岸的旅客一路辛劳,肚子也饿了,很多就在这里就餐,人来人往,生意特别兴隆。

陈瑸选择一个靠窗的位置坐下,抽了两袋旱烟,看见对面坐着一位身材粗壮、满脸胡须的彪形大汉,眼睛不住地盯着门口,脸上充满杀气。陈瑸第一眼看到那人的时候心里就有些嘀咕,这人怎么一脸凶相?

可他很快就平静下来,觉得没有什么好怕的,那人除了长得凶些,看久了倒也不感觉是恶人。

陈瑸让林伯去打饭过来,自己歇歇,也想跟那人聊聊天。

“这位客官是在等人?”陈瑸问。

刘五哥点点头,算是回答。

“要不要我腾个位子?”陈瑸又问。

“不用不用,您坐您坐。”刘五哥摆摆手。

“那我就不客气了。”陈瑸摆上了碗筷。

林伯很快就打来两碗米饭,却没有买菜。

陈瑸从包里拿出一个盐蛋,啪啪两下,剥开蛋壳就开吃了。

刘五哥目光灼灼地注视着陈瑸主仆,对他们的一举一动、一言一行都感到好奇,也颇感兴趣。

“二位就吃这个?”刘五哥好奇地问道。

陈瑸点点头,指着碗里的盐蛋:“这个好,味道好极了!看看,蛋黄有沙了,开始流油了,腌得正是时候,要不要来一个?”

“不不不,谢谢这位大人,请问两位到台湾是走亲还是访友?”刘五哥摆摆手。

“一不走亲,二不访友,就是做点小买卖。”陈瑸边吃边答。

“做买卖?做买卖可要当心。大哥,想必两位还是第一次来台湾吧?有什么买卖好做？你就不怕血本无归？”刘五哥说。

“此话怎讲？”陈瑸问。

“两位有所不知，台湾最近不太平，外面一点都不安全，两位千万要小心。”刘五哥显得很关心陈瑸。

“多谢这位兄台。不过我们这次赴台，只是想做点小买卖，身上带的盘缠也不多，即使遇到盗贼，他们也看不上。何况我们与人无冤无仇，就更不必为此担心了。”陈瑸说得坦然。

“也是，也是。不过大哥还是谨慎为好，俗话说，小心驶得万年船。”刘五哥说。

“那是，那是。哎，这位兄台，请问现在外面怎么个不安全？莫不是到处都有强盗？还请兄台明示。”陈瑸想问个究竟，就打听道。

“现在台湾局势混乱，人心惶惶，官府四处抓人，路上暴徒拦路抢劫，杀人越货，尤其是从闽到台的官场中人尤难通过。大哥幸亏不是官人，不然你就倒霉了。”刘五哥也不瞒陈瑸，娓娓道来，把台湾的现状说了不少。

“哦？怎么官场中人尤难通过？莫不是有人有意对付官府？”陈瑸更想了解。

“不瞒这位大哥，本人就是在此等待官人的。”刘五哥也不瞒陈瑸，说出了他的目的。

“兄台是在等待官人？等待哪位官人？”陈瑸问。

“听说新上任的台湾知县就要来了，在下就在等他。”刘五哥说道。

“新任知县？新任知县姓什么？叫什么？兄台是否知道？”陈瑸有意打听。

“知道，叫陈瑸，从古田来的。在下在此等候多时了。”刘五哥也不避陈瑸，如实道来，没有任何顾忌。

“啊？”林伯紧张地啊了一声，被陈瑸按住。

“兄台找陈瑸有何要事？兄台与他相熟？”陈瑸继续打听。

“大哥你不知道吧，在下要抓新来的知县陈瑸做人质，拿他去换牢里的犯人。”刘五哥侃侃而谈。

天哪，世间怎么就有这么巧的事情？两个“天敌”就坐在同一张饭桌上，幸亏谁也不认识谁，不然一场灾难在所难免。

“为什么？能说得具体一点吗？”陈瑸虽然心里颤抖了一下，可很快就冷静下来了。他必须要明白，人家为什么要抓自己？他在台湾没有任何仇人，怎么就成了人家抓捕的对象？陈瑸想详细打听打听。

刘五哥就说了一些官府欺压百姓的事情，尤其是强迫本土百姓缴税，不缴就抓人，简直如同土匪。现在官府抓了不少百姓关在牢里，刘五哥只等陈瑸一到就立即抓起来，陈瑸要是反抗就割了他的人头再去要挟朝廷。

陈瑸虽然震惊，但并没害怕，他趁机向刘五哥探问台湾百姓的痛苦以及当下局势动荡不宁的原因。

刘五哥见陈瑸话里言间十分同情台湾黎民百姓的困难处境，有时还怒斥官府视百姓如草芥，草菅人命，对这位长者多了几分敬意。

这时几个手下跑过来，报告刘五哥："报告大首领，没有发现官府的人。"

"禀报大首领，没有发现陈瑸。"

到这时，林伯吓得一身大汗，喊道："老爷……"

陈瑸依然泰然自若，按住了林伯，又是瞪眼睛，又是做手势，示意他什么也别说，千万别吐露天机。林伯才把要说的话咽进了喉咙。

刘五哥什么都没看出来，临别的时候，悄悄地在陈瑸的包袱上留下一个特别的暗号：一块麻布。他叫陈瑸千万别取下来，到时候有人问就什么也别说，见了这块麻布沿途的"关卡"就会放他们过去。

其实，刘五哥一切都安排好了，从码头到台湾县衙沿途都安排了暗哨，只要发现身穿官服的人就抓起来，并下了死命令，如遇反抗格杀勿论！

刘五哥万万没有想到，他要抓的人就在他的眼前，还和他交谈了好久，而且后来还一直受到他的暗中保护。不然，历史将是另一个版本。

第二天中午，一个小头目气喘吁吁地跑来报告：新知县陈瑸已经到达驿馆，并通知旧任官吏明天正式上任。

刘五哥听了大吃一惊，这怎么可能？他沿途设关堵卡，层层布防，把守森严，还亲自驻守码头，目不转睛地监视来台过客。没发现一个着官服的官府中人，刘五哥的手下盘查了好几个衣着华丽的四五十岁模样的男人，都不是陈瑸，这陈瑸怎么能混得过去呢？怎么就到了官府的驿站？难道他长了翅膀，飞天过海到的台湾？刘五哥越想越糊涂，立即赶到县城去打探实情，如此这般安排了一番，交代手下，发现陈瑸立即抓人。

第一天没有消息。

第二天一早，刘五哥顾不上吃饭，便跑到通街大道，混进观看热闹的人山人海中。

很快，刘五哥发现了新知县一行从驿馆那边鸣锣开道，朝县衙走来。刘五哥踮起了脚尖，睁大眼睛朝知县坐轿望去，这个新知县怎么那么面熟？再揉揉眼睛，仔细观看一番，更觉得好像在哪里见过。转眼，刘五哥发现紧紧跟随的仆人，那不就是那个去打饭的仆人吗？

刘五哥终于恍然大悟，禁不住惊叫一声：

“天哪，怎么是他?!”

“谁呀？大首领，难道您认识陈知县?”旁边的手下不解地问。

“没错！我认识他!”刘五哥肯定地说。

“要不要现在动手抓他?”手下问。

“动什么手？抓什么抓？不抓了！去告诉弟兄们，立即停止行动，全都给我回家!”刘五哥命令手下。

“啊？不抓了?!”手下不解地问。

“还抓什么抓？没长耳朵呀？当官的是他，我们就不用多操心了，都跟我回去!”刘五哥向他的手下挥挥手，埋伏在附近的罗汉门社的成员纷纷撤离，一场缉拿陈瑸的行动到此结束！

七

康熙四十一年(1702 年),陈瑸调任台湾知县。

早在 20 年前,台湾经郑成功从荷兰人手上收复,但并未归复大清。清朝政府派施琅率大军进攻台湾,历尽千辛万苦,终于彻底收复了台湾,台湾及其周围附属各岛纳入大清版图。而这时,多年的战争创伤使台湾经济、文化萧条,“民骁悍不驯”,民风与大陆有很大差异。一方面,因为以前受荷兰人统治压迫,老百姓对统治者普遍存在仇视、敌对情绪,痛恨官府;另一方面,土著的派客族(包括陆开族和普犹马族两个分支),大约有 4 万多人,属于高山游民,其性粗犷剽悍,难以“驯服”。而大陆派到台湾当官的人,从一开始就采取高压政策,残酷镇压岛上的民众,只要有点滴不满、反抗就采用武力打压,企图压服民众以平治地方。其结果事与愿违,哪里有压迫哪里就有反抗,压迫愈重反抗就愈烈。在当地老百姓眼里,官府就是一帮侵占他们土地、掠夺他们财富的强盗,因此台湾民变频繁,治安无法稳定。在接手管辖台湾的一二十年的时间里,台湾地方官吏从来没有吸取台湾民变不断的教训,从来没有一个知县、一个知府加以疏导,从来没有真正站在台湾民众的角度去想问题,而是带有强烈的偏见和歧视的心态,一味地视台湾民众为“刁民”,手里始终高举大棒,变本加厉予以镇压,尤其对高山族群众,一律鄙称之为“生番”,对他们的异常行动统统视为谋反,并不断禀报朝廷加以镇压。

远在京城的康熙皇帝所能接收到的关于台湾的信息十分有限,且全都来自福建巡抚、台湾知府,知县都没有直接禀报的权力。皇帝基本上只能听信地方官的汇报,地方官吏说百姓是刁民,皇帝也只能相信台湾的民众是刁民,地方官吏说要镇压百姓,皇帝也只能准奏镇压,上上下下纵容官吏实施杀戮,以致反抗镇压,镇压又反抗,循环往复,无穷无尽。实际上,这种统治的模式一开始就走进了一个死胡同。

当时整个台湾岛归属福建省，下设一府三县，一府即为台湾府，三县为台湾县、凤山县和诸罗县，台湾府治、县治同在台湾县，台湾县乃民变最烈之地。

后来陈瑸才知道，他一到台湾就成了“生番”首领要“抓捕”的对象，他第一脚踏上台湾的土地就已经置身于风口浪尖。听了那个彪形大汉的一番话，又沿路了解了一些民情，发现与他从官府听到的情况大相径庭，究竟是怎么回事？

摆在陈瑸面前的又是两条路：一是遵循原有的治理套路，坐在县衙，用前任的模式管理台湾，有民众闹事就镇压，每年到收割的季节就去征粮、收税，收不到税就率领官兵去抢，弄得辖区内整天鸡犬不宁；还有一条路，他没想好，肯定不能用现有的模式去治理台湾，怎么做，只有自己调查之后才能拿出办法来。

他不想走前一条路，古田的两年知县生涯让他明白，干什么事情都得从实际出发，如果当年他不去深入调查，能够找到破解古田税收难题的密码吗？

现在也一样，眼下台湾民怨太深，任何一种过去的治理模式都是死路，照前人的路走下去只会越走越窄。必须开辟一条新路，杀出一条血路，兴许还有一线生机。

他决定选择后者。但要选择后者就得先调查，先深入民众，多了解民情，然后再寻找破解难题的办法。

依然像在古田那样，微服私访。

这一次他和林伯没挑杂货担，除了依然穿着破旧，陈瑸换了个新行当：算命。他扮作算命先生，到各村转悠，了解情况。

他们来到罗汉门，主仆二人挑了个人多的村口，挂起了算命占卜的小旗子。然后陈瑸把两枚铜钱放在龟壳里，手里摇啊摇，口里不停地念叨：“天灵灵地灵灵，东方的菩萨来显灵……”

他手舞足蹈，神神道道，还挺像那么回事，不久就吸引了许多村民。

这一带的高山族人与汉人混居，彼此常有交往，高山族的人不仅能听懂汉话，很多人还能说汉话。他们以前没有见过用龟壳占卜的，见陈瑸用龟壳占卜，感到很新奇，就试探着请陈瑸为他们村寨占一卦看看。

陈琮摆开架势，根据他前面初步了解的情况，掐指一算，摇摇头，说：“不好，贵寨可有牢狱之灾？”

“啊？！大师您真是神仙下凡，我们寨子里已经有 18 个人被关进大牢了，听说官府还要来抓人。请大师指点迷津该如何应对？”一个长者说道。

“官府抓人可是为赋税之事？”陈琮问。

“正是，正是。”

陈琮又摇了摇龟壳，说：“不对呀，你们寨子的赋税不是缴了吗，怎么官府还要抓人？能否如实相告？在下好给诸位再算一卦。”

“大师有所不知，我们的税真的都缴了，可官府还是说没有交足，非逼我们再缴不可。”长者哭诉。

“怎么个逼法？”

“人头税每丁四钱七分，差不多要一石半稻谷，我们都缴了。”

“难道还要增加？”

“可不是！官府又说征得的税额须熔铸成银块上缴，熔炼时有耗损，还要补交‘火耗税’，每丁要缴五钱多，这不是把我们往死路上逼吗？”

“这哪是收税，是吸血。一帮吸血鬼呀！”

陈琮心里细算了一下，内地人头税是每丁二至三钱，台湾每丁却要征四钱七分，还要加火耗税，每丁居然要交五钱多，相当于两石稻谷，这是多重的赋税呀！高山族人忍无可忍缴了丁税，增加火耗税实乃雪上加霜，谁不气愤？

听了大家的诉说，陈琮对他们深表同情，叮嘱大家千万别跟官府对着干，等等再看，兴许菩萨会给他们减税的。

高山族人见陈琮占卜极准，纷纷拿来米、钱作为酬劳。

陈琮忙摆手：“免了免了，各位实乃不易，我算命占卜只收富人钱财，不取穷人一文，失陪了，进城占去喽。”

听说算命先生要进城，那位老者给他找来一块麻布片，系在林伯的包袱上，叮嘱他们千万别把麻布片解下来，这块麻布片会保佑他俩平安。

陈琮就纳闷了，怎么又来了一块麻布片？难道这么一块麻布片真的能保佑他们平安？这已经不是第一次了，那天在码头的饭店里那位彪形大汉，也就是那个大首领也给了他一块这样的麻布片，说是可保平安，结果他们进城的时候有人盘问他们，一看见那块麻布片就再也没人多问了。一块麻布片居然这么神奇？陈璸这回从县衙出来忘记了拿那块麻布片，寨子里的长者又给他系上一块，他还是决定问个明白。

“敢问这位兄台，这块麻布片可有讲究？”陈璸问那长者。

“讲究大着呢！大师，这可是我们罗汉门社的信物，大师只要系上这块麻布就没人为难大师了。如果大师遇到麻烦还会有人帮助大师。”长者说。

“哦？原来如此，那在下可得好好算算。”陈璸明白上次遇到的那个大汉有可能就是罗汉门社的大首领，干脆停下来，又装模作样占卜算命，糊弄了一阵，道，“哎哟，你们罗汉门社的大首领可是个大胡子？”

“啊?！神仙呀，真是神仙，这您都能算出来？”老者惊讶。

“还是个彪形大汉，早几天还跑到码头要抓新来的知县陈璸，可有此事？”

“是是是，确有此事。大师真乃仙人，真是大菩萨呀，什么都能算出来，了不得呀，了不得！仙人，能否再请您算算我们大首领何时抓到新知县陈璸？”

陈璸摇了摇头，说道：“天机，天机不可泄露！”说完就匆匆离开了村寨。

回来的路上，陈璸一路叹息：古田是个穷坑，台湾是个苦海，他是从糠箩里跳到了米箩里，再跳也跳不出这个箩筐。现在只要稍有不慎就会落到罗汉门社的人手里，就会落到大首领手里，落到他们手里他还能留个完尸？一想起这些身上的汗毛都立起来了。

从山寨到县城，陈璸和林伯一直提心吊胆，生怕落到罗汉门社的人的手里。人家要把他当作人质去交换牢里的犯人，这件事就闹大了，他自己都无法收拾。陈璸太了解了，如果自己落到罗汉门社手里，这边要他当人质，朝廷那边会答应？朝廷上上下下都会是一个态度，镇压，镇压，到时自己死了不要紧，罗汉门社要死多少人？仇恨的种子要埋下多少？虽然一路上到处都有人盘查，两人没有吐露半点与官府有关的事情，人家也没看出这两个乡巴佬跟官府有什么关系，一路回来都是顺利通行，总算进了县城。到了县衙，陈璸径直去了知府衙门去跟知府大人报到。

“下官陈璸前来知府报到。”陈璸进门跟知府老爷施礼说道。

从原来的台湾知县提拔为现在的知府，胡德早就听说了陈璸治理古田政绩突出，还是很佩服陈璸的。

“久仰久仰，听闻陈大人治理古田政绩斐然，本官实在佩服，今日能和陈大人共事实乃三生有幸呀！”胡知府拱手鞠躬，十分谦逊。

“岂敢岂敢，胡大人过奖了。下官初来乍到，日后还要请胡大人多多关照。”陈瑸同样谦卑。

“好说好说。陈大人来台履职乃台湾之幸，本官已在城中最繁华的酒楼定好酒席为陈大人接风洗尘，请陈大人明日一定赏光。”胡知府说道。

“下官先谢过知府大人抬爱，明日下官一定按时赴宴。”陈瑸见过知府，办好交接手续就离开了知府衙门。

陈瑸平日极少参加宴请，在古田的时候无论哪个豪绅地主宴请，陈瑸从来都是拒绝，除了县衙那次请乡绅吃饭陈瑸不得不出席之外，在古田陈瑸没有接受过任何人的请吃。可这次自己才来台湾，知府大人设宴接风洗尘，没有理由拒绝，总不能说自己从来不接受请吃，那样就不近人情了。自己廉洁没错，可也不能太古板，太古板了就会把自己孤立起来。人在官场也得讲个平衡、协调，不可孤独行船，上司请客还是要去的，请客吃饭也是上下沟通的一种方式，唯有应允。

次日他准时赴宴，早早来到了台湾大酒楼。

宾客满座，来的都是台湾知名人物，除了知府衙门的主要官员，台湾三县的知县也一一出席。胡知府在向众人介绍时无不强调陈瑸如何精明强干，古田政绩如何辉煌突出，实在让陈瑸有受宠若惊之感。

陈瑸被胡知府拉到身旁坐下，频频敬酒。

酒过三巡，宾主自然扯到台湾政事。

胡知府就说：“文焕兄，你初到台湾，本官得尽早提醒，台湾累生民变，原因在于‘生番’桀骜凶悍。治乱须用重典，绝不能对‘生番’有半点心慈手软，更不能姑息迁就。”

“哦，真有那么严重？”陈瑸已经知道台湾局势非常严重，口里却还是显得一无所知，懵懵懂懂地问道。

“文焕兄待久了就知道了，台湾可不比古田，也不比内地其他地方。我大清接收台湾以来，治台之策只有一条，就是用重典，狠狠惩罚，决不手软。”胡知府说。

“对付江洋大盗必使重典惩治，至于一般番民，下官以为还是应以安抚为上，用感化之策平息民变。古人云，政之所兴，在顺民心；政之所废，在逆民心。知府大人，您说是吗？”陈瑸心里对知府的做法颇有微词，就试探着说道。

“非也，非也，文焕兄，你的这种想法断不可行。在台湾，绝对不能用安抚之策，安抚无异于姑息养奸，感化犹如抱薪救火，奉之弥繁，侵之愈急，万万使不得啊！文焕兄，什么民心不民心，对台湾人就得用铁的手腕，棍棒出民心，那些个仁义礼智信在这里是行不通的。”胡知府态度坚决地说道。

陈瑸感到震惊，一步入台湾政坛他就感觉到与内地的差异，看来自己与顶头上司的分歧实在太大了，简直是一个在天上，一个在地下。他本来还想跟知府大人争论一番的，可转念一想，今天是知府大人为自己接风洗尘，他不能一来就跟上司抬杠，闹得不愉快，再说酒桌上也不是辩论的地方，也就不再多说了。

“好好，下官回去定将认真领会知府大人的教诲。下官非常感谢知府大人盛情款待，下官单独敬知府大人一杯。”陈瑸举杯，一饮而尽。

随后他又敬各位知县大人，一一干杯。

陈瑸其实很有酒量，一斤白酒下肚仅是微醉，神智还十分清楚，只是平日极少端杯。

回到县衙，陈瑸静下心来想着知府大人跟他说的一番话，心里很不是滋味。一个知府对待群众如此态度，简直水火不容，长此以往，民变怎么能平息？根据自己的初步了解，这里的老百姓并非知府所说的剽悍野蛮，不通人性，更不是一群刁民，何以如此对待？为什么一开始就要把官府跟百姓对立起来？为什么对百姓总是居高临下，咄咄逼人？为什么就不能平等相待，彼此沟通？陈瑸突然觉得，一个地方的治理关键还在于治理者对被治理对象的态度，一定要有一个平等的态度，正所谓“君之视民如草芥，民之视君如寇仇”，前人的经验教训不可忘呀！

在台湾，不管是汉人还是高山族人，都是大清王朝的子民。既是子民，则“不遗在远，身为民牧，岂能视百姓为仇敌”？

这时，陈瑸突然想起自己的家乡雷州半岛，历史上也是番族聚居之地，但各族人民都能相互沟通，融洽共处。早在1000多年前，“樵国夫人”以团结为本，联合岭南百越各族，背面臣服，实现了岭南的长治久安，这样的好经验，难道不值得借鉴吗？

身为台湾一县之令，摆在陈瑸面前的首要任务就是平息民变。而激起民变的直接原因就是赋税之重，对老百姓来说简直重于泰山，这和古田当初的情况十分相似。同样都是抗交或者拖欠赋税，所不同的是，古田的百姓采取了逃避的办法，宁肯逃到山里挖山洞藏匿；而台湾的民众则不躲不逃，采取的是“聚众滋事”，对抗官府。陈瑸清醒地认识到，如果再采取惩戒、镇压的办法，无疑是火上浇油，后果不堪设想，局势会越来越动荡，以致不可收拾。

陈瑸觉得最有效的办法还是将各种具体的原因摸清楚，针对不同情况采取不同办法，对症下药，釜底抽薪，各个击破。

有了这个思路，陈瑸就决定着手一一解决。官府抓了那么多拖欠赋税或者抗税的人，这些人到底抗交了多少税？为什么要抗税？有没有缓解的办法？这一切都得调查清楚。

还是先去监狱，罗汉门社的大首领要用自己作为人质换他们出来，那这些人到底该不该坐牢？该不该受到惩罚？

这一天，陈瑸叫差役带路，到监狱去询问情况。

进了监狱，陈瑸对所见的情形感到震惊。牢房阴暗潮湿，便迹遍地，恶臭难闻。时值寒冬腊月，台湾虽不似大陆北方天寒地冻，飞霜飘雪，但也还是寒风凛冽，冰冷刺骨，而狱中犯人全是单衣裹体，抓来时穿的什么衣就是什么衣，没增一件，个个啼饥号寒，这哪是人待的地方？

更有甚者，监狱所关押囚犯，多是老弱病残——年轻力壮的都跑的跑躲的躲，剩下这些老弱病残，还有妇女，都是跑不动的对象，生生被官兵所擒——这些人身体单薄，抵御不住风寒，不少人已经病倒了。

陈瑸赶紧叫来狱吏：“怎么能这么对待犯人？如果这里面有你们的兄弟姐妹、父老乡亲，你们能这样对待他们吗？看看你们自己，个个穿着棉袄，他们还是单衣；再看看这屋里脏的，这是人待的地方吗？典狱长呢？”

“典狱长到，请陈知县训导。”典狱长跑上前来，答道。

“赶快找衣服来，旧的破的都行，赶紧发给犯人保暖。”陈瑸命令道。

典狱长连忙命令手下去找衣服。

“还有，把监房里所有有病的犯人都集中到避风干燥之地，赶紧请郎中来看病抓药，每个病人都要施以汤药。你听好，若有病人病死狱中，本官拿你是问！”陈瑸态度十分严厉，语气不容置疑。

典狱长连连点头称是。

从监狱出来，陈瑸的心情十分沉重。在古田的时候他也去过监狱，那里的监狱虽然也很破旧，可管理得还不错，哪像这么糟糕？监狱是实施集中管制有罪之人的地方，怎能如此对待犯人？犯人也是人，是人就要把他们当人看，不能当牲口看，眼下这一切实在令人痛心。

陈瑸有写日记的习惯，这一天他在日记中写道："而狱中污秽，暗无天日，饥寒交迫，疾病丛生，每多瘐毙，又多勒索，一有不从，遭其荼毒，阴房寂寞，与鬼为邻，可哀也矣。"

过了三天，陈瑸还是不放心，生怕有病老者死在监狱，他再次来到监狱。只要死一人就可能再次激起民变，民变一旦再生很可能就不可收拾，陈瑸不希望在他手里引发民变。

还好，监狱的情况正在好转，有病的都得到了医治，单衣裹体的犯人都穿上了棉衣，牢房里也打扫得干干净净。陈瑸甚是欣慰。

陈瑸想，到了跟里面的犯人好好交谈的时候了。

其实，犯人并没有太高的要求，他们只要有基本的生存权利就心满意足了，当他们生存条件有些微的变好他们就感激不尽。现在新知县又亲临牢房询问情况，这在过去是不可能的，是不可想象的。以前哪个知县到牢里来过？有哪个知县管过他们死活？现在知县大人又是给衣服又是给看病治病，他们真是遇上活菩萨了，一个个感动得泪流满面，不再像往日那样对官府的人充满敌意了。过去受审时，他们或拒不答话，或谩骂攻击，谁都对官府充满着仇视；今天他们虽然还是坐在被审席上，却不再沉默，不再抗拒，不再仇视，而是据实回答。

陈瑸从犯人口中获得的情况与在山上装算命先生微服私访时了解到的情况完全一样。清初的台湾，仍处于半开化状态，而朝廷视之亦等同化外蛮荒。当地土豪劣绅肆意鱼肉百姓，官方经常草菅人命，故造成民变不断。台湾官府为了隐瞒劣迹，采取高压手段，将301名无辜百姓加以抗交租罪名，逮捕入狱。陈瑸又认真审遍案卷，深入犯人中了解实情，知此批囚犯，本属良民，均系无法上交官吏的勒索苛捐，才无辜被关的。台湾自府以下，层层加征，百姓已经苦不堪言。官吏再增加火耗税一项，老百姓更是不堪重负，无法生存。官府逼税处处高压，百姓无奈只好反抗，矛盾一日比一日尖锐，越来越不可调和。而知府还不断上奏朝廷台湾民变不断，朝廷偏听这些地方官吏所奏报，将台湾动乱之症归结为"番害"，实在是本末倒置，颠倒黑白。

在陈瑸的心里，他认为吏治非整肃不可，可现在整肃吏治还不是时候，当务之急就是将牢里羁押犯人的案情厘清,并加以妥善处理。

陈瑸首先四处张贴安民告示,告之百姓将重新审理因征税引发的案件,一定秉公处理。同时派衙役逐一到各村寨传话,准许囚犯家属探视和送衣物食品。

此前他召集监狱所有公差训话,约法三章,不许克扣送给犯人的食品,更不准据为己有,一经发现,便以贪污盗窃论处,严惩不贷。狱吏慑于陈瑸的严厉,谁都不敢造次,故而囚犯都得以善待。

囚犯能与亲人见面,不带任何条件,这在以前简直不可能,以往家人要见关在里面的犯人一面非得上下打点不可。故探监之际,个个感激新知县的恩典。

其情其景自然通过来探监的人带回到各村各寨,知县陈瑸成了救苦救难的菩萨,陈瑸这个官府中人被台湾的黎民百姓奉为了救星。

陈瑸上任之后,台湾官民关系开始好转,局势也日趋缓解。

经过一番清理,民变的案情已经十分清楚,陈瑸认为,民变责任完全不在民众,而在官府。他在日记中写道:"然贪婪之吏,以宦为贾,舞弄文墨,剥民肌膏,三年报罢,满载而归,而台湾府县之缺,遂为巧妄所争也。"仔细想想民变之由来,"所以常闻蠢动者,始由官以吏役为爪牙,吏役以民为鱼肉;继则人民以官吏为仇敌,词讼不清,而械斗扎昔之端起,奸宄得志,而竖旗聚众之势成"。

把这批犯人释放,一个不剩地释放。陈瑸萌发了这样一个想法。

这需要勇气,巨大的勇气。这 301 人全部是上一任知县关进来的,罪名是抗税,现在他要把这 301 人放走就等于是对前任的否定,他能跟自己的顶头上司叫板吗?真要跟顶头上司叫板就会彻底得罪顶头上司,得罪顶头上司会有什么好果子吃?以后还怎么在台湾待?什么人都可以得罪,就是不能得罪顶头上司,陈瑸不是不知道。

可不得罪顶头上司又怎么办?他在台湾县还怎么施政?明明知道顶头上司错了还要将错就错?难道就只能上面怎么说他就怎么做?明明知道这是坑害百姓还要跟着去坑害百姓?

是要 301 个还是要一个?301 个是代表民心,民心所向。一边是自己的顶头上司,一边是天下百姓,他应该站在哪一边?他应该帮谁?如果什么都不做就能跟顶头上司保持高度一致,什么风险也没有。自己是没风险,可老百姓却有风险，明显地，那301个人就是在水深火热之中。

选择是极其艰难的，是残酷的。他自己过去就是个普通百姓，如果自己平白无故被官府抓了会怎么想？会怎么痛恨官府？人没有任何罪却被当成有罪抓进了大牢，身心是多么难受？难道他还要跟着知府去坑害这些无辜的百姓？按照陈瑸的性格，他是不会迁就的，是不会眼睁睁看着老百姓受罪的，他办事有两条原则：一是上看朝廷，看皇上是怎么要求；二是看百姓，看是不是对百姓有利。现在，如果他沉默，也许不得罪顶头上司，可是让百姓受罪，这也不符合皇上的真正意图。皇上的真实意图是让天下百姓安居乐业，把这301人关在牢里能让台湾的百姓安居乐业？显然不可能。现在自己想做的只要符合皇上的要求就大胆去做，放走这301个犯人实际上是能够真正稳定台湾，有利于解决台湾的根本问题。这样做既符合皇上的意图，又有利于百姓，放走这301个犯人绝对会受到台湾人民的拥护，陈瑸觉得这事必须要做。所以他最终决定选择民心，选择跟顶头上司叫板！

陈瑸向知府胡德递送了一份呈文，就处理台湾民变一事提出了自己的意见，他认为：第一，降低税额，参照福建山区丁银，每丁比往年减半；第二，凡属在征税中受到牵连入狱之人一律释放。

胡德知府一看陈瑸的呈文，气得火冒三丈，口里骂道："反了，简直反了！"胡知府怎么也想不到这个陈瑸新官上任的三把火竟然烧到自己的头上来了！为他接风洗尘的时候自己对他不错，逢人便夸陈瑸是贤能，是干才。这下好了，贤能、干才，一上来就跟自己干上了，就把靶子对准了自己，就拿自己开刀了！表面上看，陈瑸是要减税放人，实质上是翻他的老底。这所有的一切都是他在台湾当知县时做的，人是他抓进去的，税是他逼着交的，陈瑸这样做等于是对他工作的全盘否定。治理民变必用重典，我哪里有错？这不是有意和我过不去吗？

断不可接受陈瑸的呈文！断不可听信陈瑸的一派胡言！胡德以不能放纵"生番"、滋生民变为理由，断然批下八字："一派胡言，予以驳回！"从而坚决否定了陈瑸释放在押山民的呈文。

陈瑸收到知府的批复已经到腊月二十七了，离过春节只有两天了。春节是中华民族的传统节日，无论是汉民还是高山族人，都非常在乎回家过年。陈瑸认为知府的批复完全没有道理，因为他有充分的理由、确凿的证据证明这是一宗冤案。他这时突然想到了福建巡抚梅鋗，梅大人不是说了有什么事情可以直接找他吗？在古田的时候他没有遇到什么麻烦，也就没有找过梅大人，可一到台湾就遇到麻烦了。人命关天，牢里的301名犯人他是决计要放的，现在只有把希望寄托在福建巡抚梅鋗大人身上了。陈璸立即另写一份呈文，600里加急直呈福建巡抚梅鋗。他相信，梅大人一定会支持他的。

年关已近，父老乡亲都盼望着狱中的亲人回来过年。陈璸自己也有三年多没有回家过年了，自己是朝廷命官，公务在身，已经无暇顾及，可想想那些无辜地被关在牢里的人，将心比心，更觉得自己应该为民做这一件好事。如果狱中的亲人能够回家过年，对老百姓的安抚比什么语言都有说服力，做一件实事比说一万句话有用。他在呈文中这样写道："然抚垦虽兴，而番害尤烈。长治之计在于协和。化行风美，斯为善也。夫天下大器也，聚众而成家，聚众家而成国。国之厉害，犹家之厉害也，故治爱家者必之爱国。"

陈璸从老百姓的家庭与国家的关系去考虑，平反冤案不仅仅是台湾的治安问题、稳定问题，也是关系到天下长治久安的大问题，是政治问题。虽然他相信梅大人应该会同意他的做法，会批准他的呈文，可年关在即，没时间再等了。转而又想，要是梅大人不同意，不批复呢？一切都不敢想象。

陈璸觉得，自己看准了的事情就得做。于己，这是当官履行自己的职责，知错就改；于人，这是做好事，这些没罪的人过年了为什么不能跟家人团聚？于国，这是为了一方安宁，哪怕没有上级的批文，这事他仍觉得该做。

林伯一直跟着陈璸，对陈璸在官场上要做什么事情从不过问，他也不懂。可这回老爷要把牢里的犯人放走他还是知道是什么事情，这不是个小事，是天大的事情。老爷做什么事情他都觉得是对的，唯独这一次，他觉得不对。牢里的犯人是能随便放出来的吗？别说301个，就是一个都不行，大清的法律他还是知道一点，放一个犯人就是大罪，要放301个犯人，那是什么罪？是多大的罪？死罪！绝对是死罪！所以当陈璸决定要放犯的时候，林伯第一个站出来反对的。

"使不得，千万使不得，老爷。"林伯对陈璸说。

"哟，你还知道使不得？你知道怎么使不得？"陈璸倒觉得紧跟着他不离不弃的林伯挺有意思的，怎么他都出来阻拦，难道我真的做错了？

"牢里的犯人是放不得的，莫说301，就是一个都不行。老爷，您可千万不能感情用事，放了就麻烦了。"林伯说。

“放心吧，林伯，我知道怎么做！”陈瑸说道。

“老爷，您要是真把他们放了，您自己就得进去。”林伯也不知道说别的什么道理，但他知道一个简单的道理，放走了朝廷的犯人，自己就得成为朝廷的犯人。

“怎么？怕了?!”陈瑸问。

“不是怕，是不值。只要您不把他们放出来，您说什么都可以，一旦放他们出来您就真的只能进去了。”林伯回答。

“放心吧，不会的。我都想好了，什么事情也不会发生的，你就别操心了吧。”陈瑸很有把握地说。他没有告诉林伯，他已经把公文 600 里加急送到福建巡抚梅鋗大人那里去了，梅鋗大人绝对会支持他的。眼看就要过年了，既然决定了要放他们出去就必须在年前放，过了年放就没有意义了。

这实际上是冒险，冒巨大的甚至是杀头的风险。

但陈瑸已经义无反顾，决心已定，就在春节的前一天，陈瑸把涉嫌民变并且是他认为无罪的共 301 名“犯人”全部释放，让他们回家与家人团聚。

八

该释放的都释放了，唯独有一个人没有放，典狱长悄悄跟陈瑸说："此人不能放。"

"为何不能放？"陈瑸不解地问。

"这人是罗汉门社大首领刘五哥的妹妹，知府大人再三交代，没有他的批示谁都不能提审此人，更不能让此人离开监狱半步。"典狱长回答。

"此人可是知府衙门管辖之囚犯？"

"那倒不是。只是因为罗汉门社首领带头抗税，知府大人原本是要抓罗汉门社首领的，没抓到，就把他妹妹抓来了，下了死令，不准此人出去。"

"那好，这事知府大人问起来你就说是本官的决定，林伯，过来。"

林伯匆匆跑来，问："老爷，您有何吩咐？"

"去，马上叫李捕快过来，你跟他一块，把这个女孩亲手交到罗汉门社首领手上。"陈瑸命令道。

"好的，小的这就去办！"林伯匆匆出门。

不一会儿林伯就叫来了县衙的捕快。

陈瑸再三叮嘱，一定要把罗汉门首领的妹妹亲手送到首领手中，两人领命而去。

罗汉门首领的妹妹叫刘阿妹，15 岁，虽然被关在监狱里，却关不住女孩子的秀美，大眼睛，扎个大辫子，人见人爱。大概因为是大首领的妹妹，监狱一点也没为难这位小姑娘，一个人一个小单间，显然没受什么罪。

三人刚刚出县城，到了郊外的一个山坡上，捕快突然把林伯拉到一边，小声说："回去吧，在下一个人就能送到。"

"不行，老爷吩咐了，叫我们两个人一块去送，我岂能一个人回去？"

"实话跟你说吧，这个人是知府大人要的人，你回去就跟陈知县说，下官把她带到知府去了。”

“使不得，使不得，千万使不得！陈大人说了，涉嫌欠税囚犯一律放假回家过年，就算知府大人要这人也要等过了年之后再说呀。”

“你是听知府的还是听知县的？”

“我听陈知县的。难道你敢违抗陈知县之命，你忘了你是拿谁的俸禄？”

“这是知府的命令，你敢违抗？”

“我不管什么知府不知府，我只认我们家老爷。”

“你敢？！滚！不然老子对你不客气！”

捕快说着抽出了佩刀，用刀尖顶在林伯的胸前。

林伯有些害怕了，嘴里说着：“李捕快你这是干什么？有话好说，有话好说。”

林伯退了几步，看见旁边有根砍断的树杈，就捡起来突然向李捕快扑打过去，嘴里喊道：“刘阿妹快跑！”

刘阿妹听到喊声立即跑了起来。

李捕快一刀砍过去，林伯手上的树杈被砍成两段。

李捕快顾不了林伯的纠缠，朝刘阿妹追上几步，突然从身上掏出一个深套抛撒过去，一个圆圈的绳套就套在了刘阿妹的脖子上。眼看刘阿妹就要被他往拉回，林伯眼快，飞跑几步，突然从衣袖里抽出一把匕首，嚓的一声就把那绳子砍断了。

原来，林伯自跟随陈瑸以来身上就随身携带了这把匕首，一直想着关键时候保护陈瑸。在古田的时候还从来没有遇到过危及生命的事情，也就从来没有拿出来过，今天情况实在太突然了，不得不拔剑救人。

“王八蛋，你还敢坏老子的事？你不想活了？！”李捕快见林伯把绳子砍断了，就挥起大刀朝林伯砍去。

林伯过去习过武，对付一两个人没问题，就飞舞匕首跟李捕快对打起来，嘴里一边喊着：“刘阿妹快跑！快跑！”

林伯跟李捕快对打了几个回合，可一会儿林伯就不是李捕快的对手了。他拿的是匕首，太短，人家是长刀，占绝对优势，李捕快一阵猛砍，林伯抵挡不住，被李捕快砍了一刀，鲜血直流。李捕快正要继续追赶刘阿妹，突然一个手持长枪的大汉从路旁跑出来，朝李捕快猛刺过去。李捕快躲闪不及，被大汉一枪刺倒在地，大汉高举长枪朝李捕快的胸口就要刺将下去，林伯大喊道:“住手！好汉枪下留人!”

“哥,不能杀他!”不远的地方刘阿妹跑回来喊道。

那大汉才停了刺杀。

林伯仔细一看,大汉正是那次码头上看见的那个男人,也就是罗汉门的大首领刘五哥。

“大哥,是你?”林伯问。

刘五哥也认出了林伯:“是你？你怎么会在这里？你不是陈大人的随从吗?”

“是他救了我,哥。”刘阿妹跑上来说,又走近林伯,见林伯肩膀上在流血,焦急地问,“还在流血,痛吗?”

林伯摇摇头:“没事没事,一点皮外伤。”

刘五哥不胜感激:“多谢这位兄台救了小妹一命,请受小弟一拜。”刘五哥正要拱手相拜,躺在地上的李捕快突然飞身跃起,用飞刀砍刘五哥。刘五哥眼快,先侧身躲闪,接着飞枪拍下,把李捕快再次拍倒在地,并用枪尖顶着李捕快的喉咙:“你信不信老子一枪刺了你?”

“大哥,枪下留人,他是官府中人,千万不能冲动。”林伯说道。

“哥,不能杀他！杀了他我们就没法跟陈大人交代了。”刘阿妹也劝刘五哥。

刘五哥那一枪才没有刺下去。

“来人!”刘五哥喊道。

不远处跑来几个手下,问道:“大首领有何吩咐?”

“把他捆起来!”刘五哥命令道。

“是!”几个手下立即夺了李捕快的砍刀,把他牢牢捆住。

“敢问兄台尊姓大名？在下也好记住兄台的救命之恩。”刘五哥问道。

“在下姓林名伯,是奉陈知县之命来护送刘阿妹回家的。正好大哥来了,在下就把刘阿妹交给大哥了。”林伯说道。

“走,林大哥,小弟请你去罗汉门喝酒,定要好好答谢林大哥!”刘五哥收了长枪,非要请林伯去他们山寨喝酒不可。

“免了免了,你妹妹已经给你送回来了,本人的任务也完成了。在下还要回县衙禀报陈大人,就不去贵山寨了,下次再来拜访。”林伯说着,拱手告辞。

“这……怎么能让兄台空手而归？这样吧，这个送给林大哥做个纪念。”刘五哥把手里的长枪递给林伯。

“好，大哥的这个礼物在下收下，非常感谢。”林伯接过长枪，躬身致谢。

林伯正要走，却拿被捆在地上的李捕快发愁。

“还是让我带回去吧。”林伯边说边要给李捕快解开绳索。

“万万不可，这人狡猾多端，兄台的好心他未必会领受。你要把绳解了半路他就会把你砍了，要不我派几个弟兄帮你把他送到县衙？”刘五哥已经领教李捕快的厉害了，知道林伯根本不是这个恶人的对手。

“大可不必，感谢大首领一番好意，还是我和他一块回县衙吧。一块来的，一块回去，差事也办了，在下也好向陈大人交差。”林伯不想把事情闹大，如果李捕快愿意，他还准备帮他把今天的事情瞒着。

“不行，我信不过这人。兄台，为了你的安全，刘某是断不能让你一个人带他回去的。要不这样，你也别带他回县衙，我也不带他进山寨，就把他留在此地，反正有路人经过他也死不了，兄台意下如何？”刘五哥实在担心林伯的安全，怎么也不放心他一个人带这个人回去，只好想了这招。

林伯无奈，也许这是最好的解决办法，就同意了刘五哥的意见。几人客套了一番，各自散去，留着李捕快躺在路边无人理睬……

话说陈瑸放犯之举，无异于在台湾的上空炸响一声惊雷。百姓奔走相告，如浴甘露，无不称陈瑸知县为大菩萨，是救民于苦难的大英雄。最不开心的是知府胡德。听闻陈瑸放犯，加上李捕快回来告状，胡知府恼羞成怒，这还了得？眼里还有没有他这个上司？实在是可忍孰不可忍，李捕快回来禀报之后，他立即叫来了衙门执事，一字一句口授檄文，写成奏折，越过福建巡抚衙门，直接递上朝廷，揭参陈瑸私纵狱囚，放纵“生番”，为民变火上浇油。

私放在押囚犯是砍头的大罪。清朝收复台湾之后颁布清律，严惩“十恶”，其中首“恶”就是谋反。朝廷一直为台湾累生民变着急，将民变等同于造反，有如洪水猛兽。如今得到台湾知府奏折，说陈瑸私放囚犯，朝廷认为陈瑸这是对“生番”过分纵容，姑息民变就是纵容谋反，纵容谋反就是大罪。

陈瑸能到台湾任职正是福建巡抚梅鋗极力推荐的。胡德知道，梅鋗梅大人是很赏识陈瑸的，一旦陈瑸向巡抚梅鋗报告很可能他会相信陈瑸，放犯的事情很可能还会得到批准，陈瑸罪大恶极的行为就会变得合理合法，这是胡德绝不愿意看到的。胡德在台湾经营多年，知道该怎么对付陈瑸，于是他就安排了手下在途中把陈瑸的呈文半路上拦截了。那边陈瑸的禀报文书刚刚交给驿站的官员，胡德这边半个时辰就收到了陈瑸的呈文。

陈瑸的呈文到了胡德手里就成了一张废纸，很快就被胡德一把火烧了，化为了灰烬。

陈瑸没有禀报，私放人犯就是罪加一等，等待陈瑸的绝对是灭顶之灾。

“陈大人，您给福建巡抚梅鋗大人的公函没有送出去。”就在陈瑸放犯的那天下午，李县丞告诉陈瑸。

“没有送出去？什么意思？”陈瑸不解地问道。

“您的那份公函已经到了知府胡德大人手里，被胡大人烧了。”李县丞说。

“不，这不可能，我亲自派人送到驿站的。”陈瑸打死都不相信这是真的。

“千真万确，陈大人。”李县丞说。

李县丞跟驿站的一个哥们关系不错，是那哥们偷偷告诉李县丞的。而知府那边，给胡德当差的是他表弟，看着胡德把陈瑸的公文烧了，也把这事告诉了李县丞。

李县丞以前在胡德手下做事，对胡德的很多做法很反感，两人有过节。反过来，虽然陈瑸才来不久，李县丞觉得陈瑸是个正直的人，看到陈瑸放犯他心里是赞成的。

陈瑸一听非常气愤，胡知府怎么这么卑鄙？跟他来这一手，这不是要置他于死地吗？他要得不到梅大人的批准不就真的成了私放人犯吗？不就真的冒犯大清法律了吗？放一个都不得了，现在放了 301 个，10 个脑袋都不够砍呀。

“不行，我得去找他。”陈瑸就要动身去找胡德。

“去不得，陈大人，现在您千万去不得。”李县丞拦住了陈瑸。

“为什么？难道就这么算了？”陈瑸真的很气愤，一个知府怎么能这样对待手下，这是要置他于死地呀，他还能沉默？

“没用，您去了也没用，人家不仅不会承认，反而会倒打一耙，说您无中生有。真要对质没一个人会站在您这一边，还跟他理论什么？”

“那就这么算了？本官就真的要等着受死？”陈瑸又气又恨。

“还有别的办法可以补救。”

“还有别的办法？你是说……有了！”

“有了什么？”

“我现在就去省城找巡抚梅大人，梅大人肯定会支持本官的。”

“您不能去，大人。”

“这又是为什么？”

李县丞就说了原因：“一、你是台湾知县，一县之长，你现在离开台湾，台湾群龙无首，就会乱成一团；另外，胡知府这个人我太了解了，什么事情都干得出来，也许还没等你到福州你人就没了，最好的办法就是您哪也不去，稳坐台湾。”

“那就等着上面来拿我的首级？”陈瑸捏了一把汗，没想到事情会这么复杂，官场会这么险恶。人在官场，真是如履薄冰。

“陈大人，如果您相信下官，下官愿意立即启程去省城找人，兴许我们还能扳回败局。”李县丞给陈瑸出了一个主意：让陈瑸赶紧再写一份公函，他专程跑一趟省城。巡抚衙门有他的老乡，请人家直接交给梅大人，这事还有挽回的余地。

陈瑸一听觉得有道理，现在找胡德没有任何意义，只有赶紧向梅大人禀报才是最好的办法。于是就采纳了李县丞的建议，他重新写了一份呈文交给了李县丞，让李县丞直接去找巡抚梅鋗梅大人，向梅大人实事求是地汇报放犯的情况，恳请梅大人支持。

李县丞拿了陈瑸的呈文当即出发去了省城。

再说朝廷接到台湾知府的奏折后甚为震惊，立即派钦差大人赴台查办。

这时的陈瑸也已经做了最坏的打算，如果福建巡抚梅鋗大人及时批下他的呈文他还可能有得救，如果梅大人没批他的呈文他就是死路一条。他做出这个决定之后就跟林伯说，这次只怕是凶多吉少。如果自己被关进大狱，就请林伯帮他办一件事情，他手里还有500两银子，自打到古田当知县以来，他从来没有往家里寄过一文钱，除了捐给古田的义学，就剩了这点钱，现在是该拿出来的时候了。他请林伯帮他带回老家，不要给家里，更不给任何亲戚朋友，而是捐给雷州知府修建河堤，这是他从小的愿望。还是在家读书的时候，他就跟恩师洪泮洙为修筑家乡的河堤四处奔波，两人还一起上书雷州府建议怎么修堤，可惜雷州知府没有采纳他们的意见。这事陈瑸一直放在心上，现在看来自己当官是当到头了，唯一放心不下的就是老家的那个河堤，所以他让林伯回去后办理此事。

知府揭参陈瑸之事很快就在台湾传开了，这迅速传开的原因有二：一是知府恼怒，认为这次陈瑸倒霉定了，所以大肆渲染，有意泄露天机，让天下人都知道陈瑸所犯罪行；二是知府衙门中不乏正直之人，颇为陈瑸担心，得到消息后有意透露出来，让民众知道，让那些被释放的囚犯及其家属都知道，绝对不能让陈知县因为他们而受罪。

陈瑸张榜告示释放这批犯人返家，和家人团聚过年的消息传遍台湾，台湾人人称赞他为“陈青天”，欢呼之声不绝于耳。

钦差大人到达台湾后，立即到监狱清点人数。钦差大人查明陈瑸私放犯人回家过年确有其事，而清点在押犯人人数却一个不少，不仅没少，还发现比原来该押的人数多出几名。钦差弄不明白到底怎么回事，就找狱吏调查，声明若不如实禀报则以欺君之罪论处。狱吏不敢隐瞒，只得如实说明。原来，听说钦差大人已到台湾，被释放的犯人及其家属纷纷奔走相告，均决定及时返监听候点名，宁愿自己接受处理，也不能让恩人受累。其中有兄被释后远出他乡做工的，有父被释后赴外地经商的，亦专程赶回，不先到家，径直投监待罪，还出现了父亲得病儿子代替和兄弟争当囚犯的奇事，及至钦差到来监狱查点人数，不少反多，惊奇后细究此事，方知实情。

钦差心里的疙瘩总算消了三分。

胡知府的奏折上指明陈瑸贪腐，接受在押犯人家属的贿赂，搞钱权交易，一手收钱，一手私自释放在押犯人，钦差大人想查个究竟。

这一天，钦差大臣着了便装，一个人来到了县衙，他要赶在陈瑸吃饭之前看看陈瑸是如何花天酒地的。

到了县衙门口，他让门官禀报，就说是陈瑸的京城朋友来了，并说要在陈知县家吃中饭。

门官马上就去向陈瑸禀报了。

陈瑸就让林伯打了个菜签，打出来的菜谱是“竹笋、芋叶、蟛蜞汤”。

陈瑸说：“既是京城来的朋友，怎能像对自己一样呢？千万不能过于寒碜。”于是，他破例多煮了几个鸭蛋，款待京城朋友。

中午了，林伯把做好的菜放在桌子上，等来等去，只见一个算命先生来到门口，自称是陈知县京城的朋友，其实就是想到陈知县家讨口饭吃。陈瑸忙把算命先生请了进去。

这算命先生看了桌子上的竹笋、芋叶、蟛蜞汤,外加三个盐鸭蛋,就大笑起来,说这就是你陈知县过的“花天酒地的日子”。

陈瑸说:“今天已经够奢侈的了,听说有贵客要来又添了几个盐蛋,平日我们从来没有吃过三个盐蛋,每每都是本官跟林伯两个人共吃一个盐蛋。”

“陈知县为何如此节省?”算命先生问。

陈瑸就说了自己的一些看法:其实一个人吃粗茶淡饭对身体是有好处的,也不会萌生贪腐之念。人千万不要有太多的奢求,有太多的奢求就会心生贪念。一个人的贪婪就是来源于欲望的膨胀,当今官场中贪腐现象之所以累累发生,其实就是人的欲望在不断膨胀:“一人入仕途,于饮食、衣服、器,皆备极华奢,多所费必多所取,方面取之有司,有司取之于小民,朘削无已”“贪不在多,得非分一二钱便如千百万”。

“借问陈知县为何把监狱里的 301 名犯人全都释放,能给在下一个解释吗?”

“其实他们本是无罪之人,何谓犯人?”

“细说无妨。”

陈瑸就说出了他的看法,包括对于台湾民变的认识。台湾民变之过在官而不在民,要彻底解决民变问题断不可用高压之手段,实应安抚训导,方能奏效,说得来人频频点头。

正说着,李县丞从福州回来了,赶紧向陈瑸报告说,巡抚梅大人的批文已到,已经批准了陈大人的呈文,同意释放在押的 301 名无罪的“犯人”。

陈瑸一听十分高兴,端起桌上茶杯向那位算命先生道:“来,本官以茶代酒,敬先生一杯。先生乃有福之人,先生一到,梅大人的批复就到了,值得庆贺,值得庆贺!”

“恭喜恭喜。”算命先生一饮而尽。

算命先生喝完茶水,看看陈瑸,欣慰地点点头,说道:“有胆有识,日后必成大器。”

“承蒙先生夸奖,然陈某现在依然诚惶诚恐,今日未知明日,只要问心无愧罢了。”陈瑸实际上现在还是十五个吊桶打水——七上八下。

“放心吧,本官立即禀报朝廷,陈大人乃朝廷之福也。”算命先生说道。

“您是……”陈瑸奇怪了,来人怎么如此说话,难道……

“鄙人正是皇上派来的钦差。”算命先生说道，接着亮出了他的官服。

“下官见过钦差大人，不知钦差大人到访，还请钦差大人恕罪。”陈瑸立即跪拜。

“陈大人快快请起，不知者不为过，陈大人心系百姓，本官佩服，回京之后定如实禀报皇上。陈大人不必顾忌左右，大胆按自己的方略施政，想必台湾不久就会民心安定，昌盛繁荣。本官在京城等待大人的好消息。”钦差大人说完匆匆告辞。

原来，胡知府密告，说陈瑸受贿放犯，生活奢侈腐化，天天花天酒地。钦差大人现在亲眼见到陈瑸生活如此清苦，便知胡知府实乃诬告，陷害清官，钦差大人立即回朝禀报皇上去了。

九

福建巡抚梅鋗一直在考察他手下的官员。陈瑸在古田任知县的时候他就留意观察，发现陈瑸这个知县很特别，一是自己非常廉洁，从不取百姓一文，“取一钱与取百千万金无异”。从来不说假话，而且官场请吃送礼，陈瑸概不参与，不请别人，也不送别人，除上司请吃无法推脱之外从不接受别人请吃，更不拿他人分文，这在官场极为难得，是真正的“清操绝俗”。尤其是心系百姓，脑子里始终想着为民分忧，“慈惠及民”，这是十分难得的。当下官场，真正把眼睛盯着百姓的不多，真正愿意为百姓办事的更少。一旦当官多以欺压百姓为己任，又有几个替民着想？陈瑸却是例外，一心想着百姓。更不简单的是，陈瑸这人有主见、有能力，能办大事。那次陈瑸跑到巡抚衙门汇报他解决古田赋税拖欠问题时，梅鋗就特别欣赏，心想这人不简单，敢拿豪绅大户开刀。说实话，那时他这个巡抚还替陈瑸暗自捏汗，要是弄砸了怎么办？结果他的担心是多余的，陈瑸干得非常漂亮，两年的时间这个瘦小的知县把古田治理得井井有条，真可谓政通人和，百业兴旺。什么是政绩？这就是政绩，真正的政绩！当时，朝廷要他对全省的官员进行考察，选出最优秀的知县派往台湾任职，他考察了福建每一个知县，没有一个能和陈瑸相比。在他看来，陈瑸是不二人选，所以他义无反顾地选择了陈瑸赴台任职，他相信陈瑸绝对能把台湾治理好。

陈瑸到任台湾后，一个放犯之事需要何等胆量？他做了，弄得朝野震惊，朝廷还派了钦差查办。结果朝廷对陈瑸的举措大为赞赏，对胡德予以降职留用处理。值得欣慰的是，自己及时把批文批转下去，第一个支持了陈瑸的行动，客观上也帮陈瑸解了围。

他没想到的是，胡德背着自己直接把奏折呈到了朝廷，这等于是不相信他这个巡抚，还可以说是在他背后捅刀子，这是他不可原谅的。

一方面他对胡德非常反感；另一方面，也是他这个当巡抚应该考虑的，就是如何真正支持陈瑸。不仅仅是其放犯之事值得称道，更重要的是，陈瑸经过一段时间的调查，提出了一系列治理台湾的改革方案，如开禁铁器，鼓励经商，重视农业生产，等等，这些好的建议到了胡德那里都成了大逆不道的罪过。当然，胡德的反对也不是没有根据。朝廷当年为了收复台湾发布了一系列封锁台湾的措施，比如禁止铁器流入台湾，对铁器严格管理，连台湾人用铁器做农具都有可能被怀疑是制作武器用来谋反，这样，客观上严格限制了台湾的经济发展。陈瑸到来之后，发现这一系列封锁的政策还在继续推行，像胡德这样的台湾官员还沾沾自喜地维护着现行的政策，谁要越雷池半步都会被视为大逆不道。这一系列政策不解禁，台湾就很难发展。显然，梅鋗是赞成立即进行改革的，如果再实行过去的封锁政策，台湾就没有发展，没有出路。过去是为了收复台湾才制定了一系列封锁政策，现在还执行过去的政策显然不合时宜。作为福建巡抚，梅鋗希望有人从这方面有所突破，他把希望寄托在陈瑸身上。可陈瑸进行的任何一个改革都会受到知府胡德的反对、制约，陈瑸执政处处受到掣肘，寸步难行。最近，陈瑸又系统地制定了一整套决定着台湾人民未来政治经济生活的治理策略，这就是陈瑸的《条陈台湾县事宜》，实际上就是陈瑸的施政纲领。梅鋗认真看了陈瑸的《条陈台湾县事宜》，心里完全赞成，立即报呈皇上，皇上看完之后也十分赞赏。这的确是个切实可行又非常奏效的方案，可以肯定，只要按照陈瑸的施政纲领实施，台湾几年之后也会像古田一样政通人和，兴旺发达。可就现在的台湾局势，陈瑸其实是孤掌难鸣。台湾上上下下都是胡德的人，台湾的施政模式也完全是胡德的模式，即一味的高压政策。如此一来，台湾的民变只可能加剧，不可能缓解，而且百姓生活会越来越苦。事实上，朝廷也希望用陈瑸的思路来治理台湾：疏导，引导，实际上就是施“仁治”。而要在台湾施“仁治”，胡德就是最大的绊脚石。就眼下情况，陈瑸还不可能跃升为台湾知府。虽然梅鋗赏识陈瑸，皇上也喜欢陈瑸，但他毕竟当官还没几年，资历不够，不可能马上得到提拔。现在唯一可行的就是拿掉胡德，这一点梅鋗认准了。此人断不可用，于公于私都不可留，必须找一个能够全力支持陈瑸的人来当台湾知府，这样台湾才有希望。

何人能担当此任？

梅鋗翻遍了所有在闽的官员，终于想到了一个人——卫南村，陈瑸原来的顶头上司。

陈瑸出任台湾县令时，卫南村已经是一位白发苍苍的老官员，在福建任知府。去年，陈瑸在古田干得出色，廉能之誉不胫而走，卫南村对陈瑸这位青年后学甚是青睐。

这是一个风和日丽的上午，福建巡抚梅鋗特意差人到漳州知府衙门把老太守卫南村请到福州府，喝酒聊天。

酒过三巡，巡抚梅鋗还没说出他的意图，卫南村倒是着急了，他在琢磨，巡抚大人突然请我喝酒是什么意图呢？

卫大人突然感觉，兴许是自己老了，巡抚大人想要他把位置腾出来，又不好开口，就这么你一杯我一杯喝来喝去。老知府觉得这事还不如自己说出来，弄不好巡抚大人就是等着自己说出来，人家再挽留几句就什么问题都解决了，大家都有面子。

“巡抚大人今日之宴可是鸿门之宴？”卫南村试探着说。

“台揆公（卫南村别称）此话怎讲？”巡抚大人没有明白老知府之意，问道。

“古有赵匡胤杯酒释兵权，今有梅巡抚举杯辞老卫。”

“啊……差矣差矣，台揆公何来此念？”

“不用巡抚大人开口，下官有自知之明。下官老矣，这就回去写折子奏请皇上，恳求皇上恩准让老夫告老归家。”卫知府自己端起了酒杯喝了一口。

“使不得，使不得，台揆公千万使不得。”巡抚大人满脸堆笑，对卫南村说道，“既然台揆公都这么说了，梅某就不能再绕弯子了，有话直说了。”

“梅大人尽管训诲。”卫南村躬身离席说道。

尽管巡抚比知府的级别大了一截，可梅鋗为人十分谦和，对眼前这位德高望重、官龄比他长的老知府恭敬有加，便缓缓道来：“台揆公年富力强，岂有告老归家之理？本官本不忍心再让台揆公过海，可实乃无奈，本官上次听台揆公倾心赞许一人，此人现在正在艰难之中，卫大人不会不管吧？”

卫南村眼睛一亮，忙问：“巡抚大人说的可是陈眉川（陈瑸名眉川）？”

梅鋗忙说：“正是。想必卫大人也早有所闻，上次陈瑸放犯之事弄得沸沸扬扬，幸亏皇上圣明，对陈瑸之举不仅没有处罚，还大加赞赏。然陈瑸日后履职依然举步艰难，本官还想恳请卫大人辛劳一番，过海相助，不知卫大人意下如何？”

卫南村思索了片刻，点了点头："下官本是老朽之人，本打算今年就告老归家，不过闻眉川有难，岂有不帮之理？"

"什么都不说了，一切都在酒中。"梅鋗举杯，泪水和酒水一块喝下，对老知府感激万分。

这场酒宴落在纸上，就成了一段佳话。巡抚梅鋗随后立即向皇上递了折子，600 里加急送到京城，请求将卫南村派往台湾当知府，取代那里的胡德。

皇上接到梅鋗的奏折之后随即批示，着卫南村速赴台任职。

梅鋗得到皇上批示，立即通知卫南村："请卫大人速往台湾，陈知县在彼太孤了。"

卫南村欣然过海，台湾这才有了"一守一令，相视莫逆"的良好政局。

人生禀赋各异，成长经历完全不同，两人却能深深相契，古今中外实乃极度巧合。卫南村和陈瑸相见恨晚，时常促膝深谈。他们有着相同的政治抱负，有着高尚的品格修为，有着当下一流的道德文章，两人诸多方面无一不投缘。

他们对台湾各项政务缜密商议，细心安排，振作士气，关心民疾，联手解决一个又一个复杂的问题，不给投机者任何可乘之机。《台湾府志·卫台揆传》记载：他们"每月延诸生，分席课艺，亲定甲乙。建义学，置田三十七甲以资膏火；多士奋兴。三年之内，民安衽席"。

陈瑸每有新的举措必先呈请卫公一阅，卫公常常赏识有加，略加修饰，实施之后往往效果颇佳。卫公再在全台推行，无不上下同心，其策犹如珠联璧合。

陈瑸后来能够那么快在台湾大展宏图，可以说完全仰赖卫台揆知府对他的无限信任，全力支持。

这在当时是非常难得的，尽管皇帝一直力推廉吏为政，但政治高压始终不断，官场尔虞我诈、钩心斗角、落井下石司空见惯，不足为怪。而像卫、陈之间如此坦诚、肝胆相照、遇事相互提协、通力合作实属异数，可谓大清佳话。

十

近一段时间不时有民众来报，说城南普济寺的僧人四处放出话来，台湾不久将有灭顶之灾，天上将下黑雪，地下将要断裂，要求民众捐钱捐物，乞求神灵菩萨保佑，化解此劫。

僧人说说也就罢了，一些地方小吏也跟着起哄，一些乡里的里长还陪同僧人一道跑到乡下农民家里敛财骗物，甚至诱骗妇女，这就不是一般的事情了。

乡间本无事，就怕有人装神弄鬼。但普通百姓认识也就那么高，有人要挑出一个事来都会信以为真。台湾本来就是个地震活动频发之地，说六月下黑雪不一定有人相信，说地下断裂就有人相信，僧人和里长一块行动就更麻烦了，弄得人心惶惶，社会就没法安定。陈瑸觉得这事不可小视，早听说普济寺不是个守规矩的寺院，敛财、骗人，勾结官府中人危害乡里，陈瑸想借这个机会好好整治整治。

还是先微服私访，了解情况后再看怎么处理。

这一天，陈瑸由林伯陪着，依然装作算命先生，干起他们的“老本行”。

到了离普济寺不远的一条小路上，有两三个男女拖着一位中年妇女，那中年妇女拼死要冲进寺院去，被另外几个人拖住了，陈瑸从他们身边走过，就说了句：“这位施主可不能再往里冲了，你已经遇到麻烦了。”

“啊？先生，您怎么知道？”其中一位年纪大一点的男人问道。

“寺里的僧人说了天要下黑雪、地要断裂，一定是让这位大姐捐了不少钱财吧。”陈瑸说道。

“岂止是钱财，还把她女儿抓进去了，现在不知是死是活。”另一位妇女说道。

“哦？有这回事？”陈瑸震惊。

“要不请先生算算，她女儿是不是还活着？”年长的男人道。

“也罢也罢，老夫就帮你们算算。放心，不收你们钱物，老夫也是看你们不容易。”陈瑸说着就装模作样地掐算。

陈瑸还是摇摇龟壳，里面放着一枚铜钱，摇了一会儿，打开一看，说：“还好，人还在，只是受了点皮肉之苦。”

“那就好，那就好，人还活着就好。先生请您算算小女何时能够出来。”那个哭啼的中年妇女终于止住了哭啼。

“不出意外的话应该明天就能回来。”陈瑸说。

“真的？先生要是算准了，我们全家都会记得先生的恩德。”那妇人道。

“别往里冲了，没用的，先回去向县衙报告，说你女儿被普济寺抓进去了，请他们马上派人来查找。”陈瑸叫这几个人赶紧离开这里去县衙，直接去找李县丞，就说陈瑸知县在普济寺等他，叫他赶紧多带人马过来。

几人听了陈瑸说的也没多问，就匆匆离开了普济寺。

陈瑸跟林伯嘀咕了几句，就绕到寺院的后门去了。

后门锁着，陈瑸向林伯努了努嘴，林伯就把他随身带着的那把长枪放在门边，去弄那门闩。

林伯做过贼，开门是他的强项，虽然有些年头没开别人家的门了，但手艺还在，本事还在，三两下就把后门弄开了。

两人很快溜进了寺院。

进去没多久，就发现两三个僧人拖着一个女孩往住持的房间里走去。

那女孩被蒙上了眼睛，还被堵住了嘴巴。

陈瑸两人紧跟其后。

陈瑸本来要林伯冲上去的，不料后面又跟来了两个和尚，朝他俩这边走来。

陈瑸赶紧拉住林伯躲进旁边的树林里，那两人什么也没发现，走了。

两人屏住呼吸，蹲在住持房前的窗下偷听屋里的动静，却什么也没听到。

一会儿，前面那三个和尚出来了，很快就走远了。

陈瑸感觉是时候出面了，不然那女孩子就要遭殃了。

陈瑸向林伯挥了挥手，两人从窗前一跃而起，爬上窗台，再跳进住持的房里。

屋里，住持正要解开女孩的衣服，陈瑸大喊一声：“住手！”

“谁?”住持吓了一大跳,回过神来看,两人已经站在他面前了。

“大胆恶人,你可听好,本人乃台湾知县陈瑸,现在正式捉拿你回县衙候审!”陈瑸大声喝道。

“哟,两个毛贼竟敢冒充知县?来人,给我拿下!”住持大喝一声,很快从里屋冲出两个和尚来抓陈瑸。

林伯眼快,挥起长枪,跟冲过来的和尚砍杀起来。

林伯虽然练过武功,但跟两个天天习武的和尚比起来还是稍有逊色,战了几个回合就处于劣势了。偏在这时,老住持看准机会,突然从袖中飞出一支飞镖,一下刺中林伯左臂,林伯啊的一声倒地。

几人再把陈瑸围住,很快把陈瑸抓住了。

“怎么样?陈知县,还要不要反抗?”住持盯着陈瑸问。

“你这个道貌岸然的伪君子,到处蛊惑百姓,骗钱敛财,残害民女,本官绝不放过你!”陈瑸怒斥。

“好啊,我知道你是好官,是有名的清官,可有什么用?今天是你栽到我的手里,对不起了,不是你不放过我,而是在下不能放过你。来人!把他捆起来,押到后院去!”住持一声令下,几个人立即把陈瑸和林伯捆起来,拖到了后院。

几个和尚把陈瑸主仆拖到后院,请示住持:“住持,要不要干脆把他们做了?”

住持摇了摇头,说:“不可,不可,他是朝廷命官,千万不能杀。把他们请到那里面吧,让他们面壁思过。”

住持指的是后院杂屋里那座还没有装上钟楼的大钟,几个人使劲把大钟抬起来,再把陈瑸主仆二人塞进大钟里,松手放下,两个人就被盖在大钟里了。

无论林伯过去如何练过武,再有力气,可头顶一两千斤的大钟他就如一只蚂蚁被压在巨大的石头下,无能为力。

“别推了,歇歇吧,林伯,留点力气还能多坚持一会儿。”陈瑸劝林伯别再做无谓的努力了,大钟是推不动的。

“唉,这钟怎么这么重?我使了全部的力气还是没一点作用,难道我们只能在这里面等死了?”林伯很失望。

“你后悔吗,林伯?”陈瑸坐在地上问林伯。

“不后悔,能跟着老爷,我什么都不后悔。”林伯也坐下来,他不再去推大钟了,自己已经没有力气了,干脆懒得努力了。

“对不起,林伯,是我把你害了,要不是跟了我,你也不会有今天。”

“别这么说,老爷,能陪老爷一起死是林伯的福分。老爷是在为老百姓做好事,是来救人的,就算我们死了也很光荣,林伯一点都不后悔,真的。”

“好,好样的,有你这句话我很高兴。林伯,说说看,你还有什么心愿未了,我帮你祈祷。”

“我……”

“说吧,没关系,说不定我们就要死了,说什么都无妨,只要是你心里想的。”

“其实我不想死,老爷,我还没娶过亲,死了太冤了。”林伯一下就哭了,哭得很伤心。

“嗯。”陈瑸点点头,心也酸了。一个小伙子跟着自己出来闯荡,连媳妇都没娶到就这么不明不白地死了,陈瑸觉得真的很对不起林伯。

然而,天无绝人之路。

就在陈瑸主仆俩被罩在大钟下面不到一个时辰,就有三个蒙面人摸进了后院,为首的正是罗汉门的大首领刘五哥。

刘五哥带着两个手下摸进后院,转了一圈,很快就发现了地上那把长枪,刘五哥捡起长枪,说道:“应该就在附近,陈知县,陈知县?”

刘五哥小声喊道。

大钟里的陈瑸好像听到外面有喊声,就跟林伯说:“哎,林伯,快起来,好像有人在叫我。”

“我们在这!”林伯一边拍着大钟铁壁,一边喊道。

“别叫!”陈瑸掏出了随身携带的旱烟袋,用他的烟袋杆使劲地敲打钟壁。

咚……咚……咚……

刘五哥听到了声音,依然小声问:“陈知县,你们在哪?”

咚咚咚……陈瑸又使劲敲了一下钟壁,然后喊道:“我们在大钟里面。”

刘五哥很快找到大钟,指挥手下:“在那儿!”

三个人赶紧过来,使劲推那大钟,推不动。

刘五哥赶紧用那把长枪，撬大钟的边缘，大钟终于被撬离地面，刘五哥赶紧拿木棍塞在底下，慢慢地把大钟掀起来。

“陈大人，赶快出来！”刘五哥喊道。

“你是……”陈瑸没看清刘五哥。

“在下是刘五哥，罗汉门的首领，您见过的。”刘五哥回答道。

“啊？是你?！感谢你们来相救。”陈瑸在里面说道。

“别说了，快出来吧！”刘五哥说道。

陈瑸并没马上出来，却在里面说道：“大首领，本官现在还不能出去，请你赶紧带人去救人。”

“可是您在这……”刘五哥不放心。

“这样，林伯你赶紧去迎接外面的官兵，大首领请你把木棍塞在大钟底下，你赶紧去救那些被害的女孩，抓住住持，把所有和尚带到后院来集合。”陈瑸如此这般布置了一番，自己仍然坐在大钟底下，只是大钟一边已被悬空，没有一点危险。

一切均按陈瑸计划进行。

李县丞接到那几人的禀报，最初本没打算出兵，可一想那算命先生叫这些人直接来找他，又说陈知县在普济寺等他，就猜得八九不离十了。他不敢怠慢，立即把县衙的所有官兵都带来了。从县衙到普济寺顶多也就一个时辰的路程，很快他们就赶到了普济寺。

普济寺的和尚开始还把李县丞拦在门外，突然林伯赶来了，传了陈瑸的指令，所有官兵很快包围了寺庙，并冲进了里面。

寺院里，刘五哥已经救出了几个女孩。

官兵冲进去的时候，刘五哥正在跟住持拼杀，官兵很快把住持抓住。

林伯带着李县丞和刘五哥等人，押着住持赶来后院，几人撬开大钟，那住持一见陈瑸立马瘫倒在地……

回到城里，先把住持等人关进了大牢，陈瑸专程去了一趟知府衙门，把今日之事跟知府卫南村做了汇报，两人如此这般研究一番。

几天之后，台湾举行了一场公审大会，陈瑸把普济寺住持与一些地方官吏狼狈为奸、制造谣言、蛊惑人心、骗钱敛财、强奸民女等罪行公布于众，经过巡抚衙门审核批准，当场将罪大恶极的住持等人砍头示众，台湾民众无不拍手称快！

十一

刘五哥带人突然赶到普济寺来救陈瑸并非天降神兵，实际上是一种缘分。陈瑸刚登上台湾的土地就跟刘五哥不期而遇，一个是被抓被杀的对象，一个是罗汉门社的首领，就有那么巧，两人坐在同一家饭店同一张桌前，闲谈了那么久，居然谁也不知道对方是谁，原本危机四伏的，却又化险为夷，这也许就是天意。

而当陈瑸私放犯人之事传开之后，刘五哥对陈瑸再次佩服得五体投地。陈知县知道刘阿妹是自己的妹妹，还亲自派人送回，这让刘五哥更加感激。自那以后，他就特别关心陈瑸和林伯的行踪，实际上他一直在暗中保护陈瑸。陈瑸这次微服私访刚出门，刘五哥的手下就来报告，说陈大人着便服出门了，兴许又是微服私访，刘五哥就让手下继续跟踪，一旦有情况立即来报。

陈瑸两人进了寺院，刘五哥知道那寺院住持口碑不好，劣迹斑斑，弄不好会加害陈大人，便赶紧叫了两个手下朝寺庙赶来。

和陈瑸一样，他们也没走前门，也是从后门翻围墙进入寺庙的。

刘五哥等人进入寺庙不久就发现地上的血迹，沿着血迹寻去，结果来到了后院，这才有了前面的一幕。

这次事件之后，刘五哥担心陈瑸日后的处境，就有了一个新的打算。

“我想来县衙跟您做捕快，陈大人。”刘五哥跟陈瑸说。

“你做捕快？岂敢岂敢，你可是罗汉门的大首领，本官哪敢劳驾大首领？”陈瑸不愿接受刘五哥的请求。

“我是真心的，陈大人。您为我们百姓办事，却时刻都有生命危险，在下理应为大人分忧。在下来当这个捕快，一是帮您办差，二是做您的保镖，请您无论如何都要答应在下的请求。”刘五哥说着就要跪下施礼。

陈瑸忙拦住了刘五哥：“使不得使不得，大首领，你请起。”

“大人要是不答应小的要求，小的就不起来。”刘五哥非要跪下不可。

“好好，本官答应，本官答应。大首领，本官何德何能，让大首领如此牵挂，实感惭愧呀！”陈瑸扶起刘五哥，感动不已。

“大人大可不必愧疚，您是我们台湾百姓的大恩人，保护您的安全是我们每个台湾人的责任。大人有什么事只管吩咐，我刘五哥愿为大人赴汤蹈火，在所不辞。”刘五哥一片真心，说得十分坚决。

客观地说，陈瑸确实需要几个真心帮他的人。从前面的情况看，台湾这地方还真不是一方净土，危险无处不在，罗汉门社的大首领要来当差，说白了人家就是来保护他的，是来帮他的，这是多好的事情，怎么好拒绝人家？最终陈瑸接受了刘五哥的请求，请他来当捕快。

从此以后，陈瑸身后又多了个人跟着，这人就是罗汉门的大首领刘五哥。

十二

作为台湾的父母官，陈瑸首先考虑的是如何使台湾老百姓有饭吃。粮食问题历来是敏感问题，历朝历代都是缺乏或极度缺乏粮食的。

刚好相反，台湾的粮食不是少了，不是缺粮，而是多了，过剩了。由于台湾地区雨水丰沛，土地肥沃，自然条件很好，粟米充足，自古就有"野沃土膏，物产利浦"之说。清初台湾岛上人口不多，故台湾粮食一直有富余。

台湾粮多，既伤官，又伤农。

台湾官府因为粮多仓储吃紧。就台湾一县而言，监、积等仓粟现存3万余石，每岁额征田园正供粟4.46万石；除支放各营月粮外，每岁贮仓尚余2万余石。存粮要仓库，年年要新建仓库，官府一直为此事头痛。

台湾的气候特殊，阴凉潮湿，雨水频繁，岛上建筑用料无非木石砖瓦，由石灰黏合，苦受鼠患。不仅如此，更麻烦的是隔湿防潮问题没有得到根本解决，所建仓储通风设备、降温条件、抑霉杀虫水平都相当落后，根本达不到长年存放粮食的要求，粮食每年既要被老鼠消耗不少，又要霉烂大半。"粟贮在仓，热湿交攻，势必浥烂；浥烂日甚，势必亏空；亏空发露，势必参追。"

县衙的知县也好，县丞也好，都为粮食之事烦恼，普通百姓也要跟着倒霉。何以此说？因为所有的钱财都由百姓所出，而最后倒霉事也归于百姓："起盖仓廒，必费民财；盘量仓粟，必劳民力。"百姓怨声载道。

陈瑸抵台后，百姓对此普遍反映强烈。

民脂民膏，百姓不堪重负，百姓就指望"陈青天"帮忙解决。

陈瑸了解实情后，痛斥过去的做法："今岁盖来岁之仓，来岁又盖来岁之仓，民财有限，奚堪年年刮取！岁终有盘、署印有盘、新任有盘，官官盘仓、日日供役；一盘动辄数阅月，一役不下数千夫。民力几何，何堪此重困？"

怎么办？

这一天，李县丞来请示陈瑸，说全县的粮仓都已经满了，是不是该着手盖新仓了？

陈瑸没有回答李县丞盖还是不盖，却给李县丞说了个故事。

以前，有户人家离家不远处有块菜地，在去菜地的路上有一块石头立在路的中央。家里的大人孩子要去菜地，一不小心就被石头绊倒了，时常摔得皮开肉裂。有一次，主人的小儿子又被绊倒了，小儿子就对父亲说，爹，为什么不把这块石头搬走？父亲说，要是能搬走，你爷爷那会儿就搬走了，还等到现在？搬不动的，还是绕着走吧。

小儿子也无奈，只好绕着走。等到小儿子大了，娶了媳妇，媳妇去菜地摘菜，一不小心又被石头绊倒了，就跟丈夫说，把那块石头搬走吧，害人。丈夫说，要是能搬走早就搬走了，搬不动的。媳妇不信，自己去搬，石头一动不动，看来真是搬不动了。可有一天，媳妇提着一桶水去浇菜，急急忙忙走着，不小心又被石头绊倒了，一桶水全都浇到石头上，水沿着石头慢慢流了下去。媳妇坐在石头上喘气，歇了一阵，口里骂这块鬼石头真是害死人，末了还使劲踢了那块石头一脚。她这一踢不要紧，那块石头居然动了。媳妇傻了，那么坚固的石头怎么会动了呢？是不是自己眼睛看花了？她就再摇一摇石头，石头又动了。媳妇赶紧用锄头来挖，过去的硬土现在一下子都松了。终于，媳妇把石头底下的土都掏空了，再使劲一推，石头终于滚开了，滚到了路边。从此，这块挡住这家几代人的石头终于被这媳妇搬走了。

妻子跑回家告诉丈夫，丈夫根本不相信。

“你自己去看看吧。”妻子说。

丈夫跑去一看，傻眼了，这怎么可能？这块石头立在路中间不知有多少年了，他们家祖祖辈辈的男人都曾经挖过，谁都没有把这块石头挖走，今天怎么就被自己的媳妇挖走了？

“你是怎么挖走的？”丈夫问。

妻子就把自己挖走石头的过程说了，现在她终于明白，不是她比丈夫家祖祖辈辈的男人都厉害，而是因为有了那桶水把石头底下淋透了，石头才松了。以前，丈夫家祖祖辈辈每每都是在天晴的时候才去挖石头的，怎么能挖动石头呢？只有当水把石头底下坚实的土层浇松动了，她才挖动了石头……

听完故事，李县丞还是不太理解这跟要不要盖粮仓有什么关系，就问：“陈大人，您说的故事很精彩，可这跟眼下盖粮仓有关系吗？”

陈瑸说：“也许什么关系都没有，但什么时候都别把话说死，那家人的媳妇并没有什么特别的能耐，可就是她发现了挖走石头的秘诀。我们现在也要找到解决存粮的秘诀，显然，再加盖粮仓不是办法。每年都加盖，何日是个头？”

“可是……”李县丞根本就没有想过还有别的办法，就像那个媳妇的丈夫、公公、爷爷一样。现在，陈瑸正是想找到那桶水。

陈瑸做事肯动脑子，想办法，到了他手上就没有解决不了的问题。不建仓怎么办？拿仓库里的那些发霉的谷子怎么办？他想出了一招，让仓库里的谷子流动——敛散仓粟，出陈易新！

具体做法就是：“每年三 、四 、七等月，每每青黄不接之际，此宜散仓粟出粜时。”

每年春夏青黄不接、百姓手中无粮之际开仓济民，或借或卖或赊，随市散集，粮食都出去了，官府存在手中的是钱或借据。到了每年秋收后于腊、正 、二等月，此宜“敛粟入仓时也”，借的归还，卖的买回，秋收以后就会有源源新粟补仓。当时就有官吏说，百姓买去还好，借去、赊去不还又如何是好？不是肉包子打狗，有去无回？陈瑸说，首先要相信百姓，一般情况有谁不还？真有困难不还也行，人吃了总比老鼠吃了要好，比霉烂要好，我就不信都会不还！果然如此，百姓个个都守规矩，有借有还再借不难，年年如此。这样，既保存了一定的仓库储存，又解决了仓粟年久腐烂的问题，同时还解除了青黄不接时台湾市场对粮食的急需，一举三得！

那桶水终于找到了，石头底下的土就松了。

此举实施之后，解决了台湾粮食存放的一大难题。

澎湖乃台郡咽喉，是大陆去台湾必经之地：“凡舟从内地来者，望澎湖澎为指南。自台去者，必寄泊澎湖以候风信。”澎湖岛上家家以采捕为业，别无营生。纵然捕得鱼虾，获些蝇头小利，无米可买，老人孩子不免啼饥。以往都是从厦门运粮上岛，大陆米价贵过台湾，陈瑸就把台仓陈粟岁准发出五六千石，交与讲信义的商船，规定只许运往澎湖贩卖。为防止不法商人偷运粮食到大陆卖高价，陈瑸命令澎湖巡检司具文申报“将数目、日期报明本府稽查”，从而“使商船不得贩往别卖，使穷民不致无粟可买”。

这一系列措施均在陈瑸的《条陈台湾县事宜》所载，一经推行，不多花一分钱，官府和百姓双双得利，从根本上解决了困扰台湾官府的麻烦。

陈瑸在台湾县执行这些措施的时候，卫台揆知府就要求其他两县也依法炮制，结果整个台湾再不为粮食所困。

粮食的问题不只是储存的问题，重要的是生产。清初，台湾常住人口还不太多，随后情况就不同了，大批内地来的移民拥入台湾，没一个是带粮食过来的，增加那么多嘴巴都要吃饭，最关键的还是要狠抓生产，多打粮食。

陈瑸将大陆的耕作、施肥、除害等各种比较先进的农业生产技术在台湾推广，大大地改变了台湾原来农业生产的落后状态。诸罗山一带虽绵袤千里，水足地肥，但当地土著只惯打猎而不习农耕，往往捕猎换米充饥，农业荒弛，民生凋敝。更要命的是，过去官府严格控制铁器入台，以防台民铸器造反，陈瑸便上奏《条陈经理海疆北路事宜》提出"弛铁禁以利农用"，并奏请允许台湾对岸的漳州、泉州的人民过海垦荒，使其耕食凿饮。又教育迁来的汉人和当地人要互爱互助，逐渐消除了汉人和当地民族百姓之间的隔阂，台湾民众安居乐业，日渐繁荣。

"日出而作，日入而息。凿井而饮，耕田而食。帝何力于我何有哉!"(《乐府诗集》之《杂曲歌谣一·击壤歌》歌词)这种自给自足的生活固然是早期社会的理想生活目标，可到了清初，仅仅过上这样的生活实在清苦。无商不富，无商不活，陈瑸履职台湾后就发现，作为一任台湾父母官，不仅要让百姓吃饱饭，吃好饭，还得有钱花，促进一方经济发展。

陈瑸认为："台湾土产颇丰，尤天下商旅奔凑之会"，"向使无商旅交通贸易，即城郭市廛间亦觉暗淡无色"(陈瑸《条陈台湾县事宜》)。

刚到台湾的时候，陈瑸走街串巷，"见其街道整齐，商不易市，为之殿然色喜，窃意商旅日坐市区，各营生业，在官必无由以一事相扰"，心里还颇为欣慰。可没过多久他就发现这一切都是假象，官府各衙不仅对商人相扰，而且相当严重，可谓雁过拔毛。一个县衙，内有巡检司、驿丞、仓大使、盐大使等，与朝廷所设吏、户、礼、刑、工、兵六房几乎一一对应。这些机构，说客气点是办事的，政府的统治就靠这些机构运转。这座机器的运转有好有坏，好的时候的确能为百姓办事，保证了朝廷的统治；不好的时候就是刁难百姓的衙门，商人要做生意，这些机构会想出各种借口让商人出"小票"、出"小夫"。"小票"是什么？就是没有凭据地收费，乱收费；"小夫"又是什么？就是乱摊派，命人出义工帮办闲差，任意驱遣。这实际上是政府权力的恶性膨胀。陈瑸感到十分震惊：“职旋押旋骇，屡押屡骇。谓此项小夫不能使鬼，终须人力，力不克堪，必用钱雇，出钱何人？细细采访，始知每日‘小夫’皆四方商旅出钱，而各坊长为之代雇以应也。”

官府如此盘剥商人，只会让商人亏本，甚至流离失所，表面上是商人的损失，实际上是整个台湾的损失！最终损害的是台湾全社会的利益，也包括官员自身的利益。

陈瑸毅然宣布：“禁革‘小票’‘小夫’，包括县令衙署在内各宪衙门，如需‘小夫’，要自行雇用；勿得轻出‘小票’，着落坊长，以致派累商旅。”此令刻上石碑，立于县门。

每每陈瑸出台一项新的政策，只要能够在全台湾推行的，卫南村知府都会毫不犹豫地在台湾全面推行。陈瑸的禁革“小票”“小夫”政策一出来，卫知府就要求凤山县和诸罗县立即如法仿效，不得有半点折扣。这样，府县该进的银子少了，不少官员捞的好处也少了，虽然也有人在背后偷偷骂陈瑸，可商人得了实惠，老百姓称赞，骂声慢慢就没了。

陈瑸最近又发现了一件怪事，台湾上下都在征收一种叫“水丁”的特殊丁税。

当时，台湾人口迅速增加，人多了流动性就大了，官府看准了机会，创造出“水丁”这一“绝招”。“台地新辟，民人进港，恐多匪类潜踪，因设为输丁之法。凡经输丁，本县有丁票者，即属良民，任往南路、北路生理，营讯（即军队设的卡子）查验丁票，即予放行，否则，以为匪类而拘执之。”

陈瑸对此进行了仔细研究、推敲，觉得这东西实在离谱，纯属巧立名目搜刮民财，说白了就是官府平白无故到老百姓手上收钱，美其名曰防止匪类，谁不缴费就会被疑似匪类，简直就是要挟百姓。台湾老百姓真老实，官府说收“水丁”个个争先恐后，生怕交晚了被官府疑为匪类。有天陈瑸就问刘五哥，你说这“水丁”该不该收？五哥说，这就是官府从老百姓手中抢钱，官府要，百姓有什么办法？老实的就都交了。

“你交了吗？”陈瑸问。

“实不相瞒，大人，在下没交。不仅在下没交，罗汉门社底下的人都没交，衙门里的人去过几次了，催我们交，在下已经传话下去，不交。陈大人，如果您说要交，在下就传话下去，还是交。”刘五哥说。他是很听陈瑸的话的，如果陈瑸下令，就算他不乐意，还是会去执行的。

“别别，先别传话下去，本官觉得这‘水丁’收得莫名其妙，你容本官再琢磨琢磨，交与不交三天给你答复。”这时陈瑸心里已经有了打算，这个“水丁”是断不可再收了，可他还是想问问卫台揆。老知府虽然一贯支持他，但他不能每次自己先决定了让老爷子来认可。想想当年胡德，看看现在卫南村，真是一个在地下，一个在天上，老知府这么支持自己，更应该多请教他。

这一天他专程去了知府衙门。

“文焕，今天是什么风把你吹来了？”卫知府一见面就问陈瑸。

“下官想念老知府了呗，来看看您。”陈瑸拱手相拜。

“你来得正好，前日一老道人送来一包新茶，你来尝尝。”卫知府叫人赶紧上茶。

仆人很快端上热茶。

“知我者知府大人也，您老知道下官好这一杯。”陈瑸喝了口茶，立即有种芳香入肺的感觉，全身飘飘欲仙。

“此乃何茶？”陈瑸忙问。

“此茶名千红一窟。”

“千红一窟？下官怎么从来没有听说过有这种茶？产自何地？”

“你当然没有听说过，此茶出于放春山遣香洞，是以仙花灵叶上所带之宿露而烹，故名千红一窟。”

“哦？世间还有如此稀罕之物？下官可得多喝几杯。”

“多喝没有，仅此一杯。老道人乃本官世交，见本官年老体衰，来台辛苦，特在仙山上取了两酌，叫本官喝两次提提神。本官和你实在有缘，都好这一杯，不如你我一次享用。”

“多谢大人厚爱，下官就不客气了。”说着端起茶杯一饮而尽，一口喝了那一杯“千红一窟”。

“趁你我都有兴趣，再请你喝杯小酒。”卫南村又从隔断上取出一个精致的外形如葫芦的袖珍酒瓶，让下人取来两个小杯，把酒分倒在两个杯中。

“文焕，尝尝。”

“谢大人。”

“请！”

“请！”

“此乃何酒?”

“也是你未曾喝过的酒。”

“从未喝过,更不知名,还望大人赐教。”

“此酒名万艳同杯。”

“万艳同杯?何谓万艳同杯?”

“你当然不会知道万艳同杯,此酒乃以百花之蕊、万木之汁,加以麟髓之醅、凤乳之曲酿成,故名万艳同杯。”

“啊?这不是神仙所喝之酒?!真正的仙酒!难怪下官没有喝过,是否也是老道人所送?”

“正是,老道人念本官在台孤独,就送了两件宝物让本官尝尝,你来得正是时候,本官也不好独享,便与你分享。”

“下官谢过大人。”陈瑸喝完此酒如饮仙汁,痛快淋漓,心旷神怡,从未有过这种感觉,说着就要给老卫施礼。

“免了吧,你我同在台湾为官,实乃缘分。本官知道,你也不是来喝茶喝酒的,一定是有要事要报,说吧,是不是又有事要本官出面?”卫南村知道陈瑸一向是无事不登三宝殿,一上门必然有事,而且不是一般的事情。

“知我者大人也,下官还真有一事请知府大人支持。‘水丁’的事情想必卫大人早就听说了。”陈瑸为这事想了很久,他已经意识到这个“水丁”是个坑害百姓的东西,有百害而无一利,可要废除“水丁”一费远非台湾一县所能解决,也非他陈瑸一人所能解决,非得知府大人点头不可,必须在全台湾同时取消方可有效。所以他想请知府大人来拍板。

“你想把它废了?”卫南村猜出了陈瑸的意图,问道。

“不错,在下不仅想在台湾县废除,还希望卫大人在凤山县和诸罗县也同时废除。”陈瑸直话直说。

“你知道这要得罪多少人?”

“下官没有想过会得罪多少人,只想过会惠泽多少人。”

卫南村放下酒杯,睁大眼睛看着这位比自己小20来岁的下属,从那深凹的眼睛里他看到了对方的胆识,看到了对方的智慧,也看到了那目光是那么温暖,这种温暖是能温暖百姓的心的。卫南村觉得,自己对这个人的判断没有错,这个人到哪里当官都能给百姓带来福祉。这是大清的福,更是天下百姓的福,他不能不当好这个人的后盾。

“说说你的理由。”卫南村想弄明白陈瑸心里是怎么想的，问道。

“‘水丁’收费实乃讹谬，谁不缴费就会被疑为匪类岂不荒唐？哪有那么多匪类？明摆着，这不就是为官府到百姓手里要银子找个由头？想出这一招的人虽是天才，也是歹毒之人啊。”陈瑸一说就气愤了。

“息怒息怒，你陈大人可不是轻易发脾气的人哟。来，尝尝漳州的铁观音，慢慢说。”卫南村到底是官场老江湖，其实他早就看出了“水丁”的问题，但他不像陈瑸这样冲动，他遇事沉着冷静，处事四平八稳，不露锋芒。

“假如其人守分营生，因不输丁票遂疑为匪，则彼作奸犯科者何难纳一丁票，使人信其为良民乎？”陈瑸喝了一口茶又激动起来了，在他看来，收取“水丁”的结果只能是穷苦良民因买不起丁票就真的成了匪类，真正的匪类谁都不缺丁票钱，他们通过缴纳‘水丁’转眼成了“良民”，丁票就成了匪类合法的护身符，岂不是颠倒黑白、混淆是非吗？这样的‘水丁’是防匪还是为匪服务？再说，眼下台湾正处在吸引内地农民前来开垦拓荒、创家立业的时候，从内地来的人都抱着无限希望漂洋过海来台湾求发展，本身没多少钱，官府还要逼着他们缴水丁，岂不是要把他们逼走。消息传到大陆，还有谁敢来台求生？从台湾长远的发展来看，岂不断了百姓生机，误了台湾发展大计?!

“什么也别说了，废！坚决废！你来起草文告，本知府以府衙名义，即日起，整个台湾彻底废除‘水丁’！”卫南村知府站起身来，态度十分坚决地说道。

自此，“水丁”一费在台湾寿终正寝！

十三

欧允这次来台极不顺利。还是在20年前，他父亲欧予与其好友崔元就定下了娃娃亲，商定了崔元之女准娘以后嫁给欧允，欧家通过媒婆给崔家送去了礼盒和婚帖现据等，这事就算是这么定下了。可后来不久，父亲欧予带着他们一家三口回了福建龙溪，一住就是20年。现在欧允已经长大成人，欧予就决定跟儿子一起到台湾来，把儿媳妇准娘迎娶回去。不料父亲在来台湾的路上不幸去世了，还剩最后一口气的时候，父亲拉着儿子的手说一定要把准娘娶回来，说完眼睛也没闭就去世了。欧允怀着巨大的悲痛安葬了父亲只身来到台湾，准备迎娶准娘回大陆。谁知准娘这时正在准备嫁给当地的富人施荣，再过三天就是她跟施荣结婚的日子了。

欧允千里迢迢赶来台湾，听说这事犹如五雷轰顶，怎么也想不通，就去找准娘的母亲理论。原来，这场婚事正是准娘的母亲做主答应的。准娘的父亲在去年也去世了，施荣看准娘长得漂亮，又没了父亲，就托媒人上门提亲，准娘的母亲看上了施家有钱，贪财之心驱使她满口答应了这门婚事，而把准娘早已许配给欧允的事情扔到了一边。现在真正的女婿上门来了，她坚决不认当年的婚约，让欧允回去，说这么多年你们家也没来提亲，过去的婚约早就不算数了。

欧允说，怎么就不算数了？我现在不就是来迎娶准娘的吗？

准娘的母亲说，晚了，已经答应别人了，准娘后天就要结婚了。我怎么也不可能同意你娶我女儿去大陆。

欧允就去找地方上的里长理论，说崔家不能这样不守信用。

里长是乡下的老人了，早就知道欧家和崔家这段娃娃亲，可问题是，定娃娃亲已经20年了，欧允一直没有来迎亲，现在准娘的母亲又把女儿许给了别人，而且就要快结婚了，这事就很难办了。为了显示公正，里长还是答应欧允让其第二天与施荣以及准娘的母亲进行公开辩论，谁辩赢了准娘就嫁给谁！

在清初的台湾，民间强奸、贩卖人口、欺压妇女等事件时有发生，最容易引起官司，故出现了专门帮人打官司的职业，名为“讼师”，实际上就是后世的律师。这种所谓的“官司”其实并不是真正意义上的官司，没有正式的法庭，没有法律的认可，也就是几个人聚起来辩论一番，一般由族长主持，充当裁判，讼师来辩论，最终裁判断谁赢谁就赢。这些讼师与那些没有读过书的人比，他们稍通文墨，大多从内地过来，也没有台湾籍贯，没有合法的固定收入，这些人就使劲推动讼师事业，以赚钱糊口。客观地说，台湾的讼师在一定程度上可以替民申冤，有一定的积极作用，但也有讼师一味以钱定理，谁给的钱多就把理堆在谁的身上，歪曲事实。在民间，百姓本无事，讼师一搅和，挑拨离间，争讼不止，常常搞得小事变大，大事激化，台湾社会乌烟瘴气常因讼师而生。

台湾人好斗喜讼正是从这个时候开始的，动不动就打官司，动不动就请讼师辩论一番。不少人为了赚钱把没理的讼成有理，而又把有理的讼成无理。所谓的理已经不是真正意义上的理了，而是与银子直接挂钩，以金钱为纽带，以金钱为首，理就是银子，银子就是理。

陈瑸看到了民间诉讼恶习的严重后果，他认为“民间争夺日炽，狱讼日烦，始于乡不序贤，饮不羞香，阁知礼让故耳”。

怎么办？劝民息讼！

不要过于相信民间的所谓诉讼，真正的案子必须由官府裁定。

像欧允这种婚姻纠纷，里长处理的办法就是让讼师来辩论，只要双方的讼师一辩论，谁说得在理里长就判谁赢，所谓的“官司”就结束了。

里长告诉欧允，台湾打官司一般是要请讼师的，由讼师帮你进行辩论，你可以请最好的讼师为你辩论，胜算的机会可能会更大些。

欧允说，我不用什么讼师，我也没多少钱了，理在我这一边，谁还能把黑的说成白的？

可另一方施荣和准娘的母亲就不同了，他们请了当地最好的讼师。不仅如此，施家还买通了上上下下的关系，就连里长也暗地里收了施家20两银子。

第二天辩论进行，欧允拿出了当年的婚帖现据，还有媒婆给崔家送去的礼盒凭据。这本是铁证,可当时签约的是男女双方的父亲,现在双方父亲都不在了,准娘的母亲贪图施家的银子,坚决不承认当年的婚约。相反,施荣的讼师据理力争,直还把黑的说成了白的,最终里长判欧允败诉,施荣和准娘的母亲赢了这场官司。

欧允一个人来到河边,想着输掉的官司,想着死去的父亲,再想想山高水长跑来娶老婆,却眼睁睁地看着自己的媳妇成了别人的新娘……他越想越难过,越想越没脸活在这个世界上,他感觉还不如离开这个世界算了,反正回家也没脸见人了。

想着想着欧允就径直往河里走去,眼看河水就要齐腰了……

"站住!你想干什么?"突然后面有个女人叫住了他。

欧允回头一看,是个姑娘,正是刘阿妹。

"你别过来,我不想活了。"欧允说。

"别傻,我能帮你把媳妇娶回去。"刘阿妹说。

"什么?你能帮我把媳妇娶回去?别骗人了,里长都判了,我输了官司。"欧允不相信这个小姑娘说的话。

"真的,你跟我来。"刘阿妹说。

其实,刘阿妹家就住在村的东边,听说大陆来了个小伙子来娶媳妇要打官司,她就跑来看热闹。官司完了,她发现大陆来的小伙子情绪不对,就跟着他到了河边,见这小伙子要自杀,就把他叫住了。

刘阿妹知道这小伙子有理,可这里人生地不熟他怎么能打赢这场官司呢?村里人谁会替他说话?她知道真正要判官司也要衙门的大官才能判,她哥就在衙门里当差,陈知县是台湾的青天,为什么不去找她哥?为什么不把这事告诉陈知县?

刘阿妹跟欧允说,这事陈知县肯定会给他做主的,去县城吧,我陪你去。

刘阿妹把欧允带到了县城。

来到县衙,欧允有点害怕,都说衙门八字开,有理无钱莫进来,现在真是有理无钱了,还进不进去?

刘阿妹看出了欧允的心思,也懒得跟他多说,拿起衙门外的鼓槌,二话不说,嘭嘭嘭就是几鼓槌,把那申冤的大鼓擂得山响。

"谁呀?谁有冤情?"正好刘五哥从外面回来,看见有人敲鼓就问。

"是我,哥。"刘阿妹看见了哥哥,忙说。

“哎，怎么是你？小妹，你敲鼓干什么？你能有什么冤?”刘五哥说。

“我就是来帮人申冤的。”刘阿妹跟哥哥说了欧允的遭遇。

“走吧，进去吧。放心，你的事陈大人肯定会替你做主，别怕。”刘五哥就把妹妹和欧允领进了县衙。

因为第二天准娘就要出嫁了，陈瑸听了欧允的诉说之后立即命令刘五哥速去带准娘和她母亲以及施荣到县衙来，同时，判案的里长也要带来。

刘五哥带了几名差役风急火急地跑到准娘住的村子里，准娘母女正在试穿新衣服，刘五哥二话不说就把这娘俩带走了；随后又跑到施荣家，施家正在杀猪宰羊，筹备明天的婚宴，刘五哥也懒得多说，把施荣连同里长一块带到了县衙。

原告、被告均已到场，县衙里的惊堂木一响，陈瑸就开始审案了。

历朝历代，地方官都有审案的职能。县官也好，知府也好，都要负责所辖区域内的各类民事，甚至刑事案件审理，县一级没有专门的司法审判组织，由知县兼理行使审判权。清承明制，中央司法机构设为刑部，主管朝廷的各类重大案件，掌有生杀大权，权力极大，而县令只有笞杖责罚的权力，并无生杀大权。何谓“笞”？就是用竹子或荆条抽打人的屁股或脊背。何谓“杖”？就是用棍子击打人的腿、背、臀等部位。清初的县太爷一般只能审判一些简单的案子，大案要案都要到巡抚或总督衙门，地方最高行政机关是省，省里设按察司，专管全省司法。

陈瑸今天就要审理一起婚姻纠纷案件。

啪！陈瑸一拍惊堂木，喝令：“带原告、被告上堂！”

以前陈瑸审案总是要让原告先上，被告后上，分别了解案情再做判决，从不让原告、被告一起上。今天却破了例，因为他心里已经有底了。早在刘五哥跟他禀报的时候他就认准了这起案子的是非曲直，没必要再分别了解案情，重要的是尽快了结。

“草民欧允见过大人。”欧允跪拜。

“民女连氏见过陈大人，给陈大人请安。”准娘母亲连氏也跪拜在地。

“都起来吧。两位可要听好，本官有话要问你们，务必从实道来，否则休怪本官杖下无情！”陈瑸一脸严肃，让人不敢造次。

“是，草民一定如实禀报。”欧允站起来说道。

“民女绝不说假话。”连氏也起身说道。

“原告欧允，你先说说与准娘的婚约之事。”陈琸说。

欧允就说了双方父母定下娃娃亲之事。

“你说父母双方早已为你与准娘定下娃娃亲，可有凭证？”陈琸问道。

“有，当年婚帖现据还在草民手中，另有媒婆给崔家送去各色礼金，家父都一一登记在册。”欧允回答。

“把婚帖现据呈上来。”陈琸命令道。

欧允双手举起婚帖现据，衙役过来取走现据呈给陈琸。

陈琸仔细辨认一番，又问连氏：“被告连氏，原告说的可是事实？”

“这……”连氏不敢说真话。

“从实招来，免得受皮肉之苦。”陈琸喝道。

“是……是事实！”连氏回答。

“既然是事实，你为何还要把女儿许配给施家？”陈琸问。

“婚约已经过了20年，民女以为欧允早已娶妻生子，所以就……”连氏想狡辩，看陈知县一脸威严，又不敢再说话。

“连氏你可听好，你家闺女与欧家婚约齐备，具有法律效应，你女儿20年前就已经是欧家的人了。你听到女儿家翁去世，本应该令女儿速去奔丧才对。就算妇道人家行走不便，你母女也应该在家坚守婚约，待你女婿守过丧期再行完娶。可是你倒好，还将女儿许给他人，你安何心？你居然不顾你死去丈夫和其好友之殷切期望，见利忘义，贪图钱财逼女改嫁实属可恶，来人！拉下去，脊杖八十！”陈琸喝令。

几个差役迅速过来，拉住连氏按倒在板凳上，啪啪啪棍杖轮飞，连氏惨叫不断，惨不忍睹！

每每差役棍棒落下，站在大堂一则屏障后的刘阿妹就颤抖一次，差一点惊叫起来，她哥刘五哥就赶紧把她的嘴捂住：“别出声！”

刘阿妹点点头，刘五哥这才放了手。

“你跟林伯大哥出去玩吧。”林伯也站在屏障的后面看老爷审案子。自从那次林伯在路上救了刘阿妹之后，刘阿妹对林伯一直感激不尽，见林伯手臂受伤就从她爹那里要来了高山族独有的跌打伤药给林伯送来，使林伯的伤很快就好了。上次林伯又中了普济寺住持的飞镖，刘阿妹心里着急，再次拿了她爹的伤药跑来县城给林伯上药，直到林伯的伤口结了痂才依依不舍地回去。刘五哥看出了妹妹对林伯有那么一点意思，也不阻拦。他崇拜陈璸，自然也就不讨厌陈璸的仆人，何况林伯对妹妹有救命之恩，就算妹妹喜欢上林伯也是件好事，就让他们来往吧，所以他让妹妹跟旁边的林伯去玩。

“不，我要看，我就要看陈大人怎么断案。”刘阿妹任性地说道。

刘五哥拿这个妹妹无可奈何，只得由她去了。

站在旁边的林伯问：“你没事吧？”

刘阿妹摇摇头：“没事。”

大堂里差役连打80杖，那连氏已经只剩半口气了，被差役拖到一边，还不让她离开大堂。

“带施荣上堂！”陈璸又命差役。

差役把施荣带上。

“草民施荣见过陈大人！”施荣上来便跪下给陈璸施礼。

“施荣，你明知连氏女儿早有婚约，为何还要去娶人家闺女？”陈璸并没有叫施荣站起，问道。

“回大人话，草民真的不知准娘与他人早有婚约，不然草民也不会着人前去他家提亲。”施荣辩驳道。

“你不知道准娘已有婚约？准娘定娃娃亲在乡里已是人尽皆知之事，你还称不知晓？连氏，你可曾跟施荣说过你家闺女已经许配他人？”陈璸问已经奄奄一息的连氏。

连氏艰难地点点头。

“告诉了还是没告诉？”陈璸大声追问。

“告诉了。施荣说人家也许早把这事忘了，再说就算人家来了也不怕，他们家有钱，打官司也能打赢。”连氏回答。

“所以你们就请了里长来帮你们打官司？”陈璸问。

“不，不是我请的里长，是欧允请的。”施荣说。

“你给了讼师多少银子？”

“30两。”

“给了里长什么好处？”

“我……”

“说，不说就棍杖伺候！”

“我说，我说，给了里长20两银子，请他帮我断赢案子。”

“施荣小人！你明知准娘已经许配欧允，按台湾乡规民俗，准娘乃有夫之妇，你贪其美色，仗着家里有钱，用金钱遂己私愿，坏人良缘。倘若钱多者皆可胡为，把人情置于何方？把国法置于何处？你还贿赂里长，重金收买讼师为你辩护，错上加错，来人！给我拉下去，脊杖一百，不得便宜此等恶人！”

几个差役匆匆上来，拉住施荣按倒在板凳上，又是啪啪啪棍杖轮飞，施荣有如待宰的猪，惨叫不断！

屏障后的刘阿妹这回没有害怕了，看到施荣被打成那样，她反倒挺高兴，口里在小声说：“活该，活该，看你还仗势欺人不？”

那100杖下来，施荣比连氏更惨，皮开肉裂，气息奄奄，依然被差役拖到一边，也不让他离开大堂。

啪！陈瑸惊堂木再次响起。

“带里长尤长嘴上堂！”

里长被押上，跪在正堂中间。

“下官尤某见过知县大人。”里长战战兢兢。

“尤长嘴，你可知罪？”陈瑸审问。

“尤某不知何罪之有？”

“你居然还敢抵赖？本官问你，你是否收了施荣钱财帮他断案？”

“没有！”

“没有？罪人施荣，你把贿赂尤里长的事情再向本官陈述一次。”

“是，小人送了20两银子给里长，请他帮小人断赢此案。千真万确，小人如有半句假话天打雷劈。”

“大人，小人有罪，小人的确收了施荣的20两银子！”尤长嘴磕头承认。

“尤长嘴，你身为里长，理应替黎民百姓主持公道，维护一方平安，你却收受他人贿赂，是非不分，颠倒黑白，胡乱断案。本官先免了你里长之职，来人，推下去，脊杖一百，不得手下留情！”

还是那几个差役过来，虽然已经累得筋疲力尽，可看看堂上的陈瑸，谁都不敢怠慢，又铆足了劲，把尤里长按倒在板凳上，继续棍杖轮飞100棍下来，尤里长已经躺在地上如同一条死狗。

“哎，哥，怎么尤里长也要挨100棍？他不就收了人家20两银子吗？”屏障后的刘阿妹小声问她哥。

“你不知道，陈大人最恨那些欺压百姓、是非不分的小吏，这叫什么来着，林伯？”刘五哥说着，问一旁的林伯。

“杀鸡给猴看。”林伯回答。

“对,杀鸡给猴看。让台湾的官吏都知道,不给百姓主持公道屁股都得被打烂。”刘五哥说道。

“嗯哈!”陈瑸清了一下嗓子,对站在大厅里的欧允和准娘说道,“准娘、欧允,你们听好了,你们20年前的婚帖只字未磨,继续有效。本官今日要送欧允10两银子作为盘缠,赶紧把准娘娶回去,好好去过你们的日子吧! 祝你们早日生儿育女,以慰藉你们的父亲在天之灵!”

“感谢陈知县! 陈知县是大清官啊!”欧允、准娘跪拜道。

十四

这几天陈瑸的心情一直烦躁不安，台湾已经有一个多月没有下雨了，这在以往任何一年都是不曾见到的。在来台湾之前，他就开始收集台湾的有关情况，尤其是台湾的气象信息。他有一个习惯，就是做什么事情一定要提前做好功课，这样就有可能做好自己要做的事情。因为台湾在海的中间，气候特征是他重点了解的内容。

台湾岛南北狭长，四周流域广阔，北回归线恰好横穿岛的中部偏南地区，北部地区属亚热带气候，南部地区属热带气候。因为受海洋和大陆两方面的影响，台湾的海洋性气候尤其明显，整体上呈现出高温、多雨、多风的气候特点。

这段时间一直没下雨，他查找了所有能找到的气象资料，发现这是百年不遇的干旱。以往每年这个时候，也就是春夏之交，总是一年中雨水最多的时节，唯独今年，老天爷就是不肯下雨，以致有些地方吃水都困难了。

对于干旱，陈瑸其实早有准备。去年的惊蛰已过，农民始终没有下地干活。本到了插秧季节，农民们为何不耕作？陈瑸问刘五哥，刘五哥说去冬以来天没下一滴雨，田里没水，无法翻地耕种。陈瑸就带着刘五哥、林伯等人四处巡察，虽然天没下雨，但河里的水并没断流，水源还在，陈瑸就让刘五哥赶紧发动大家拦河筑堰，引水灌田。陈瑸还亲自和农民们搬石头、运沙子，干得十分投入。其实，出了官府，陈瑸比农民还农民，大家上下同心，引水成功，解决了沿河农田的浇灌问题。

可今年和去年情况又不同了，今年是春旱，直到端午过了还没下一滴雨。去年修的河堰今年拦不到水了，河里都开始断流了，连日月潭的水位也急剧下降，大竹湖、水蛙头开始形成浅滩、沙洲，松柏仑、九龙口附近也浮现出多处小岛，水成了台湾这一年第一头痛之事，陈瑸心急如焚。

偏在这时，李县丞送来一份公函，这是福建粮道驿的公文，是一张催粮的命令："6个月以内，承宪谕将40年额征未完粟石速造报全完，以便题请开复。"

李县丞问："怎么回事？"

"你自己看吧。"陈瑸把公文递给李县丞。

李县丞接过公文看着，焦急起来："这怎么可能？现在干旱成这样了，哪还有粮食上交？"

"道台大人巴不得把历史积账一次算清，真是站着说话不腰痛。"陈瑸很气愤。知县难当，什么道都来找麻烦，省级"司"下设"道"，催粮的设督粮道驿，管科考的设提学道，管河道的设管河道，管水利的设水利道，还有什么兵备道、清军道、传道、盐法道、屯田道、监军道，等等。所有的道都直接向知县下令，陈瑸每天要应付上面这些，已经应接不暇。现在粮道驿又来催粮，还选在这个时候，台湾干旱得这么厉害，连饭都没得吃，还能交得起征粮？这不是胡扯吗？

"那怎么办？"李县丞问。

"什么怎么办？不办！"陈瑸回答得非常干脆。

"可是……"李县丞有些为难。他对陈瑸非常佩服，可陈瑸真要顶着上面的指示不办他又替陈瑸担心，就想提示陈瑸。

"不用可是，李大人别担心，本官自有办法。这位道台根本就不了解台湾情况，这样的命令完全脱离实际，恕难从命。"

陈瑸太清楚了，在台湾办事，必须认清本地的特殊情况。台湾不同于大陆，不可以一令如刀，不然的话就会出乱子的。如果这个时候陈瑸去催粮，无异于从老百姓口里夺粮，只可能官逼民反："台邑土俗人情与内地迥别，只可以恩感，不可以威劫。"

这时候的台湾基本上是靠天吃饭，风调雨顺的时候就能大丰收，如果官府治理得当，所出之米，一年丰收，足供四五年之用，征粮没有一点问题。可偏偏陈瑸上岛赶上台湾大旱，大部分田地绝收，加上历年官吏横征暴敛，已经"民穷彻骨"，如果现在硬要完成征粮任务，绝对会逼起民变。所以陈瑸亲自起草回函，向粮道陈述暂时不能催粮的理由：不管是做道台，还是做县令，大家都是替朝廷办事，都想把事情办好，这一点毋庸置疑。粮道驿命令本县征粮，本县不敢不从命，但眼下征粮实在不是时候，台湾遇到百年一遇之干旱，哪还有粮可征？征粮之事实在“万万不能”，也“万万不敢”，一切等来年风调雨顺之后再说吧，断不可威劫行事……

十五

到台湾以来,陈瑸一直在思考一个问题:为什么台湾会民变不断?前面发现了不少问题,都得到了纠正,比方说税赋问题。但最近一段时间他跟刘五哥、林伯到高山族人居住的地方走访了解,跟台湾的民众交流多了,发现了一个更大的问题,这就是官府对土著的态度出了问题,这种态度实际上是导致民变不断最根本、最直接的原因。

台湾居民主要分为两个部分:一部分本土居民,比方高山族;另一部分是大陆移民。高山族主要是在文明社会形成之前来自大陆的定居者,他们是台湾地区最早的居民。在台湾农业社会形成和大规模开发后,越来越多由闽粤以及其他省份移民组成的大陆移民到达台湾。

高山族是个总称,再细分,还有阿美、泰雅、排湾、布农、卑南、鲁凯、赛夏、雅美、邵等十来个族群。高山族世代相承的传统习俗中,有许多华南古文化的特质,比方巢居、公廨、舟楫、杵臼、木鼓、生食海产、嗜槟榔、嚼米酿酒、竹筒饮酒、蹲踞、羽冠、卉服、珠贝、刺黥等,其中有一部分有着古越人典型的文化特质。无论是过去还是清朝,对未开化、半开化地区称为"化外之地",当地的居民被称为"番"。在台湾,住在山中的居民叫"生番"或"野番";住在平地的居民叫"熟番"或"土番"。"生番"没有最基本的社会地位,有些统治者甚至不把"生番"当人看,对他们施以种种驱遣、役使、盘剥,肆意践踏,毫无人性。统治者与当地居民最容易发生冲突的是土地的所有权问题。清廷奉行"为防台而治台"的方针,不鼓励大陆人移民台湾。但康熙年间,许多闽南、粤东移民分南北两路进驻台湾,进行开垦。移民拓垦,陈瑸就遇到了一个新问题,无主荒地如何界定。

每每头痛的时候,陈瑸就会去找他的最坚强的后盾——知府卫南村。

这一天,他又跑到卫台揆知府的衙门去了,说是想来蹭饭的,实际上是一大堆麻烦要协商。最敏感的问题就是如何对待“生番”,外来移民与本土居民如何和睦相处。

“眉川兄有何高见?”卫台揆问。

“在下以为,首先,对当地番民不能带偏见,更不能不把他们当人看。”陈瑸说道。

“怎么才能不带偏见?”

“番民即我民,政治地位上,他们与内地居民一样,应该完全平等。”

“具体怎么体现?”

“除输纳正供而外,一切杂派,尽行革除。”

“还有呢?”

“禁冒垦以保番产,庶番得保有常业,以保社会长治久安。”

“很好,老朽举双手赞成。”

“除滥派以安番民,使番民得相安于出作入息。”

“去除种种不合理的役使,眉川兄真是处处在为台湾百姓着想,你来台湾乃台湾百姓之福呀!放心,本府全力支持你,完全赞成你的意见。请你立即起草条陈,老朽随即禀报朝廷。”

“是,文焕回去就写。多谢卫大人如此鼎力相助,大人体惜关怀之心一如既往,文焕没齿难忘。”陈瑸起身鞠躬。

“哪里,哪里。老朽一直觉得,眉川在台,实乃替皇上洒下甘露于台万民之中。来来,喝茶。”卫知府举起茶杯躬身相敬。

“卫大人过奖了,文焕惭愧。”陈瑸起身还礼。

一老一少客气一番之后,陈瑸告别了知府衙门,当天晚上就起草了条陈,取消一切歧视“生番”的不合理的制度措施,为提高台湾本土居民地位,消除台湾本土居民与外来移民、官府与民众之间等多种矛盾做出了杰出的贡献,其举措被载入大清史册。

做台湾知县远不比做大陆知县,在大陆当知县只要能够保证每年把朝廷的赋税收上来,维持好县内的秩序,就是好知县。台湾不同,当知县的就如同坐在火药桶上,动不动就闹民变,赋税又收不上来。陈瑸当了台湾知县之后,却认为他根本不需要这根大棒,他的每一项政策都让台湾的百姓得到了实惠,官与民处得就像鱼和水的关系,用和睦相处、政通人和形容一点都不为过。可他觉得这些还远远不够,要使台湾长治久安,不仅要从一系列制度、政策上解决各种矛盾，处理好各种关系，更重要的是要在人心上解决问题，要让百姓从心里服从、支持朝廷的统治，要施真正的仁政，使官民同心。

亲民、为民、恤民的理念已经浸入陈瑸的骨髓。他在《台邑问民疾苦示》中说道："照得县官号曰亲民，盖有父母斯民之责。父母必欲其子之安全，即为民父母者其可不恤民之疾苦？但堂上百里堂下千里，昔人痛乎其言之。甚哉壅蔽之为害！而民情之不易上达也。台湾为附郭首邑，密迩各宪衙门，不时察访，加以抚恤，四民人等，久已共游光天化日之下，岂复有疾苦足虑？而正不能不鳃鳃过虑者，恐有一事冤沉、一情抑郁，亦未可定。本县莅任伊始，如入暗室，欲务周知，相应亟行采询。为此，示台邑士民等知悉。凡民情政体所关，大自钱谷刑名，征收出纳，下至桥路津梁，车船答应，有无偏轻偏重？有无妨时失业？地方有无豪强盘踞、奸棍把持？衙门有无积蠹生事、诈骗？出水给照有无胥役措勒需索？各坊里之内有无某坊某里某人藏奸匿歹？风尚有无奢侈？作何禁革？民生有无凋敝？作何拯救？告讦争讼、轻生图赖之习作何惩儆？不妨随其所见，畅所欲言。但须切实开陈，勿得扶同剿说。如果系尔民切身病痛，本县自当一体关切，闻知上台，力为请命，断不至悠悠忽忽，循采询之话套已也。幸各详悉，勿惮！勿隐！"

要真正做到关心民众疾苦，解决民众苦难，达到"仁治"的目的，在台湾，陈瑸觉得重要的也是最关键的还在于教化民众。治国之根本在于"收人心"，收心之法在于"重教化 "。

孟子早就说过："人之有道也：饱食暖衣，逸居而无教，则近于禽兽。"这个道理太简单了，尽管你吃得很饱，穿得很暖，住得很好，如果没有教化、没有文明，那就和禽兽一样。人应该有人的样子，什么样子？最简单的样子就是：父子有亲，君臣有义，夫妇有别，长幼有序，朋友有信。

这就是孟子"养民"和"教民"的思想，"仁政"正是孟子政治思想的内核。孟子的"养民"就是让百姓衣食无忧；"教民" 是建立在"养民"的基础上，"先富后教"，"仓廪实而知礼节"。

陈瑸深受先哲思想的影响，始终把推广文化教育事业视作台湾"为政第一事"。有诗为证：

烟火遥相接，
偏遗社学规。

英髦谁鼓舞，
性道罔闻知。
弦诵宜庠塾，
陶镕待友师。
当今文治盛，
振作不须时。

客观地说，陈瑸接手台湾知县的时候，台湾的文化教育水平与大陆相比，处于相对落后的状态，有的地方甚至还处于民智未开阶段，这就需要灌输，需要传播，把大陆相对先进的汉文化传播、灌输到台湾的民众之中，是为教化之内核。怎么传播？怎么灌输？途径虽然多种多样，但主要途径不外乎两条：一是官方所为，以主办官学和科举考试为主；二是利用移民带来的先进生产方式、生活习惯、语言文字、宗教信仰、民间技艺等，这些文化上的传播、灌输加快了台湾的开发。

陈瑸在台期间，出台了一系列的治理、改革举措——

“文庙之宜改建，以重根本也；宜兴各坊里社学之制，以广教化也；宜定季考之规，以励实学也；宜举乡饮之礼，以厚风俗也；台仓积粟之宜以时敛散也；澎湖孤悬海岛，宜通商贩粟以济军民也；水丁名色之宜永远革除，以纾民困也；每岁修仓之宜永禁派累，以惜民财也；在坊小夫之宜革，以安商旅也；每岁二丁派买猪羊之宜禁，以除陋规也；宜逐游手之徒，以靖地方也；招垦荒田以尽地利；严禁科派以苏民困；弛铁禁以利农用；置学田以兴教化；除滥派以安番民……”

“教人务学，乃真为治之本图。”“夫风俗系乎教化，教化重乎人才，人才由于学校。先儒有言：不兴学校而求人才，犹不琢玉而求文采，不可得也。处台邑而欲养人才于学校，莫如改建文庙之为亟矣。虽工烦费巨，未能卒然而就，然奋发为之，要当自今日始。”

广教化是陈瑸治理台湾的根本策略，最明显的标志就是修建文庙，建明伦堂。之前台湾也有文庙，可非常简陋，根本起不到教化的作用。在陈瑸看来，文庙、明伦堂务必要屋宇宽阔，雕梁画栋，高大壮丽，方有庄严之感。为此，陈瑸大规模重修大成殿、启圣祠、东西两庑、棂星门，增建名宦祠、乡贤祠、文昌洞、土地祠、朱文公(朱熹)祠、六德斋、六行斋、六艺斋、献官斋、大成坊门、官厅、礼门、义路、宿房、教官廨舍等,并修围墙、睿泮池。他不仅四处筹措资金,还亲自参与,只要有时间,他就亲临工地“晨夕指画,督率就工”。更多的时候由于公务繁忙,他难以亲率其事,就委托教谕、训导等官员专门负责营造事宜。他的助手与他同心协力,艰苦奋斗,试图把台湾建成“海外邹鲁”,使台湾“蒸蒸向化”,以实现他的政治和教育理想。陈瑸在台期间,完成了台湾历史上少有的大规模的文化建设。

建好文庙,修缮好明伦堂,随后狠抓教育。聘教师,定教材,选学生,他倾注了自己的全部心血。

办学首先要有教师,可“台僻居海表,师承绝少。间有舌耕糊口,而学无原本、文无法程;自问茫如,何以教人”!一些人虽然也在天天教育孩子,可肚子里没什么真东西,自己都不明白,教人不是误人子弟?有一天,陈瑸到一所私塾去视察,在窗外听先生授课。这位先生显然读书不多,把李白的诗说成是杜甫的诗,把宋代的词说成是唐代的诗,一个学生说,先生您说错了,那是李白的诗,不是杜甫的诗,又说唐诗和宋词不是一回事,先生一听就生气了,说你懂什么,给我滚出去!

陈瑸实在看不下去了,也没直接去找那位先生,而是去找了私塾的校长,亮明了自己的身份,叫校长把这个先生开了,别误人子弟,实在没先生上课他暂时来代课。这样陈瑸又临时当起了那个私塾的代课老师,直到后来人家请来了新的先生,陈瑸经过一番考察才让那个新老师走入课堂。

每每想到私塾那个敢于说真话的学生,陈瑸就想起了自己的一个学生——吴广誉,几十年过去了,陈瑸对吴广誉还记忆犹新……

吴广誉是雷州南兴镇东坡村人,是个非常聪明的孩子。还在吴广誉小的时候,村中发生什么纠纷,他居然能够三言两语就把事情摆平,处事公正,村中父老乡亲非常佩服他的裁决能力,把他当神童看待。

有一次,县里的学议专门派人带着请帖来找吴广誉,那一年吴广誉才12岁。原来,周围的几个村因地界问题不断产生纠纷,你拔了我的庄稼,我拔了你的树苗,还放火烧房子,挖祖辈的坟墓,发生了流血事件。怎样才能把地界划分清楚呢?这的确是个棘手的问题,没有人能拿出一个最佳方案来。都说吴广誉厉害,有人就找到县里的学议,请学议出面去找吴广誉,说:“请吴广誉来断吧,他肯定行!”于是县里的学议就叫人拿请帖找上门了。吴广誉一听哈哈大笑,说:“我一个小孩子,哪有那本事？你们回去吧。”来人请不动吴广誉,只好回去报告学议。又有人说:“一张请帖休想搬动他,没有轿子去请,他是不会来的。”学议又派出了轿子,把吴广誉抬去了。吴广誉到后,按照水的流势,成功地划分了周围各村的地界,一件棘手的事情迎刃而解,十里八乡没有不佩服吴广誉能力的。

吴广誉这孩子十几岁了还没读书,他早就听说雷州东湖村的陈瑸先生很有名,就想去拜陈瑸为师,学习文化。可偏偏自己家里太穷,根本交不起学费,只好作罢。吴广誉15岁那年,一个偶然的机会,陈瑸所在的私塾要找个做饭的,陈瑸就雇了吴广誉来做饭,闲余时间吴广誉就趴在私塾的窗外听课,这跟陈瑸当年一模一样。一日,陈瑸下课后,吴广誉走到陈瑸面前说:“先生,我能背您教的功课,您信不信?”

“真的吗?”陈瑸不相信,就说,“那你背给我听。”

吴广誉背得一字不漏,而且十分流畅,陈瑸就问:“你以前学过?”

吴广誉摇摇头,说:“没有。”

“以前读过书?”

“也没有。”

“奇才!”

陈瑸觉得吴广誉真是个人才,天资聪颖,就问起了吴广誉的身世。

吴广誉家一贫如洗,陈瑸说,从今天起我就免费收下你,你也不用做饭了,搬到学生宿舍去住,我另请人做饭。

就这样,吴广誉成了陈瑸的学生。

陈瑸的学生中有许多是有钱人家的孩子,那些有钱人家的孩子大都瞧不起以前给他们做饭的吴广誉,还欺负他,一个叫李由的同学干脆不让他到学生宿舍里住。

吴广誉没办法,只好仍和厨师一起住。

可吴广誉吞不下这口气,他本来是想跟先生报告的,可看到陈瑸对那些学生个个都好,就打消了告状的念头。可这口气还没出,他的顽劣的本性就上来了。这一天,他剥了两根香蕉,把香蕉肉塞入空竹筒,然后把香蕉从竹筒里推到陈瑸的床上,那样子让人看了实在恶心,如同人屎。

吴广誉还写上一张纸条:此屎是吴广誉所拉。还嫌不够,又到外面捡了一块干狗屎放到陈瑸的蚊帐顶上。陈瑸回来一看到眼前的情景并闻到臭味，非常生气，立即把吴广誉找来，问：“是不是你拉的？”

吴广誉装出一脸的委屈，说：“如果真是我拉的，我会那么蠢吗？还写这张纸条，不是自投罗网吗？先生，这肯定是班上的李由陷害我。”

陈瑸觉得吴广誉说得有点道理，于是就把李由找来，李由说不是他干的。那时也没那么多讲究，你说不是先生就打板子，李由打死都不认，陈瑸只好找别的同学，谁都不承认，谁都挨一顿板子，唯独吴广誉没有挨板子。

都打了一遍，就剩吴广誉没挨打，吴广誉在心里偷着乐，陈瑸这时才觉得真正的始作俑者可能正是这个吴广誉。可陈瑸没把这事捅穿，案子也懒得破了，就让这事慢慢过去。这事以后，陈瑸对这个有才华的学生感慨万端，说：“以后广誉如果能考得上，是天地无眼；如果不能考得上，是评师无珠。”

几年之后，吴广誉参加乡试，自我感觉很好，认为自己非金榜题名不可，就在家等着发榜。吴广誉的确是考得非常好，阅卷考官看了他的文章，非常欣赏，特意把他的考卷抽出来，放在蚊帐顶上，准备重点推介。可上天总是喜欢作弄人，等这次试卷阅完，阅卷老师把名次报了上去，居然把吴广誉的试卷漏掉了。吴广誉的试卷根本就没有汇总，还留在评卷老师的蚊帐上。等张榜公布后，阅卷老师突然发现把最好的作文——吴广誉的文章放在蚊帐顶，后悔莫及，可又不敢上报，这是自己工作的失职。吴广誉就这样名落孙山。

考完之后，陈瑸问吴广誉考得怎么样。吴广誉就说了自己的文章，陈瑸一听觉得是好文章，吴广誉肯定能被录取。可最终吴广誉名落孙山，陈瑸说，别急，下次再考，你一定能金榜题名。

到了三年后的又一次大考，那位阅卷考官打听到吴广誉的住处，专程跑来动员吴广誉参加考试。吴广誉不知道眼前的这个人就是以前把他的试卷忘在蚊帐顶上的阅卷考官，流露出不屑一顾的神色，说：“评师有眼无珠，我去考只能抱着耻辱回来，我永远也不会去考了！”阅卷考官说：“这次是一个挺能欣赏人才的人当阅卷考官，你就放心去考吧。”

无论评师怎样劝说，吴广誉还是没有答应去参考。

陈瑸听说吴广誉不想考了，就反复劝他一定要去考，相信自己一定能考上。

听了先生的鼓励，吴广誉最终还是答应再试，并且做好了充分准备。

乡试前,那位阅卷考官为了弥补自己当年的过失,特意请缨来广东省当主考。

吴广誉本来为第二次乡试做了充分的准备,可当他了解到,这科的主考又是前科考官,他错误地认为这位考官实在无才,决定了不参加科考。

从此,吴广誉无意科举。

真是冥冥中应了陈璸的批语:以后广誉如果能考得上,是天地无眼;如果不能考得上,是评师无珠。

吴广誉没有走上仕途,却成了有名的乡绅,创作了大量脍炙人口的诗联文章,留下了许多脍炙人口的故事:有次海潮大作,席卷雷州东海岸沿海村庄,县长的马被冲走,灾民见到一匹没人认领的马,就杀了分吃了。县长把这当成要案来查处,灾民知道吴广誉智多谋广,就来找他,吴广誉写了幅标语让人贴到县长要经过的路边,那标语是:“水浸三县,问马不问人。”县长看到标语,意识到人命比马命重要,意识到自己的官僚作风,不再“问马”而帮助百姓恢复生产……

陈璸非常赏识吴光誉,曾经几次写信给吴广誉,希望他能来台湾帮助自己兴办教育,可吴广誉不想漂泊海中,婉言谢绝了先生,陈璸只好作罢。可现在台湾教育实在落后,要使台湾长久发展必须办教育,要办教育必须首先解决师资问题,像那位先生胡乱施教只会贻误台湾的未来。相当一段时间内,陈璸格外留心选拔教师,“访得岁贡生陈文远,素称积学能文,犹砥‘非公不至’之节,均肃帖延请”……

除了选拔好教师,还要选学生。陈璸坚信,百姓之中,多有可教之材,圣人云:“十室之邑,必有忠信。”他在《作兴番童牌略》一文中说道:“南路八社、北路三十六社,均系番族;既入版图,自与台地人民一体,岂容弃诸化外。乃三载以来,岁科两试未有番童应试者,或系有司不留心作兴之故。仰该府官吏:凡有番社地方,今年科试务须遍传,令其应考;府、县破格录送数名,注明‘番童’字样,以凭酌量节取入泮,以示鼓励。”陈璸在《劝学示略》中写道:“凡有子弟读书、无力从师者,不论已未入泮,俱许送入四坊社学;慎毋观望不前,致误学业。”

陈璸办教育是行家,注重抓细枝末节,陈璸对学生下了指令:“每月三、八课期,尔社师自出题目,必须两道,细心批改。月终,将阅过原卷及讲读何书、习写字法,汇册登记,送署呈览。果能尽心启迪,俾诸童日进月益,本官自当优礼相待，为望较切于诸童之父兄也。”他又根据自己多年的学习经验指导学生学习：“《四书集注》一字一句，俱非轻下；非多读书、细体认，未易晓其精贴。若全不讲明，即一日连读十数章，一月能读一本，亦无裨益。古文如周、秦、两汉，甚不易学。唐、宋以来，唯韩奥衍、柳高古、欧纡折、东坡疏畅，四家最有益于举业；亦唯唐荆川、茅鹿门选本评点俱精，急宜诵习。”

陈瑸在台期间，常常喜欢带着林伯、刘五哥等人夜巡街头，见习读者倍加鼓励，见酗酒者鞭杖加之，倡导一种积极向上的正气。

一日夜间，陈瑸带着刘五哥走街串巷，视察民情，突然听到有一房里传出读书、织布的声音，陈瑸便停住了脚步，敲了敲门。

“谁呀？”屋里传出女人的声音。

“是陈知县视察民情，听到你们家有读书声音就敲门了，请开门吧。”刘五哥答道。

门开了，女主人有些拘谨：“您……是陈知县陈大人？”

“在下正是，怎么？还没休息？”陈瑸问。

“孩子在读书，民女还有一块布没织完。不知道知县大人来了，惊动大人了。”女主人害怕地说道。

“没有，没有，是本官惊扰你们了，孩子在读什么？本官看看。”陈瑸走近孩子，说道。

孩子害怕地看着陈瑸。

陈瑸微笑着说道：“别怕，小朋友，能不能让伯伯看看你的书？”

那小孩八九岁的样子，胆怯地把书递给给陈瑸。

陈瑸接过那本书翻了翻，这是一本《三字经》。

“为什么不去学校读书？”陈瑸问孩子的母亲。

“回大人的话，家里没钱，交不起学费，孩子就只能借了别人的课本读一读。”孩子的母亲怯生生地说道。

“明天到学校去上学吧，学费由本官来出。”

就这样，这个孩子第二天就去附近的学校上学了。

每每听到孩子的读书之声，陈瑸便心旷神怡，“弦诵之声与宫墙并振”是陈瑸心中的理想。他一直认为，最美的音乐是儿童的读书声，又有诗云：

秋气生微凉，

书声出上庠。
辛勤同面壁,
寂静近宫墙。
黑发还须壮,
青灯夜正长。
应知同调者,
亦自喜洋洋。

有了“宫墙”,下面就要引来泉水叮咚一样动人心魄的“弦诵之声”了……

在台湾,许多穷苦的孩子在陈璸的帮助下受到良好的教育。“凡孤寒有志者俱令从学,按期督课。又于季终亲行会考阖郡生童,优者奖赏,以示鼓励。”

《清史稿》和《台湾通史》乃严肃正史,对陈璸有“夜自巡行,询父老疾苦,闻织读声,则叩门入见,重予奖赏”这样的细节记载,足见陈璸对于台湾教育何等重视,被后世传为佳话。

街头巷尾,常有人酗酒闹事,只要被陈璸发现,也不多说,叫上三五个捕快,上来就是一顿棍杖,打得酗酒者个个皮开肉裂,不断苦苦求饶,完了令其立下字据,下次发现必加倍鞭杖,使其牢记于心。而对于街头赌博,陈璸也是同样对待,李县丞提出还是抓回关进大牢,陈璸却并不采纳,只令捕快上街查询,只要发现聚众赌博者就地鞭杖,使其皮肉难以承受方可放弃鞭杖。自此,台湾街头风清气正,打架斗殴、酗酒、聚众赌博极少发生。

经过陈璸的精心治理,台湾经济一天比一天繁荣,社会一天比一天稳定,民众一天比一天文明,生活一天比一天富裕,人们安居乐业,出现了一片繁荣祥和之局面……

十六

考虑到在台湾任职的政治环境十分恶劣，康熙皇帝曾特令在台任满三年即擢升。过去在民间有这么一说，“三年官，两年满”，许多清朝驻台官吏三年一换，他们实际上无心问政，大多官兵勾结，官匪勾结，欺压百姓，捞取民脂民膏，把任职台湾当作搜刮民财、中饱私囊的摇钱树。天高皇帝远，台湾在一定程度上也成了不少贪官污吏的“避风港”。

而陈瑸履职台湾却改变了台湾官场的历史。

陈瑸在任近两年，彻底征服了台湾民众的心。好官坏官，真情假意，只要一比较就什么都明白了，台湾民众把陈瑸与其他官员比较，所看到的是一位时刻替他们着想、全心全意为他们办事的父母官，是清官，是好官，是为台湾谋福祉的大青天。

康熙四十二年(1703 年)十二月，陈瑸还没有离开台湾知县任，台湾十五里、一庄子民就集资为陈瑸立了一块碑——《邑侯陈公功德碑》，聘请刑部湖广清吏司郎中、内阁中书舍人张雄撰写碑文，记载下陈瑸的丰功伟绩。这是台湾百姓给予陈瑸的最高奖赏。

历史常常有惊人的相似之处。

就像当初离开古田县一样，陈瑸将要离开台湾的消息不胫而走，台湾人民依依不舍地准备欢送这位父母官，陈瑸又采取了上一次的做法：悄悄离开。

这次悄悄离开还有一个重要原因，一个不可说的秘密，这就是林伯和刘阿妹的瓜葛。

那一次林伯从捕快的刀下救下了刘阿妹，美女获救之后就芳心暗许。林伯两次受伤，刘阿妹两次专程送药，还亲自为林伯上药。接触多了，林伯对刘阿妹也有了好感，可两人谁都不敢捅破那层窗户纸。现在都说陈知县就要离开了,刘阿妹听到消息就赶到县城来了。

刘阿妹先找到了她哥哥刘五哥,把心里的话跟哥哥说了。

“这不可能,你还是趁早死了这份心吧,小妹。”五哥劝妹妹。

“为什么？我喜欢他,我想他也喜欢我,为什么就不能?”刘阿妹据理力争。

“不是喜欢不喜欢的事,小妹,你想过没有,陈大人就要离开台湾了,就要去京城做官了,陈大人一走,林伯也肯定要走,你能跟着他们去大陆？去京城？可能吗?”

“为什么不能？我嫁给林大哥不就行了,他去哪我也去哪,有什么不可能?”

“你……你也不脸红？一个姑娘家自己提出要嫁给别人,害不害臊?”

“害什么臊？我也是大人了,男大当婚,女大当嫁,为什么要脸红?”刘阿妹说得头头是道。看得出来,她是个很直爽的女孩,喜欢上了人家就不管不顾。

“你想过没有,你嫁给林伯,爹能同意吗?”刘五哥说。

“这……”刘阿妹还真没想过这个问题,一提到她爹,她就感到问题真不是那么简单了。一个高山族的姑娘嫁给一个汉族人能行吗？一个台湾姑娘要嫁给一个大陆人能行吗？自古儿女婚姻之事都是媒妁之言父母之命,哪轮得到自己做主？何况自己还是个姑娘,哥这一提醒刘阿妹就觉得这事有点麻烦。

有麻烦就得想办法解决麻烦,看来这事自己还真解决不了,她哥也解决不了,她突然想到一个人:陈知县陈大人。他能够把20年前的欧允和准娘的婚姻都连上了,难道还不能处理好她和林伯的婚姻吗？她比其他的台湾民众更熟悉陈知县,只要百姓有事,无论多么艰难他都会不遗余力地解决。现在她就遇到了难事,找陈知县!

刘阿妹不再纠缠哥哥了,她直接去找了陈瑸。

“陈大人,民女有一事相求。”刘阿妹走到县衙大堂跪在陈瑸的面前说道。

“哎,这不是刘阿妹吗？你快请起,说说看,你有何事要本官帮你?”陈瑸扶起刘阿妹说。

“陈大人,民女有一事相求,陈大人要不答应,民女就不起来。”

“行行行，你说什么事，本官都答应你，你先起来。”

刘阿妹站起来，说道：“民女想请陈大人帮我做媒，陈大人可一定要答应啦。”

“做媒？你要本官做媒？这可是本官从未做过的，说说看，你要本官撮合你与哪家郎君结秦晋之交？只要本官能够做到绝不推诿。”

“这可是大人说的，绝不推诿。”

“绝不推诿。”

“那好，民女恳请陈大人做媒，成全小妹跟林伯结为夫妻，小妹在此先拜过大人。”刘阿妹说着又要跪拜。

“别别别，使不得，使不得，小妹请起，容本官斟酌之后再回答小妹。”陈瑸被刘阿妹突如其来的举动弄晕了，一时不知道怎么回答刘阿妹的这个请求。他让刘阿妹先回去，这种事情不是一两句话就能解决的，他一定会竭尽全力给她一个满意的答复。

刘阿妹高高兴兴从县衙出来，一脸的微笑，跟哥哥打了一声招呼就匆匆回去了。

实际上，刘阿妹这一次请陈瑸做媒是给陈瑸出了一道非常棘手的难题，难到他无法解决。以往任何难题他都能想出办法来，可这个难题他一想起来就头痛。林伯是他的仆人，陈瑸却从来没有把他当仆人看，而是当亲人看，待他就像自己的儿子一样。从内心来讲，陈瑸希望林伯有一个好的归宿，找到他的意中人，刘阿妹也确实是个不错的女孩，如果他们能成为一对实在是再好不过了。那次他们主仆困在大钟里面的时候，林伯就说过，他唯一没有实现的愿望就是没有娶到媳妇，那一次虽然脱险了，可后来媳妇还是没有娶到。现在有个女孩喜欢上了林伯，这是多好的事情，陈瑸真想帮林伯和刘阿妹撮合此事。可在陈瑸看来，这两个年轻人根本就不可能走到一起，刘阿妹是台湾高山族的女孩，哥哥是罗汉门社的首领，刘家会同意把自己的女儿嫁给大陆汉族人吗？陈瑸可以出面做这个媒人，可人家能接受吗？陈瑸没有半点把握。

可没有把握也得做，为了林伯，也为了刘阿妹，何况他已经答应了刘阿妹。

陈瑸还是先问了林伯，问他对刘阿妹感觉怎么样。林伯说很好，但他也知道他们不可能，刘阿妹不可能跟他去大陆。

“那你是否愿意留在台湾呢?”陈瑸问。他是想了另一种可能——入赘,如果对方不愿去大陆,林伯留下来入赘也未尝不可。

“老爷您什么意思?难道您不想要小的了?”林伯很敏感。

“我只是想,如果有这种可能也是好事。”陈瑸说。

“没有这种可能,小的是绝不会离开老爷的,老爷走到哪里小的就跟到哪里。”林伯说。

“你别意气用事,林伯。你不可能跟着我一辈子,迟早是要成家立业的,迟早是要离开我的。既然你喜欢刘阿妹,刘阿妹也喜欢你,我觉得你留在台湾入赘也未尝不可,反正你家也没别人了,你真的可以考虑考虑。”陈瑸实实在在是在替林伯着想。

“万万不可,老爷。第一,我要跟着老爷,永远都不会离开老爷;第二,我不入赘,我们林家就我一根独苗,我入赘了,我们林家的香火就断了,打死我也不会留在台湾。”林伯说得很坚决,几乎不容置疑。

“这……”陈瑸有些为难,林伯讲得不是没道理,跟不跟他是次要的,重要的是林家就他一根独苗,有谁会愿意入赘?这是大忌,陈瑸非常理解。他想撮合这事,可看来成功的机会很小,要是林伯愿意留在台湾一切都还好说,现在林伯态度这样坚决,道理也非常充足,陈瑸心里没了底气。

“老爷,你就别为我的事操心了,我跟刘阿妹八成是没戏。”林伯对这事一开始就不抱太大的希望,他可能更多的是自卑,一来认为自己配不上刘阿妹,二来基本断定刘阿妹不可能跟他去大陆,就算她愿意她爹也不会愿意,这是可以料想的事情。

“不,你先别这么肯定,只要有一线希望我就要帮你争取。你的事情就是我的事情,我会为你做主的。”陈瑸大概了解了林伯的态度,考虑下一步该怎么进行。

陈瑸没有跟林伯多讨论,接着就去找了刘五哥,说了刘阿妹请他做媒的事情,问五哥知不知道他妹妹跟林伯相好的事情。

“胡闹,简直是胡闹!还请您陈大人做媒?简直不知天高地厚!”刘五哥很生气,责备妹妹不懂事。

陈瑸说:“你先别骂她,说说你的看法。”

五哥说:“这不可能,就算我同意,我爹娘也不会同意。”

“刘大首领,本官有一事相求。”陈瑸很认真地跟五哥说。

“岂敢，岂敢，陈大人您只管吩咐，需要在下做什么？”刘五哥说。

“本官想请你速回一趟老家，去问问你爹娘，看他们是否同意小妹嫁给林伯。同不同意都没关系，千万不要勉强，本官等你的回信。”陈瑸想，这种事情必须要征得刘阿妹父母的同意，媒妁之言，父母之命，他自己不好冒失地去找刘五哥的父母，毕竟是一县之长，对方答应还好，不答应他这个知县就一点面子都没了。另外还有一层意思，如果他直接出面，台湾的民众原本就害怕官府中人，他这样很容易给别人带来压力，让人感觉是以权压人，那就变成了逼婚。最好的办法就是让五哥从侧面打听，如果刘阿妹父母同意，他就出面做这个媒，如果不同意就只好作罢。

陈瑸如此这般叮嘱了一番五哥，就请他赶紧回家打听。

五哥虽然骂妹妹胡闹，但陈知县出面了他还是不敢怠慢，匆匆忙忙跑回家去，按照陈瑸的叮嘱问了他爹娘。

他爹娘听说对方是大陆的，又是汉族，要把女儿远嫁到大陆，说什么都不同意，就是入赘也不可能，刘家有三个兄弟，哪还需要入赘？门都没有，这种事免谈！

陈瑸叮嘱五哥不要说林伯跟他的关系，也不要说是他让打听的，只把林伯的情况摆出来，让他父母不受任何外部因素影响，自行决定。

听了父母的态度，五哥也没跟妹妹多说什么，赶紧回到县衙，把情况向陈瑸做了回复。

陈瑸知道刘阿妹是不会就此止步的，按照她的个性，她完全可能做出跟林伯私奔的行动来。如果那样麻烦就大了，他这个知县不就有拐卖良家妇女之嫌了吗？

调离台湾的通知下来了，卫知府已经着人送来了公函，并给陈瑸带话，下个月初十知府准备给他举行隆重的欢送仪式。

得到调离的正式通知已经是这一年的十二月初一，也就是说，再过九天卫知府就要为他举行欢送仪式，有了刘阿妹这事之后陈瑸就觉得他不能参加知府为他举行的欢送仪式了，不仅不能参加，而且必须得赶紧离开，越快越好。

这一天他匆匆忙忙赶到了知府衙门，见了卫知府。

“卫大人，下官有一事相求。”陈瑸见面就说。

“陈大人有事？只管开口，本官定当竭尽全力为陈大人效劳。”卫南村还以为有什么神秘之事,回答道。

“您为下官准备的欢送仪式就免了吧,算本官有求于您。”陈瑸很认真地说道。

“为什么? 眉川就是为此事而来?”卫南村不解地问道。

“正是,大人请听下官道来。”陈瑸接着就说了刘阿妹与林伯之事,已经到了这一步,现在他唯有悄悄离开方为上策,否则有可能无法脱身。

“你真的要悄悄离开台湾? 难道你没听说台湾百姓要为你送行吗?”卫南村问。

“下官必须马上离开,而且越快越好。正是听说了有民众要为下官送行,下官就更加不能久留了,还请卫大人为下官打些掩护。”陈瑸跟卫南村说了自己的打算。

“也罢,老夫只好帮着你撒谎了,趁早走吧,免得不必要的麻烦。”卫南村说得有些勉强,眼睛眨巴眨巴的。

“卫大人,您眼睛怎么了?”陈瑸看到卫知府眼睛不停在动,也不知怎么回事,问道。

“没什么,今天风大,一粒沙子吹进眼睛里了,没事了。”卫南村掩饰地擦了一下眼睛,装作什么事情也没有。其实,刚才他在流泪,他已经意识到这可能是在跟他最赏识、最喜欢的手下告别了。这种告别说不定就是永别,陈瑸50来岁,自己70多岁了,还能不能见面真的不好说了,所以老先生心里难受。

“卫大人,你我共事一场,在下感到三生有幸。现在就要离开大人了,在下衷心感谢大人的栽培、爱护,请受在下一拜。”陈瑸说完就跪下磕头。

“使不得,使不得,万万使不得,你起来,文焕。”卫南村上前扶起陈瑸。

陈瑸也没太坚持,就站了起来,说道:“大人,您是官场前辈,见多识广,下官想请您指点指点为官秘诀。”

卫南村摇摇头,说:“哪有什么为官秘诀,你已经做得很好了,连本官都佩服得五体投地。”

陈瑸说:“您这是在用鞭子抽下官呢。明日下官就要离开台湾了,下官真心请您为下官指点指点。”

“谈不上指点,硬要说的话,本官就送你三个字。”

“哪三个字?”

“一曰清，二曰慎，三曰勤！本官以为，此乃为官三大法宝。”

“多谢先生指点！”

“只要皇上是明君，这三个字你可受用一辈子。事实上你已经做得非常好了，本官为你骄傲。听本官一句话，只要你坚持这样做下去，皇上一定会欣赏你的，本官相信你一定会成为朝廷的栋梁之材！”

陈瑸再一次拱手致谢，两人依依不舍道了别。

就在陈瑸去见卫南村的时候，刘阿妹又跑来找林伯，她还不知道她大哥回家问了她爹妈，更不知道陈瑸和林伯他们正在准备离开台湾。今天她是来约林伯到日月潭去玩的，林伯说不行，今天陈老爷还要出去巡察，他要陪着，明天陈老爷要审案，那就改在后天吧，后天陪你去日月潭。

两人就约好了后天去日月潭。

这一年的正月，陈瑸谎称要去福建巡抚衙门办事就匆匆离开了台湾。

本来是悄悄离开的，不料当陈瑸带着林伯到达码头的时候，这里已经挤满了百姓，人们挥泪道别，不停高喊：“陈青天！陈青天！陈青天！”场面蔚为壮观。

原来，这是县衙的李县丞传话出去的。李县丞辅佐陈瑸两年多，对陈瑸太了解了，这两年陈瑸为台湾人民谋福祉，取得了前所未有的成绩，李县丞从内心里佩服陈瑸。李县丞昨天听陈知县说要去省城办事就觉得这事蹊跷，人都要调离了，还到省城去办什么事？尽管有知府大人的公函，尽管知府已经通知要给陈大人举行盛大的欢送仪式，但他还是觉得这中间有诈。他早就听说陈知县在古田的时候就是为了不让老百姓送行而“偷偷溜走”的，李县丞敏感地意识到陈知县这次离开台湾又是故技重演，肯定是不想让台湾百姓为他送行，溜之大吉。陈瑸到台湾任职以来，台湾百姓都亲眼所见陈瑸的清廉和为人，有谁不佩服陈瑸？有谁不尊敬陈瑸？有谁不感激陈瑸？他深知全台湾的百姓都期盼着去为陈知县送行，就悄悄地把话放出去了，结果就有了码头上万人送陈瑸的场面。

这一次，府宪卫南村破了常规，从县衙一直送陈瑸到了船上，两人依依不舍。

“眉川，你这一去老翁又要孤独了。”卫老知府紧紧握着陈瑸的手说道。

“卫老言重了！有台湾人民和您在一起，您永远不会孤独的。”

“走吧，该启程了。送君千里，终有一别，老翁就此话别了。”老人说着都快哽咽了，足见老先生对陈瑸的一片诚心。

陈瑸再三握了握老先生满是皱纹的老手，眼泪流出来了。

“走吧，祝你一路顺风！”卫老先生转身离开了船。

他们谁都没有想到，这一次离别竟然成了他们的永别……

陈瑸站在船头，深深地向岸上的台湾民众鞠躬了三下，在一片“陈青天”的高喊声中，陈瑸依依不舍地离开了这片神奇的土地……

十七

康熙四十四年(1705 年)五月,陈瑸补授刑部云南清吏司主事。康熙四十五年(1706 年)正月,陈瑸再次调升,升刑部山西司员外郎,级别升至从五品。

陈瑸初原本以为在朝廷当官只要自己努力、勤奋,到了一定的时候皇帝一定会提拔的。自己在古田当了两年的知县,又在台湾当了两年的知县,现在官升五品,说明自己的努力朝廷是看到的。可到了京城之后,他发现当官远不是他想象的那样。京城的人际关系实在复杂,为官者往往根据自己的历史发端或现实的利益,各附派系,或附某位贝勒亲王,或附权臣明珠或索额图,表面上看官场上一团和气,实际上你争我夺,尔虞我诈,相互撕咬,刀光剑影。

在京城做官不比在地方做官,为官讲究的是规则,讲究的是关系,谁是谁的门下,谁是谁的弟子,有依附就有靠山,有靠山就好提拔。陈瑸才来,基本不懂这里面深奥的关系。既然不懂,他想只要不乱撞就没事,别人不会来找你,你也没必要去找别人。正是基于此,陈瑸到了北京之后没有投奔任何人,也没有想要依附任何名门望族。这时他是可以找些人的,比如梅鋗大人,曾经对他关照有加,现已经调到京城来了,接替了吴涵调任左都御史,官由从二品升至从一品;再比如李光地大人,他对自己很赏识,听说在康熙皇帝面前还为自己说过好话。从礼节上讲,他应该去拜访他们。可他知道,在京城拜访任何权贵都不可以空手去,他虽然当了几年知县,手上却所剩无几,家里也没寄回一文,都捐出去了,现在要去拜访人家是拿不出任何像样的东西的,既然这样还不如哪都不去。所以一进北京,他就给自己立了规矩:不攀高,不依附任何派系,不亲近任何权贵,朝廷安排我做什么就做什么,其余的时间就闭门读书。

陈瑸在北京始终只有林伯一人相随，平时生活依然简朴，粗茶淡饭，居住的地方除了书籍还是书籍。陈瑸喜欢朗诵，读起书来摇头摆尾，其乐无穷。这段时间，陈瑸相对集中地读了大量书籍，他认为读书人应该以《四书》为基础，精心研读，而且读书也有一定顺序："先之《大学》以正其规，次之《论语》以究其蕴，次之《孟子》以观其趣，而后会其归于《中庸》，则学之本要植矣。"有了这个根本，就可以在《五经》中选取"一经"作为本经加以潜心研究，同时兼会其他诸经。

除了好读书，陈瑸还特别喜欢写诗，在京城的那段时间里，陈瑸写了不少脍炙人口的诗篇，后来都收到了他的诗集里。

陈瑸这种清苦的生活却遭到同僚的非议，他虽然没有妨碍别人，别人还是喜欢拿他说事。因为京城的为官者都在走动，都在攀附权贵，都在吃喝玩乐，你陈瑸什么都不参与，自命清高，你就是个另类，就有同僚在背后议论，说陈瑸迂腐。陈瑸也不跟人计较，你说我迂腐就迂腐，没必要跟你争个长短。为什么要跟你辩解？为什么要去迎合？你有你的活法，我有我的活法，我没钱是事实，就是有钱我也不会跟你们一起起哄。天天请客送礼就不迂腐了？人格都没了。天天吃喝玩乐就不另类了？人品都没了。我陈瑸没有钱，我也不羡慕你们的生活，我过我的简单生活，读点书，写点诗，虽然我一无所有，可我活得实在，活得充实。

不仅自己孜孜不倦地读书，陈瑸始终记得提醒儿子们读书。虽然两个儿子都没有在跟前，可陈瑸一直家书不断，信成了他与家人尤其是与两个儿子交流的重要载体，也是他们之间的纽带。

陈瑸给儿子的信中这样写道："爹两度担任知县，一在穷山，一在苦海，阅历四载，操心虑患，刻无遐逸。今始叨叨列名。未来会去哪里现在虽然难以料定，但还是有天道神明存在中间。"

陈瑸一生坚信，什么事情只要真心实意去做，总有回报。他把"操心虑患"四个字送给儿子，激励他们刻苦学习："你们兄弟读书做人，亦不可离'操心虑患'此四字也。读书要勤、要细，做人要谨慎、要谦逊，这样才会有长进的日子。"

陈瑸一向以身示教，他即使在恶劣的环境、危险的情况下，也没忘记读书思考。"当时坐在船上，只有寻找《太极图说》《西铭》等书阅读。爹自出门以来，抱此数书入穷山、出苦海。虽簿书冗杂之中、人情疑忌之会，日夕寻玩，永不离侧，自信颇有所得。”

就这样，当差，读书，写诗，一晃就过了三年多。

这一年的七月，朝廷安排陈瑸随钦差左都御史梅鋗和内阁学士二鬲前往偏沅（湖南）、广东查办土司田舜年一案，一查就是半年。

陈瑸跟梅大人真是有缘，当初刚入仕途就遇到了梅大人这样的好官。当年在古田，梅大人是那么全力支持陈瑸采取非常手段收取拖欠多年的赋税，陈瑸放犯，梅大人及时批下批文让他化险为夷；为了让他能够在台湾展开手脚干事，梅大人特意派卫南村卫大人当知府，从而成就了他与卫知府默契配合的佳话。这一切的一切无不倾注了梅大人的一片心血。毫不隐讳地说，梅鋗大人对陈瑸有知遇之恩。所以从当这个差的第一天起，他就开口一个恩公，闭口一个恩公，对梅鋗大人佩服得五体投地，恭敬有加。

人，不经过深入交往是根本无法真正了解一个人的。就像卫南村卫大人，当他们携手执政台湾之后，他才发现卫公是个多么了不起的人，对陈瑸的每一项举措都是那么全力支持。他觉得他后面立着的就是一座泰山，他从心里敬重卫台揆前辈。可在偏沅、广东调查土司田舜年一案的过程中，梅公在他心中的偶像地位有了动摇。

陈瑸这一次随两位钦差大人办案实际上就是个提包跑腿的。两位大人是一品、二品大员，他一个五品随员无非就是做做记录，抄写文书，帮两位钦差打打下手。办案也不是天天有事，闲着的时候两位钦差要应酬，陈瑸就静下心来看书赋诗。一日读了一本黄六鸿的《福惠全书》，他越看越觉得眼熟，仔细一想，很快就记起来了，原来当年梅大人教导他的那些圆滑老道的政务管理的经验、为人处事的方法，全都来自此书。而当初梅公说这一切都是他的切身体会，其实不过是背熟了这一本书再来教育他人，这让梅公的形象在陈瑸心里打了折扣。

这还不是主要的，在调查土司田舜年一案的过程中，陈瑸看到的现在的钦差大人和当年的巡抚大人简直判若两人。

土司田舜年一案可谓当时天下第一疑案。

土司，是相对“流官”而言。“流官”，顾名思义，就是流动的官，我国古代朝中官员任职，大多有一定任期，任期一满或升或改任他处。而在一些少数民族、边远地区，土州、县社会的经济、政治组织、文化制度以及民情风俗等都与流官的州县不同，故称为土司。土司的职位可以世袭，但是袭官需要获得朝廷的批准。元朝开始，边远地区就有土司，土司武官职务就有宣慰使、宣抚使、安抚使三种，清承明制，依然沿置土司。

田舜年是容美土司。容美土司是我国西南边陲极为重要的土司。聚居湘、鄂、渝、黔四省边界地区的土家族，是我国民族大家庭中具有悠久历史的民族之一。在土家族历史上，曾经在相当长的历史时期存在并影响着土家族聚居地区的政治、经济、文化发展的土司制度，时间长达400多年。在土司时期，土家族聚居地区存在着大小数十个土司，其中容美土司雄踞一方，实力最强，影响最大。容美土司历经425年，经历了8代11位司主。容美土司为田氏世袭。康熙四十三(1904年)年，田舜年64岁，他决定让位给长子田昺如，但田舜年觉得田昺如非栋梁之材，所以仍以“太上皇”自居，掌控实权。

经过三年的考察，田舜年发现长子田昺如根本不适合继承土司之职。尽管田舜年从小就对这位长子百般教导，可田昺如只知吃喝淫乐，根本不能成才，让田舜年大失所望。一想到祖宗几百年基业要毁于此竖子之手，他便五内俱焚。康熙四十五年(1706年)，田舜年决定废除长子田昺如宣慰使“王”位，准备推其三子田耀如袭职。这一年五月，田舜年亲赴武昌，面见湖广总督石文晟申述情由，可石文晟根本不听田舜年解释，不问青红皂白就把田舜年拘捕问罪，打进牢中，随后禀报皇上弹劾田舜年。六月，在酷热腐臭的方寸之室受到百般折磨的田舜年意外“暴死”，石文晟立即禀报皇上，说田舜年“中暑暴亡”。康熙接到石文晟的奏章，心中大为疑惑，觉得容美土司田舜年死得蹊跷，便派梅鋗、二鬲两位钦差大臣率陈瑸一行前往调查。

湖广总督石文晟为何要把田舜年打入牢中？为何要弹劾田舜年？田舜年为何又会突然“暴死”？这中间是有原因的。

简单地说，是田舜年曾经得罪了这位湖广总督才招来了杀身之祸。

早在三年前的冬天，湖广总督石文晟手下分管诸土司事务的郭制台在巡察诸司时，态度傲慢，动辄恶意辱责。下面各司主若有申辩，郭制台一概视为不敬，怒斥各司主“目无王法”。为了显示他的威严，居然罗织罪名，以“不服管辖”之罪，将忠峒、唐崖、散毛、大旺四位官司长官拘捕下狱。

田舜年是个爱憎分明、刚直不阿的人，还在吴三桂反叛时，许多文臣武将及土司王都变节跟了吴三桂，而田舜年几经吴三桂逼协，只是表面归顺，实则将此策密奏将军部院蔡毓荣备案。当朝廷大军南下之时他反戈一击，为剿灭吴三桂立下汗马功劳，被诰封“骠骑将军”。田舜年文能治国，武能安邦，还是一位很有才气的诗人，深得康熙皇帝赏识。田舜年对那些玩弄权术、对上溜须拍马、对下专横跋扈的人十分反感，即以郭某滥施淫威，不行皇上“怀柔羁縻”之策为由写下奏章，向朝廷奏请弹劾郭某。

康熙皇帝批准了田舜年的弹劾奏折，严惩了郭制台。湖广总督石文晟在田舜年弹劾郭制台案中也受到牵连，被朝廷记过在案，因此，石文晟便对田舜年一直耿耿于怀。

偏偏这时土司内部出了问题，田昺如受到父亲的钳制，心有不甘，就丧心病狂编造父亲所谓劣迹，与自己的岳丈桑植土司向长庚一起，四处告状。

收到田昺如的岳丈桑植土司向长庚及田昺如状告田舜年的状纸，石文晟高兴得要命，认为找到了报复的机会，心想：你也有今天！当年你竟敢告我不行朝廷怀柔之策，公然为四司张目，害得我脸面无存；今日你自己祸起萧墙，也该让你尝尝弹劾的滋味了！他便向朝廷奏章弹劾。

正好田舜年自己来到武昌，本是来向湖广总督汇报土司世袭之大计，石文晟却将田舜年打入牢中，一个月时间就将田舜年折磨致死，一手制造了这起千古奇冤！

康熙接到石文晟禀报田舜年“中暑暴亡”的奏章，心中大为疑惑，一个好好的人怎么会“中暑暴亡”？当即批道：“昔吴三桂之乱，田舜年略无举动，即此一端，甚为可嘉。今石文晟有此劾奏，或因田舜年与地方官不协所致，其中恐有虚诬，此折暂停批发。”

康熙压了石文晟的劾奏，决心要把这件事情弄个水落石出，就令偏沅巡抚赵申乔、湖广提督俞益谟分别调查，令其不必会同商议，各出己见，从速具奏。

所谓分别调查就是各自独立调查，互不通气，分别呈奏。

可皇帝的旨意到了下面常常会走样，巡抚赵申乔、提督俞益谟接旨后，各自心怀鬼胎。他们都与总督石文晟私交很深，有着共同的利益，所以接到圣旨后就偷偷违背圣意，暗自通了消息，调查人和被调查人居然一起共同商议此事。总督石文晟天天好酒好菜招待巡抚和提督，三人把盏推杯，无话不说。石文晟历数田舜年罪过，赵、俞二人明明知道有许多疑问，却不问个中究竟，一味附和石文晟，当事人说什么，这两个调查人就像两台机器，唯有点头称是。为了向皇上交差，石文晟代赵、俞两人拟好了奏章，两人拿着石文晟代写的奏章向皇上复命，成了天下奇闻。

康熙接到偏沅巡抚赵申乔、湖广提督俞益谟的奏章，更加疑雾重重，这二人居然都说“石文晟所劾俱实”，没有半点出入？奏章除了段落调换了位置，内容几乎一模一样，天下哪有这样的怪事？康熙当时年富力强，还没到老眼昏花的地步，下面的糊弄他还能看不出来？他把两人的奏章撕成两半，口里骂道：“官官相护，一派胡言！”

皇帝于是御批：“着都察院左都御史梅鋗、内阁大学士二鬲前往察审。”

梅鋗、二鬲带着一帮人就浩浩荡荡来到了武昌进行调查。

在这两个月的审案调查中，陈瑸目睹梅鋗、二鬲两位钦差的办事风格截然不同，大有感触。钦差大人是给皇上办差查案的，本应保持中立，兼听双方陈述，而梅鋗梅大人却一头扎进石文晟府中，对石文晟的殷勤招待欣然接受，请吃送礼，来者不拒，而对容美土司一方的证据与陈述却熟视无睹、听而不闻，一开始就是一边倒，这又何以能公正？

相反，大学士二鬲公清自守，循规蹈矩。二鬲认为梅鋗被石文晟所左右，办事草率，常听一面之词，多次劝梅鋗详察细审，而梅鋗却一意孤行，听不进去。这一切陈瑸都看在眼里，相比之下，陈瑸对二鬲的行为处事倒是从心里佩服，而对自己的恩公却不断生出疑问，这就是当年那个全力支持自己的恩公吗？

一日，二鬲把陈瑸拉到一边，问陈瑸对此案的看法。在二鬲看来，陈瑸肯定会站在梅鋗一边，因为他知道，陈瑸跟梅鋗关系很好，陈瑸一直称梅鋗为恩公，所以跟陈瑸交流意见只是一种试探。不料陈瑸根本没有顾忌恩公的那层关系，毫不掩饰地谈了自己的看法。陈瑸认为湖广总督、提督与巡抚三人有狼狈为奸的嫌疑，而容美土司田舜年极可能被冤屈，应该向皇帝道明真相。

二鬲的提问实际上是对陈瑸的一次考验，按理说，陈瑸应该站在恩公梅鋗一边，唯梅鋗是从，这样他才不负梅鋗对他的多年器重和栽培。可陈瑸却站到了恩师的反面。说陈瑸是一根筋也好，是另类也好，在他心里只有一条，谁是正确的就站在谁的立场上说话，这就是他为官处事的特点。尽管梅鋗是他的恩公，可在真理面前他只能选择他认为对的，在大是大非面前他不会把个人情感夹杂在中间。皇上派我们来查案就是要查出真相，如果被当事人左右还怎么能公正处理？怎么向皇上交差？所以当二鬲问他的时候，他说了真话。他也是朝廷派来调查的一员，他有权投上自己的一票，这一票不会受到任何外部的干涉。

这让二鬲感到震惊，没想到陈瑸有自己的原则，对他的恩公也不会无原则地附和。听了陈瑸这一番看法，二鬲频频点头，虽然没多说一句话，心中却不由得对陈瑸肃然起敬，心想这个人了不得，以后必是朝廷栋梁之材。

两位钦差的调查暂告一段落，梅鋗、二鬲两人命陈瑸等一应随员原地待命，二人回京复命。

畅春园澹宁居，康熙在此听政。

先是梅鋗禀报，所报内容基本秉承石文晟前面所呈，又一次印证了湖广总督石文晟所报属实，弄得皇帝一脸的狐疑。

"二鬲，你可有话要说？"康熙问二鬲。

"启奏皇上，微臣以为，案中容美土司处二十余人，俱未赴审，故未经质审之处甚多，石文晟所称为田舜年治病之医及验尸官均未到，故田舜年死因尚未查明，倘草草结案，恐众土司心有不服，应分三议具奏。"内阁大学士二鬲在与陈瑸交流之后，更坚定了自己的看法，觉得眼下该在皇上面前道明真相了，便驱前奏道。

康熙极不满意地瞪了梅鋗一眼，下旨道："准二鬲奏，此事交九卿、詹事、科道会议具奏。"

二鬲的回答道出了个中疑点，康熙皇帝越发觉得此案必有隐情，仅三议会奏依然得不到真相，便再派大学士席哈纳、吏部侍郎张廷枢、兵部侍郎萧永藻等为特差大臣，再次前往武昌察审。

临行前，康熙命特差大臣席哈纳等至御榻前听训："田舜年一事，关系土司，并于地方总督、提督亦有关系，若不究其本末、辨其是非，则众心不服。尔等到彼，可与前次遣往都御史梅鋗、学士二鬲详加研审。如总督理亏，则罪坐总督；如土司理亏，则坐土司。唯公平则人心自服。尔等须出示晓谕众土司，若彼果有冤枉，许其陈诉。尔等收呈详审、穷诘根底；如无冤枉，而钦差大臣至彼地提人不解，反固守关隘不纳公差，此特欲反耳，竟发荆州大兵立剿之。不可持两端，苟且结案也。总督参田舜年事，极其狠毒；今又欲草草完结，何以服人心！九卿并不据大体立议，首鼠两端，愈非理矣！尔等前去，若不能办明，此则尔等声名亦大有关系也。"

皇帝如此重视，第三拨特差大臣谁都不敢造次，力排石文晟的干扰，先后派员到容美、桑植等地进行为期数月的察审。经过认真客观调查，理清了基本事实:湖广总督石文晟所参田舜年之事,“俱虚,应毋庸议”,“革职宣慰使田昺如,暴戾虐民,抗不赴审,应枷责,佥妻安插内地,革职。桑植宣慰司土司向长庚隐匿田昺如,不解听审,应降四级留任,总督石文晟不行详察,草率具奏,应降三级调用。巡抚刘殿衡、赵申乔、提督俞益谟奉旨承审事件,不行详察具奏,各降一级,罚俸一年。俱应如所奏。其承袭容美司土司之职,应将田舜年之子田旻如、田耀如、田畅如、田琰如等开列,伏候上裁”。

康熙仔细审阅奏折,内心总算平静下来。此事想起来让人后怕,假若偏听偏信,康熙皇帝也就成了一个昏君,一个贤能土司就要因此屈死。三拨钦差,历时半年的调查,现在总算水落石出,康熙于是批道:“石文晟着降三级,从宽留任;容美土司着田旻如承袭;余依议。”

事情过后,巡抚赵申乔、提督俞益谟和都察院左都御史梅鋗均降职或革职处分,二鬲因不同意梅鋗草率具奏,得以免议。

陈瑸从始至终参加此案调查,让他感触颇深,一方面,他真正深切地感受到了康熙皇帝的精明正义、宅心仁厚。康熙厌恶被下属蒙蔽,一定要查清事情真相,非把案件弄个水落石出不可。而一旦查清案件之后对涉案官员尽量轻处,让其感恩戴德。有这样的君主在上,让人感觉就如青天在上。另一方面,这一回他真看清了恩公其人,在大是大非面前实在过于糊涂,一个从一品朝廷钦差大臣深受皇帝重托,却如此轻描淡写地处理人命关天的重大事件,实在太不应该。陈瑸也曾委婉暗示恩公,对田舜年之死是否还要做进一步调查?是不是要进行尸检?是不是全面客观了解全案?竟被梅公一顿臭骂,你是钦差还是我是钦差?听你的还是听我的?当时陈瑸就不敢多说一句话了。二鬲大人也曾有过提醒,梅公依然我行我素,拿原则当交易,最终以自己被免职收场。

半年的调查让陈瑸看到,官场真的太复杂了。这样的案子,如果自己单独来办,删繁就简、去肉剔骨、秉公而断,不出一个月案情就可真相大白,怎会越办越复杂?

官场里的关系牵扯甚广,一旦陷于其中就难以自拔。总督也好,提督也好,巡抚也好,大学士也好,钦差也好,特差也罢,他们哪个不比自己的官大?哪个不比自己的资历深?除了二鬲,除了后面的特差,居然都被石文晟左右,究竟因为什么?还是一个“利”字,再加一个面子。你要不跟总督大人有任何利益关系,你要不接受总督大人的请吃,不接受总督大人的馈赠,不老想着官官相护，你能把自己陷进去吗？你会把白的说成黑的吗？

幸亏自己没有趋炎附势，幸亏没有跟着恩公一边倒，看来，干什么都要坚持原则，都要实事求是，千万不能为了照顾面子说假话、说瞎话。如果这一次自己一味跟着梅大人，自己这官也就当到头了，想起来都后怕。

人哪，官当得再大，一旦忘记自己是谁，忘记自己该干什么，迟早是要倒霉的。

十八

陈瑸在台湾的政绩一直在朝廷里传颂。李光地早在陈瑸任古田知县的时候就对陈瑸的清廉和执政能力倍加赏识,陈瑸到了台湾后又深受台湾人民爱戴,离任时万人相送,三呼“青天”。李光地老家在福建,常常能够听到来自福建的消息,对陈瑸的政绩简直称奇,曾不止一次交章保奏,向康熙皇帝推荐陈瑸。

康熙时期有个规定,四品以上官员要向朝廷推荐清廉官吏以及青年才俊,足见康熙倡导清廉之风的一片苦心。

康熙皇帝接到李光地的保举奏章,对陈瑸的政绩也颇感惊奇。两年的时间就让台湾的老百姓那么拥戴实在不简单,这样的官吏应该得到提拔。康熙四十八年(1709 年)二月,皇帝钦点陈瑸会试同考官,后又钦命其担任提督四川学政,令其六月到任。

四川学政乃四川省主管教育的行政长官。学政是官名,是由朝廷委派到各省主持院试,并督察各地学官的官员。学政一般由翰林院或进士出身的京官担任。清代的学政,由吏部考察,列名报皇帝审批后简派,享受钦差的待遇,在职务上与省的总督、巡抚平行。知府以下的官员对学政皆要执属员礼,对总督、巡抚以下之官,学政有权密折纠弹。由于陈瑸一直热心教育事业,对这个职务表现出充分的信心和兴趣,康熙皇帝方有此命。

本来被提拔前去赴任是件好事,本该高兴,可偏在陈瑸即将赴四川提学道任之际,忽闻卫公过世的消息,陈瑸不禁掩面大哭。卫公就像他的老师,就像他的兄长,就像他的父亲,是他生命中不可或缺的人。早两年他们还在台湾一起打拼,为台湾的安宁发展殚精竭虑,可转眼之间卫台揆就撒手人寰,怎能不让陈瑸捶胸顿足?

当陈瑸只身来到台湾举步艰难的时候,卫台揆快 70 岁了,居然漂洋过海来到台湾帮衬他，见面的第一句话就是："我来了，你就不孤单了。"

仅这一句话就让陈瑸心潮澎湃，无比温暖。那时他正处于最低谷的时期，罗汉门社的人要抓他，放犯遭到钦差的调查，胡德知府处处掣肘，他曾经做了最坏的打算，可就在他几乎难以为继的时候卫台揆来了，从那以后他们相依为命，为了台湾人民的福祉倾注全力。自己每每出台一项措施，卫台揆就立即推向全台，哪一项有利于台湾人民的政策出台不是卫台揆在背后鼎力支持？要还是胡德当知府，陈瑸真的不敢想象该怎么面对，自己能不能度过三年的任期都无法知道，很有可能什么都做不成，很有可能跟胡德闹得不可开交，只要他真心想在台湾干事就绝对会寸步难行。而卫台揆对陈瑸的施政从没说一个"不"字，他们的心总是想到一块，他们的劲总是使到一块，他们天天都在替台湾的民众考虑，天天都在为台湾的发展谋划。毋庸置疑，他们是绝配，是台湾历史上的最佳黄金搭档，他们共同创造了台湾的辉煌。

陈瑸是从骨子里敬佩卫台揆的。卫台揆的出身不是廪生，不是贡生，也不是附生，而是"荫生"。所谓"荫生"，就是凭借自己上一代余荫取得的监生资格。一般"荫生"，大多都没经过自己奋斗，往往很容易成为纨绔子弟，而卫台揆不是。他身上有一股浩然之气，这正是陈瑸最敬佩的。有了浩然正气，卫公"少壮登朝，不萦情于利禄，暮年出守，务绝意于苞苴"。他体恤民情，爱民如子，无论在漳州，还是在台湾，他都深得人民敬爱，做人做官，他都是陈瑸的楷模。

当陈瑸离开台湾的时候，卫台揆拱手道别："天道，天道。但你去，我又孤矣。"没想到那竟成了他们的永别。

想想老爷子送他的三个字："一曰清，二曰慎，三曰勤！本官以为，此乃为官三大法宝。"其情其景仿佛就在昨天。

可现在斯人已去，怎不叫陈瑸悲痛欲绝？

这一年的四月，陈瑸赴任四川学政经卫公老家山西，只因公务在身，不能前往亲祭，于是遣人代往祭拜。

一路西行，陈瑸无时无刻不在思念卫公，夜宿驿馆，挑灯命笔，写下了《祭中宪大夫卫公南村先生文》：

鸣呼！

天地间常存者正气，不死者人心。人莫不得天地之正气以生，而心有所役，每失其正，故能存于一室寂处之时，而不能不纷乘于万感杂投之会；能于布衣韦带之素，而不能不动念于圭组仕宦之荣。抑能强持于少长壮盛之年，而不能不稍隳于耄期倦勤之后。盖其所能者，强制之力；所不能者，自然之天地。若乃德行坚定，志气凝一，随所往而自见其天，不以贵盛而移，不以宦成而怠者，独于我南村先生见之。

公生长贵胄，绝无声色货利之好，天禀之高，卓绝俦辈。处京华十丈红尘中，能爱身如玉。是非有得于治心养气之学者奚其能？由职方尚书郎，出守闽漳。漳人德公之深，爱公之切，有如赤子之依慈母，不忍一日离诸怀者。顾上游念台郡新造，谋得贤守以抚循而噢咻之，合疏荐公。公乃航海而东。此某得为公属吏所自始也。

某本菲材，待罪台令。先公调数月，执性硁硁，四顾无倚。公至，叹曰：余来，陈令其不孤矣。呜呼！非公知某之深，孰为出此言。嗣是事关地方兴除，凡有申请，公辄报可。台人咸有一守、一令相视莫逆之喜。呜呼！为令如某，若不遇公，为守溺职之罚，知所不免。居无何，某以行取入都，公特破常格相礼，送至舟中，握手叮咛而别。呜呼！公岂复以属吏遇某哉！五载以来，浮沉郎署，虽音问阔疏，而寤寐心情未尝一日不在公左右。自前岁闻公秩满，迁我粤运使，方举手加额曰：粤人之幸，台人之戚也。公竟不赴新任，请至归里，急流勇退，昔人以为难者，公直易之矣。呜呼！少壮登朝，不萦情于利禄，暮年出守，务绝意于苞苴。七年漳南不为久，五年台湾不为暂。大都所至人乐，既去人思，归橐萧然，图书而外无长物。上以继清白累世之传，下以启翼燕方兴之绪。公可不谓完人也哉！独恨某以今夏衔命过公里门，不及公一面。去公骑箕之夕，仅月有余。又严程在道，不获酹一杯而去。某之负公则甚矣。虽然，天地有正气，生人有本心。公之心，天心也；公之气，正气也。正气无日而不流行，则公虽亡，其不亡者固存也。某尚以寄生之身，视息人间，追怀我公握手叮咛致意，其亦安敢有死心也。途次匆忙，未暇效世人为声韵之文，谨述公之所以遇某，与某所以感激乎公始末，书诸尺帛，一洒泪臆。公魂不寐，庶其鉴之。

呜呼！尚飨。

陈瑸在官场驰骋多年，打过交道甚至过从密切的官员无数，为何独与卫台揆情意相投、感情真挚？盖因其气息相通也。所谓“气”，即浩然正气。这种气，不管是“一室寂处”，还是“万感杂授”，不管是“布衣之素”，还是“仕宦之荣”，都会“壮盛不持强，耄期不倦勤”，都能做到威武不能屈，富贵不能淫，贫贱不能移……

十九

蜀道之难，难于上青天。陈瑸这一次是真的尝到了上青天的滋味。四月从北京出发，所经之地或荒山绝壁，盘路一线，险不可言；或水路处处皆滩，急浪漩涡，让人晕眩。途中忽而大雾迷路，不敢投足，忽而雷雨交加，脚陷泥泞。一次还亲眼看见前面马夫跌倒，坐骑失足摔下山涧，无不惊讶。再加上卫公逝世之事心情一直不好，陈瑸可谓一路悲哀，跋山涉水，历尽艰辛，六月才到达成都，正式就任四川学政。

新到一个地方，自然就要面对各种宴请，也要面对各色人物。前两次都是当知县，只管一个县，这一次到了一个省任职，上面除了总督、巡抚，就数他这个学政了。刚到成都，成都的名流大户纷纷上门拜访，请托、送礼之类的事情接踵而来。学政一职关乎一省学子的前途命运，不同集团和家族争相对陈瑸热情示好。陈瑸在官场上混了这么多年了，对官场内部的事情也算略知一二，尽管当时朝廷上下奢靡之风正盛，吃喝成风，可陈瑸对这种应酬有自己的定律：不羡慕，不喜欢，不参加。你吃你的山珍海味，我吃我的粗茶淡饭，无论在古田还是在台湾，无论在京城还是到了成都，主仆二人餐餐照菜谱吃饭，从未改变，所以到成都后“一切陋规却弗受”。

一日，陈瑸去巡抚衙门拜访巡抚去了，家里就留着林伯在家收拾房间。

咚……咚……咚！有人敲门。

“来了，哪位？”林伯一边回答一边去开门。

“陈大人在家吗？”外面的人问。

“陈大人刚出去了，去巡抚衙门了。”林伯把门打开，回答道。

外面站着三个男人，穿着马褂长袍，手上还提着东西。

“哦？出去了？刚刚还听门房说大人在家呢，这么快就走了？”一位年长一点的人说道。

旁边立即上前一个人介绍道:“这位是成都商会的马会长马大人,在下是巴蜀绸缎庄的刘某,还有这位,是四川钱庄的吴老板,我们都是特意来拜访陈大人的,没想到……”

“几位大人来得不是时候,我家老爷刚刚出门,要不几位改天再来?”林伯说道。

“也好,也好,我们改天再来。哦,对了,我们带了点小意思,麻烦你转交你们家老爷。”马会长说着把手里的东西递给了林伯。

林伯忙摆手,说:“使不得,使不得,我们家老爷再三交代了,什么东西都不能收,你们还是拿回去吧。”

“没关系的,就一点小意思,也不是什么别的,几件古玩,听说陈大人喜欢,请他鉴赏鉴赏。你就帮帮忙,来,这点意思是给你的,算我们求你帮个忙。”巴蜀绸缎庄的刘老板塞给林伯一锭银子,说道。

“不,我不会要你的东西,我也不能帮我们家老爷收你们的东西,请几位大人就别为难小的了。”林伯恳求道。

“这……”几人面面相觑。

“几位大人,我们家老爷再三叮嘱过小的了,千万不能收人家的东西,老爷说取一钱与取百千万金无什么来着?”林伯学着陈瑸的话,又记得不完整,支支吾吾的。

“无异!”商会会长马大人补充道。

“对对,无异,就是无异。所以各位大人别让小的丢了饭碗,还是回去吧。”林伯说道。

“也罢,这些东西我们还是先带回去,就我这幅画,在下自己画的,也不值什么钱,留给陈大人做个纪念,你帮我带交给陈大人,这总不为难兄弟了吧。”马会长说道,把画展开,让林伯看。

林伯还是犹豫:“这……”

“放心吧,不会为难兄弟你的,就拜托你转交陈大人。你就说成都商会马福坤敬仰他的为人,特别画了一幅画给他留作纪念。”马会长卷起了画卷,交给了林伯。

林伯看看只是一幅画,也没想那么多,就说:“那好吧,小的还是先把话说明白,画可以留下,我们家老爷收不收还不能肯定,小的只负责帮大人转交到位。”

几人告别了林伯，离开了陈琯的住处。

中午的时候，陈琯回来了，林伯就跟陈琯说了今天马会长等几个人来拜访的事情，并把那幅画交给了陈琯。

“叫你不收别人东西，你怎么就是不听？”陈琯责备道。

“这是马会长自己画的一幅画，非要留下来给老爷做个纪念不可，我看也不是什么贵重的定西就收下了。”林伯觉得委屈，不就一幅画吗？也不是什么金银财宝，至于那么认真吗？

陈琯不多说了，把画打开，看了看，没发现什么不妥，可画拿在手里觉得特别沉。陈琯再掂了掂，越发觉得不对，就抓住画两端摇了摇，里面好像有东西。

陈琯拆开了画轴，里面滑出了两根金条。

“看看，你自己看看，你帮我收了什么？”陈琯喊林伯过来。

林伯惊恐地叫出声：“啊?！怎么会这样？这里面怎么还有金条？”

“所以啊，你还是没经验，人家为什么还给你赏钱？为什么再三求你收了这幅画？这里面有文章呀。”

“那……那怎么办？”林伯不知所措。

“还怎么办？肯定不能收。”陈琯坚决地说道。

“那我就去帮老爷把它退掉？”林伯说道。

“先别急，让我想想这东西怎么退，退到哪里。”陈琯说。

以往，别人送礼物他总是千方百计还给别人，这一回他不想把东西送回去了，自己正好抓教育，以后只要是送钱送物的，一律充公，当作这些人捐献给了教育，这样做既拒收了人家的东西，又给人家留了名声，也未尝不是一件好事。陈琯决定以后设一个捐献基金，所捐献的钱物全部用在四川教育上，帮助那些穷苦孩子上学。

主意打定，陈琯就把林伯带到学政衙门，把刚刚收到的两根金条连同那幅画交给学政的官员，办理了登记手续，还称了金条的重量，然后以四川学政的名义打了收条。第二天由学政的官员把收条和一面锦旗送到了马会长的府上，马会长收到收条和锦旗很感动，连说陈学政是好官……

陈琯到了成都，除了礼节性地拜见总督、巡抚之外，哪个衙门也没去，谁的宴请也没参加。他不想蹚这趟浑水，为官不是吃喝，是要干事，所以一到成都他就一头扎进自己的工作之中。

要当好这个学政,就得知道全省教育的基本情况,就得深入各地调查了解。掌握了实际情况自己才有发言权,才能拿出自己的施政纲领。在古田、在台湾,他都是这么做的,结果非常有成效。现在要抓四川的教育,一样需要首先掌握第一手材料,没别的办法,就是要下去走访,坐在衙门里只可能是纸上谈兵。

四川有十五府、十五个直隶厅,多为山区,少数偏僻的府厅坐落在崇山峻岭,有的还被湍急江河所阻隔,历任学政极少有人亲历。陈瑸到任后就带着学政衙门里的几个随员,不畏险阻,在不到一年的时间里,竟然走遍了绝大部分府、厅(州),巡视督察。

一走访就容易发现问题。陈瑸到了经济落后的建昌、会川、盐井、宁番、越隽五地之后,发现别的经济发达地区的士子都拥进来冒籍参考。这事以前没人管过,考生想在哪里考就在哪里考,往往是经济发达地方的考生跑到经济落后的地方参加考试,这样考取的机会就会更大。为何如此?因为每一个地方录取的名额是有限的,每每乡试之前都会按地区分配录取名额。相对来说,经济发达的地区,文化也会相对发达,人才也会相对集中,出现人才拥挤的现象,但录取的名额只有那么多,乡试竞争就相对激烈。而落后地区读书人少,参加考试的人少,竞争者也会相对少些,这就势必导致经济发达地方的学子往经济不发达地方流动,出现了典型的“科考移民”现象,这实际上是侵犯了落后地区学子的利益。寒门学子想要摆脱窘困生活,想要飞黄腾达,几乎只有供子弟读书一条路可走,可别的地方的学子移民过来了就使本地的学子失去考中的机会,显然,这是一种不合理的现象。

为了让这些地区的学子得到选拔机会,陈瑸专门发布了禁止冒籍考试的《示建昌五卫学示》:

> 照得人才虽然不能选择地方而出生,不能不因地域而不同。地方富裕,就人才荟萃;地方凋残,就人才凋零。这是有必然的趋势的。听说得了五卫进取文武学生,有寄学的积弊。借寄他籍学习,也就是冒充别人户籍之名的行为。一个地方有一个地方本地的人员,一个地方有一个地方的人才,田庐坟墓既然不能从这里移动到那里,进学定额又怎么能张冠李戴!以后凡是应考的学生,必须按照各自所在的地域取送。如果读书人少,仍照惯例缺额,以等待后代发展起来。决不允许借名寄

学，导致滋生冒籍现象泛滥。如果有不肖廪生受贿冒保事情发生，当一并革除。

按籍录取自然体现了公平，但客观地说，还是有好学子漏网。科举考试每三年才进行一次，实际上是不能拔尽高士，未尽殊才，所以陈琮又想出一招：博采四川学子的诗赋、杂文，公开贴出告示表示，无论文武学生，即侨居名流及林下隐藏的地方，凡是有志风雅的人，各开籍贯，报告表明该学汇送，以便于显示期收考。他的诗是律诗，或者古诗，他的赋是汉赋、魏赋，或者唐宋之赋，他的杂文是议论、序，或者辩论，不拘泥于一种体裁，总是要抒发感情、体现性情、发现真理方为最好。本学政应当虚心汇订那些好的诗歌辞赋以及杂文辩论，将它们刊刻成书，与世人共同视为宝贝；尤其是那些非常好的东西，推荐到文史馆藏，用来作为以后人才的选拔。特别是有奇才异敏、文品兼优的学生，申报两台，请求登载推荐他们的诗词文章，以符合皇上求贤若渴的心情。

当官有很多种当法，主动和被动、清廉和贪婪、作为和不作为、政绩辉煌和政绩一般，等等。因为清朝的官是三年一换，对于官员的考核可谓既难又容易，难的是三年有时很难体现政绩，容易的是只要不出事就是政绩，不出事又交了朝廷的赋税就是最大的政绩，这就要考验官员想干事还是不想干事，当然，想干事的不一定就出政绩，不想干事的也不一定不出政绩，还有一个运气，即所谓官运。陈琮当官不做被动之事，往往是立足当下，努力做好自己的工作，他做事一向不看别人的脸色行事，包括巡抚总督在内，而是以自己的习惯方式行走官场。

在四川期间，只要不下去视学，陈琮就在衙署终日伏案。一是写文章，二是批卷子。陈琮是个善于思考的官员，经过一段时间的考察、思考，他写出了他的治学纲领——《学政条约》，这是以儒学为核心的治学思想，可谓规划四川的教育大计。说到底，教育的任务不外两点，一为德行，二为学问，抓住这两点就抓住了教育的本质。为了实现这两大目标，陈琮在《学政条约》中提出了八点要求，即“陈八条”：一曰先德行，“德行是人的根本，树木没有根不能生长，水没有源头不会流动，人失去了他为人的根本，即没了德行，就不能自立于天地之间”，人之本以儒家“仁、智、圣、义、忠、和为六德，以孝、友、睦、姻、任、恤为六行”，是为儒家提倡之德行；二曰崇实学，读书之人应以

《四书》为基础，“先之《大学》以正其规，次之《论语》以究其蕴，次之《孟子》以观其趣，而后会其归于《中庸》，则学之本要植矣”；三曰正文体，反对当下八股文的沉晦、艰涩、险僻怪诞现象，而应“代圣人立言，风贯穿经史，包孕百家”，“文体正而心术正，人品之端，概可卜矣”，“文无定体，原不必执一格以相绳”；四曰勤月课，要得真学问，切不可离开一个“勤”字，有“勤”才有“熟”，有“熟”才能入化入妙，书山有路勤为径，学海无边苦作舟，勤，既要内在努力，还要有外在规矩，“月课”不能少，每月检验一下读书之进程；五曰端士习，“农习于野，商习于市，工习于肆，士之习于学”，读书人的天职就是学习；六曰励武学，为使国家强盛，不能张文而废武，“文武一道也，有文事者必有武备，未可判为两途”；七曰修教职，强调在教育过程中师资的重要性，“师者，所以传道授业解惑”，“师道立，则善人多”；八曰旌节义，即是培养人才的社会监督和配合，朝廷旌之礼之，以彰名德而励后人，通过官方提倡，社会褒扬，引导人们去追求“贤、孝、节”等道德行为，借此遴选人才。

不仅如此，陈瑸认识到政治经济与教育的关系密切，要想抓好四川教育还必须对四川进行综合治理。所以他的视线不光在教育上，而是着眼全局，于是提出治理四川的六条建议：一是革私派；二是除重耗；三是省夫徭；四是垦荒田；五是平词讼；六是兴义学。

尽管陈瑸在四川任职学政只有短短9个月，可他的教育思想对后来四川教育的影响却是深远的，甚至是空前的。四川的学子一直记着这个学政。成都城中有一座陈公祠，是后人为了纪念陈瑸所建，人们把他奉为佑护学子的神灵。据说，应试者每每考试之前必会去该祠烧香叩头，请求陈公保佑。拜者参考必中，陈公有求必灵，陈公祠香火长年兴盛不衰。

陈瑸在四川的举动不久传到了康熙皇帝那里，康熙闻其廉洁，谕廷臣曰：“近闻四川官员横行恣肆者多，操守清廉者唯学道陈瑸耳。”“操守甚严，谢绝请托，教育人才，幞被萧然，止一苍头随侍。”

陈瑸做梦也没想到，自己的行为会引起皇帝的注意，他只是一直秉承自己为官做人的风格，用心为官，踏实做事，低调做人，不贪吃，不贪财，不与他人同流合污。陈瑸觉得这一切都是当官的人应该做的，可当时官场风气不正，他一个人这样就成了鹤立鸡群，偏偏正是这个鹤立鸡群让皇上发现了，皇帝对他倍加赞赏。

也正是这个时候，台湾道员又到了轮换之时，后继的台湾知府、知县治理无方，加上漳州、泉州等地移民不断迁入，不同地区的移民之间、移民与原住居民之间的矛盾不断加深，致使台湾乱象环生，民变又起，有如干柴烈火，一触即发，难以收拾。这时担任福建巡抚的是被誉为天下第一清官的张伯行，张伯行查遍了所有福建在职官员资料，发现解决台湾问题唯有一人可以胜任，这就是陈瑸。虽然这个时候陈瑸远在四川任职，张伯行感觉当下台湾形势紧急，要解决台湾危局非陈瑸莫属，就急向皇帝呈上折奏："台湾为海城要区，而道员实关系重大。今台湾厦门道副使王敏政已经推升，所遗员缺，臣于通省各道员中逐一详择，并无可以调补者。吾皇神明洞鉴，有可以补授之人，伏乞特简。或一时未有其人，臣查现任四川学政臣陈瑸，旧任福建古田县，廉能著称；曾经调任台湾县，政声日着，舆情悦服，至今感戴不忘。若将此人补授台湾厦门道员缺，不独陈瑸驾轻就熟，而台湾士民大慰所望；其于重地，裨益良非浅矣。如因现任学政不便调补，臣愚以为四川学政得人较易，台厦道得人实难；可否？伏候圣裁！"

康熙皇帝也时刻关注着台湾政局，接福建巡抚张伯行的奏章之后，马上颁旨："台湾厦门道员缺紧要，着照该抚所请，将陈瑸调补。该部知道。钦此。"

陈瑸本来大概摸透了四川情况，准备大干一场，现在圣旨下来了，调他去台湾任职，他也只得遵从皇命，进京领命。

这时，他的次子陈居诚千辛万苦来到四川看望父亲，并告知陈瑸，祖母病了。陈瑸已经10年没有回家、没有见过家人了，实在想念母亲和家人。他估算了一下时间，感觉回趟老家看看母亲再去北京还来得及，就简单打点了行装，装了四匣子书，带着儿子、林伯一起匆匆赶往老家。

二十

陈瑸一行匆匆回到雷州东湖老家。

进门的时候陈瑸正好碰见吴秀珠端着一碗中药走过堂屋，秀珠抬头看见丈夫，忙喊道："他爹，回来了？"

"哎，回来了。我娘呢？娘怎么样了？"陈瑸急促地问。

"在里面躺着，刚睡了。"秀珠朝厢房里努了努嘴，小声说道。

"听说她病了，没事吧？"陈瑸边走进房边小声问。

"不碍事，好多了，病了十几天了。"秀珠说。

"来，我来给娘喂药。"陈瑸接过秀珠手里的中药。

屋里，老人已经睡着了。

陈瑸没有喊醒母亲，就坐在母亲的床边，把中药碗放在床头柜上。

床头柜上还摆着一支铜制的水烟袋，这是他爹娘共同的抽烟工具，爹早走了，母亲一直在用这根水烟袋抽烟。水烟袋下面是手掌大的空心容器，用来装水的，上面分叉升出两根管子，一根管子朝里，弯曲，粗若满指，长若一尺有余，用于吸烟，另一根管子直立朝外，比大拇指还粗，表面看只一指之长，实际下端直升空心水箱底部，是活动部件，抽出时可与整个水烟袋分离，是用来装烟的，抽完之后拔出烟管将烟灰吹掉再插进烟袋，重新再抽，循环往复。陈瑸后来在家的时候，也跟母亲同用一个烟管抽烟，母子俩你抽完了把烟装上递给我，我抽完了又把烟装上再递给你，别有一番味道。水烟袋抽烟有响声，烟进口又均匀，感觉很舒服。陈瑸后来出去当官，老太太非要陈瑸带上水烟袋不可，陈瑸怎么也不同意，一是母亲用惯了水烟袋，抽一辈子水烟袋了，还能夺了母亲唯一的喜好？再说自己也就是在家期间陪着母亲抽抽，到私塾教书时还是带着他的"句老壳"（抽旱烟的一种工具。一头铜嘴，用于装烟；另一头也是铜嘴，用于吸烟），要到外面当官自然也是带"句老壳”了。现在回来，一看到母亲的水烟袋，马上就想起了母亲抽烟的样子，陈瑸突然想亲手给母亲装上一袋烟。

陈瑸悄悄地把一坨金黄的烟丝装进母亲的烟管里，刚装完，床上的母亲就醒了。

“瑸儿，是我瑸儿回来了吗?”母亲睁开眼睛在问。

“娘，是我，是孩儿回来了，您怎么样了?”陈瑸站起来走近母亲问道。

“是你？真的是你？娘刚做梦你帮我装烟，真是你回来了？来来，让娘看看，你胖了还是瘦了?”老太太坐了起来，高兴地说道。

“娘，孩儿回来迟了，孩儿给您请安了。”陈瑸说着就要给母亲跪下。

“别别别，免了免了。瑸儿你快起来，坐到娘面前来让娘看看。”老太太制止儿子施礼，摆着手说道。

“娘，身体怎么样了？好些了吗?”陈瑸没再坚持下跪，站起来问道。

“不碍事，人老了，哪能不生毛病？不要紧的，瑸儿，都 10 年了，娘天天都做梦梦见你。”老太太把儿子拉到床边，仔细地看着儿子。

“来，娘，您先把药吃了。”陈瑸端起床头柜上的中药就要老人喂药。

“还是我来吧，他爹。”秀珠过来要给老人喂药。

“不用你们喂，我自己来。”老太太接过中药碗，三下两下就把汤药喝了。

有些药渣留在嘴边，陈瑸拿起床头柜上的小手绢给母亲擦一擦。

老太太抓住儿子的手，仔细地看着儿子。

“瘦了，黑了，这些年在外面一定吃了不少苦吧，瑸儿?”老太太抓住儿子的手，边看边说。

“没有呢，娘，孩儿挺好的。”让老太太抓着手，陈瑸眼里的泪水很快就掉下来了。

“还没有？又黑又瘦，你要受不了就回来，在家享享清福。孩子们都大了，日子也好过了。”老太太说。

“没事的，娘，孩儿在外面真的挺好，您看有几个当官是吃苦的？孩儿黑是黑了点，天天在外面晒太阳，哪有不黑的？可身体还行，在外面当差不要干体力活，比在家轻松多了。”陈瑸宽慰着母亲。

“这么多年在外面你就不想家?”母亲问。

“想，怎么不想？不想是假的。娘，可有什么办法？孩儿人在官场，身不由己，也只能想想而已。好在孩儿总是事多，想家的时候就去想手上的活儿，慢慢也就习惯了。”陈瑸回答，有些忍不住要哭了，突然看见已经装好烟丝的水烟袋，他赶紧递过水烟袋，“来，娘，抽一袋吧。”

“嗯，还是我儿知道娘喜欢什么，娘刚才就梦见你帮我装烟丝了。”老太太接过水烟袋说道。

“是的，孩儿刚才真的给娘装烟丝了。”陈瑸说。

“看看，你这一袋烟丝就把娘从梦里叫醒了。秀珠，你说这是不是菩萨显灵了？”老太太挺高兴的，又问儿媳妇。

“是，是，菩萨显灵了，您想儿子，儿子就回来了，您儿子一回来您的病就好了。你们娘俩聊吧，我做饭去了。”秀珠说着走出了厢房。

秀珠太清楚这娘俩的感情了。

其实，老太太并不是陈瑸的亲生母亲，陈瑸的亲生母亲死得早，陈瑸的父亲后来娶了现在的母亲，扛起了这个家。

老家方圆百里，谁都知道这位后妈对陈瑸是如何关心爱护，视如亲生。

陈瑸自幼天资聪颖，可他家很穷，小时候读不起书，就在私塾的窗外蹭课听，里面的学生在读，外面的陈瑸就能背出来。私塾先生是本地名师黄瞿滟，见到窗外有个孩子认真听课，跟着背诵，十分好奇，就走出教室对陈瑸考校了一番，惊喜地发现这位眼睛乌黑的少年竟然对答如流。黄先生很是高兴，说进教室去上课吧。

陈瑸说：“先生，我没钱交学费。”

“没钱就不交吧，进来上课就是。”黄先生说。

“我没钱交伙食费。”陈瑸看到私塾的学生在学校里吃饭，还是不敢奢望，又说。

“没钱就不交，没事，什么都好说，来，上课。”黄先生说。

就这样，黄先生决定免费教陈瑸，而且免费供给吃食，什么都不要就收下了这个学生。陈瑸和同学们一开始学的是《三字经》《弟子规》之类的启蒙教材，他7岁便精通《四书》《五经》，八九岁通读《尚书》、《左传》、唐诗宋词，知识见长。陈瑸读书非常用功，一进入书海，便“两耳不闻窗外事，潜心专读圣贤书”，特别入迷。一天早上，母亲郭氏将借来的两斗谷子摊在院子里晒，准备出海挖蛐蚶，出门的时候她对陈瑸说：“瑸儿，看好谷子，天要是下雨，要赶快收拾起来。”

陈瑸回答:“好啦,娘,谷子包在我身上。”

郭氏就匆匆出门去了。

陈瑸当时望了望天空,天上万里无云,一片湛蓝,哪像有雨?他又对远去的母亲喊道:“娘,您放心去吧,不会有雨的。”

母亲走了,陈瑸又沉浸在他的书海里了。

雷州海边的夏天,就像18岁姑娘的脸,说变就变,刚才晴空万里,转眼就乌云密布,快到中午的时候突然风起云涌,黑压压的乌云很快就笼罩了天空。可这时的陈瑸完全沉浸在他的书里,全然不知天空已经大变。突然一声炸雷响过,接着倾盆大雨从天而降,陈瑸突然猛醒过来:“啊?!谷子!”陈瑸冲出庭院,只见雨水夹杂着谷子向院外流走。

“谷子,我的谷子!”看着漂去的谷子,陈瑸大喊。

扫是来不及了,他情急之下赶紧脱下上衣挡住还没完全被冲走的谷子,可自己却成了落汤鸡。

这时,母亲风急火急赶回家,推开院门,一看儿子已经淋得透湿,痛心地喊道:“儿子,你这样会着凉的!”

母亲猛扑过来,一把将儿子拉回屋里。

“对不起,娘,我没看好谷子。”陈瑸内疚地说道。

“没事没事,儿子,别难过,谷子流了就流了,大不了娘再去借。”母亲忙着替儿子擦了雨水,换了衣服,安慰地说道。

“娘,孩儿让您受苦了,是孩儿不好。”陈瑸很难受。

“别难过,儿子,你好好读书,娘多苦多累都会挺过去的。”母亲一点儿也不责怪儿子,让陈瑸备受感动……

陈瑸跟着蒙师黄先生一直学到11岁。12岁,陈瑸升了一级,就读于吴马期先生门下,专习《尚书》。

与黄先生一样,吴先生也特别喜欢这位学生,认为他是一块质地纯良的璞玉,只要精心雕琢,日后必成大器,所以对陈瑸的教育是教而兼养,即悉心教之,慈爱养之,以此为自豪。

在陈瑸的一生中,有三位不可或缺的恩师,一个是他的启蒙老师黄先生,一个是吴马期先生,还有一位是明朝进士、著名清官洪垂万先生。这位洪老先生与陈瑸的认识纯属巧合。也许是上天有意安排,有一次洪垂万老先生去看望老朋友吴马期,吴马期正在给陈瑸授课,吴先生还只带着陈瑸读了一遍文章，没想到陈瑸就背了出来，洪老先生在一旁听了惊讶万分，连称："奇才，奇才！"从此，这一老一小就成了忘年之交。

陈瑸天资聪慧，求知若渴，天天缠着老先生问这问那，洪老先生积一世之经验才学，告老还乡，没事可干，正愁无所倾诉，巴不得天天有人问他，从此一老一少亦步亦趋，一个滔滔不绝讲着学问文章，一个孜孜不倦认真学习，两人过从竟无虚日。洪垂万任新安县令时曾做过许多有益于百姓的事，在二人的交往中，他的爱民思想如春风化雨，润物无声，潜入陈瑸内心深处，带给陈瑸非常深远的影响。可以说，陈瑸日后的为官为人都有着洪老先生的印记。少年陈瑸的聪慧敏捷、博闻强记、抱负见识也深为洪先生所赞赏，洪先生慨然赠诗：岁序频催前辈老，江山留待少年雄！

正是受到这三位先生的教育、鼓励，陈瑸从小就立志要有所作为。和当时许多年轻的读书人一样，陈瑸怀揣梦想，期盼通过科举考试取得功名，再报效国家。可陈瑸所走过的路比他的同龄人更加艰难：15 岁第一任妻子刘氏去世，16 岁时生母去世，20 岁时父亲去世，后来又遇上第三个儿子生下来第三天夭折，家里起火，盗贼偷了他们家两头大水牛，一个接一个的灾难从来就没断过，可谓"苦其心智，劳其筋骨"。经过种种磨砺，陈瑸在 23 岁时成为闻名乡里的饱学之士，得到乡亲们的敬重和信任。据《广东通志》记载："瑸幼颖异好学，为人清介简重。"到 38 岁那一年，他终于时来运转，在乡试中中了举人，金榜题名第 34 名，次年到北京会试，中了第 124 名进士，进而走上仕途……

这天晚上吃饭，陈瑸的母亲居然自己起床坐到了桌上，大概是儿子回来了的缘故，病也好了大半。

陈家是个大家庭，陈瑸的两个女儿都出嫁了，大儿子生了一男一女，二儿子讨了媳妇，还生了个大胖小子，兄弟俩还没分家，全都由秀珠统管着。

开饭的时候，儿孙们都要敬陈瑸的酒，陈瑸又要敬老太太的酒，老太太却说："这第一杯酒按照家里的规矩该是你们敬我的，但今天要破一回规矩，这家里真正要敬的还是孩子他妈，瑸儿你媳妇，她才是我们家的功臣。"

老太太这么一说，陈瑸也不好怎么说了，这么一个大家，他这当家的其实什么都没管，全是靠秀珠支撑着。所以陈瑸就依了老太太，端了杯子敬了秀珠。

10 年了，一家人才聚到一起，实在是很不容易。陈琮知道，他妈说的是大实话，这个家要是没有吴秀珠根本不可能支撑到现在。说起来这都是上天的安排，是菩萨的旨意，别人可以不信，可陈琮不能不信。

说起妻子吴秀珠，其实是一个无法破解的谜。秀珠并不是陈琮的原配，还在陈琮 13 岁的时候，家里就为他娶了比他大两岁的刘氏为妻。陈琮的父亲是个木匠，常常在外，一年半载才回一次家，刘氏是个十分贤惠的妻子，包揽了全部的家务。刘氏对陈琮特别好，陈琮爱读书，刘氏就全力支持他，每每吃饭的时候，刘氏总是把陈琮的饭碗盛得满满的，自己却仅盛半碗饭，还常常要等陈琮吃完了自己再吃。陈琮看到妻子那么疼爱自己，心里非常感激。一次，陈琮叫她同桌一起吃饭，她还是说自己忙完再吃也不迟。陈琮看到她碗里的饭太少，就用筷子插进她饭碗里，竟然插出了一个秘密——妻子的碗底还放着一只小碟子，上面用薄薄的一层饭盖住。

陈琮这才知道妻子为什么不肯跟他一同吃饭的缘由。

这一下陈琮的眼泪都流出来了，多好的媳妇，为了让他这个读书的人吃饱，自己竟然吃得那么少。陈琮的内心特别感动，自己是遇上了天下第一好的媳妇，可他不能让妻子这么吃苦，以后每次吃饭陈琮都要等妻子一起上桌，不然自己就不端饭碗，不仅如此，还必须认真检查妻子碗里盛的饭，防止妻子“作弊”。

陈琮本以为可以跟妻子同甘共苦过下去的，不料天有不测风云，人有旦夕祸福，妻子突然就生了一场疟疾，不久就撒手人寰。

刘氏临终时是在晚上，外面风雨交加，刘氏躺在床上一直不肯闭眼，左手好像在微微颤动。陈琮感觉妻子还有什么心愿未了，想想妻子平时对自己的好，突然灵机一动，就走到案桌上，拿来一支笔，抬起妻子的左手，依依不舍地在妻子左掌上写下“再世夫妻”四字。

陈琮刚刚写完，刘氏的左手五指就慢慢收拢，最后收得越来越紧，眼睛也闭上了，这才真正走了。

也就在这个风雨交加的晚上，而且就是差不多同一个时刻，50 里外的吴川梅菉镇上一个女婴诞生了，正是后来陈琮的第二任妻子吴秀珠。

世界上总有巧合的事情发生，不管你信不信。

吴秀珠生下来一直不说话，也不知道是不会说话还是不想说话，反正长到 14 岁了还没说过一句话，被家里称为哑女。奇怪的是，当她遇见陈琮之后，居然说出话来，这在当地成为奇闻。

那年陈瑸到省里参加乡试，路过吴川梅菉镇，进入一家文房四宝商店准备买些纸笔。这时，店里一个长得眉清目秀、十四五岁的女孩看见陈瑸进店后，欢天喜地跑回屋里大声喊她爹：“爹，快出来，这里有位先生要买纸笔。”

这一声喊把她父亲惊呆了：“天哪，我闺女会说话了！我闺女会说话了！这是怎么回事？”

哑女的父亲看看陈瑸，问：“就是这位客官要买纸笔？”

“正是在下，请帮我拿些纸笔。”陈瑸感到莫名其妙。

“刚才可是你跟我女儿说话？”哑女父亲问。

“是呀，怎么啦？是不是在下有什么冒犯之处？”陈瑸不解地问道。

“不是，不是，对不起，是在下冒犯了客官。客官有所不知，我家小女一生下来就不会说话，可今天遇见客官居然开口说话了，你可是我们家的贵人哪，贵人哪！”哑女父亲很是高兴。

“是吗？这到底是怎么回事？”陈瑸也糊涂了，到底怎么回事？他不敢相信。

“借问客官何方人士？”哑女父亲问道。

“在下姓陈名瑸，家住雷州府海康县的东湖村，正要去省城参加乡试。”陈瑸如实回答。

“陈大人可是我们家的贵人，以后在下一定前去登门感谢。”哑女父亲说道。

陈瑸乡试在即，也没心思跟人家多聊，就说：“感谢谈不上，老板家女儿突然开口说话，总归是好事，祝贺老板了。来吧，麻烦拿些纸笔。”

“我来拿。”那女孩说着，便去货架上取出纸笔。

陈瑸拿了纸笔，准备付了钱赶紧离开。

老板硬不肯收钱，陈瑸扔下钱拿着纸笔就要离店。

“陈大人，你此次乡试一定会成功。”老板说道。

“谢谢，借你吉言！我得走了。”陈瑸匆匆走出文房四宝商店，那女孩跟着跑出店来，一直跟在陈瑸后面，把他送出梅菉镇。

乡试完了，陈瑸匆匆赶回家里。过了两日，村人引来一女子到陈家，说这女孩嚷着要见陈瑸。陈嫔一见，一下就愣住了——这不就是那天在梅菉镇文房四宝商店见到的那个哑女吗？

“陈大人,小女可找到您了。”哑女说。

“是你? 你怎么跑到这里来了?”陈瑸惊讶地问。

“陈大人,小女是特意来雷州找您的。”哑女说。

“啊? 特意来找我? 你是不是有什么事情? 说说看,看我能不能帮你?”陈瑸急切地问道。

“不瞒陈大人,自从那次在我们家店里见到陈大人之后,小女胸口一直躁动不安,便决意来雷州找您。”哑女说道。

“这……”陈瑸有些束手无策,不知如何是好。

“你请坐,请坐,姑娘。”在一旁站着的母亲郭氏听了女孩的话,赶紧招呼哑女坐下,又是沏茶,又是杀鸡做饭,热情招待这个女孩。

哑女一点都不隐讳,她这次专程来找陈瑸是因为她喜欢上了陈瑸,只要能跟陈瑸在一起,她什么都愿意。

这事有些唐突,陈瑸一点思想准备都没有。说实在的,陈瑸根本就没想过要再结婚,在他心里还一直有刘氏的位置。他曾经无数次地发誓,不再娶! 不再娶! 可现在,一个小女孩找上门来,非要跟他不可,非要嫁给他不可,这是何等怪事? 此事很快在乡村传开,周围的父老乡亲都跑到陈瑸家来看,劝说陈瑸娶了这女孩。这孩子人长得漂亮,是专程来投靠陈瑸的,陈瑸千万不要负了人家女孩的一片心意。最后母亲开口了,说,这是天意,瑸儿,你不可违背天意啊。

天意? 这正是天意? 上天非要许配这个女孩给他不可?

陈瑸最终同意跟这位哑女结为百年好合,这便是陈瑸的第二任妻子吴秀珠!

陈瑸和家人一块吃了晚饭,又陪着母亲说话,依然是你帮我装上一袋烟丝抽着,我又为你装满烟丝抽着,母子俩一边聊着,一边抽着土烟。一直到老太太有些疲倦了,陈瑸才跟母亲告别,回到秀珠的身边……

团圆的日子是幸福的,可幸福的日子又是短暂的。在家待了半个月,母亲病情已无大碍,眼见皇上给他规定面圣的时间已经快到期了,陈瑸赶紧收拾行装,还是带着林伯,匆匆启程,赶往北京。

二十一

这一天早朝的时候，文武百官都已赶到乾清宫面见圣上。

“皇上驾到！”李德全喊道。

“万岁，万岁，万万岁！”众臣跪拜，口里喊道。

“众爱卿平身。”康熙皇帝神采奕奕地坐上龙椅，向众大臣挥了挥手。

“谢主隆恩。”众臣起立。

“众爱卿，今日有谁要奏？”康熙问。

“启禀皇上，微臣有本要奏。”刑部左侍郎张廷玉上前，启奏皇上。

“张爱卿要奏何事？”康熙问。

“启奏皇上，福建巡抚张伯行和台湾知府都来了奏章，急催台湾道赶紧到任。台湾这两年‘海妖’登陆作祟，成群结队爬到农田里毁坏作物，农业普遍歉收，又贼匪四起，社会动荡不安，都盼着陈瑸赶紧上任。”张廷玉奏道。

“啊？陈瑸呢？朕不是早就下旨叫陈瑸赶紧来京面朕吗？怎么还没看见人来？”康熙有些恼怒了，说道。

“启禀皇上，罪臣陈瑸叩见皇上。”陈瑸这时提着一个大竹筐匆匆走进乾清宫，跪在地上禀报皇上。

“陈瑸，你知罪否？”康熙故意大声呵斥道。

“陈瑸知罪，罪臣抗旨久违，迟迟未归朝廷，实乃罪该万死。望皇上恕罪。”陈瑸跪着回应道。

“你明知延迟回朝就是死罪，为何抗旨？！”康熙继续责问。

“回皇上话，都是被这些畜生弄的。”陈瑸指了指那竹筐里四处乱爬的螃蟹回答道。

众臣奇怪：“啊？！这个陈瑸，弄来这些螃蟹干什么？”

“大胆陈瑸，你弄来这些螃蟹是何意思？”康熙更加恼怒了，质问陈瑸。

“罪臣回皇上话，这些膏蟹是罪臣从家乡雷州带来的特产佳肴。普天下皇上为上，罪臣不敢独享，为保持鲜活，特地从老家一路赶着这群畜生上路，由于畜生不听话，走得又慢，所以耽误了行程。肥美的膏蟹是专门孝敬皇上的贡品，罪臣恳请皇上用过膏蟹之后再杀罪臣也不迟。”陈瑸非常诚恳地说道。

“哦？算你嘴乖巧，心里还想着朕，那好吧，待朕吃了这蟹再说。”康熙脸上这才露出了笑容。事实上，康熙已经听说陈瑸是因为母亲重病回了老家，才延误了行程，陈瑸没说回家侍候母亲是隐情不报，犯了欺君之罪，但他居然从雷州给皇帝带来一筐新鲜的螃蟹，其忠心可见一斑。皇上念陈瑸既有孝心又有忠心，陈瑸这么一说君臣反而都有了面子，所以皇上就宽恕了陈瑸。

早朝还议了别的事情，康熙皇帝处理完当天的政务就宣布退朝了。

次日早朝，陈瑸又被召见。

康熙先问了陈瑸一些基本情况。其实，这时康熙对陈瑸还不是很了解，张伯行举荐时把陈瑸说得非常了得，说他治理台湾有方，深受台湾人民爱戴。昨天陈瑸一上朝弄来了一筐螃蟹，康熙就觉得这人有点意思，在众大臣中别具一格，康熙对这位个子不高的福建人有了不小的兴趣。

“陈瑸，你是哪年进士？”康熙问。

“回皇上话，微臣是康熙三十三年进士，翰林院编修。”陈瑸回答。

“四川学政前不是还有个什么功名？”康熙又问。

“康熙四十七年朝廷考放天下试官，蒙钦取，现任江南学院余正健第一名，臣第二名。”陈瑸自豪地奏对。

“嗯。”康熙点了点头，接着又说，“陈瑸，你这次抗旨本应杀头，朕现念你一片忠心献君，一片孝心为母，先留你察看，给你一个戴罪立功的机会。朕命你立即赴台湾任职，降除海患，荡平贼寇，稳定治安，恢复生产。”

“罪臣领旨谢恩！”陈瑸跪拜叩谢皇上。

“限你 5 年之内完成，自有重赏，否则两罪俱罚，就怪不得朕手下无情！”康熙严厉道来。

“罪臣定当竭尽全力治理台湾，以报皇上不杀之恩。”陈瑸再行跪拜。

“你去吧，今日就启程离京，速速赶往台湾，朕等着你的好消息！”康熙命道。

“罪臣谢主隆恩！”陈瑸跪拜后退出乾清宫。

天子金口玉言，等于昭告天下，陈瑸必须治理好台湾，否则便会人头落地。

陈瑸诚惶诚恐，当日便收拾好行李，带着林伯迅速离开了京城。

一路南下，日夜兼程，走的都是官道，陈瑸带着林伯以最快的速度赶到了福建省会福州。

到了福州，陈瑸没有立即过海赴台，无论如何，他得去一趟巡抚衙门拜见他的恩人——巡抚张伯行大人。他知道，这一次前往台湾任职是由于福建巡抚张伯行向皇上极力举荐。张伯行对于他来说确有知遇之恩，人可以不记恨，但决不能忘恩。

张伯行，字孝先，河南开封府仪封人。康熙二十四年（1685 年）中进士，正式走上仕途。康熙三十八年（1699 年）六月，张伯行父亲病逝，回乡丁忧。张伯行丁忧期间，北方连下暴雨，洪水冲开了仪封城北关堤坝，咆哮而出，向城内袭来。当人们惊慌失措、乱作一团时，张伯行挺身而出，招募当地百姓，指挥并带领他们找来布袋装沙填塞住决口，从而避免了一场即将发生的惨剧。张伯行的事迹流传开来，很快被前来巡视水患的河道总督张鹏翮闻知。此时朝廷十分缺乏治河人才，张鹏翮赏识张伯行的才干和魄力，便上书皇上推荐他治理黄河。次年，康熙帝下达谕旨，命张伯行以原衔赴河工之任。随后，吏部授张伯行山东济宁道。济宁地当运河要津，距黄河很近，黄河一发大水，济宁地段的运河同被水淹。张伯行在此任上，以治河为要务，倾注了大量心血，施展了他的治水才能，治水成绩突出。康熙四十四年（1705 年）二月，康熙帝南巡，途经山东临清，召见张伯行，赞扬了他的治河才干，亲书“布泽安流”榜，作为对他治河成绩的奖励。张伯行以治河而知遇于康熙帝，受到器重。康熙四十四年五月，经康熙帝批准，提升张伯行为江苏按察司按察使。从此，张伯行进入清政府的高级官员行列。

康熙四十六年（1707 年）正月，康熙皇帝南巡到达江苏，在苏州谕令总督和巡抚举荐贤能的官员。在举荐的名单中康熙皇帝没有看到早已闻名朝野的张伯行，就对总督、巡抚训斥道：“朕听说张伯行居官清廉，是个难得的国家栋梁之材，你们却不举荐！”“朕至江南，访问张伯行居官甚清，此名最不易得。张伯行由进士历任按察使，不可以书生待之。”说完又转向张伯行，“朕很了解你,他们不举荐你,朕举荐你。将来你要居官而善,做出政绩来,天下人就会知道朕是明君,善识英才;如果贪赃枉法,天下人便会笑朕不识善恶。”

康熙对吏部说:“福建巡抚员缺,甚为紧要。张伯行为人笃实,即在行间,亦非退缩者,擢升为福建巡抚。”

康熙皇帝在位期间,极力推行“清官对清官的援引荐举”制度,康熙帝反复强调“节操清廉,最为紧要”,命令清正廉明的官员举荐知县以上、道员以下“实心惠民,官居清廉”的官员。朝廷规模较大的一次“援引荐举”活动始于康熙四十年(1701 年)十月,康熙命居官清正的郭琇、张鹏翮、李光地、徐潮等举荐官吏。

正因为有这项“援引荐举”制度,张伯行曾经被张鹏翮举荐,陈瑸曾经被李光地举荐。现在,陈瑸又被张伯行举荐。

本来,陈瑸就非常仰慕张伯行的道德文章,他们同为理学名家,有相同的文化追求;同为清官,对清廉又有共同的理解、认识。张伯行说的一些话让陈瑸深深折服,张伯行曾说:“我为官,誓不敢取民一钱。”“若受人一钱,不唯不忠,且不孝。”“一丝一粒,我之名节;一厘一毫,民之脂膏。宽一分,民受赐不止一分;取一文,我为人不值一文。”而陈瑸也有句名言:“官吏妄取一钱,即与百千万金无异。”实际上,两人流传天下的经典名句有着异曲同工之妙。

现在,陈瑸因为张伯行的极力举荐,就要赴台就任台湾厦门兵备道,他必须去拜见他的恩人张伯行巡抚,也算是到巡抚处报个到。

这天上午,陈瑸来到了巡抚衙门,差役听说是新的台湾道陈瑸求见,赶紧把他引进到了巡抚的客厅。

“下官陈瑸拜见巡抚张大人。”陈瑸进门就拱手相拜,说道。

“久仰久仰！文焕呀,你终于来了,本官等你多时了,快请坐,快请坐。”张伯行也拱手相迎,招呼陈瑸坐下。

“非常抱歉,下官因为母亲病重耽误了几日行程,还望张大人宽恕。”陈瑸说道。

“知道了,知道了,朝廷八百里快报已经送来文牒,说你即日可到,今日赶来已经很快了。怎么样,一路赶路是否疲劳?”张伯行问道。

“还行,这次去台之前下官特意赶来拜见大人,一来是专程感谢大人,承蒙大人错爱,在皇上面前保举下官,大人知遇之恩下官定当铭记在心,永世不忘。”陈瑸诚恳地说道。

“罢了罢了,举手之劳何足挂齿?不是本官偏爱,的确是你在台湾这两年成绩出色,本官翻遍了在闽所有官员绩能,发现台湾之事非你莫属。感谢之话就免了吧,还有其二呢?”

“第二便是向巡抚大人讨教治台方略。大人乃朝廷栋梁,文韬武略实在令下官佩服不已,故请大人指点一二。”陈瑸说得非常谦虚。

“本官哪能指点你?你在台湾可是家喻户晓,谁不知道你陈瑸?谁不拥戴你陈瑸?本官就不班门弄斧了,好好干吧,皇上在等着你的好消息,本官也等着你的好消息。”张伯行边说,边指着差役刚端上来的茶说,“来,知道你喜欢漳州的铁观音,尝尝。”

“多谢大人。”陈瑸端起茶杯喝了两口。

“文焕呀,台湾的状况你是知道的,这一二十年里,除了你在台湾的那两年没有出乱子之外,几乎年年出乱子,年年闹民变,我们做臣子的得替皇上分忧、替朝廷分忧呀。”张伯行语重心长地说道。

“大人所言极是,下官过去之后定当竭尽全力治理台湾,尽快使台湾民心安定,经济繁荣,社会发展。”陈瑸回答。

“好,本官要的就是你这句话。不过眼下台湾的形势不容乐观,不像你早几年在台湾的时候那么平静。这两年社会动荡,民变四起,现在还在闹,还闹得不轻,听说知府衙门、各县衙都被围起来了。官兵久战不能平。这一回就等着你过去了,本官也是把宝全押在你身上了。”张伯行对陈瑸寄予极大的期望。

“恩公这么说,下官倒是诚惶诚恐了,真怕有负恩公。”

“不会不会,本官知道你有办法。台湾的形势很危险,你说,要多少兵,本官帮你调配。”

“不用不用,一个兵都不要,恩公大可不必多虑,下官自有办法。”陈瑸显得胸有成竹的样子,忙摆手说道。

“哦?文焕这么有把握?真不要增加兵力?”

“不要,不要,又不是去打仗,要派兵干什么?待下官过去之后便知为何引起民变,巡抚大人不必太着急。”

“也罢,不过还有一事文焕千万莫掉以轻心,眼下台湾‘海妖’登陆作祟,成群结队爬到农田里毁坏作物，农田面临绝收，着实让人头痛呀。”张伯行说道。

“海妖？何为海妖？本官怎么不知道？”陈瑸不知道张伯行说的“海妖”是什么，他在台湾的时候并没听说海妖之害。

“就是鲎，六只脚，六边形的背，本来生活在海底的，不知为什么，这两年都爬到岸上来吃稻子了。”张伯行解释。

“鲎？那不是佳肴吗？”陈瑸不解，这东西在他们老家就如同螃蟹，真是佳肴，怎么在台湾就成了“海妖”？

“还佳肴？那好，你赶紧过去把它们统统吃了吧。本官现在最不放心的就是这两件事，一个海妖，一个民变，你过去之后当务之急就是解决好这两件事。你来了本来要陪你小饮几盅的，可眼下台湾事急，想必你我都无心吃喝，不留你了，去吧。立即启程，我帮你备了快马，直接送你去码头，速去台湾乃是第一要务。”张伯行说着就叫差役准备快马。

陈瑸也不敢久留了，虽然他很想跟恩公多聊聊，可现在不是时候，他一刻都不能耽搁了，说了一些客套话就匆匆跟张伯行告辞了。

临走时，张伯行送了一把纸扇给他，纸扇的一面是一幅台湾地图，背面是四个大字“两袖清风”。“天热起来了，送你一把扇子，是本官亲手作的，画是夫人画的，做个纪念吧。”张伯行把陈瑸送到巡抚衙门口，把扇子递给陈瑸。

“谢谢张大人，下官一定好好珍藏，日后定将作为我陈家之传家宝物代代相传。”陈瑸接过扇子说道。

“别说得那么神圣，就一把扇子，做个纪念而已。”张伯行摆摆手说。

“您看您，下官都是空手来的，这……”陈瑸有些不好意思了。以前他很少拜访巡抚这样的大官，自然也就不知道要送什么礼物，真要送礼物他就懒得去了。现在他的恩人反倒送了一把扇子给他，他后悔这次没带点东西给巡抚大人。可转念一想，要送东西那还是他陈瑸吗？

“哎，什么话？你忘了？官吏妄取一钱，即与百千万金无异！”张伯行把陈瑸的座右铭说了出来。

“对，若受人一钱，不唯不忠，且不孝。”陈瑸也把张伯行的座右铭说了出来。

“心不动于微利之诱，目不眩于五色之惑。”

“莫见乎隐,莫显乎微,故君子慎其独也。”
“哈哈哈!”
“哈哈哈!”
“过段时间本官定到台湾来为你庆功,陪你喝酒!”
“下官期盼这一天早点到来。”
两人匆匆道别……

二十二

这一年的四月，陈瑸带着仆人林伯从北京出发，一路上千山万水、千难万险走了两个多月，七月到了厦门。十五日自厦门开船，二十日抵达台湾，任福建按察司佥事，分巡台湾厦门兵备道，兼理学政加一级。

陈瑸再次抵达台湾的时候，这时台湾的“番民”正在聚众闹事，有的拿锄头，有的握扁担，要去砸烂知府衙门。可这时一个人站了出来，大声地喊道：“各位父老乡亲，大家先别动手，你们先听我说，你们知道这回来台湾当知府的是谁吗？”

这人不是别人，正是罗汉门社的大首领刘五哥。

“谁？”众人问道。

“陈瑸，陈大人，早几年在台湾当知县的陈知县。”刘五哥大声说道。

“啊？是陈瑸陈大人？”众人不信。

“对，正是陈大人。听说陈大人已经到了码头，你们还要不要砸府衙？”刘五哥再问。

“不砸了！不砸了！”众人喊道。

“走，接陈大人去喽！”刘五哥喊道。

“接陈大人去喽，接陈大人去喽……”众人跟着喊道，一路赶往码头。

码头上，陈瑸身着官服，徐徐从船上走来。这一回他没有再穿便装，台湾的百姓都认识他了，不需要微服私访也能听到真话，所以他上船之后就换了官服。

岸边已经有不少身着官服的官人在迎接。

陈瑸上了岸，刘五哥等人就在外面欢呼：“陈大人回来了，陈大人回来了！”

“欢迎陈青天，欢迎陈青天！”

刘五哥冲出人群，跟着官家的队伍在一旁喊道："陈大人，陈大人！"

陈瑸看过去，认出了刘五哥，就往队伍边上走去，有衙御拦住陈瑸："别过去，陈大人，他们就是闹事的。"

"闹什么事？胡扯。"陈瑸懒得管那么多，推开拦他的人，走过去向刘五哥招手，边喊道，"刘五哥，是你？"

"哎，是我，陈大人，我还来给你当保镖行不？"刘五哥在那边喊道。

"行，你还过来给我当捕快，明天就到知府衙门来找我吧。"陈瑸答道。

"好的，说好了，一言为定。"刘五哥说。

"哎，小妹呢？小妹怎么样了？嫁人了吗？"陈瑸问。

"还没有，不肯嫁人。她今天还嚷着要来，被我爹拦住了，锁在屋里不让她出门。"刘五哥答道。

"知府大人，该上轿了。"衙御催着陈瑸。

"五哥，回头再说，明天来知府衙门报到。"陈瑸向五哥挥挥手，说道。

"好啊。"五哥已经被挤到人堆里去了。

陈瑸再登台湾岛，百姓奔走相告，民间举行了隆重盛大的欢迎仪式，史书有载："民闻再至也，扶老携幼，欢呼运道如望岁焉。"（见《台志》）

陈瑸来到台湾，所谓民变之事不攻自破，闹事的队伍成了欢迎他的队伍，不费朝廷一兵一卒，民变自平。

可"海妖"呢，到底是个什么东西？

陈瑸突然叫轿夫停下轿子，对旁边的林伯急促说道："林伯，赶紧跑过去把五哥叫来，就说我有事找他。"

"好的。"林伯领命赶紧跑向人群，大声喊着，"大首领，大首领。"

刘五哥没听见。

"五哥，刘五哥，陈大人找你。"林伯再次大声喊道。

"啊？陈大人找我？"刘五哥这下听见了，赶紧过来问林伯。

"对，你快来吧，陈大人有事找你。"林伯说道。

"好的。"刘五哥往官府的队伍里走来，却被手持长矛的官差拦住："站住！干什么的？"

"闪开，陈大人有事找他。"林伯说道。

官差立即收起手里的长矛，放刘五哥进去。

"报告陈大人，您有何吩咐？"刘五哥走到陈瑸的轿子前，问道。

“五哥来了？停轿!”陈瑸说道。

陈瑸从轿子里出来，问五哥：“五哥，这附近可有‘海妖’？”

“有啊，那边农田里就有。”五哥指指不远的地方说道。

“走，陪我去看看。”陈瑸说道，就拉着刘五哥往那边走去，迎接他的官员急了：“哎哟，使不得，使不得，陈大人，那边闹事的民众正等着您呢!”

“哦，是吗？那我倒要看看他们会拿我怎么样？这样吧，你们都回知府衙门，我过去看看就回来。”陈瑸说着就要往那边走。

“陈大人，您不能去，那边真的危险。您可是我们台湾府的最高长官呀，要是您真的出了什么事，让我们怎么向上边交代?”一个为首的官员拦住陈瑸说。

“放心吧，有他保护本官你们就放心吧。”陈瑸指着刘五哥道。

“他？陈大人您有所不知，他就是带头闹事的罗汉门社首领，您千万不能相信他呀。”为首的官员说。

“放心吧！本官现在当着大家的面正式宣布，这位罗汉门社的大首领刘五哥，本官今天正式请他当本官的保镖兼衙御里的捕快队长。从今天起，衙御就给他开工资。”陈瑸郑重其事地宣布。

“啊?！他做您保镖?！您没搞错吧，陈知府?”那个为首的官员惊讶地问。

“没搞错，就是他，现在你们可以放心了吧？走，五哥，跟我去农田。”陈瑸也懒得多说，向刘五哥挥了挥手就走了，再叫上林伯，其他人一个都不准跟，弄得那些人一个个无可奈何……

到了农田边，一些“海妖”在啃稻子，有的稻子已经被啃得歪歪倒倒，不成样子。

“‘海妖’是从哪里来的?”陈瑸问刘五哥。

“海里，那边就有很多‘海妖’正在上岸。”五哥答道。

陈瑸走过去，海边的沙滩上，黑压压的一片，横七竖八地爬行着数也数不清的甲壳动物，有如千军万马袭来。刘五哥看了都有些颤抖。

陈瑸走近海边，刘五哥忙喊道：“大人别过去，那边‘海妖’太多，危险!”

陈瑸不以为然，照例走过去，弯下腰就去抓。

“别抓，大人，‘海妖’咬人，太危险了!”刘五哥喊道，在替陈瑸捏汗。

“放心吧，没事。”陈瑸弯下腰抓了一只，什么事也没有。

“它们不咬您？”刘五哥不解地问。

“它们跟我很熟，你看，要这样抓。”陈瑸做了个示范，接着说，“别怕，这不是什么海妖，叫鲎，在我们老家是一道很好的菜。怎么，你们这儿不吃？”

“吃？这能吃吗？”刘五哥不敢相信。

“能吃，味道很好。我们老家雷州就有这么一种说法，一狗，二鲎，三海豆芽，四番豆。这鲎可是一道美味佳肴。”陈瑸高兴地说道。他心里在想，什么海妖？多好吃的东西，怎么到了台湾就变成了妖？

“陈大人，您说这东西真的能吃？”刘五哥还是不相信。在台湾人的眼里，这是天下第一害虫，就是毒药。

“真的能吃！怎么，你们从来没有吃过？”陈瑸不解，这么好的东西为什么就没发现它能吃。

陈瑸立即命令林伯抓了一袋鲎带回知府衙门，把衙御里的大大小小的官员都叫来，自己亲自示范了宰杀鲎的技术，然后将鲎肉分块下锅煮熟，再用生姜、蒜米及糖醋打芡汁，叫大家来吃。

起先谁都不敢先吃，就陈瑸和林伯两人吃得有滋有味。慢慢地，从大陆过来的官员跟着吃，一吃味道极好，大家争着吃，很快，一锅鲎肉被吃得精光。

陈瑸他们吃过了鲎肉，什么事都没有，第二天消息就传出去了。

过了一天，陈瑸安排人抓了很多鲎来，又如前日一样，叫更多的人来吃。同时，还请了不少台湾本地人来试吃。

吃过的个个说好吃，很快就一传十，十传百，沿海土著民掀起了抓鲎吃鲎的热潮，哪还能让它们成为妖？吃进肚子什么妖都没了。

自此，“海妖”不再在台湾作乱，稻子也不受其害了，民变也轻易平息了。两大当务之急其实也不是什么难事，陈瑸解决得游刃有余，那么轻松，那么迅速，连陈瑸自己都没想到。

陈瑸想把这两件事情赶紧向张伯行巡抚报告，或者干脆请张大人过台湾来一趟，他不是说想来台湾一块小饮两盅吗？张大人最不放心的两件事现在都已经解决了，也可以放心来台湾看看。可偏在这个时候，张大人被调往江苏担任巡抚去了，福建的巡抚已经换成了满保大人，陈瑸只好写了条陈向新巡抚报告，但想见恩人的愿望一时就成了泡影。

二十三

张伯行到江苏当巡抚不久就遇上了当时中国最大的科考舞弊案件——江南科考案。

这一年的江南秋闱在江苏扬州如期举行。十月二十日，江南乡试在扬州发榜，榜一公布就引起了江南学子的强烈抗议。原来，中举的秀才有13人来自苏州，其中多为巨富盐商的子弟，而有些人文采低劣是众所周知的，个别人甚至识文断字都有问题，根本不可能凭真本事通过考试的。其中有个叫佟裕贵的富家子弟，不懂诗文，是典型的纨绔子弟，却成为此次乡试的解元，这让众多学子无法接受。

十一月四日，成千学子聚集扬州。为了抗议所谓的弊案，他们抬着五路财神像一路游行至孔庙，供奉于明伦堂，以示抗议。学子们唱着歌谣，用双关语讽刺主考左必番与副主考赵晋。最后，他们在孔庙入口处的“贡院”牌匾上糊纸，使得牌匾上的“贡院”两字变成“卖完”。这场骚乱“高烧”不退，持续发酵，抗议最为激烈的就是同榜考试落第的那些江南秀才，他们宣称总督噶礼串通副主考官贿卖举人功名，收买考官。

学子一闹事，两江总督噶礼就命令手下上街抓人，所抓学子一律关进大牢，不经审讯，直接定罪“诬告”，弄得民怨更甚。

张伯行得知贡院闹事，多次派人查访考生，他获悉考生指名道姓说赵晋受贿舞弊，感到此事非同小可。他看着手下从贡院门前抄来的对联“一经岂有一金之妙，多才不如多财之灵”，就在琢磨，这次发榜之后，千余考生闹事，街上流言盛传，身为总督的噶礼理应先查明事件真相才是，怎么一反常态，先抓人，也不审问就定为“诬告”？张伯行觉得这中间肯定有问题，就亲笔给康熙皇帝写奏折说：“今岁江南乡试，发榜后，议论纷纷。九月二十四日，有数百人抬拥财神像，直入学宫，口称科场不公，臣不敢隐匿，请旨严查。”

江南科考弊案一发，有一个人自始至终密切关注此事，并且一直向皇上密奏不断，使皇上在第一时间就掌握了此事的进程。这个人就是江宁织造曹寅。

曹寅是什么人？曹寅是当今圣上最信任的人。曹家和康熙皇帝有着很深的渊源。曹寅的母亲是康熙的奶妈。康熙小的时候有四个保姆、四个奶妈专门照顾他，噶礼的母亲就是康熙的四个奶妈之一。而康熙和曹家的关系特别好，童年时候，曹寅常陪康熙读书，后来又当上了康熙的御前侍卫。曹寅与康熙这对少年君臣在幼时就建立了良好的关系，这也是曹寅一生深得康熙信任的主要原因之一。在皇宫里，皇室的皇子之间常常斗得你死我活，而曹寅同康熙之间有兄弟的情谊，却没有兄弟的利害关系，所以才会有这种真心、真诚的友谊。康熙二十九年（1690 年），曹寅任苏州织造，三年后移任江宁织造，官三品。康熙四十二年（1703）起，其与李煦隔年轮管两淮盐务，先后四次。康熙当皇帝，把曹寅派到江宁，他的任务非常特殊，除了机织，康熙所需的日用品采购全部由曹寅负责。比如说康熙特别喜欢吃臭豆腐，把臭豆腐改了名字叫青方、红方、白方，这些东西要送到京城，送到皇上的餐桌上，谁办这事皇上才最放心？只有曹寅。康熙皇上南巡六次，有四次是住在曹寅的家里。可见康熙对曹寅是多么器重和信任。

除了管理江南织造，曹寅还有一个任务，就是给康熙当密探。实际上，曹寅就是康熙皇帝在江南的重要眼线。每每江南发生什么大事，康熙皇帝都可以第一时间得到消息，正是源于曹寅。清代档案中最机密的莫过于军机档案，军情、战事牵涉国运，不过，还有一种比国家机密更机密的快捷文书，这就是只供皇帝一人专看的密折，可称之为级别最高的“秘密档案”。一般的折子通常先要交通政司审阅，然后呈交皇帝御览，篇幅特别长的还需大臣附上黄纸，概括要点（称为“贴黄”）。而呈康熙的密折，则是专奏专报，不经通政司，也没有人概括要点，直接呈送皇帝。这些密折，康熙一般会及时批复，再还给上奏者。康熙右手有病，便强用左手批示，毫不耽误。这样做，一则防泄密，二则可以及时深入了解真相。江南织造负有监视地方官员的使命，可以随时向皇帝密奏地方官员的动态，因此地方大员对他们多有忌惮，噶礼曾经就想铲除曹寅。康熙四十八年（1709 年）十二月初六，噶礼密报康熙，说曹寅和李煦亏欠两淮盐课银 300 万两，请求公开弹劾他。康熙把曹寅看成是自己的“家人”，噶礼要求公开弹劾曹寅，康熙当然不会同意，康熙只是私下谆谆告诫曹寅和他的大舅子李煦，必须设法补上亏空。

曹寅熟练地将一张写过字的10厘米宽、20厘米长的纸折成复杂的六角形，将它塞进一个小信封里，外面用封条封好，封条的上面写“固”，下面写“封”，小信封上写着“奏折”。再用一个大信封套住小信封，在外面用一根白纸条扎住，在白纸条下方写上自己的衔阶和名字，然后小心翼翼地用白纸包好，同样在白纸的包装口下方写上自己的衔阶和名字，最后用来封箴的几个字是“臣寅”“叩首谨封”，是为密奏。曹寅等人的密折，都是亲笔缮写，短小精密，密折内容广泛，包括天气问题，如雨水、冰灾，粮食问题或收成、米价等；社情民意，如疫病、民情、官吏贪廉、盗匪等。在曹寅的密奏里，就雨雪分寸的测量、雨水入土几分、冰雪凝结几寸都有清楚的记载。康熙阅完密信后，在上面加御批，再用一个朱红的“封”字封好，重新传到曹寅的手中。

有例为证。

康熙四十八年八月二十八日，曹寅密报熊赐履病故。熊赐履是康熙的老师，礼部尚书，武英殿大学士，那边熊赐履刚断气，曹寅的密折就来了。

康熙批道：“知道了，再打听用何医药，临终曾有甚言语，儿子若何，尔还送礼去才是。”

曹寅复奏：“遗本系病中自作，闻其遗言，命葬江宁淳化镇之地，不回湖广。”

康熙朱批：“闻得他家甚贫，是真否？”

康熙早听说熊赐履是一个清官，家里贫穷，但康熙还是不相信，就让曹寅打听。

曹寅回奏：“湖广原籍有住房一所，田不足百亩，江宁有大住房二所，田一百余亩，江楚两地房屋值七八千两。”

康熙又批：“熊赐履遗本系改过的，他真稿可曾有无？打听得实再奏。”

熊赐履是康熙朝的重臣、理学家，时人称他“清廉刚介”，在他生前康熙对他都是礼敬有加，可谁知道背后康熙对他有那么多的疑问。

皇帝通过密折，旨在了解各地实情，洞悉身边人从中央到地方的活动情况，同时起到了增广耳目、扩大权力的作用。

江南科考弊案发生，曹寅在第一时间就给皇上发去了密折。

学子闹事发生后，曹寅就在奏折中提及秀才认为科考不公，两位巨富盐商之子已被锁拿，很多上榜之人也是文理不通，还说，传闻副主考赵晋索贿，等等。

与此同时,康熙皇帝还从两江总督噶礼那里得到奏报,告知皇上江南科考案件发生情况。这样,江南科考案一开始就在皇上的掌控之中。

不过,连皇上自己都没想到,这起案件后来的发展让人难以预料,康熙几度派人调查,案子却越办越大,越办越难,甚至一度难以收场。

事情发生初期,康熙皇帝并没有直接出面,而是静观其变。

第一轮调查此案的自然是案发当地,经过江苏巡抚张伯行和两江总督噶礼共同商议,决定督抚一同调查此案。

这种办案的模式一开始就步入歧途,就是一条死路。一方面,一向清正廉明的巡抚张伯行发现科考有弊之后就发誓要查得水落石出,一定要严惩舞弊真凶,还江南学子一个清白,还天下一个公正;而另一方面,作为弊案真正幕后总策划的两江总督噶礼,一开始就想把这件事情捂下去,把真相捂住,他决不会让张伯行发现、揭开真相。这样,一边是要揭开真相,另一边是要掩盖真相,双方的较量实际上一开始就是殊死的,就是你死我活的。只是,张伯行最初并不知道,他的顶头上司就是始作俑者,所以他在调查中永远是被动的,永远只有挨打的份,他越接近真相,自身的危险就越大;而噶礼始终操控全局,始终"运筹帷幄",主动权永远掌握在他的手里,所以他把张伯行折腾得死去活来。

张伯行最早得到科考舞弊线索是从被称为江南才子的落榜学子伍思贤那里开始的。

伍思贤写了一首打油诗,诗云:

抡才大典真盛世,
器成礼乐府。
从龙多士出儒林,
圣朝敷德教选拔奇珍。
岂是江郎才尽日,
谈什么学问。
天眼难开莫怨人,
未打通关节,
哪有功名?

……

伍思贤想用这首诗来引起张伯行的注意，希望张伯行把这个案子彻查下去。但他又担心引火烧身，就跟他的好朋友谢小玉商量，谢小玉就帮他想了一招，让这首诗间接传到张伯行的手里。

谢小玉是秦淮才女，一向喜欢女扮男装，与伍思贤那班才子素有往来。她的母亲因守寡贞洁、操守出众而被皇上御赐贞节牌坊。她的弟弟谢大光也是此次乡试的中举者，可她却怀疑是母亲暗中给掮客李奇使了银子，才使小弟高中。伍思贤曾因为给谢大光辅导功课而常到谢府，与谢小玉有了密切来往。二人彼此有男女之意，可伍思贤是有老婆的，而且孩子都好几岁了，他们恪守礼教而不敢越雷池一步。

谢小玉这一天女扮男装，化装成弟弟的书童参加了为中考学子举行的鹿鸣宴，席间有意将伍思贤的讽刺诗散发出去，结果被官府视为反诗加以追查。巡抚的总捕头奉命追查反诗，审问早已被抓进去的闹事学子卓尚德。卓尚德本是伍思贤的拜把兄弟，为了自己能够出去竟然出卖伍思贤，说出了此诗正是伍思贤所作，结果伍思贤被抓进了大牢，卓尚德却被放了出来。

张伯行立即审查伍思贤，伍思贤认准张伯行为人，就道出了舞弊事件的一大真相：原来，八月十二日那场考试，考试大概进行到一个时辰，考生佟裕贵就突然中暑病了，不能考下去了，被监考的官员扶出了考场。偏偏佟裕贵路过伍思贤的考位的时候，他身上的墨砚掉了，摔在地上，墨砚被摔成两块，里面一张纸条也掉了出来，这时就在旁边的副主考官赵晋立即捡起了那张纸条匆匆出去了。这场考试佟裕贵一半还没考完，却中了解元，显然是作了弊才有此结果。

伍思贤对天发誓，所说一切均为真实，绝无半句谎言。

张伯行决定一查到底，立即着手调查副主考官赵晋。张伯行找了在考场的主考官、副都御史左必番，左必番是个老好人，他并未受贿舞弊，但副主考官赵晋受贿一事，他早有所闻。他知道，吴泌、程光奎两个考生，平日文理不通，此次却也中榜，推荐他俩的考官王曰俞、方名都有受贿之嫌，但他不敢作声，因为他知道江南科考案背后真正的指挥者是两江总督噶礼。而噶礼早就发出话来了，不能让张伯行查出任何弊案的问题，理由是为了保住江南科考的名声。因为就在这场科考案发生之前，康熙帝对江南乡试历来无一弊端十分赞赏,御赐金匾,对两江总督噶礼及官府予以表彰。可没想到这次乡试一张榜学子就闹事了,如果让张伯行查出问题,不仅是往自己脸上抹黑,更是对皇上御赐金匾是个辛辣的讽刺,所以噶礼就以这个为借口,命令他的手下千方百计防止张伯行查出问题。表面上,噶礼是为江南科考保面子,为自己保面子,实际上还有更深的意思,噶礼本人与此次弊案有着联系,有着不可告人的交易。左必番要是说出半点真相就会得罪噶礼,这是他不愿意做的。所以当张伯行找他问佟裕贵在考场病倒的时候赵晋在何处时,他撒了一个天大的谎,说当时赵晋一直待在卷房里并未出去,故不可能帮佟裕贵舞弊。这条线索到此就中断了,无法继续再查下去。

张伯行相信伍思贤没有撒谎,就下令对佟裕贵和赵晋暗中监视。张伯行做事有一个毛病,不知道保密,总认为身边个个都是好人。他把自己的计划跟衙门的人说了,泾县知县陈天立得知此消息立即到佟府报信,让佟裕贵赶紧逃走,结果佟裕贵偷偷躲进了京城。张伯行派人去找此案关键参与者佟裕贵,却扑了空,什么也没找到。这条线又断了。

张伯行经过缜密推理,决定从砚台下手,调查全城制造夹带纸条砚台的人,很快一举抓获了小老板顾家俊。实际上,所抓的顾家俊正是提供作弊工具的嫌疑人,他高价把砚台卖给了佟裕贵等考生,这些考生则将考试答案早就写好夹带在砚台里,考试的时候把答案拿出来抄在试卷上。这又是重大的发现!

张伯行的手下对制作砚台的小老板用了一回大刑,顾家俊虽然咬紧牙关一字不吐,可心里的防线已经打开了,只要再用刑,或者再开展攻势,绝对可以大功告成,获得重大突破。可就在这个关键时刻,张伯行停下来了,他责备他的手下严刑拷打犯人。在当时,朝廷并没有规定对人犯不准用刑,只是强调慎用酷刑,但张伯行一看到手下用刑就心软了,怎么能这样对待犯人?不可,断不可用如此酷刑,把手下臭骂一顿。

很多事情往往是往前面走一步就可以一举突破,获得成功,如果这个时候张伯行坚持再审顾家俊,历史可能重写,可张伯行却偏偏在这个时候停止了进攻。明明抓到了作案对象却终止了审讯,使此案后来越来越难办。

张伯行当时的想法是不依靠刑讯逼供,不用严刑拷打,不打不骂,而是要用皇上"仁治"的理念来办这个案子,讲道理摆事实,让作案对象自己主动交代问题。

哪会有主动交代问题的？交代了就要掉脑袋，没有人会主动伸过脖子来让你砍。也许张伯行真是书读多了，成书呆子了，说白了还是迂腐、幼稚。他这边停止了审讯，却去找了顾家俊的娘子做顾的工作，依赖于顾家俊的娘子来说服顾家俊。顾家俊的娘子也答应了张伯行来做丈夫的工作，可一切都不是张伯行想象得那么简单，张伯行前脚离开巡抚衙门的监狱，后面就有人跟着进来把顾家俊给毒死了。当张伯行带着顾娘子来到的时候，监狱里只剩下顾家俊的一具尸体，线索又断了。

张伯行根本没有想到，他的背后有无数双眼睛在盯着他，当他抓到顾家俊的时候就已经有人布置要弄死顾家俊。几乎是张伯行发现什么，那背后的人就要掐断什么，使张伯行寸步难行。

赵晋是此案的关键人物，他知道上上下下都有人在保他，保住了他也就保住了整个案子不穿帮。当张伯行的调查一次又一次有重大突破而又突然线索中断的时候，赵晋觉得自己到了该离开的时候了，他不能再在江宁久留，否则就会有灭顶之灾。他决定躲回京城。赵晋刚出城就被张伯行拦住了，原来张伯行得知赵晋要逃的消息赶紧带兵追出城外，强行留下赵晋。可赵晋是京官，不属张伯行管，坚决要走，张伯行却坚决要留下他，说案子没有弄清赵晋就不能离开江南。两人僵持不下，正好两江总督噶礼赶来了，总督大人出面从中调解，才勉强留下了赵晋。

留下赵晋只有一条路可走，就是跟伍思贤对簿公堂。这一天张伯行在巡抚衙门开堂审案，命伍思贤与赵晋二人公堂对质，结果赵晋拒不承认他曾帮佟裕贵科场舞弊，说既没有捡到佟裕贵的纸条，也没看见佟裕贵病倒，一句话，他跟佟裕贵没有任何关系，而且有张三李四王五做证。相反，伍思贤除了自己没有任何人能够证明。众官员早就得到噶礼授意，都帮赵晋说话，致使张伯行审案陷入僵局。无奈，张伯行决定在巡抚衙门花厅开个茶会来一试中举的举人。噶礼要张伯行保证倘若此次茶会查不出问题，以后不得再调查此案，张伯行一口应允。

照理这一招是绝对有效的，那些舞弊中举的举人只要当堂答问就会显露马脚，弊案不攻自破。

可张伯行还是失算了。张伯行的失算不是他没有想到可能发生的事情，他想到了明天的测试有一个人至关重要，这个人就是出试题的胡老学政。伍思贤和赵晋对簿公堂毫无结果，张伯行单独去找了胡老学政，叮嘱胡老学政要绝对保密，只打腹稿，不可向任何人泄露天机，胡老学政也满口答应，一定保守机密。

张伯行满以为这样案子就会有突破，只要中举的举人露馅了就说明科考弊案成立，他万万没有想到他的对手有多么强大，又有人在他前面动手了。这个人叫李奇，是上一届巡抚的幕僚。张伯行到江苏担任巡抚后他也想来当张伯行的幕僚，却被拒绝了。张伯行什么幕僚都不要，他自己能办好自己的事情。李奇曾经使尽了手段巴结张伯行，塞银子、送字画、送古董，都被张伯行拒绝了。他巴结不成就生了恨意，这是一个坏得流脓的角色，世界上凡是能想出来的坏主意他都能想出来。在牢里毒死顾家俊的事就是他做的。现在还是这个李奇，又请胡老学政到怡春院去喝花酒，老先生晚节不保，居然接受了李奇的邀请。李奇安排两个小姑娘陪酒灌醉了胡老学台，趁机把两个小姑娘都杀了，然后栽赃陷害到老学台头上，借此逼迫老学台把复试题目告诉了自己。李奇提前把这些题目告诉那些作弊的考生，结果三天后的花厅茶会上，几个被抽查的举人一一对答如流，全部过关。

花厅茶会再试学子没有任何破绽，张伯行百思不得其解，可没办法，案子审到这里几乎陷入了绝境。他必须兑现跟噶礼的约定，只得停止调查。可还有个秀才伍思贤怎么办？伍思贤在牢里已经身受皮肉之苦，为保伍思贤出狱，张伯行在噶礼面前谎称伍思贤是自己的亲眷，反过来跟噶礼求情放了伍思贤。噶礼见张伯行同意不再追究科考弊案，也就同意放了伍思贤，做了个顺水人情。

总督府立即接管了顾家俊被毒死一案，不许巡抚衙门插手。顾家俊娘子屈打成招，承认顾家俊是被自己所害，自己外有奸夫，成了替罪之羊。

此案表面上就此打住，其实还远未结束。

学子丁尔戟、高申也是伍思贤的拜把兄弟，兄弟四人一起结拜，卓尚德出卖了伍思贤，把伍思贤弄进了大牢，另两个却不甘心科考案件的调查就此停住，他们自发跟踪佟裕贵到了京城。佟裕贵是国相明珠老婆的亲侄儿，佟裕贵就躲在明珠的家里。丁尔戟和高申在京城历尽艰辛终于找到了佟裕贵，将他带到酒楼，灌醉后将他带回到江宁，并逼迫他亲笔写下舞弊之事的供状，将供状交给张伯行，求他主持公道。

案子又见曙光。

案子又有了新进展，有了重大突破，可张伯行已经答应噶礼不再过问此案了，怎么办？正在此时，一个人出现了，这个人就是一直在暗地里关注此案的曹寅。曹寅暗中支持张伯行把这件事继续调查到底，可是张伯行继续调查名不正言不顺，噶礼已经接手此案，也已经结案了。两人商议，把佟裕贵的这份供词直接交给噶礼，看噶礼怎么处理。

张伯行将佟裕贵的供状交给了两江总督噶礼，噶礼收到的是一个烫手的芋头，非常难办。这时噶礼想了一招，收买张伯行。在噶礼看来，重金之下没有不低头的，他准备购置豪宅送给张伯行，却被张伯行婉言拒绝了。

张伯行知道欲破此科场案困难重重，单凭一己之力无法查明此案，便听从曹寅的建议，火速给皇上上奏。

康熙皇帝接到张伯行的急奏十分震惊，急召老中堂明珠和南书房行走张廷玉，商议该怎么办。

老中堂明珠劝说皇上压下张伯行的奏折，前面已经授了江南科考无弊案的金匾，已向天下昭告江南科考做得好，现在又要调查，岂不是儿戏？皇上乃金口玉言，怎么能出尔反尔？话说得很明白，就是皇上不能自己打自己的耳光，不能自己否定自己。

康熙又问张廷玉："张爱卿你的看法呢？"

张廷玉看透了朝中之事，有明珠在他不好说出自己的想法，就谎称自己不舒服，肚子痛得厉害，待明日再来回复皇上。

康熙知道张廷玉有想法不说，就帮着张廷玉打马虎眼，说："那好吧，两位爱卿都退下，容朕好好想想。"

"喳。"两人告退。

两人刚刚退到门口，康熙又把张廷玉叫住："张爱卿你留下，看看朕的书法最近是否长进。"

"微臣谢万岁爷抬爱，要说书法，微臣在万岁爷面前可是班门弄斧。"张廷玉知道皇上这个时候要他留下来绝不是真的要欣赏书法，便故意说道。

见明珠已经出去，康熙小声说："说吧，你是有想法的。"

"微臣以为，从大清大局考虑，应该接受张伯行的建议，速派钦差去江南查案，公正处理此案，以让南方的汉族士子归心于朝廷。"张廷玉说道。

康熙沉思了片刻，说道："好，张爱卿说得很好！朕不能因顾及自己的面子而伤了天下学子的心，朕决定明日就撤回朕给江苏官府送去的金匾。"

"皇上英明。"张廷玉说。

“着户部尚书张鹏翮、漕运总督赫寿为钦差大臣,火速赶赴江南查案。”康熙皇帝毫不犹豫地说道。也许,他在接到张伯行的奏折之后就已经有了打算,显然,这种安排是经过深思熟虑的。若命满族大臣审理,则汉臣会以为圣上庇护满臣;若命汉臣审,则满臣又会以为皇上袒护汉臣。所以皇上决定任命满汉两位大臣连手审理,户部尚书张鹏翮是汉人,一向为官清廉,办事公正,在朝廷中很有威望,而漕运总督赫寿是正黄旗满人,办事深得皇上信任。

“皇上圣明。”张廷玉答道。

这就有了第一拨钦差大臣调查江南科考弊案。

这两位钦差大臣前来调查此案本来对张伯行是有利的,对揭开整个案子的真相也是有利的。作为牵头的钦差大臣,张鹏翮是张伯行最早的举荐者,他在任河道总督时发现张伯行治河有方,而向皇上举荐了他,这才有了张伯行后来的仕途发展,两人一直关系甚密。客观地说,张鹏翮心里是支持张伯行的,相信张伯行向皇上反映的事情是真实的,所以一到江宁他就信心十足,紧锣密鼓地展开了调查。噶礼生恐此事败露,他的手下泾县知县陈天立和师爷又出一招,派人偷了佟裕贵招供科考舞弊的供状,结果大堂之上,佟裕贵改了口供,伍思贤上堂做证,却被陈天立诬陷伍是张伯行的亲眷,张伯行拿出佟裕贵的供状,却是一首小诗,惹得哄堂大笑。负责保管供状的刑名师爷觉得对不住巡抚大人而投水自尽。张伯行悲愤之余,劝张鹏翮再审佟裕贵,不料当他们到佟府去带人时,却遭到了明珠夫人的阻拦。因明珠夫人阻拦而无法提审佟裕贵,张伯行只得另辟蹊径,带钦差张鹏翮来到富商程光奎的家里,发现新科举人程光奎居然连《三字经》都背不下来,这绝对有假。张伯行将程光奎之父贿赂他珠宝之事告诉了钦差,张鹏翮一气之下表示一定要严查到底。可每一次就要揭开真相的时候,总有人走在官府调查人员的前面一步。为了灭口,李奇再次派杀手在酒楼杀了程光奎的父亲,偏偏这时谢小玉与伍思贤也在此酒楼幽会,目睹了杀人经过,因怕人发现二人来往,他俩仓皇逃走,竟又成了官府要查找的嫌疑人。张鹏翮看着此案刚有的线索又被掐断,知道此事必定有诈,决定对榜首 8 名举人进行复试。

可就在这时,有一个人的突然出现改变了调查的方向。正当张鹏翮要对榜首 8 名举人进行复试之时,他的儿子张懋诚(安徽怀宁县知县,归两江总督管辖)突然赶来了,请求父亲救他。原来,张鹏翮的儿子张懋诚在噶礼手下为官，儿子年轻，做事冲动，曾经私开粮仓赈灾，违反了朝廷大律，现在儿子面临杀身之祸，这个把柄就成了张鹏翮跟噶礼交换的条件。噶礼暗中安排张鹏翮的儿子来跟父亲求情，只要父亲调查江南科考案手下留情，噶礼就不会把钦差大臣的儿子怎么样。张鹏翮为救自己的爱子，只得将对榜首8名举人的复试改为只公布部分考生的试卷，只处理了已查实作弊的富商子弟程光奎一人。

执法办事只要带有私心就会偏离方向。就算张鹏翮在皇上面前信誓旦旦，一定要把江南科考弊案查个水落石出，可一旦自己的儿子有难了他就不得不改变初衷。他虽然是清官，但在儿子危难的时候他也只得放弃自己的原则，救儿子要紧，所以他的态度和做法来了180度转弯，很快做出了以上妥协的决定。这还远远不够，以后他的任何调查都必须按照噶礼的意图行事。到这个时候，皇上的旨意远远小于噶礼，噶礼成了钦差大臣心中的“皇上”。

张伯行本来是欣慰的，来了张鹏翮，自己的想法能够实现，案子能够水落石出。张鹏翮到了江宁就跟张伯行承诺了，一定彻底查清此案，上对皇帝有个圆满交代，下对江南学子负责，中间张伯行也是无形的支持。可有了儿子这一出，事情就完全倒过来了，张鹏翮已经完全没有勇气把案子办下去了。张伯行敏感地察觉到钦差大人的变化，知道张鹏翮遇到难事了，就反复劝他的恩人秉公办事，一查到底。可张鹏翮怎么可能再查下去，就直接说他很难再查下去了。张伯行得知张钦差为救其子，有难言之隐，但还是力劝张鹏翮以大局为重。可张鹏翮已经被噶礼牵制住了，不可能再秉公办案了，不仅不能秉公办案，还要听从噶礼指挥调度了，成了噶礼对付张伯行的工具。噶礼为了彻底打败张伯行，指使人向钦差大臣举报张伯行受贿，张鹏翮竟然反过来去查所谓张伯行受贿之事。

张伯行是大清官，其清廉在官场、在民间无人不知。可噶礼就有这个能耐，想把人弄成贪官就能把人弄成贪官，就是张伯行也能让他成为贪官，这正是噶礼“过人”的本领。

李奇曾经暗中让大商贾们到张伯行家送礼，张伯行的夫人无奈间留下一幅字画。张伯行回来后识破画轴中的机关，原来画轴间藏有珠宝，便将此字画连同珠宝一同送交按察司造册登记。按理这事张伯行做得没有问题，可张伯行的缺点就是过于相信他的手下，他把珠宝与字画交到按察司手里仅仅做了一个登记，一没打收条，二没有保存原始登记本，给自己留下了隐患。当张伯行带众官来到按察司对证，岂料按察司手里只有张伯行交的字画而无珠宝，按察使陶乃扬矢口否认张伯行曾把珠宝送来过，这样张伯行就成了受贿者。

张伯行实在气愤不已，一怒之下，自己摘去头上的顶戴花翎。

原来，这又是噶礼买通了按察使，让他只说收了张伯行的字画，没收到珠宝。

张鹏翮知道张伯行不是贪官，人家真要不干了这事又闹大了。毕竟这是一个省的最高行政长官，钦差一来查案，巡抚就不干了，张鹏翮也觉得不是个好事。张鹏翮只得劝张伯行不要意气用事，又让张伯行把顶戴花翎戴上。

张伯行这时真是有口难辩，本来把希望寄托在张鹏翮身上，可人家居然掉转"枪口"对准自己了。正好这时曹寅来了，曹寅既是局外人又是知情人，时刻掌握着查案的进展。当他和张伯行发现张鹏翮遇到麻烦不能秉公查案了之后，曹寅就想了一招，让张鹏翮远走福建调查。因为噶礼状告张伯行在福建有问题，就要张鹏翮去福建调查。曹寅再上奏皇上，恳请再派钦差来江宁查案。张鹏翮已经不能进也不能退了，虽然退缩了，但毕竟良心还在，只好依计去了福建调查，实际上就是躲起来了。

张伯行感到举步艰难，现在张鹏翮已经躲起来了，他向皇上奏报，请皇上再派钦差，并强烈要求弹劾噶礼。

这时张伯行的任何举动实际上都已被噶礼掌握，当张伯行的奏章刚刚送达驿站，驿站的人就扣下了，立即禀报噶礼。噶礼得知张伯行再次上奏并弹劾自己，命令陈天立想办法压住张伯行送到驿站的急奏，自己来了个恶人先告状，立即起草了一份弹劾张伯行的急奏发往紫禁城。

噶礼早就想好了对付张伯行的办法。张伯行不是清官吗？请客他不去，送礼他不收，不贪钱，不贪色，针插不进，水泼不进，噶礼就改变了办法，收买你不行我陷害你总行，这是我的强项。

张伯行本无罪，噶礼的手下陈天立却收集了张伯行的七大罪状交给噶礼，这些栽赃陷害就成了噶礼弹劾张伯行的理由。噶礼抓住张伯行受贿一事不放，强烈要求弹劾张伯行。

噶礼弹劾张伯行舞弊、渎职、无能、阻挠审案，奏折使康熙十分恼怒，这还了得！张伯行居然都是贪官了，这天下哪还有清官？他马上就要下令严历处置张伯行,这时张廷玉出面劝说皇上,还是不要急着下结论,等张伯行的奏折来了再说。

张廷玉就像算好了张伯行要上奏一样,果然不出所料,不久张伯行的奏折也送抵京城,到了皇上手里。康熙看了大惑不解,这是怎么回事?督、抚互参,各说各的理,使皇上一时也难以弄清谁真谁假,谁对谁错,谁是谁非。那边,两个钦差迟迟没有结果,人也没有回来,加上曹寅的密奏也来了,康熙皇帝就决定干脆再另选两位精明能干的钦差,赶赴江南,再次查办此案。

这一回皇上选派的两位钦差是户部尚书穆和伦与工部尚书张廷枢。两位新钦差离京时都受到了朝廷要人嘱托:张廷玉在送别钦差时就暗示张廷枢一定要保住张伯行,而穆和伦临行时也受了明珠妻子之托,让他关照其侄儿佟裕贵。

二位新钦差到了江宁之后,大刀阔斧,雷厉风行,使科考弊案有了突破性的进展:突击测试的 9 名举人中有 4 人不及格,佟裕贵因为在测试前一天得到了考试的题目,又一次顺利过关。

两位钦差至此以为科考案大功告成,就不再查科场之案,决定分头查噶礼与张伯行的问题。两人分了工,张廷枢查张伯行,穆和伦查噶礼。穆和伦查噶礼时只是应付差事,并不认真,都是满人,要绝对保护。而另一个钦差张廷枢则不同,本来离开京城的时候张廷玉就吩咐过他要暗中保护张伯行,可他心里对张伯行是心存芥蒂的,张伯行是皇帝亲授的天下第一清官,他就要查一查这个天下第一清官够不够格,所以查起张伯行来极为认真。

噶礼时刻在做局让张伯行往里钻,一个接一个下套。

李奇指使卓尚德去杀张伯行家的用人春梅(实际上是伍思贤家的用人,此时在张伯行家帮忙),再嫁祸于张伯行。卓尚德从张府骗出了春梅,在野外做了杀人现场,并嫁祸给张伯行的家人张保。但卓尚德喜欢春梅,并未杀死春梅,只是将其囚禁起来。卓尚德唆使春梅的母亲将张伯行告上公堂。陈天立趁机大做文章,为避嫌疑,张伯行只得让家人张保蹲大牢。后春梅成功脱险,嫁祸张伯行之事不攻自破。

张伯行认定江南科场案依然没有查清,坚持一查到底,但受到二位钦差与噶礼的坚决反对。张伯行不肯向他们屈服,决定冒身家性命的危险,与恶势力周旋到底,准备进京觐见皇帝讲明真相!噶礼听说张伯行要上北京面见皇帝,极为害怕,决定除掉张伯行,使整个江南案件一了百了。噶礼密派杀手前去行刺，不承想张伯行的夫人为了保护丈夫自己挨了一刀，不幸被害。

副主考赵晋在学子的揭发下落入大牢。噶礼怕东窗事发，指示陈天立让李奇迅速离开江宁。张伯行从谢小玉的暗示中得知李奇是贿案的牵线人，只要抓住他，便能破获此案。于是张伯行将这一重要线索提供给两位钦差，又协助钦差智捉李奇，结果李奇交代出赵晋、陈天立等人罪行，使案情有了重大突破。

可偏在这时，狱中的李奇受噶礼师爷的唆使，又故意栽赃陷害张伯行，说张伯行受贿铁证如山。张廷枢得到消息如获至宝，心想张伯行算什么清官，居然是一个贪腐之人，他不辨真假，将得到的张伯行受贿的虚假情报一道密奏参到皇上那里。

穆和伦本只想暗中保护噶礼，却并无害人之心，听说张廷枢自己单独上了奏折参张伯行十分气愤。他的官阶比张廷枢高，是朝廷一品大员，实在气不过，就把张廷枢臭骂了一顿："你蠢不蠢呀，上什么奏折给皇上？你以为张伯行真的受贿了？你没看见这一切都是噶礼做的套？张伯行没钻进去你倒自己钻进去了，你还朝廷二品大员？真不知道你这二品是怎么混上去的，你难道一点都看不出来皇上是想保张伯行？你怎么就一点都不会揣摩皇上的意图？再说张伯行本来就没错，更没罪，他受什么贿？给钱他还不要，是一个真正的清官，你这一参又会把事情弄成什么样？你等着吧，有你好受的。"穆和伦真的非常气愤，这种人怎么就这么不会办事？本来他们已经很有成绩了，可以让皇上高兴了，这一奏折上去结果就真的难以预料了。

果然，康熙皇帝接到张廷枢的奏折十分生气，这时他布在江南的眼线曹寅一连送来三道密奏，将江宁的实情如实禀报。与此同时，康熙又接到张伯行奏折说："科场舞弊只惩从犯，不惩首犯，难平江南人心；朝廷王法不惩枉法大吏，大清刑律实已名存实亡。我伯行革职事小，朝廷安危事大，请陛下再派贤臣重新审理。"康熙读后龙颜大怒，盛怒之下召回二位钦差，命将所有案犯押至京城，他要亲审此案！

乾清宫的烛光亮了整整三个通宵，康熙皇帝一直在认真审阅所有人犯、佐证的口供。不久皇帝就发现了问题，泾县知县陈天立是在重镣监禁下自缢身死的，却没有验尸佐证，更没有狱吏的详细报告，显然死因不明。还有，李奇本是活着的唯一一个重要证人，却又在半年前充军新疆了。其余口供，虽然大体一致，但仔细推敲就会发现根本不能自圆其说。而张伯行的几封奏折，却始终如一，理直气壮，言之有据。康熙亲自在案卷上批示道："江南科场一案，督、抚互参，钦差寡断。然是非曲直自有公断，令九卿、詹事、科道共同会审，澄清其中不明之处。"

康熙皇帝看完材料之后并没有急于亲审。这个案子越审越大，从封疆大吏到钦差大臣，竟然没有一个能断明此案，他已经隐隐约约感觉到，这案子背后有无数双手在推着走，对于案子的真相皇帝的心里已经有底了。现在案子到了中央，中央的大臣会怎么处理这个案子？他决定还是自己不出面，他倒要看看这个戏还会怎么演。于是他命令由都察院左都御史、武英殿大学士明珠牵头，会同六部九卿官员同审江南科场一案。

明珠要求六部九卿会阅了全部案卷，把皇上的朱批几乎背下来了，但是他们越看案卷，心里越发愁。如果推翻原议，就等于开罪了原来审案的三位尚书、两位总督，这个打击面太大；如果维持原议，皇上的朱批等于白写，弄不好不是丢官就是掉脑袋。

会审开始。刑部大堂气势森严，六部九卿大臣分坐大堂两侧，中间的被审人犯一个个被吓得魂不附体。陈天立的死是因为看押他的狱卒喝多了酒，昏睡不醒，使案犯解下腰带自缢。主审当堂判决，将误事狱卒斩立决。证人李奇在押解新疆途中染病身亡，有当地县衙的文书为证。这样一来，噶礼的受贿就没有凭证了，依钦差原议不再追究。科场舞弊人员或斩或绞都依原审判决。至于江南督抚互相弹劾，捕风捉影，弄得民心不定，理应一齐革职。

六部、九卿、詹事、科道联名将审理结果报呈给康熙。

之所以会有这个结果，依然是噶礼在暗中操控。

噶礼的工作一直做到了京城。他每次都提早做了安排，还在皇上命令将所有案犯押至京城的时候，他就收买了明珠。

事实上，明珠一开始就参与了此案。佟裕贵是明珠老婆的亲侄儿，一个狗屁不懂的人中了解元，全都是明珠和他老婆授意噶礼办的。噶礼暗地里将伍思贤的答题卷算作了佟裕贵的，结果真正的解元落榜了，假解元却名列榜首。现在噶礼有麻烦了，他当然要揪住明珠这最后一根稻草。有佟裕贵这层关系还不够，噶礼还想要把明珠牢牢拴住。明珠这人一是贪财，二是好色，噶礼自然送了不少金银财宝，还想了一个绝招：送女人。一般的女人明珠肯定看不上，噶礼看准了谢小玉，秦淮才女，人又长得极漂亮，明珠绝对会看上的。噶礼让师爷前往谢小玉家提亲，实际上是要谢小玉给明珠做小妾，将谢小玉当成厚礼送给明珠。谢小玉决定将计就计，为了帮助张伯行与伍思贤，假意答应了贾师爷。事实上她已经掌握了许多噶礼在此案中作弊的重要证据，她打算在适当时候到京城告御状，于是就跟噶礼一同去了京城。

皇上亲自交办明珠牵头，会同六部九卿官员同审江南科场一案。明珠等人揣摩圣意，将案中所有的漏洞全部堵上，然后将噶礼与张伯行二人一同解职问罪。噶礼有意暴露明珠藏娇的金屋，故意让明珠的妻子抓奸逼他就范。

为了堵住伍思贤的嘴，噶礼曾使尽手段，拿伍思贤老婆、小孩相要挟，以致在六部九卿会审时伍思贤担心妻儿受到伤害，再度承认自己是受张伯行的暗中指使而诬告佟裕贵。结果明珠判他"欺君之罪"，定下了斩立决，并当堂释放了佟裕贵，抓起了张伯行！

其实，还在案情调查尚未开始之前，康熙皇帝就表达了他的看法，有一道谕旨可以知道皇上心里是怎么看待噶礼、张伯行二人的，康熙认为噶礼擅长缉拿强贼，"然其操守则不可保"；张伯行操守清廉，"然盗劫伊衙门附近之人家尚不能责拿（实际上这是噶礼派人在张伯行家外捣乱所致）"。至于张伯行在奏折中所说，噶礼受贿50万两白银——"未必全虚"，而噶礼对张伯行的指控——"亦必有二三款属实"。可以看出，康熙这个时候对张伯行已经形成了一个不好的印象。而康熙并不知道，张伯行是孤军作战，噶礼是一个庞大的犯罪团队，他一个人怎么对付得了那么一个庞大的团队？这种对垒是非常隐蔽的，连皇上都没看出来。

皇上现在要处理的已经不光是清廉与昏聩、贪污与能干之间的冲突，以及随之引发的对立，他所面对的是更凶险的难题，这就是满、汉大臣之间的公开斗争，更重要的是江南学子对朝廷、对皇帝的信任问题。他在谕旨里说出了自己的看法：康熙新命大臣审理案情，但他并不想照单接受张、赫的调查发现，而是关切噶礼、张伯行互参之后的民情反应。在下达这道谕旨的同时，康熙也给李煦（接任曹寅任苏州织造）这样的朱批：

"督抚不和人所共知。巡抚是一钱不要的清官，总督是事体明白勤紧（谨）人物。……尔南方众论如何？再明白打听速奏。"

现在明珠和六部九卿会审居然搞出一个这样的结果，康熙不觉仰天长啸："荒唐，荒唐，做贼的和抓贼的一齐问罪，清廉的和贪赃的一齐革职，天理何在？国法何在？你们就是这样断案的吗？"

堂堂大清帝国，居然一级哄一级，最终哄到了皇帝面前。康熙对这些个大臣一个都不相信了，他决定亲自审理此案。

可当皇帝亲自审案的时候，重要的证人伍思贤居然不肯改口，此案就被这些朝中重臣办成了铁案，无法再审下去。

康熙气得将判决书扔在地上，大声骂道：混账！

就在这个时候站出来两个女人，彻底改变了案子的进展。一个是伍思贤家的丫鬟春梅（曾在张伯行家帮过忙），她是经历九死一生才来到京城的。噶礼派人去杀伍思贤的老婆秀敏，她冒死救出秀敏，然后与秀敏母子一同上京告御状，半路上又遭到卓尚德和噶礼手下的恶奴追杀。秀敏知道后将江南科考案的重要证物交给春梅，叫春梅去京城帮她告御状，自己投江自杀。春梅历尽艰辛跑到京城都察院，宁愿滚钉板也要冒死告御状，其义举终于感动了康熙皇帝。就在伍思贤要被开刀问斩的紧要关头，康熙及时制止了行刑，传旨六部九卿，他要在乾清宫再次亲自重审此案。

重新开庭，皇上再次亲自审案，可伍思贤还是不肯说出实情，弄得康熙皇帝十分尴尬。六部九卿官员又不配合，竟然还有意保护噶礼，再审依然陷入僵局之中。

也正是在这个时候，曹寅的大儿媳妇在京城给他生下了一个宝贝孙子，取名曹雪芹。

这本是曹家的大喜之事，可曹寅根本就没时间也没精力顾得上去看望他的宝贝孙子，他正在帮皇上处理江南科考案。

科考案件再度陷入僵局，曹寅反复琢磨，觉得还是只有张伯行能够破开迷局，就给皇上献上一计，说只有请出在牢里的张伯行协助皇上审案，此案才能审下去。于是康熙派曹寅到天牢里去接张伯行。张伯行上堂后对伍思贤谎称他的妻儿都已救出平安无事，解除了他的后顾之忧，于是伍思贤将一切都说了出来。

另一个女人就是秦淮才女谢小玉，她强烈要求上堂陈述。得到皇上恩准，谢小玉列举了噶礼如何利用她贿赂明珠之事，并作为重要证人证明张伯行一身清白，噶礼乃此案始作俑者。

康熙听了春梅和谢小玉的陈述之后大怒，当庭宣布：江南的科场舞弊案审了一年，越审越乱，越审越荒唐，台阁重臣居然害怕贪官污吏，六部言官庇护钦差大臣，忠良含屈，奸臣狞笑。噶礼多年总督两江，飞扬跋扈，今天参这个，明天告那个，全是无中生有，难道你们就没有耳闻？张伯行在江南清廉忠正，甚得民心，此番为民请命，披肝沥胆，不顾个人安危，四次上奏伸张正义，这样的清官为什么要遭惩处？小小科场案三上三下，竟不能理出个头绪，叫天下民心怎服？朕今天宣告最后结论，科场舞弊人员一律依法处决，不得宽怠。噶礼受贿纵容舞弊，着即革职，流放西北；明珠虽未涉案，但其妻受贿，取消一品诰命夫人封号；张伯行忠贞秉正，对国家忠心赤胆，一身正气，继续留任，日后再行升赏。

江南科场案纷纷纭纭审了一年，虽然越审越荒唐，最终还是有了一个公正的结果：直接参与者被正法，噶礼被革职流放，张伯行官复原职。

得知张伯行官复原职，在京数万江南人持香至康熙居所畅春苑谢恩。

消息传到江苏、福建，传到扬州、苏州，民众更是奔走相告，三呼万岁，“天子圣明，还我天下第一清官”了……

二十四

听说陈瑸大人又来台湾了,刘阿妹心里抑制不住激动。那天,刘五哥正好回家来了,刘阿妹就问:“哥,听说陈大人回来了,是吗?”

“哪个陈大人?”刘五哥装糊涂,反问道。

“还有哪个陈大人?陈瑸陈大人呗,他又来当知县了?”

“那你去县衙找他呀。”

“哎,哥,你是不是见过陈大人了?”

“没有,陈大人早就回京城了,哪还有什么陈大人?没有的事。”刘五哥不想告诉妹妹关于陈瑸的事情,因为父亲反对妹妹跟林伯在一起。他要是告诉妹妹说陈大人来了,妹妹肯定会去找林伯,那就麻烦了,所以他干脆说没见到陈瑸。

“不可能,都说陈大人又回来了,又回台湾当知县。哥,你骗我。”

“我没骗你,哥跟你发誓,陈大人绝对没有回台湾当知县,哥骗你是小狗。”

“那这段时间怎么老没看见你人,是不是又去县衙当差了?”

“没有,哥要在县衙当差还是小狗。”

“我不信,我明天就去县衙看看去。”

“你去可以,不过你要答应哥,如果陈大人没在县衙你就必须马上回来,不准在城里晃悠,行不?”

“行,只要陈大人没在我就回来。”

乡下的信息闭塞,刘阿妹听说陈瑸又回来了,可回来在哪里当官她并不知道,当什么官她也不知道,她只以为陈瑸还是回来当知县。在她看来,知县就是非常大的官了,她当然不会知道台湾还有知府,还有兵备道。再说,现在父亲管得严,不让她在外面瞎跑,让她在家里跟母亲学绣花、做头饰,所以她到外面的机会很少很少。陈瑸回台湾的消息她略知一二,却不知详情。虽然哥哥一再否定,但凭直觉刘阿妹感觉陈大人是真回来了,林伯也回来了,既然回来了她就不可能沉默,一定要去城里打听打听。

这一天一早,正好父亲早早出门去了,刘阿妹跟母亲说要到城里买些针线和头饰上的配件,就跑出来了。

刘阿妹满心以为陈瑸还在县衙当知县,就径直跑到县衙问陈大人在不。

门差说,哪个陈大人?

刘阿妹说,陈瑸陈大人呀,老知县呀。

门差是个新来的,哪知道什么老知县?只知道现在的知县姓张,就说没陈知县这个人。

刘阿妹说,怎么没有陈知县?都说陈知县回来了,怎么会不在衙门?

门差说,知县不姓陈,姓张,不信你问别人。

刘阿妹一脸的沮丧,好不容易跑来城里找陈知县,衙门里却根本没有陈大人,难道她哥说的都是真的?陈大人真的没来?林伯也没来?

刘阿妹只得打道回府。

刘阿妹无精打采地低着头在街上走着,准备回家,在一个拐角的地方不小心撞了一个两手抱着一个大包的男人,把人家的包撞到地上,包烂了,里面的烟叶散落一地。

"怎么走路的?小心点呀。"那男人嚷道。

"对不起,对不起。"刘阿妹忙赔着不是,就弯下腰来帮人家捡烟叶。刚一弯腰,对方也弯腰,两人的头一下碰到一起了。

"哎哟!"刘阿妹叫了一声,抬头看看对方,一看就惊呆了,"啊……是你?"

对方也发现了是刘阿妹,却装着不认识,抓起一把散落在地上的烟叶转身就要走。

"站住!想走!"刘阿妹一手抓住对方的肩膀,说道。

"你……认错人了,小姐。"那人还是想走,用手推开刘阿妹。

"林伯,你烧成灰我都认识,今天总算找到你了!"刘阿妹说道。

"我……我……你怎么会在这里?阿妹?"林伯看来是跑不掉了,只好傻傻地看着刘阿妹,说道。

"我怎么在这里?我还要问你,你怎么在这里?告诉你,我就是来找你的，你为什么要跑？”刘阿妹有些气愤，问道。

“我……我没看清楚。”林伯支支吾吾说道。刘阿妹的父亲不同意他们的婚事，他们就不可能在一起。上次跟着陈瑸老爷就是偷偷离开台湾的，本以为再也见不到刘阿妹了，没想到今天竟然无意中又碰到一起了，居然还头碰着头，难道这就是天意？

“没看清楚？你会没看清楚？你就装吧。哎，我问你，回台湾了为什么不来找我？”

“我上哪找你？”

“上哪找我？我没家呀？”

“上你家？我能去吗？”

“为什么不能？”

“还为什么，我不是没事找事吗？你爹根本就不同意。”

“他不同意我同意呀，你就是个胆小鬼！”

“好了好了，不说以前的事情了。我问你，你怎么会在这？”

“来找你呀。”

“来找我？找我干吗？”

“找你干吗？亏你说得出口，没良心的家伙。”

“我……”

“什么也别说了，几年不见了你就这么要我在街上跟你说话？”

“这……走吧，要不去知府衙门？”

“不去，我饿了。”

“那……我请你吃饭？”

刘阿妹也不多说了，看见旁边一家饭馆，就径直走进了那家饭馆。

林伯三下两下捡起了地上的烟叶，跟着刘阿妹走进了那家饭馆。

林伯跟陈瑸这么多年了，还从来没有单独在饭馆里吃过饭，今天碰见刘阿妹，上馆子还真是头一回。

“想吃什么？”林伯问。

“你点。”刘阿妹坐在一张破旧的餐桌前，静静地看着林伯。

“好嘞，我点，小二，来两个盐蛋、一盘豆腐、一碗丝瓜。”林伯显得特别大气，一口气点了三个菜，要是他跟陈瑸一起吃饭，顶多一个盐蛋、一个小菜，有刘阿妹在，他居然点了两个盐蛋、两个小菜，远远超出了他的心理承受极限。

“还要点什么，客官？”小二问。

“先上吧，少了再点。”林伯打发小二。

“慢，你就用这个来打发本小姐？我不吃盐蛋，也不吃豆腐，孔子说豆腐是鬼菜。”

“那……好……不吃盐蛋，也不吃豆腐，那你要吃什么？”

“我要吃鸭子。”

“好嘞，来份鸭子。”

“还要吃什么？”

“还要吃鱼。”

“好嘞，鱼，什么鱼？”

“什么鱼最贵上什么？”

“来一份最贵的新鲜鱼。”

“还要什么？”

“还要吃野兔。”

“还要……”

刘阿妹开口要一个菜，林伯心里就紧张一下，刘阿妹一口气点了八个菜，点得林伯脸上直冒汗珠。

“怎么？吃得你心痛了？”刘阿妹故意逗林伯。

“没……没有……只要你高兴，吃什么都行。”林伯急得连话都说得断断续续。他这一辈子还从来没有这么吃过，他的右手不时抓抓口袋里的银子，就担心银子少了，吃完了出不了这个饭馆。

“哈哈，看你急的！算了吧，小二，就来三个菜，丝瓜、鸭子、两个盐蛋。”刘阿妹看着林伯，傻笑了一会儿，重新更正了菜单。

“好嘞，丝瓜、鸭子、俩盐蛋，马上就来。”小二唱着菜谱离开了餐桌。

“哎，上次你们离开台湾为什么不告诉我？为什么要偷偷离开？”刘阿妹充满好奇地问对面的林伯。

“怎么告诉你？老爷派人问了你爹，你爹不同意，老爷怕引起麻烦，只好偷偷离开，结果还是被人知道了，还是有那么多人来送老爷。”

“那回我也去码头了，可惜你们走了，要不我就跟你们走了。”

“啊?！你还真去了？”

“怎么？怕了？”

“不怕才是假的，要是你爹告到朝廷说老爷拐卖了他女儿，朝廷不把老爷治罪才怪，幸亏老爷想到这一招了，否则不知啥后果。”

“陈老爷知道我会去找你们？”

“知道。他料定只要公布我们离开台湾的事你肯定会跟我们走，你爹就肯定会找麻烦，所以我们才悄悄离开的。”

“哦，陈老爷还真神啦，什么都想到了，可惜我去晚了。”

“幸亏你去晚了，不然就真的麻烦了。”

“怎么？你不想跟我在一起？”

“不是，是不能呀，要是……”

“要是个屁，管那么多干什么？我才懒得管那么多，今天总算遇上你了，我再也不会放过你了。”

“可是……”

“没可是了，你什么也别管，你就告诉我一句话，你还喜不喜欢我？”

“我……”

“有那么难吗？”

“喜欢！”

“这不就行了，告诉你，我没嫁人，还是一个人，你呢？”

“我……也是……”

“那好，什么也别说了，我就要和你在一起，这是上天的安排。”

“可是你爹……”

“不管他，大不了我跟你私奔。”

“不行不行，那样非把你爹气死不可，我不能背上这个骂名。”

“你呀，什么都好，就是婆婆妈妈。这事你放心，我自有办法。”

“你有什么办法？”

“你别管，说了我有办法。”

“还是不行。”

“为什么？”

“我是大陆人，你是台湾人，我们怎么能在一起？”

“怎么不能？大陆人怎么了？台湾人又怎么了？谁说的大陆人不能娶台湾人，台湾人不能嫁给大陆人？还记得欧允和准娘的事情吗？”

"可我和老爷迟早是要离开台湾的,我真的不能留在台湾。"

"谁要你留在台湾? 你去哪儿我就去哪儿,行吗?"

"这……"

"这什么这? 够了,不说这些了,哎,你和陈大人在哪儿? 我今天去县衙找陈大人,人家都不认识陈大人,这是怎么回事?"

"你去县衙干什么? 老爷早就不是知县了,老爷现在是知府,官大着呢,整个台湾都归老爷管。"

"哦? 那太好了,我们的事有门了。"

"有什么门? 怎么个有门?"

刘阿妹做了个诡秘的表情,说:"不告诉你,到时你就知道了。"

林伯说:"神秘兮兮的,想干什么?"

刘阿妹说:"什么也不干,走吧,陪我玩去。"

"陪你玩去? 去哪儿?"林伯还从来没有离开过陈瑸去外面玩耍,有些不敢想象。

"还记得上次跟我约好的吗? 那一次你骗了我,现在是该补偿的时候了。"

"你是说要……"

"继续上次的约定,跟我走吧。"

"可是我……"

"放心吧,我会跟我哥说的,就说你帮陈大爷去乡下收烟叶去了,没事的。"

"这……"

"这什么这? 走!"刘阿妹懒得跟林伯多说,付了饭钱,拉着林伯就走了……

刘阿妹在县城租了一辆马车,拉着林伯就去了日月潭。

到了日月潭的岸边,刘阿妹见有一艘小船刚刚回到岸边,就跟船主说好了价钱,带着林伯上了那条小船,在湖里慢慢地划着。

"知道这湖叫什么?"刘阿妹问林伯。

林伯摇摇头,答道:"不知道。"

"日月潭。"

“这就是日月潭？听说过，是个美丽的湖，在台湾很有名。”

“知道为什么叫日月潭吗？”

“不知道。”

“有个美丽的传说，想不想听？”

“说吧，别卖关子了。”

“好，你听着……”

刘阿妹就开始讲述关于日月潭的故事。

相传在很久很久以前，在美丽的日月潭边住着一位英俊潇洒、勇敢顽强的青年，叫大尖哥，还有一位美丽的姑娘叫水社姐，他们相亲相爱，是一对恩爱勤劳的夫妻。他们以种植玉米为生，每年春天的时候，他们在湖边的山坡上撒下种子，夏天辛勤耕作，玉米苗长得绿油油的，十分漂亮，到了秋天，小两口忙着收割玉米，一年收成颇丰。夫妻俩用自己的劳动过着丰衣足食的生活。

可是有一年的春夏之交，正在他们辛勤劳作的时候，突然地动山摇，紧接着，天地一片漆黑，人们无不惊恐，纷纷呼喊：“怎么了？怎么了？怎么天突然就黑了？”

天黑了不要紧，以前每天天都会黑下来，第二天太阳照样升起来。可今天不一样，这一天天黑了之后太阳再也没有升起来，而且从这天起晚上也没了月亮，整个世界变成了一团漆黑，没有白天，没有太阳，也没有月亮，只有漫漫黑夜。

后来人们才知道，原来是这个大潭里的两条恶龙在作祟。

就在那个地动山摇的早上，鲜红的太阳刚从潭的东边冉冉升起，半挂在水面上，微风吹着，波光粼粼，美极了。公龙早就痛恨太阳了，它在潭里没有睡过一次好觉，每每刚刚睡着太阳就出来把它吵醒了，让它整日不得安生。公龙观察了很久，发现只有早上的太阳是冷的，一到了中午太阳就火辣辣的，没有谁能近前，公龙决定把太阳弄下来，好让自己以后睡个好觉。这天早上公龙起了个早，太阳刚刚出来，公龙一见红彤彤的太阳像个大绣球，就腾空而起，直立在水面上，一口把太阳咬住，使劲把太阳吞进了肚里，从此天空一片漆黑。

最初人们以为是天要下雨了，是乌云遮住了太阳，人们只好等呀等，等着乌云过去，等着太阳出来。可是等了一天，太阳还是没有出来，奇怪的是，他们并没有看见乌云，也没看见下雨。到了晚上，月亮出来了。这天月亮的光芒很亮，如同白昼，人们都出来欣赏美丽的月亮。

可不知为什么，又是一阵地动山摇，天上的月亮也没有了，地上变得漆黑一片。

村里的老人说不好了，这是潭里的母龙出来了。原来，夜幕降临之后，月亮爬上来，母龙见公龙把太阳吞下了，觉得自己不能两手空空，就腾空而起，冲向天空，一口把月亮咬了下来，吞进了肚里。从此，天上既没了太阳，也没了月亮，天空整天漆黑一团。潭的周围居住着很多百姓，他们有的世代都是农民，靠种庄稼为生，没有了太阳他们还怎么种庄稼？还怎么生存？山里的猎户以打猎为生，没有了太阳他们怎么在山中奔走？怎么打猎？还有海边的渔民，他们要出海打鱼，没有了太阳他们寸步难行。而那两条恶龙却在水里游来游去，把太阳和月亮一吐一吞，一吞一吐，一碰一击，像在玩两个大珠球，十分开心。人世间没有了太阳和月亮，分不清白天和黑夜，树木枯萎了，鸟儿不叫了，鱼儿不游了，稻田里快成熟的稻穗也干瘪了，家家户户的粮食吃光了，牛羊都快饿死了，日子过不下去了。

“怎么办呢？太阳和月亮都不见了，我们怎么活呀？”人们焦急万分。

“找，一定要把太阳和月亮找回来。”族长说。

怎么找？

上哪去找？

有人看见深潭底下有太阳和月亮的影子，人们走近一看，原来两条五彩斑斓的巨龙在玩耍太阳和月亮。

有不怕死的小伙子跳下深潭，企图捞取太阳和月亮，可他们哪是恶龙的对手？人跳下去三下两下就被恶龙吞进了肚里。

人们谁也不敢鲁莽行事了。

族里的长者赶紧召集村人开会讨论，研究怎么解决捞回太阳和月亮的问题。可谁能从恶龙的肚子里把太阳和月亮弄出来？

谁都没有这个胆量，谁也都没有这个能力。

族长说，还是祈求妈祖吧，兴许妈祖会有办法的。

众人就烧香跪拜，做尽了法事。

突然一个白胡子老人出现在他们的面前，说他是妈祖派来的，告诉他们,世间只有金剪刀和金斧头这两件宝物能够对付恶龙,只要能够找到这两件宝物就能破开恶龙的肚子,太阳和月亮就能重新回到天上。

族长忙问,金剪刀和金斧头在哪儿?

白胡子老人说,说远不远,说近不近,金剪刀和金斧头就在阿里山的山底下。阿里山底下有个岩洞,平时恶龙们一直居住在那个岩洞里面,金剪刀和金斧头也在这个岩洞里。听说是玉皇大帝把它们放在岩洞里来镇两条恶龙的,如果恶龙出来作乱,玉皇大帝就会派人拿起这两件宝物去对付恶龙。现在恶龙出来作乱了,可谁去取那两件宝物?白胡子老人说了,一般人是根本取不出宝物的,金斧头是用来对付公龙的,必须由结过婚的青壮年小伙才能去取,金剪刀是用来对付母龙的,必须是结过婚而且没有生过孩子的女人去取,去取宝物的人必须是一对夫妻。因为宝物乃阿里山的圣物,没有灵性、没有缘分、没有德行的人去取必死无疑。

白胡子老人说完扬长而去,只留下一股青烟。

谁去?

要是夫妻,又没生过孩子,原本有几对夫妻跃跃欲试,一听说危险甚至去了必死无疑就再也没人敢去了。

大尖哥和水社姐对视了一下,两人彼此点了点头。

“我们去!”大尖哥站起来说道。

“你们去?”族长问道。

“对,我们去。大家放心吧,我们一定把宝物取回制服恶龙。”水社姐坚定地说道。

“好,去吧,快去快回,所有的人都在等着你们回来。”族长说。

大尖哥和水社姐打点好行装马上就上路了。他们历尽艰险,顶风冒雨,跋山涉水,终于来到阿里山下,好不容易找到了那个岩洞。他们钻进了岩洞,在岩洞里面找呀找,终于发现宝物埋在乱石堆里。他们用手搬开石头,两手弄得鲜血淋漓,夫妻俩同心协力,最终从乱石堆里拔出了金斧头和金剪刀。

他们一人拿了一件宝物,又回到大潭边,这时两条恶龙正在潭里玩耍起太阳和月亮,大尖哥跳下潭去,潜入水中,挥起金斧头,把公龙砍得满头是血,遍体鳞伤……

水社姐看准时机,用金剪刀剪开了母恶龙的肚子……

两条恶龙遇到了自己的克星,虽然也垂死挣扎了一番,可到底有玉皇大帝的金剪刀和金斧头,在水里搅动了两下就口一张脚一伸,死了。恶龙虽然死了,可太阳和月亮还是沉在潭里,一动不动。不能把太阳送上天还是没有达到目的。这时公龙的眼睛还睁开着,大尖哥灵机一动,立即摘下公龙的眼珠,一口吞进肚里,水社姐也摘下母龙的眼珠,一口吞进肚里。

他们瞬间变成了巨人,站在潭的两旁就像两座高山,大尖哥用劲把太阳抛起来,可抛出去的太阳又掉了下来,大尖哥再抛,太阳还是掉了下来。这时空中飘来一朵祥云,那是妈祖驾着祥云飞来了,妈祖小声地告诉大尖哥和水社姐,玉山顶上有两棵棕榈树,能把太阳、月亮顶上去。大尖哥和水社姐又历尽千辛万苦,从玉山顶搬来了那两棵棕榈树,在阴历八月十五那一天,大尖哥再次使劲把太阳抛上了天空,水社姐用一颗棕榈树向上托着太阳,终于把太阳托上了天空,太阳终于升起来了;水社姐也把月亮抛起来,大尖哥赶紧用另一颗棕榈树向上托起月亮,终于把月亮也托到了天上,再也没有掉下来……

从此,太阳和月亮高高地挂在天上,光耀大地,万物复苏,草木活了,树上的鸟儿又歌唱了,田野里稻谷又结穗了,山坡上的玉米又灌浆了。人们欢呼雀跃,都要去感谢大尖哥和水社姐,可大尖哥和水社姐再也没有回来。为了防备其他恶龙再来潭里兴妖作祟,他们两人分别用双手一直抱住一颗棕榈树,守候在潭的两旁。久而久之,他们和棕榈树融为了一体,变成了两座雄伟的大山,靠南边的那座山叫作大尖山,靠北边的那座山叫作水社山。这两座山一直矗立在潭边,人们为了怀念大尖哥和水社姐,就把那个深不见底的大潭叫作水社潭,后来又叫日月潭。

“哎,看见没有?那就是大尖山。”刘阿妹讲完了故事,指着潭的南边的高山说道。

“那座高高的山顶就是大尖哥变的?”林伯问。

“没错,他就是大尖哥。再看这边,知道那是谁吗?”刘阿妹又指指日月潭的北边说。

“水社姐。”

“哎,想不想做我的大尖哥?”

“想,可是……”

“别说可是,我最讨厌你说可是,有什么可是的?只要有梦想,就一定能实现。从今以后,你就是我的大尖哥,我就是你的水社姐。”

“啊?”

“等着这一天到来吧,大尖哥!”

二十五

最近一段时间陈瑸心情一点都不好。从再次登上台湾岛,当上台湾道开始,他的心理感受是极为复杂的。每每看到衙门的房子、屋里的陈设,他就本能地想起老太守来,那是他心中的偶像,是心里的一座丰碑。老太守卫南村已经去世两年了,现在自己成了太守,重任在肩。过去在台湾,任何大事情后面都有老太守支撑着,他干起事来从没有畏惧过,现在,所有的担子都落到他一个人身上,他深感身上的压力。虽然有压力,可值得欣慰的是他上面有张伯行大人赏识他,他突然觉得,历史居然有惊人的相似之处,去了一个卫南村,又来了一个张伯行,上天总是那么眷顾他,不让他孤单,不让他寂寞。可他万万没有想到,他来台湾时,极力举荐他的恩公张伯行却去了江苏。去江苏也罢,只要恩公平安就什么都好,可偏偏恩公张伯行一到江苏就卷入了江南科考弊案。每每从邸报或者从福建来的人带来的消息无不让他揪心科考弊案的一波三折,陈瑸几乎天天都在关注这件事情,直到康熙皇帝最终下了判决,陈瑸的心才落了下来。

还好,恩公几经磨难终于度过了最困难的时期,噶礼被革职流放,恩公继续当江苏巡抚。当听到江南的民众为张伯行重新执掌江苏巡抚大任、为此案取得最终胜利而欢欣鼓舞的时候,陈瑸的脸上终于露出了笑容。

第二次登上台湾岛,陈瑸其实是受命于危难之际,上至皇上,下至福建巡抚衙门,谁都认为台湾民变不断,危在旦夕。陈瑸来了之后平息了民变,但他并不认为自己有什么了不得,并不是自己有多大能耐,实际上是民众对他的认可。为什么台湾的民众会认可自己?陈瑸觉得归根到底还是自己对民众的这颗真心,自己是真心实意对待百姓,真正视台湾百姓为自己的父母兄弟。可自己离开台湾这几年为什么民变又多了?陈瑸认真检查了前面台湾道的一些做法、一些政策,仔细琢磨,就看出了不少道道来。

关键还是对民众的态度出了问题，一些为官者总把百姓视为敌人，动不动就采用高压手段。比方说这几年，台湾酷刑严厉，人们苦不堪言。陈瑸觉得断不可如此酷刑滥派，便立即颁布了禁止酷刑的文告——《台厦道禁酷刑滥派示》。

> 照得民生之依赖，唯财、唯命。吏治之大蠹，唯酷、唯贪。棰楚之下，何求不得？未有酷而不贪者。第朘民之财，不过夺之衣食而已。若毙命于顷刻，则断难复续，死难复生，是民命尤重于民财。而酷刑之惨，比贪饕更甚也。海外弹丸，民番杂处，居土食毛，无一非朝廷赤子。官兹土者，俱上宪选择调补之员，孰非良吏！若乃不以赤子视民，而概以待盗贼之法待之，对上宪则极口自许以惜民财、恤民命、要做好官，而行事顾有大谬不然者。是诚何心！查定例非真正人命盗案不许滥用夹棍。凡钱粮正项有加派分毫，即计赃定罪，何等森严！现奉两院饬禁州县官不许加派重刑、滥禁无辜，期于洁己爱民、勤修职业，煌煌宪令，不啻至再至三。凡属有司，自应手自誊录，常置案头，触目惊心，实力奉行之恐后矣。乃近访闻所属各衙门，稍知自爱者仅有，而阳奉阴违者每不乏人。如供粟不收本色，勒民折价；审理案件，无分为命、为盗，动用夹审。如此等弊，牢不可破，将民生于何依赖？而吏治何由肃清？不几重负上宪谆谆戒饬至意耶？本道监司兹土，若装聋作哑，隐忍扶同，是并不为上宪一存耳目，不唯昧心，实亦负国。但人孰无过？贵在速改。合亟再行申禁。为此，票仰该府官吏照依事理，立即饬行所属，嗣后务涤虑洗心，恪遵宪令，征收无论何项钱粮，不得于正项外私行加派。非真命、真盗，不许滥用夹刑，滥禁无辜人等，庶几民生获遂，感召天和，共迓时和年丰之。

远不止是酷刑滥派，陈瑸经过调查，发现台湾全境还有诸多弊端，需要全面改革，该禁止的要禁止，该废除的要废除，该大力倡导的要大力倡导，于是陈瑸采取以一系列措施予以改革，如：

严禁奔竞钻营示；

严禁淋尖踢斛等弊示略；

严禁盖仓派累示略；

禁冒垦以保番产；

添塘汛以防番社；

归县署以驭番众；

通商货财，务加体恤；

工作什器，务惜其力；

台俗健讼，总以速审为便民；

给脚价以苏番困，立社学以教番童；

条陈台、厦利弊四事：一、招垦荒田，以尽地利；二、严禁科派，以苏民困；三、弛铁禁，以利农用；四、置学田，以兴教化；

条陈经理海疆北路事宜六条；

天道好生，莫重民命。食为民天，食禄之家，不得与民争利，古有训矣……

做出了一系列的规定，最重要的就是要落实。为了使各项政策落地有声，陈瑸一方面严于律己，身先士卒，当好表率，勤政廉政，依然像过去一样，吃的是粗茶淡饭，穿的是粗布衣服，拒收一切钱财礼物，过着近乎苦行僧的生活；另一方面，严格要求他的手下，谆谆告诫属下，绝不准敲勒群众，绝不可贪染民财，还特别注意规范属下官吏作风，讲求办事效率。台湾的凤山、诸罗两县，因设县之初，县署草创，县官久寓府治，饱食终日，不管政事民情，陈瑸任厦台兵备道后，即严饬县官员吏立即归县署办事，不准稍留，县官则肃然归署理事，不敢再擅离职守。

陈瑸亲自制定《令各员修省示略》："本道衙门为各属领袖，如某菲才滥竽四载有余，于民生毫无裨益、于吏治茫无觉察，岁月愆多，愈尤愈积；致兹谴咎，深用疚心！所属衙门倘不吝直言，固所乐闻；即凡军民人等指陈罪恶，俾得追究已往，自新方来，亦断不以规为瑱。总期官民同心，导迎善气，以兆时和年丰之详。"

台故旧治，稔其弊，革官庄，除酷吏，恤番民，鼎新学宫，建紫阳祠于侧，示人以格致诚正之学，高度重视吏治，对失职者坚决弹劾，对秉公办事、勤班爱民的优加奖励。经过一系列的整治、改革，台湾又出现了政通人和的局面。

《台湾通史》撰者连横说："康熙中，陈瑸任台湾道，吏治为疆第一，其后寂寂无闻。"

二十六

一天，差役来报，说门外有一民女求见。

陈瑸说请她进来。对于台湾百姓，只要说要见陈知府，陈瑸从来都是满口答应。陈瑸觉得这是好事，百姓要见你是百姓心里有你，是百姓有事需要你，也就说明百姓对你这个知府认可，所以陈瑸从不拒见任何台湾百姓。

“民女拜见知府大人。”进来的是刘阿妹，她一身高山族姑娘打扮，头戴插满雕花、银器、吊铃等饰物的头罩，肩披挂满珍珠的坎肩，十分漂亮。陈瑸第一眼居然没有认出她来。

“请问姑娘姓甚名谁？来自哪里？”陈瑸问道。

“民女刘阿妹，诸罗县人。”刘阿妹不得不说出自己的名字。

“是你?！小妹？你怎么来了？你穿成这般模样，本官都认不出你来了，快请起来！”陈瑸见是刘阿妹，上前要扶起刘阿妹。

“小女子不能起来，陈大人不答应小女子的要求，小女就跪在知府衙门的大堂里永远不起来。”刘阿妹撒赖地答道。

“你……小妹，你看你一来就这样，让本官如何是好？”陈瑸为难地说道。早几年就是因无法解决刘阿妹的婚姻问题才不得不选择走为上计，没想到当时是走脱了，几年之后回到台湾又遇到这个棘手的问题，他真的是爱莫能助。

“陈大人，小女子想问大人一个问题。”刘阿妹还是不肯起来，问道。

“你先起来，小妹，坐着问行吗？”陈瑸实在是拿这个小女子一点办法都没有。

“不行，小女子就要跪着跟大人说话，直到大人答应小女子的要求为止。”刘阿妹坚持跪着说话。

“你……好，你问吧，本官洗耳恭听。”陈瑸无奈地说道。

“那好，都说陈大人是台湾人民的陈青天，陈青天能不能为小女子做一次主？”刘阿妹说道，用乞求的眼神盯着陈瑸。

“还是你跟林伯之事？”陈瑸问。

“正是。那年大人不辞而别，害得小女子找得好苦，原以为再也见不到你们了。现在你们又回到台湾了，这是上天不肯拆散我们，陈大人你也不能拆散我们。”刘阿妹边说边开始流泪了。

“这……小妹，本官真的不好解决你的问题。再说林伯在老家已经说了一门亲事，不久就要完婚了，你看……”陈瑸从来不撒谎的，现在遇到这个女孩实在难缠，就撒了个谎。

“那我不管，小女子可是先有婚约在先，这可是陈大人您说的，结婚总得有个先后次序吧？总不能前面说的没结，后面说的结了吧。”刘阿妹说得有鼻子有眼的，真好像她跟林伯有过婚约。

“据本官所知，你跟林伯根本就没有什么婚约，怎么会有先后之分？”陈瑸想跟刘阿妹解释。

“怎么会没有婚约？小女子喜欢林伯，林伯也喜欢小女子，这您是知道的，小女子还请陈大人做过媒，这还不算婚约？”刘阿妹咬死她跟林伯早就有了婚约，不容置疑。

“这……唉！”陈瑸真的有些无可奈何了。遇到这么一个女孩他真的一点办法都没有了，看来躲是躲不过了，只得看刘阿妹有什么要求他尽量去满足，虽然他心里没有任何把握。

“说吧，你要本官做什么？”陈瑸明知故问。

“还是做媒。”刘阿妹回答得斩钉截铁。

“这……”陈瑸实在是做不了这个媒，可他绕不过去，就说，“好，我答应你，但能不能做成我没把握。你先坐起来，你得回答我一些问题我才知道该怎么帮你。”

陈瑸知道这次无法回避。重回台湾的第一天遇见五哥，他就问了刘阿妹的婚姻问题，知道刘阿妹现在还没嫁人。家里给她物色好几个对象了，她都不满意，始终想念着林伯。如果能成全这份姻缘，未尝不是一件好事。所以他最终不仅答应了刘阿妹的要求，还仔细询问了刘阿妹家里的一些情况。在刘阿妹家，显然是她父亲决定一切。上次让五哥回去探了他父亲的口风，没同意，如果再要旧事重提，就要想办法让她父亲同意，所以陈瑸就问了一些她父亲的习惯是什么，兴趣爱好是什么，跟谁最谈得来，谁说的话他能相信，等等。

刘阿妹认真回答了知府提的每一个问题。

显然，这不是一两句话就能解决的问题，也不是一两天就可以有结果的事情，陈瑸让刘阿妹回去，他会竭尽全力解决她的问题。

刘阿妹兴高采烈地回去了，留下一个大难题给了陈瑸。

知府要做媒是不能硬来的，得看准怎么下手。

经过了解，得知刘阿妹的父亲特别迷信。实际上在台湾，信神信鬼信菩萨非常普遍，几乎无人不信，不仅信，还信得离谱，刘阿妹的父亲就是这种人。

台湾的自然环境恶劣，台风、地震、海啸、泥石流等自然灾害时有发生。人们生活在这种恶劣的环境下充满凶险，不确定因素太多，命运难以把握，怎么办？谁都没有预知未来的能力，只有相信神灵了，祈盼神灵给予保护，这就有了名目繁多的敬神、占卜等活动。所以，台湾的寺庙较多，台湾寺庙分布密度又以台南为最，每个村平均就有两座寺庙。台湾寺庙分两类：一为官庙，上次陈瑸在台湾时就主持修建了文庙（孔庙）、武庙（关帝庙）、天后宫等。另一类为民间建的庙，大多是移民从自己祖地带来的神。有庙有寺，信众普遍，人人都在敬菩萨，个个都在信鬼神，这种庙宇文化深深根植于台湾人民的心中，普及在生活的每一个角落。在庙宇的大堂供上神位，从里到外张灯结彩，四处摆着图画、古董、香花，僧道白天念经，晚上放焰火、燃水灯。水灯星星点点数以千百，人们敲锣打鼓，水灯四处乱漂，有的把钱置于灯中，如果渔人得之，则可谓一年顺利。祭祀花费很大，设坛摆酒，把猪、鱼、鸡、鸭、鲜果、饼饵等层层码垒在上面，高过五六尺，排列整齐，加上搭台演戏，鼓吹伴奏遍历街市，好不热闹。而在民间，许多人病了不信医而信神信巫信鬼信菩萨。社会上专门有那么一批人，非僧非道，却专事祈祷，这种人叫客师。谁家有求，他们携一撮米前往占卜，这叫米卦，书写一些谁也看不懂的神秘符号祈祷于神，配以鼓角，通宵达旦折腾。还有些人，无田无业、无艺无能，又好吃懒做，就想出了一招，靠鬼神为生，把鬼神吹嘘得有鼻子有眼，让人们深信不疑，非信不可，这样他们就有了活路。这些人专司聚财拜神、祈祷、崇奉、迎赛之事，往往由一两个无业棍徒领头提倡，大众抱着宁可信其有，不可信其无的想法跟着附和，这样事情就热闹起来了。

陈瑸想找个人去说服刘阿妹的父亲,有朋友推荐了一个叫任春光的人,这个人在台湾还挺有名气的,是个道士,传说能掐会算,又懂医术,号称任大师。正好有天刘阿妹的父亲病了,刘五哥就请了任大师前去把脉问诊,结果刘阿妹父亲的病居然被任大师给治好了,从此刘阿妹父亲对任大师深信不疑,佩服得五体投地。任大师其实是带了陈瑸交代的任务来的,看到火候差不多了,就给刘阿妹父亲算了一卦,说他明年命里还有一大劫,只怕是过不去。刘阿妹父亲就急了,问有何解救之法。任大师说:“只有一法,就是借女消灾。不瞒大人说,你女儿该出嫁了,该嫁不嫁就会给家里带来灾难。从大人面相看,贵婿只怕非本岛之人,必在大陆。下点狠心吧,把女儿远嫁大陆,包你全家平安,躲过这一劫,大人之寿必过九十。”

有如此之说刘阿妹父亲岂有不同意女儿出嫁大陆男儿之理?把女儿嫁到大陆自己还可以活到九十,还有什么犹豫的?

打那以后,刘阿妹的父亲就下了决心,答应女儿嫁给林伯,还主动叫儿子去请知府大人,求知府大人为其女做媒。

这正中了陈瑸的下怀,陈瑸主动去了一趟刘五哥家,自告奋勇要保这个媒,撮合了这场婚事。

为了让婚事办得顺利,给足刘阿妹家脸面,陈瑸收林伯做了义子,还帮林伯在城里租了房子。林伯娶媳妇就当是知府陈大人家收儿媳妇,结婚那天,陈瑸雇了八抬大轿把刘阿妹迎进家门,这事才算圆满解决。

二十七

这件事情过后，陈瑸发现了一大问题，台湾人太迷信了，迷信得过分，迷信得离谱。自古读书人的最高理想就是修身齐家治国平天下，陈瑸一直是沿着这个理想走过来的。在他心中，儒教才是根本、正宗，当然他也有敬畏神灵的心理，但不像台湾民众什么都信。其实他也不反对别人信什么，心中有神灵就有敬畏之心，就不会肆无忌惮，可像台湾人民这样盲目迷信实在让人难以接受。孔子讲，未能事人，焉能事鬼？更有甚者，一些台湾民众为了莫须有的鬼神还兴师动众，每年需费银钱多则千两，少亦数百两，其鸡鱼皆为生献，人都没吃，就敬了莫须有的神鬼。因为台湾天气闷热，隔夜即臭，未免暴殄，空耗民财。而一些民众生病了居然不看郎中，相信菩萨神灵能够治病，结果越病越重，还一味从自己身上找原因，以为还不够虔诚，结果却把病耽误了，甚至丧了性命。这是陈瑸所不能接受，也不能允许的。

经过深思熟虑，陈瑸发布宪命《禁签卜示》，劝令民众减少或停止其中的一些活动。

这个宪令对遏制当时盛行的占卜、敬神敬鬼等活动多少有些作用，但从长远和根本来说，并不能解决太大的问题。

陈瑸不是不知道，敬神拜鬼是台湾文化生态的一部分，这些行为深深植根于处在特殊地理环境的台湾社会现实中，单靠一纸禁令是难以达到目的的，而用暴力制止更不是聪明的办法。要从根本上解决问题，心病要治心，医病要对症下药，不对症候，难以扭转人们的心理趋向，这种特殊的社会心理外化成的社会行为甚至会像野火一样，越扑越旺。陈瑸觉得最终解决问题的关键还是要扩大主流文化的阵地，充实台湾人民的精神生活。移风易俗，淳风化俗，建学堂办教育，此乃根本所在。第一次来台湾陈瑸已经着手解决这个问题，可还远远不够，这一次他要在这方面大刀阔斧地干。

陈瑸自己一直过着清苦的生活，却完成了台湾历史上少有的大规模的文化建设。历史记载，康熙五十一年(1712年)，分巡台厦具备道陈瑸大规模重修大成殿、启圣祠、东西两庑、棂星门，增建名宦祠、乡贤祠、文昌洞、土地祠、朱文公祠(朱熹)、六德斋、六行斋、六艺斋、献官斋、大成坊门、官厅、礼门、义路、宿房、教官廨舍等，并修围墙、睿泮池。

陈瑸所修的孔庙是儒家文化不可或缺的载体，其中包含着巨大的信息含量，从而获得了显著的文化品格，充满了人文色彩，积淀着历史、传统、文化和社会的价值，蕴含着巨大的潜在教育意义。台湾民众生活在台风、地震、淫雨、巨浪交相肆虐的海岛上，他们的认知能力和行为能力又是极其弱小的，在自然面前倍感时运不济、命途多舛，他们只好见神拜神，见鬼拜鬼，整个海岛呈现出一片热闹非凡、翻腾不息的泡沫文化。当陈瑸修缮的孔子庙巍然屹立在台湾各地的时候，一种直观的超语言的文化氛围潜移默化地影响着人们的价值观、态度和情感。

建庙是一个方面，扎扎实实抓教育是另一方面。

康熙四十一年(1702年)，康熙皇帝向全国颁布了一份《御制训饬士子文》，该文700多字，大体有这么几层意思：第一是说明建学校的重大意义："兴行教化，作育人才，典至渥也。"第二是对士子的品格提出要求："从来学者，先立品行、次及文学。"第三为学子指明前进的方向："士子果有真才实学，何患困不逢年?"一旦得中，"束帛弓旌，不特尔身有荣，即尔祖父亦增光宠矣"!

陈瑸又将康熙皇帝的《御制训饬士子文》刻版印刷，发给台湾每个学生，并要求教师对每一位学生详加讲解，务令每个人都通晓其义，以敦德行。

陈瑸谆谆告诫台湾应试者，须耳提面命，仍有屡教不改者，"有住居此县越彼县充考者，有改名换姓、一人两处投考者，又有县考张甲、府考又顶钱乙，府考李三、道考张四者"，对其严惩不贷。不光要处理作弊犯科的学生，还要处理他的监护人。

当官本是三年一轮换，可陈瑸不搞急功近利，不搞沽名钓誉，这次重来台湾之后，他和他属下的县令、教谕齐心合力，扎扎实实地打造台湾教育的长久基业，以期百年树人，把台湾建成"海外邹鲁""海滨邹鲁"。台湾"蒸蒸向化"，是他的政治和教育理想。

他身体力行，只要有时间就亲自给学生上课，他在《台厦试牍》的序言中写道:“庚寅、辛卯岁科试,见佳文美不胜收;谓此皆七闽山川秀灵之气别起一支,腾踔于蛟宫鼍渚之侧。其离奇光怪,屏之愈远,藏之愈固,则发之也亦愈难掩。”

《台志》本传中铭刻着陈瑸的功劳:“两科试士,矢公矢慎;作育人才,文风丕振。”足见陈瑸的开化之功。

林伯结婚了,晚上就很少再跟陈瑸住在一起了,虽然林伯一再要求过来陪陈瑸,可陈瑸坚决不同意。难得小两口走到一起,他不能因为自己寂寞就生生把他们俩隔开。所以两人正式结婚之后,在城里租了房子,林伯基本上就没住在知府衙门了。

无论白天多么劳累,夜幕降临的时候,突然少了林伯,陈瑸本能地感到了寂寞,一寂寞就很容易想家,想老婆,想孩子。

这一天晚上,陈瑸和林伯从街上夜巡回来,林伯回自己家了,陈瑸一人回到知府衙门。进门不久,他顺手拿起一本书来,正好看到的是清初著名词人纳兰容若的一首词,陈瑸诵读了起来:

山一程,
水一程,
身向榆关那畔行,
夜深千帐灯。

风一更,
雪一更,
聒碎乡心梦不成,
故园无此声。

风雪交加,冰粒成霰,陈瑸想起那情景,心一下就酸了,立即有种落幕悲凉的感觉,黑暗从四处漫上来,乡关何处?

自己身处异地,在一个四面波涛汹涌的孤岛上,连绵阡陌,无尽山峦,这一切又怎么能阻隔他思乡的心?

陈瑸感到了寂寞,感到了空虚,甚至感到漫长黑夜的可怕。

可对他来说,这一切都是可以战胜的,拿什么来战胜?拿什么来赶走寂寞？拿什么占领空虚？拿什么打发漫长的黑夜？诗歌、书籍、家书，这一些正是陈瑸的精神武器。

诗歌是他一生最好的伴侣。他像一头年迈的黄牛，每天白天吃下无数的景物，晚上细细地反刍。在反刍的过程，不知不觉，灵感怦然而出，他的笔下很快吐出了白玉，吐出了珍珠，吐出了象牙，再进行加工、斟酌，美丽的诗篇就诞生在他的笔下……

这一夜，虽然他也有寂寞，也有孤独，也有空虚，但很快，有一种东西在支配着他，使他从寂寞、孤独和空虚中振作起来，他又写出了一首美诗，寄给儿子以资勉励：

茫茫乾坤内，
藐然独立身。
并生怜万物，
鞠我念双亲。
不学方知愧，
无才信是贫。
文章宁小计，
报国最是真。

二十八

江南科考案虽然被康熙皇帝亲自澄清了，但围绕着这起案子的调查，反映出了朝廷各种势力的较量和厮杀。

康熙帝将此案先后交由尚书张鹏翮，总漕赫寿，尚书穆和伦、张廷枢审理，每次都是一个汉臣一个满臣，看上去好像非常公正，实际上，这些钦差都代表着各自的利益。当张鹏翮的儿子没有出现的时候，除张鹏翮外，三大钦差都是袒护噶礼的。因为噶礼是满洲贵族，又是康熙皇帝特别信赖的人。这中间还有两层关系，噶礼的母亲是康熙皇帝的乳母，康熙皇帝从小是喝噶礼母亲的奶长大的，噶礼的姑姑是顺治的宁悫妃，还生了裕亲王福全，这就是说，噶礼和裕亲王是表兄弟，康熙皇帝与裕亲王又手足情深。如此一来，噶礼在仕途上的优势就是一般贵族都难以匹敌的了，这层层关系可谓亲上加亲。噶礼其人无德，朝廷人尽皆知，但他有能力，曾经在康熙皇帝远征噶尔丹时运粮及时被康熙赞赏，一路提拔做到了两江总督。由满洲贵族把持大权，是清朝廷为了保证大清江山不被汉人夺走的一项基本措施。一般来说，满汉官员发生矛盾，汉人总是遭受打击迫害。噶礼在山西巡抚任内，即因与太原知府赵凤诏勾结，私征加派，贪得无厌，虐吏害民而屡遭御史弹劾，但康熙皇帝从一开始就偏袒噶礼，不仅没有处理噶礼，而且每每提升他，可谓是越有举报弹劾就越得到提拔，官运亨通。相反，弹劾噶礼的御史和反对噶礼的官吏没有一个有好下场，都被诬告而革职。正因为如此，四个钦差有三个袒护噶礼。张鹏翮本是康熙时期著名的清官，深得康熙皇帝赏识。有一次，张鹏翮在处理四川陕西总督吴赫等“侵蚀贫民籽粒银两”案时，公正办案，深得民心，康熙对其他大员说：“鹏翮往陕西，朕留意访察，一介不取，天下廉吏无出其右者。”一个口碑极好的清官在关乎儿子生死存亡的关键时刻，选择了退缩，选择了投降，由查科考弊案反过来查自己举荐的清官张伯行，而且上书皇上要革职查办张伯行。这样，四个钦差全部倒向了噶礼，共同打击张伯行，这正反映了当时大清官场的潜规则：看风使舵。

倘若换了另一个人与噶礼互参，倒霉的肯定是另一个人，前面已经被客观存在的事实反复证明，谁跟噶礼过不去谁就倒霉，谁就被革职。可这一次偏偏碰上张伯行。张伯行是什么人？天下第一清官。康熙爷自己封的，这样事情就变得复杂了。张伯行之所以敢于参劾他的顶头上司噶礼，敢于跟噶礼对着干，也许正是利用了康熙皇帝给他的“天下第一清官”这顶帽子。如果康熙帝这次再袒护噶礼，就是自己打自己的耳光了。四位尚书、总督大人都没有看透这一层，跟着噶礼起哄，不分青红皂白打压张伯行，陷害张伯行，这让康熙皇帝怎么能高兴得起来？康熙皇帝本来一直没有直接表态，让那些大臣尽情表演，最后才说：“噶礼的操守朕是不信任的，若无张伯行，则江南地方必受其盘剥一半了。当年苏州知府陈鹏年稍有声誉，噶礼就欲害之，曾将其‘虎丘诗’二首，奏称内有悖谬语，可是朕阅其诗，其中并无谬语。他又曾参中军副将李麟骑射俱劣，李麟护驾时，朕试他骑射俱好。若令噶礼与之比武，定不能及。朕于是已心疑噶礼，二人互参一案，朕初次遣官往审，为噶礼所制，不能审出，再遣大臣往审，与前次无异。尔等应能体会朕保全清官之意，使正人君子无所疑惧，天下太平。”

康熙皇帝这是发自肺腑之言，他不信任噶礼，不是现在不信任，很久以前就不信任了。其实，康熙天天在考察他的手下，可以说没有一个是他完全信任的。一方面他要用这些大臣，另一方面他防着这些大臣，就像防贼一样防着他们有二心。噶礼原本是他最信任的人之一，他是乳母的儿子，又有亲戚关系，再加上最早噶礼在康熙皇帝远征噶尔丹时还算有功，所以皇帝一再提拔他。可这个人一旦当了封疆大吏就把他的能力全用在整人害人上去了，几乎是走到哪里就坑人坑到哪里，害人害到哪里，只要是与他意见不合的必把对方整死而后快。他曾参中军副将李麟骑射俱劣，当时李麟天天跟随康熙背后护驾，皇帝亲眼看见李麟骑射了得，就是噶礼本人也不是李麟的对手，参人家骑射俱劣不是胡扯吗？再看诬告苏州知府陈鹏年，说陈鹏年所作的《重游虎丘诗》是反诗，康熙皇帝派刑部尚书张鹏翮查处此事，张鹏翮秉公办事，称噶礼是牵强附会，借题发挥，这诗根本不是什么反诗。其实，那时候张鹏翮的儿子就在噶礼的手下为官，噶礼听说张鹏翮秉公断案之后大怒，扬言：“张鹏翮不给我面子，惹急了，我就杀了他的儿子。”那时张鹏翮的儿子还没有把柄落在噶礼手中，张鹏翮不为所动，仍然大胆揭发噶礼的恶行，为陈鹏年主持公道。也许因为此，康熙皇帝才派张鹏翮来江南调查科考弊案，在康熙皇帝看来，张鹏翮绝对会秉公办案。可康熙爷没想到，他最信赖的大臣也有变节的时候，因为这个时候张鹏翮的儿子有把柄落到了噶礼的手上，张鹏翮再清廉也不会把自己儿子的性命当赌注，所以他做了交易。

不仅四大钦差共同袒护噶礼。朝中重臣也一样糊涂，以明珠为首的六部九卿都一边倒袒护噶礼，因为噶礼太会使手段了，以致大臣再议仍颠倒黑白。但这些人又不愿承认偏袒了噶礼，为了搞平衡就把张伯行拉来陪绑，两人一起革职，理由是：二人相互讦参，有失大臣体统。

客观地说，康熙皇帝最初还是想保住噶礼的，甚至说是想袒护噶礼的，毕竟有那些关系在。加上在张伯行弹劾噶礼的时候，噶礼曾经乞求自己的母亲叩氏去求皇后。叩氏就跑到皇后那里请皇后帮忙，皇后真出面了，求康熙皇帝放噶礼一马，康熙满口答应了噶礼母亲的要求，许诺不会处理噶礼。可下面的情况发生了变化，当张伯行被罢官之后，扬州士民罢市聚哭，万人空巷来送张伯行回苏州。苏州等郡的士民也举行罢市抗议。百姓送果菜给张伯行，他坚辞不收。士民哭道："公在任，只饮江南一杯水；今将去，无却子民一点心。"为了安慰百姓，张伯行收下了一块豆腐干和一束鲜菜。张伯行由水路回苏州，沿江数万人护送，到了苏州，百姓又纷纷送来蔬菜水果。

这件事传到康熙那里，康熙就坐不住了。康熙是非常在乎民意的，这个时候起皇帝才决定亲自干预此案。康熙说："从古治天下者，莫要于至公。朕御极五十余年，凡内外大小之事，皆必公心处之。观近日外官，满洲所参，大抵皆汉人；汉人所参，大抵多汉军，皆非从公起见。朕悉据理处断，并无偏袒。张伯行居官清廉，人所共知，其家亦殷实。朕巡河工时，适彼为按察使，知之甚悉，但才具略短耳。噶礼办事历练，至其操守，朕不能信。若无张伯行，则江南地方必受其朘削一半矣。语云：'文官不要钱，武官不惜命，然后天下久安。'又云：'清官不累民。'朕为天下主，如此等清官，不为保全，则凡为清官者，亦何所倚恃以自安乎？"

张伯行之所以得以留用，一方面，康熙皇帝要保清官，不会拿张伯行开刀，圣意已明；另一方面，康熙皇帝在乎民意，如果采纳了明珠他们的意见，不仅会伤了江南学子的心，更会伤了天下百姓的心，康熙绝不会选择失去江南学子，更不会选择失去天下百姓的判决，所以他必须留下张伯行继续担任江苏巡抚。而对于噶礼，虽然皇帝曾经答应不会处理他，可皇帝如果只顾皇亲国戚，不顾天下百姓，等于就失去了民心，而保住一个噶礼就失去天下民心，权衡起来，康熙最终将噶礼革职，流放伊犁。

康熙并没有治噶礼死罪，只是流放，算是给足了噶礼面子。按理噶礼老老实实在边陲待上一段时间，多则三五年，少则一两年，说不定还可以回来。可噶礼天生就是个惹事的，就在他快要离开京城的时候，他又制造了一起惊天大案。

他把他的亲生母亲叩氏给毒“死”了。

噶礼要毒死母亲最直接的原因是母亲“背叛”了他。当噶礼向皇上上本弹劾张伯行的时候，他母亲就发现儿子太过分了。老太太经常行走市井街道，常能听到百姓对张伯行的颂扬、对噶礼的不满。这还不算什么，让老太太彻底灰心、彻底失望的是那次噶礼派人去杀害张伯行被老太太听见了，老太太反复劝说儿子却毫无效果，噶礼根本不把母亲的话放在心上，老太太这才有了告御状的想法。起初，噶礼请她去求皇上保住他两江总督的位置，说得天花乱坠，说他如何廉洁，张伯行如何污蔑他，她就信了儿子的话，专程跑到皇后那里求皇后出面保儿子。现在看起来根本不是噶礼说的那样，据她从民间听来的消息，张伯行才是真正的清官、好官，儿子就是个浑蛋。老太太是个非常有正义感的人，她发誓不再帮儿子，不能助纣为虐，于是她再次跑到皇上那里告了她儿子一状，说张伯行是个好官，皇上不能听噶礼一面之词，她儿子噶礼才是个真正的贪官、昏官，请求皇上秉公处理。

老太太跑到皇上那里告状对噶礼有如灭顶之灾，他当时就要给母亲颜色看的，可他无暇顾及，求人托关系要紧，这才有了以上一系列保全自己的举措。明珠也努力了，案子也断得对噶礼有利，偏偏皇上又要亲自审案，把一切都翻过来了。噶礼什么人都算计到了，就剩下两个人没算计到，一个是他母亲，一个是皇帝，他的命运最终被这两个人翻盘了，他被革职，流放边陲。

噶礼恨透了母亲，他把自己所有的“不幸”都归结到母亲身上，认为自己之所以会被革职，会被流放，全都是母亲跑到皇帝那里告状所致。他从来没有想过自己有什么不对，在所有人面前，他都标榜自己如何效忠皇上，如何清正廉明，如何秉公办事，反正他是最好的。既然母亲都不想让他活好，他就决定不让母亲活下去。

这一天，他准备了毒酒，叫老太太的贴身丫鬟玉翠给老太太倒满一杯，逼着母亲喝下去："额娘，您把这杯酒喝下去吧，喝下去就可以一了百了了。"

"你想毒死额娘？"老太太已经知道儿子的意图，问道。

"没有别的选择，额娘。你把儿子逼到这种地步了，儿子只好请您先走了。"噶礼用眼睛逼视母亲。

"额娘要是不喝呢？"老太太问。

"不喝会更难受，额娘，我这个孽障是什么事情都做得出来的。既然您不想让儿子活好，儿子也不能让您活好，您就乖乖喝下这杯酒吧，儿子会安排最隆重的仪式给您下葬，让您最后辉煌一次。"噶礼递过酒杯，咄咄逼人。

老太太看着自己的儿子，眼泪哗地一下就流出来了，她没有再乞求儿子，酒水和着泪水，泪水掺着酒水，老人一口喝下了儿子给准备的毒酒，啪的一声，酒杯摔在地上摔得粉碎，老太太也倒在了地上……

老太太"死"了，去了另一个世界……

叩氏其实并没有死，她被她的贴身丫鬟玉翠给救了。在噶礼给母亲准备毒酒的时候，被玉翠偶然看见了，正好噶礼让玉翠给老人倒酒，玉翠就趁机把酒壶里的酒倒掉了，灌上一壶没毒的酒。但由于时间仓促，没来得及冲洗酒壶，残留的毒酒还在壶底，所以老太太喝了之后就昏死了，当时气也断了、脉也没了。但躺到半夜的时候，她突然醒了。玉翠一直陪在老太太床边，老太太睁开眼睛的那一瞬间玉翠差一点惊叫起来，但她忍住了，并瞬间捂住老太太的嘴巴，叫老人千万别说话。一旦噶礼知道她活过来还是必死无疑，所以老人没有弄出一点响动。老太太悄悄地爬起来，坐着，没事，又站起来，还是没事，能动，还能走。她很快就有了主意：必须赶紧去找皇上，现在只有皇上能救自己。她太清楚了，自己活过来千万不能让儿子知道，她让玉翠躺在自己的床上，装扮成死了的自己，自己则悄悄溜出了家门。

老太太趁夜摸到了皇宫的红墙外面，躲在一个草堆子的后面。等紫禁城的大门打开，老太太就大摇大摆走进了皇宫。

因为是皇上的奶妈，皇宫的守卫都认识老太太，什么都没多问就放行了。

老太太等候在乾清宫门外，康熙皇帝刚刚开始早朝她就要闯进大厅，被人挡住，老太太通报了自己的姓名，说有急事求见皇帝，十万火急！差役一听就进去报告给李德全，李德全又悄悄在康熙耳边耳语了几句，康熙如此这般跟李德全交代了一番，李德全领旨出了乾清宫的后门。

“老奶奶您有何急事求见皇上？”李德全出门问道。

“回李公公话，请公公立即禀报皇上，我昨晚被我那不孝儿子差点下毒致死，是从家里逃出来的，恳请皇上为我做主将那孽障绳之以法。”老太太要给李公公跪下，被李公公制止。

李德全一听老人是从家里逃出来的，又是被自己儿子所害，不敢怠慢，说了声：“老奶奶您在此稍等，容奴才禀报皇上再回你话。”

李德全急匆匆回到乾清宫，从大厅一侧绕道皇帝面前，在康熙身边耳语了几句，康熙听后脸色大变，大声吼道：“岂有此理！毒害自己的亲生母亲，简直禽兽不如！立即传朕旨意，捉拿噶礼到庭候审！”

李德全退下去传圣旨。

这时噶礼家里，噶礼正在准备给母亲办丧事。他走到母亲床前，磕了三个响头，口里念叨着：“额娘，儿子对不起您，今天就要送您老人家上路了。莫怪儿子心狠手辣，要怪就怪您自己不该坏了儿子的好事，额娘……”

磕了头，噶礼起身，看看床上，又说道：“额娘，让孩儿再看您最后一眼。”

噶礼揭开盖在老太太头上的白布，一看，里面躺着的竟然是老太太的丫鬟玉翠，噶礼惊恐万状：“啊？怎么是你？我额娘呢？”

玉翠坐起，也惊讶：“啊？！我怎么睡在这里？这是怎么回事？”

“快说，你是怎么睡到床上的？我额娘不是已经死了吗？怎么没看见人呢？”噶礼问。

“不知道呀，我也不知道发生什么事了。我本来一直守在她的床边，守着守着就睡着了，这到底是怎么回事？”玉翠装作什么都不知道。

“找！赶快找额娘！”噶礼突然意识到什么，说道。

噶礼立即喊来家人四处寻找母亲。

正在噶礼四处寻找母亲的时候，外面有人在喊：“圣旨到！”

“啊？圣旨到？”噶礼还没反应过来。

李德全带着一行人已经到了门口。

“罪臣噶礼听旨。”李德全大声喊道。

噶礼立即跪下，答道：“罪臣噶礼接旨。”

“皇上有旨,命你立即赶往乾清宫候审。”李德全宣布圣旨。

“罪臣领旨谢恩,吾皇万岁万岁万万岁。”噶礼跪拜谢恩。

李德全做了个手势,几个人不容分说就把噶礼拽走了,也把玉翠一块带走了。

一会儿噶礼就被带到乾清宫。

“罪臣噶礼叩见吾皇,吾皇万岁万岁万万岁。”噶礼进门就跪拜了康熙皇帝。

“噶礼,朕问你,你有何罪?”康熙尽量压住心中的怒火,问道。

“罪臣欺上瞒下,弄虚作假,江南科考案罪臣有不可推卸的责任。罪臣谢吾皇不杀之恩,一定痛改前非,到了伊犁重新做人。”噶礼答道。

“你怕去不了伊犁了。”康熙说。

“啊?皇上要收回成命了?不让罪臣流放伊犁了?”噶礼一脸惊喜,问道。

“这回朕不想要你去伊犁了,准备让你上黄泉路。”康熙说道,眼睛盯着噶礼。

“啊?皇上又改主意了?皇上不是已经革了罪臣的职?不是已经发配伊犁了吗?难道还嫌不够?还要治罪臣死罪?”噶礼诚惶诚恐地问道。

“死罪都不解恨。朕问你,除了江南科考弊案之罪,除了贪污受贿,除了害死了那么多人命,你还犯过什么罪?”皇上还是想让噶礼自己交代弑母之罪,便问道。

“回皇上的话,罪臣所犯之罪都已交代,哪还有什么别的罪行?”噶礼回道。

“朕再问你,你额娘呢?”康熙突然问道。

“我额娘?回皇上话,额娘昨日饮酒过度,不幸离开人世。”噶礼说着说着就哭了起来。

“饮酒过度?朕可听说是你在酒里下毒逼迫你额娘喝下的,是你亲手毒死了你额娘,可有此事?”康熙还是忍着没发脾气,说道。

“没有没有,绝对没有,罪臣虽坏,可绝不会毒死自己的亲生母亲。这一定是有人诬告,是有人要加害罪臣,还请皇上明察。”噶礼反复辩解道。

“传叩氏上堂!”康熙命令道。

“喳,传叩氏上堂!”李德全重复喊道。

“叩氏上堂!”

噶礼母亲走上大堂,拜见皇上:“叩氏叩见皇上,吾皇万岁万岁万万岁!”

叩氏要跪下,皇上忙说:“乳娘免礼。”

“啊?!”噶礼看见自己已经死了的母亲突然出现在大堂之上,不免惊讶。

“罪臣噶礼,这位老人你可认识?”康熙皇帝问道。

噶礼一脸惊恐,眼下的这一切是他万万没有想到的。现在母亲就在他眼前,想想刚才家里发生的事情,他多少猜出了几分,忙回皇上的话:“罪臣知罪,这是我额娘,额娘您怎么跑到这里来了?您酒醒了也不告诉孩儿一声,让孩儿为您担心。回皇上的话,是罪臣不孝,没有孝敬母亲,罪臣罪该万死!”

“罪臣噶礼,你刚才还说你额娘是饮酒过度,真是这样吗?”康熙问道。

“千真万确!”噶礼回答道。

“放肆!都这个时候了你还不知悔改,实在可恶。乳娘,请你当众把事情说清楚,也好让全天下的人知道你儿子是个什么东西!”康熙这回真的动怒了。

“回皇上话,吾儿噶礼痛恨我上次在皇上面前说了几句真话,对这次被皇上革职并发配伊犁一事一直怀恨在心,把全部责任都怪罪在老奴身上,昨晚逼老奴喝下毒酒。幸亏老奴丫鬟玉翠及时发现,把毒酒倒了再灌上无毒的白酒,但壶中还有残留毒酒,老奴喝下之后便昏死过去,到半夜才醒来。老奴怕被儿子发现不敢声张,便让丫鬟玉翠假装老奴躺在我的床上,老奴清早便赶来朝堂求见皇上。老奴以上所说句句属实,还有丫鬟玉翠作证,毒酒壶老奴也带来了,可交刑部查验,老奴恳请皇上秉公处理。”叩氏回答道。

“带丫鬟玉翠上堂!”康熙要让噶礼心服口服,当庭亲审此案就是要天下人知道皇帝的公正。

“民女玉翠叩见皇上,吾皇万岁万岁万万岁!”玉翠上堂跪下拜见了皇帝。

“你起来吧,玉翠,你说说昨夜噶礼如何下毒害他母亲的。”康熙问道。

“民女回皇上话,昨夜噶大人早就准备了一壶白酒,在大人倒酒的时候民女看见噶大人往酒里放东西,什么东西民女不知道,但民女猜测可能是毒药。正好平日家里倒酒上菜都是民女之事,噶大人把酒瓶交给民女之后就上桌了,民女便倒掉了酒壶里的白酒,再倒进没毒的白酒。噶大人叫民女上酒，民女就照大人的吩咐给老太太倒了白酒，噶大人也没叫民女回避，就当着民女的面逼着老太太喝下毒酒。好在之前换掉了毒酒，老太太才没死成，到半夜醒来，就让民女替她睡在她的床上，自己跑了出去，民女以上说的句句属实！”玉翠说得非常清晰。

“噶礼，你还有什么要说的？”康熙问道。

“罪臣罪该万死，罪臣也是一时糊涂呀！”噶礼磕头如捣蒜，悔恨不已。

“噶礼你丧尽天良，连自己亲生母亲都敢下毒，实乃禽兽不如，来人，推出午门，凌迟处死！”康熙皇帝大声喝道。

康熙对噶礼的弑母行为极为痛恨，都察院核查案情无误之后，“发部议凌迟处死”。康熙觉得凌迟处死还不解恨，又下令“先将噶礼眼珠挖出，又割其两耳，籍没其家，妻子同谋，法皆斩首”！

可就在临刑前，康熙又改变了主意，突然下旨“赐帛”，就是改斩首为绞刑。康熙还是想让噶礼落个全尸，毕竟这个人跟自己是吃一个母亲的乳汁长大的。康熙爷这一改用行刑手段不要紧，却给噶礼找到了空子。这个人太有手段了，他立刻给行刑官行贿，让他在“帛系未绝时，即行棺敛”，也就是还没绞死就把他装进棺材，以此骗过全世界的人，包括当今皇上。

刑部按规定对噶礼行刑，将其拖到菜市口，实施绞刑处死。经验尸官检查，噶礼确实已经死亡，差役便立即将噶礼尸体放进棺材，再拖回刑部，准备半夜拉出城外将噶礼埋葬，此事就算了结了。

这一天的傍晚时分，黑漆漆的刑部大牢，寂静如死，上百名囚犯关押在几间破旧的监房里，饥饿，拥挤，再加上六月的暑气蒸腾，到处都弥漫着难闻的臭味儿。

几名狱卒和监绞官早已成为朋友，狱卒便邀请监绞官一块喝酒，杀杀“晦气”，一个腿快的狱卒还专门跑到前门外门框胡同买了复顺斋的酱牛肉下酒。几个人正喝得起劲的时候，突然，隔壁屋里传来了动静，几个人立马紧张起来，停止了吃喝，竖起耳朵听隔壁的动静。

“隔壁还有什么东西？”一个狱卒问。

“隔壁屋子除了装尸体的棺材，没有别的东西呀，难道会是老鼠在作怪？”另一个狱卒回答。

“走，看看去。”监绞官说。监绞官到底跟死人打交道多，走在前面，一点都不害怕。

他们提着油灯摸到了隔壁屋,灯光很小,细若豆大,他们在四壁间照来照去,什么也没看见,哪有什么老鼠?

正在此时,屋里的声音又起,人们竖起耳朵探听,结果发现声音竟是从停放在屋子正中的棺材里发出的。

再细听,先是极其痛苦的几声呻吟,接着是一声长唤:"人去矣,我可出也!"

啪！油灯掉落在地上。

几个人你看着我,我看着你,个个脸上惨白如纸。

"让我出来吧！让我出来吧!"棺材里又发出了声音。

"开棺!"监绞官命令道。

没人反应。

"开棺呀!"监绞官再次大声命令道。

依然没人反应。

"你们不开我开!"监绞官不容分说,使劲把棺盖揭开,里面立即坐起一个人来。

"啊?! 鬼!"众人又要跑。

监绞官不怕,抡起旁边一根棍子就要打将下去,棺材里的人忙喊:"别打别打,我是人,不是鬼!"

"你是谁? 你怎么坐在噶礼的棺材里?"监绞官问道,其他几个人也没跑了。

"我就是噶礼,我没死!"噶礼答道。

"啊?! 你是噶礼? 你没死? 你怎么没死?"监绞官问。

"一言难尽,先让我出来再说。"噶礼说道。

"慢！把他捆起来,立即报告刑部!"监绞官命令道。

这样,噶礼没死的消息很快就报告到了皇上那里。

皇上正在畅春园喝茶,听说噶礼买通了行刑官、验尸官,气得摔了手上的茶杯,骂道:"这奴才真坏坯也！朕还想给他留个全尸,他居然临死了都要贿赂行刑官、验尸官,太卑鄙了,来人!"

"奴才在,皇上有何吩咐?"李德全赶紧过来问道。

"传朕旨意,明日将噶礼在午门前凌迟处死,割足 3357 刀,一刀不能少！”康熙命令道。

“喳！”李德全就要退去，又被皇上叫住了。

“慢，命刑部立即调查，凡参与噶礼诈尸案人员一律处决，一个不留！”

“喳！”李德全退去。

虽然凌迟噶礼，决意砍上3357刀，康熙的心还是久久不能平静。这一次康熙是真的后悔了，他知道噶礼坏，可没想到这个人会这么坏，人都要死了还贿赂行刑的人，差一点又让他活过来了，真是不可思议。要知道这样，为什么之前不把他凌迟处死，为什么不把他的眼睛挖掉？为什么不把他的耳朵割了？再往前想，噶礼为什么会变成这样？难道与自己一向迁就、袒护没关系？噶礼为官以来，从来没有断过对他的弹劾，可康熙从来没有一次派人去认真调查过，更没有一次认真处理过，一直让他胡作非为，甚至是怂恿他胡作非为，还让他步步高升，做到了总督，成了一品大员。要不是碰到了张伯行，有谁敢弹劾他？养虎为患啊！皇帝这时候才感到了自己一味地迁就、袒护噶礼所带来的后果，他真的很后悔，噶礼的作奸犯科连连升级，始作俑者难道不是他本人？要是他不以人情取代法制，依法办事，噶礼贪污作乱一开始就严加惩处，噶礼顶多被流放边陲或坐几年大牢，绝不会落得如此下场。他实际上是害了噶礼，也害了国家。

康熙从来没后悔过，就是错杀忠臣也没后悔过，这一次他感到有点后悔，但这种后悔是不能向任何人表明的。自己是皇帝，皇帝是永远不会错的，永远都是对的，就是错了也是对的，他的后悔只能放在心里。

二十九

陈瑸一直在为解决台湾积累已久的问题殚精竭虑。在农业生产方面，过去台湾本土耕种比较原始，有的地方还是刀耕火种，陈瑸就从内地引进了耕牛，引进了粮食品种，引进了内地先进的耕作方式，兴修水利，又教当地土著居民怎么开垦耕耘，怎么养禽圈畜，开垦荒田，以尽地利；严禁科派，以纾民困；弛铁禁，以利农田，使台湾的生产水平不断得到提高。他针对时弊，上书朝廷，敷陈禁革之建议，提出"崇节俭""禁馈送"。他认为官吏奢侈腐化，导致百般搜刮百姓，应申禁奢侈腐化之风，不许州官馈送。他提出："凡为民牧，宜安俭朴。"在生活上，他"衣御布素，食无兼味"，主仆共吃一个咸鸭蛋。为实施廉政，他以身作则，"率之以廉"。

台湾的社会风气、生活习惯是影响台湾社会稳定的重要因素，陈瑸一直注重改进台湾不良的社会风气和习惯。对于台湾人民过分迷信现象，陈瑸颁布了禁令；民间诉讼过滥，陈瑸劝民息诉；乡村酒礼，予以提倡。对于乡村酒礼，陈瑸十分重视，在《条陈台湾县事宜》中的 12 条建议中，提到台湾"宜举乡饮，以厚风俗"。中国历来被称为"礼仪之邦"，礼仪在中国社会的政治文化生活中占有极其重要的地位。陈瑸指出，要通过乡村酒礼活动引导社会敬老尊贤，"若使习见乎敬老尊贤……将乐至不争，礼至无怨，狱讼可消，兵制可静，直移风易俗之一机也"。（陈瑸《条陈台湾县事宜》）台湾刚开始被汉化，台湾人对乡饮酒礼闻所未闻，台湾"民间争斗日炽，狱讼日繁，乡不序贤，食不羞耇，罔知礼让故耳"。

陈瑸极力倡导台湾举行乡饮酒礼。在一次专门倡导乡间酒礼的宴会上，陈瑸说道："恭唯朝廷，率由旧章，敦崇礼教，举行乡饮。非为饮食，凡我长幼，各相劝勉。为臣尽忠，为子尽孝，长幼有序，兄友弟恭，内睦宗族，外和乡党。毋或废坠，以忝所生。"说毕，他把觯中之酒一饮而尽，众人随之而饮，然后复位。

这类活动，把宗族宗法活动与基层政权建设糅合为一体，把儒家的传统教化深入每一个乡村、每一个家庭，明显地对人民具有加强控制和统治的作用。陈瑸在台湾的这一举动，“在海外一时讶为创见”《条陈台湾县事宜》。借乡饮之礼来推行传统儒家社会伦理，革除台湾移民的暴戾风气，对于台湾来说，无疑有着极为深远的意义。

此外，陈瑸在台湾还展开了一场自我革命。

这场革命就是处置“官庄”。

何谓官庄？就是康熙年间文武官员在台湾任上所创置的产业，或者说供给台湾当地文武官员所谓“养廉”的庄田，官员自己招佃垦殖，从中收取租息，以补贴自己的开支。经营官庄的佃户每年要负担国课（地租）和官租双重税收。台湾的“官庄”是名宦高官“跨陌连阡、占尽肥美、充饱宦囊、大量囤积粮食、待荒年暴月高价出售、残酷吸榨穷人”的基地。台湾在郑成功时已垦辟了大量田土，“将军以下，复取伪文武伪业，或托招佃之名，或借垦荒之号，另设管事照旧收租”。陈瑸认为，台湾官庄系“荡平之初，土广人稀，版籍未定，文武官家身念重，各招佃垦种，为衣租食税之计”，在最初阶段，官庄的产生有一定的必要性和合理性。这些官庄里，有田、园、牛磨、塭、蔗车，所征有粟、面、鱼、青白糖、芝麻，纯粹是一个物产丰富的私人庄园。

陈瑸兴办台湾教育所支经费来自从官庄收取的“养廉麻租”。不但建设学宫费用来自官庄收入，而且所置学田也是从官庄划拨。陈瑸所指的官田即官庄，属于陈瑸的私有产业。这就是他“置学田，以兴教化”的由来。

按旧例，陈瑸应有两三处官庄，“巡道陈某置台湾府学田：一在凤山县鱼逮港庄。除管事辛劳田、本庄土地祠香灯田、给赏孤老田外，实田一百三十四甲一分零，年收租粟除纳正供外，实粟七百八十一石。一在台湾县二赞行，实田七甲七分零，年收租粟纳正供外，实粟四十四石。一在凤山县荆蓁林，实田四甲二分，年收租粟纳正供外，实租二十四石”（见《台志》），折合成粮食，计849石粮食，值钱3万银两。这是一笔巨大的财富，按照当时的惯例，陈瑸完全可以自由支配。老家一直不富裕，他出来当官以来还从来没有给家里寄过银子，现在有钱了，他可以把这些钱全都寄回去。他还可以拿出来给老家修河堤，这是他多年的夙愿。可他都没有，一文钱也没有放进自己的口袋，他“悉屏不取”，将此银全部捐于修理炮台等公事。

这事传到皇上那里，康熙曾评价陈瑸“所应得银三万两并未入己”。说明康熙也把官庄收入视为陈瑸的“应得银”，即陈瑸的个人收入。

陈瑸有自己的观点，他认为“贪官不在所取之多寡，取一钱即与取百千万金等，必一钱不取，方可谓之清廉”。为官清廉，这是陈瑸的美德。

对于官庄，陈瑸经过反复地考察、研究，觉得继续保留官庄的弊端概括起来，有十条：第一，官庄里的百姓一年忙到头，辛苦耕耘，能有多少收获？交完国家租税，又要交纳官庄租税，层层刮取，所剩无几。第二，既然纳了官庄租税，就是官庄的佃户，官员就会随意免掉官佃的差徭，这些差徭谁来干？只有偏累那些不是官佃的贫户单丁了。第三，官庄里的人狐假虎威，俨然置身国家法度之外，有人犯罪，国家机构不得过问。第四，官庄里藏污纳垢，窝贼、窝赌，匪类潜藏。第五，依仗官势看到肥田好地，就没有理由、毫无根据地侵占过来，恣意蚕食周围百姓的利益。第六，官庄管事的甲头仗势欺人，累月经年没完没了地跟人打官司。第七，官庄管事的甲头等一应人在乡里横行霸道。第八，每年青黄不接的时候，台湾本地粮食缺乏，而在台湾土地上收起的官租却运出台湾，致使本地米价日增。第九，有些商船趁机偷贩米粮，甚至卖给海盗的也不在少数。第十，由于涉及官员利益，致使禁止宪令形同虚设。

官庄的要害在于“利在官而害实在民”，所以陈瑸觉得，官庄不除，长此以往，“各官凭借富厚，纷纷置产；又有奸民投献依倚，将来台地只有官庄而无民户，为害犹未有底”。

正在陈瑸做出废除官庄的决定的时候，有一个人专门来拜访了陈瑸，他就是当年陈瑸初来台湾时的搭档李县丞。这个李县丞曾经鼎力辅助陈瑸，使陈瑸在台湾的施政得以顺利开展，陈瑸对这位比自己年长几岁的县丞是非常感激的。

“什么风把你吹来了，李大人？”陈瑸见李县丞进门就问。

“早该来拜访陈大人了。陈大人第二次来台湾这么久了，下官还一直没来拜见，还请大人见谅。”李县丞躬身说道。

“岂敢岂敢！李大人说到哪里去了，该本官去看望李大人。想当年，要不是李大人的鼎力相助，本官只怕就熬不下去了，李大人的那份情本官一直记在心里。”陈瑸一边请李县丞坐下一边说道。

“哪里哪里，区区小事何足挂齿？陈大人乃我大清栋梁之材，一心想着台湾百姓,实乃台湾人民之福呀,下官一直敬佩大人呢。”

“好好,别给本官戴高帽子了,本官有自知之明,还差得远呢。哎,李兄近来身体可好?”

“托大人的福,身体还行,只是反应没以前那么快了,眼睛也有些老花了。”

“要不要换个地方?你在台湾县当县丞也有 10 多年了吧,劳苦功高呀。”

“谢谢陈大人夸奖!地方就不换了吧,下官在台湾县熟门熟路,已经习惯了,就不麻烦大人了。”

“李大人现在不换也没关系,如果哪天想好了只管跟本官说,本官一定帮李兄安排。李大人今日专程前来知府衙门想必是有事情需要本官出面,大人不妨直说,下官一定不遗余力。”

“也没什么,下官只是听说大人对台湾官庄十分反感,依下官对大人的了解,大人很可能要对官庄动刀子了,下官只是来证实一下。”

“李大人的嗅觉还很灵敏的嘛。不错,本官对官庄是有不少想法……”陈瑸就跟李县丞说了自己对官庄的看法。他对李县丞一直是很信赖的,当年要不是李县丞及时报告说胡德把他的报告截留了,他的麻烦就大了,后来又是李县丞出主意给他解围,让他重新写了报告由李县丞亲自送到巡抚衙门,梅大人批了他的报告,才使他化险为夷。陈瑸心里一直记着李县丞这份情呢,所以说话也不隐瞒什么,陈瑸最后说他将向朝廷上奏废除官庄。

“知府大人的想法固然很好,是替台湾百姓着想。可大人是否想过,这会得罪多少台湾的官场中人?会毁掉多少台湾官场中人的利益?”

“只要对台湾的百姓有利就在所不辞。”

“可大人这是跟所有的台湾官吏为敌,跟台湾的上层利益集团为敌。下官跟随大人多年,深知大人为官为人,此事关系甚大,在下还请大人三思。”

“本官已经考虑很久了。鱼和熊掌不可兼得,一边是台湾百姓的利益,一边是台湾官场中人的利益,李大人应该知道,本官会怎么选择?”

“没有一点回旋的余地了?”

“没有,本官也希望李大人和以前一样,继续支持本官。”

“好的,下官肯定会支持大人的。下官先告辞了,大人多保重。”

陈瑸把李县丞送到了衙门的门口。

陈璸知道,李县丞是来刺探情报的。在台湾官场,反对他废除官庄的不止一个李县丞,还有一大批,只要能从官庄中分得一瓢羹的人都会反对。陈璸的做法实际上就是从这些为官者的口里掏出食物分给穷人,为官者岂能轻易同意?谁会拱手把自己的财富交出来?世上没有这样的傻瓜。

可在陈璸看来,这些利益本来就是百姓的,他所能做的就是想办法还给百姓。

陈璸本想静下心来起草奏折,可知府衙门这几天的事情特别多,申冤告状的,为争夺水源械斗的,都要他出面调解处理,弄得一天到晚疲于奔命。

刚刚处理完一起案子,陈璸感觉肚子有点饿了,便从口袋里掏出几颗桂圆,剥了壳,放进嘴里津津有味地嚼着,享受着那桂圆甜甜的味道。这时差役王强来报,说他该出发了。

陈璸说:"去哪?"

差役王强说:"大人您忘了,后天大成殿就要举行落成典礼了,大人昨天就吩咐小的记着,今天叫您去工地再看看,您把这事忘了?"

陈璸忙说:"没忘没忘,那就走吧,去大成殿。"

陈璸便叫了林伯,还有差役王强,匆匆出门去了。

出门的时候,正好碰上刘五哥。

刘五哥忙问:"大人这是要去哪?"

陈璸说:"去大成殿。"

刘五哥说:"大人出门怎么不叫小的?"

陈璸说:"轻车熟路,去大成殿看看就回。再说,你不是说你们罗汉门社要开会吗?所以才没让林伯来叫你。"

刘五哥说:"开会不急,大人的事大。大人既然出门小的就必须跟随,小的不放心。"说着他就跟陈璸一块走了。

从知府衙门到大成殿,不到20里的路程,路经十里坡。十里坡有一狭长山谷路道,两边怪石林立,自古就是土匪出没之地,以前常有人在此打劫。这几年陈璸治理台湾成效显著,盗贼明显减少,十里坡的打劫现象较少发生了。

临近十里坡了,刘五哥走在前面看了看路旁的怪石,并未发现什么可疑之处,便向林伯招手,让陈璸的马车通行。

可就在陈璸的马车将通过十里坡时,突然两边石头从天而降,纷纷砸向陈瑸的马车。

“赶紧撤，前面有埋伏，保护老爷！”刘五哥大声喊道。

林伯躲过几块大石头，打开马车帘子，喊道：“快下车，老爷，有盗贼。”

“光天化日哪有什么盗贼？”陈瑸不以为然，正说着，一块石头飞过来，把马车的顶篷砸了一个窟窿。

“老爷！”林伯忙喊。

“快走！”陈瑸从马车后面跳了出来，喊着。

刘五哥狠狠打了一鞭子马屁股，那匹大白马使劲往前冲去，刘五哥向林伯挥手：“赶紧离开峡谷，往后撤。”

几人立即往后撤退，任凭马车继续往峡谷里面冲去。

跑了一会儿，林伯说：“总算逃出来了，老爷，赶紧回衙门吧。”

林伯的话音刚落，七八个蒙面盗贼从树林里冲了出来，大喊：“站住！留下买路钱，否则别怪大爷我不客气！”

“大胆盗贼，睁开你的狗眼看看这是谁？这是知府陈大人！你们胆敢在这里作奸犯科，你们不想活了？”差役王强大声喊道。

“哦，知府大人？正好，知府大人有钱，把他绑了！”为首的盗贼喊道。

几个持刀盗贼挥舞着砍刀冲了过来。

刘五哥和林伯迎上前去与那些盗贼拼命厮杀，接连砍倒了两三个盗贼。

本以为对付几个毛贼实在小菜一碟，可拼杀了一阵，刘五哥发现对方个个身手不凡，绝非一般盗贼。

“保护大人快走，我来断后！”刘五哥跟林伯说道。

“好嘞！”林伯转身去护卫陈瑸，突然一支飞镖飞过来，啪的一声，正中林伯胸膛，林伯应声倒下。

“五哥，不要恋战，这些人不是等闲之辈，赶紧保护大人撤出去。”林伯倒在地上喊着刘五哥。

“知道了，你没事吧。”刘五哥且战且退。

刘五哥快要接近陈瑸的时候，突然，啪的一声，又一支飞镖从五哥背后飞过来，五哥没注意，不幸中了飞镖，也倒在地上。

这边只剩下差役王强和陈瑸了。

陈瑸朝刘五哥那边喊道：“刘五哥，刘五哥！”

刘五哥没有反应。

“林伯，林伯！”陈瑸又喊林伯。

林伯也没有反应。

陈瑸便对差役王强说道：“走，赶紧跑。”

“对不起，陈大人，你跑不掉了。”差役王强突然拦住了陈瑸的去路。

陈瑸惊恐：“怎么？王强，你是……”

差役王强：“对不起，陈大人，在下冒犯了。在下也是受人之托，大人执意要废除官庄，有人就要大人的命，在下不过是拿人钱财替人消灾，大人休怪在下不客气了！”

“啊?！你……”陈瑸现在才明白，眼下这一切绝非一般盗贼所为，而是有人精心策划好的一场谋杀。

“对不起了，陈大人！”王强拔出匕首就要对准陈瑸刺过去。

啪！一支飞镖飞过来，一下刺中王强，王强应声倒下。

“保护陈大人！”突然，刘阿妹带了十几个人从树林里冲出，一边冲一边喊道。

那十几个人飞舞着刀枪，一路砍杀过来，跟那些盗贼拼杀起来。

“陈大人，快走！”刘阿妹拉住陈瑸喊道。

“快救你哥，快救林伯！”

“哥！”

“林伯！”

刘五哥和林伯慢慢爬起，见刘阿妹带人来了，激动不已：“是你，阿妹?！”

“你们陪陈大人撤离，我把他们拖住，官兵马上就到。”刘阿妹边说边跟那些盗贼砍杀。

也就在这个时候，大批官兵赶到，把十里坡团团围住，几个盗贼垂死挣扎，为首的带了两三个人逃跑了，那个差役王强和几个受伤的盗贼束手就擒。

抓住了王强，陈瑸立即就地审讯：“为什么要杀本官？受谁指使？”

王强交代，这一次事件的幕后指挥正是陈瑸曾经的搭档，曾来打探消息的李县丞。

陈瑸惊讶了，这怎么可能？陈瑸不相信，可王强说得非常肯定，他不由得不信。

陈瑸立即派人把李县丞抓来，一审讯，李县丞就全交代了。这一切都是他暗中安排的，王强是他早就安插在知府衙门的，那几个杀手也是他花银子雇来的。昨天他从王强那里得知陈瑸要去大成殿检查工程的消息，他就安排了那些杀手在十里坡设下埋伏，只等陈瑸一到立即动手除掉陈瑸。李县丞说他一辈子的积蓄就是官庄的一点利益，他本来是想阻止陈瑸废除官庄的，可是没用，陈瑸听不进他的劝说。既然他劝说不了陈瑸废除计划，就只好想方设法结束陈大人的生命，这样台湾的官庄就能保住了。

显然，这次行动背后远远不只是一个李县丞，李县丞的背后还有人。李县丞虽然也有官庄，可他那点官庄利益实在不多，真正的幕后指挥肯定是那些享有巨大的官庄利益的人。每一个在台湾做官的人都可能是真正的凶手，可李县丞打死都不交代幕后真正的策划者是谁，陈瑸一时也无可奈何。

但越是这样，陈瑸的心里就越坚定了自己的打算。

上天没有要他死，突然冒出来一个刘阿妹，她怎么会这么及时赶来？

一切都是天意。

原来刘阿妹跟那个差役王强的老婆关系不错，经常在一起玩。今天早上两人一起买菜时，王强的老婆无意中说漏了嘴，说他家男人要在十里坡干一票，弄不好要轰动整个台湾。刘阿妹忙问干什么，那女人说干什么，今日台湾谁最大就干谁。刘阿妹一听不对劲，这不是对准陈大人吗？这还了得？她赶紧跑去衙门找大哥和林伯，结果都不在，门童告诉她知府大人去大成殿了，刘阿妹一想，去大成殿正好要经过十里坡，便一边报告官府的官差，一边去叫罗汉门社的人。正好罗汉门社的人今天准备开会，她哥没去，还没开，那十几个人二话没说就跟着刘阿妹赶到了十里坡，这才有了上面的一幕……

有了十里坡的这次遇险，陈瑸已经不再犹豫了：坚决取缔官庄！就在这事发生的第二天，陈瑸经过慎重考虑，迈出了具有划时代意义的一步：上呈朝廷《台湾道革除官庄详稿》，力陈官庄弊害，恳请永远革除各官庄！

为了表示革除官庄的决心，陈瑸以身作则，把两所官庄的收入全部交付台湾府库。

官庄曾经是经过皇上批准的，又实行了这么多年，牵涉到大大小小的官员利益，陈瑸完全是为了台湾百姓的利益着想，为了台湾的长远发展着想，才下如此大的决心革除，差一点连命都丢了，足见他的政治胆略。历史上的任何一次改革，革别人的命都是容易的，革自己的命总是难的。陈瑸作为台湾岛上的最高军政长官，率先垂范，推动"革命"先从自己开始，实在难能可贵。

陈瑸一生牢牢地坚守着一个准则：百姓的利益高于一切。"台本旧治，稔知其弊政；至是，乃请革官庄、除酷吏、恤番民"（见《雷志》）。就是说，即使是为自己带来巨大利益和工作方便的官庄制度，如果伤害了百姓利益，他也会毫不犹豫地放弃，这在当时是很难有人做到的，陈瑸却做到了。

革除官庄收到一举两得的效果：一是堵住了官吏巧取豪夺的路子，为整顿台湾吏治创造了有利的条件；更重要的是，老百姓有了自己的土地，耕作的欲望增强了，积极性提高了，台湾的农业生产发展更快了。

改革取得了初步成效，陈瑸却并不满足，他在思考更深层次的改革。台湾的老百姓不能光靠务农为生，既要足食丰衣，还要过上更好的日子。台湾四面环海，有丰富的物产，可商贾之事很不发达，台湾的发展必须紧紧依靠大陆作为后盾。两岸的阻隔可以依靠通航来解决，但麻烦的是海盗为患，有一批人专门对行驶在台湾海峡的商船进行打劫，杀人越货，通航极不安全。海盗中有本土的强盗，还有来自日本的倭寇，四处侵扰，海峡两岸无一日安宁。

陈瑸向皇上奏报，提出了平海盗的策略，被康熙批准后立即予以推行。陈瑸的做法就是：整编福建全省所辖台湾海峡水师，编成澎湖水师两个营、台协水师三个营、提标水师五个营，明确水师的首要任务就是护航，保护台湾海峡上的所有商船、渔船的生命财产安全。

水师整编后，随即进行广泛宣传，公布巡抚衙门实行会哨制度：强令不管是台湾到厦门还是厦门到台湾的船舶，一律不得零星开行，务必等候有利的风向和潮汛，二三十艘船只为一队一齐开行，中途由水师予以保驾护航。另外，实行"连环保法"，提醒沿岸船民，在有水师保护的同时，各船必须加强自卫、自救措施，一致对付海贼。

实施平海盗措施以来，台湾海峡日趋平静，来往船民不再提心吊胆。自此以后，两岸的经济贸易得到了长足的发展，一向经济落后的台湾逐渐跟上了康熙盛世发展的步伐。

康熙五十二年（1713 年），陈瑸在台厦兵备道三年任上即将届满，任期内他把台湾治理得井井有条，同僚赞赏，百姓满意，就写了总结交上准备调离。而台湾人民纷纷写信给福建巡抚恳求陈瑸留任。此时福建巡抚已经换成了满族人爱新觉罗·满保。满保遍寻下属官员，怎么也找不到比陈瑸更合适的人选，只好上折子给皇上，让陈瑸再干一届："臣查台湾系海外要地，道员尤属僚表率，遴选恒难其人。皆道陈瑸操守清廉，居官敬慎，兵民甚属相安。倘蒙恩以该道应升之衔，再任三年，则要地得人，于海表实有裨益。相应题请。"

而在此之前，江苏布政使缺员，江苏巡抚张伯行已上奏皇上，再次举荐陈瑸接替江苏布政使。但康熙皇帝这一次没有采纳张伯行的建议，偏偏以湖北按察使牟钦元擢任。事实上，从江南科考案之后，康熙皇帝对张伯行的态度已经有了微妙的变化。如果是以往，张伯行提出的建议到了康熙那里基本上都会恩准的，而这一回皇帝好像有意为难张伯行。也许，康熙觉得张伯行所荐的人皆是他原来的部下，老是上下级长久共事不能让人放心，另一方面他们都是清官，清官扎堆也不一定是好事。

张伯行的奏章康熙没有批准，满保的折子刚到康熙手里，康熙看了大喜，欣然同意了满保的请求，准陈瑸继续留任台厦兵备道，外兼台湾知府。

九月，皇上准奏。台湾百姓一闻陈瑸留任，欢欣雀跃，"民呼万岁"。

陈瑸感激皇帝的信任和百姓的爱戴，工作更加努力，常常是"鸡鸣而起，夜分不寐，连餐旰食"。在近6年的时间里，陈瑸所获政绩不胜枚举。陈瑸第二次离台，百姓为他刻的《去思碑》从几个方面列举道：对百姓，"建社仓以备旱灾，历郊原而询疾苦；甲午岁饥，单骑履田间踊勘，或为请蠲，或为缓征"；对学子，"建学设塾，崇祀先贤；亲诣黉宫，讲明绝学；环诸生童于旁，示以作文关钮"；对兵士，"严部伍、申纪律，户籍虚者补之、苦乐偏者均之；未尝以细微之事，复使行间"；对自己，"自奉甚薄，菜蔬之外无他物；官厨所入饶有余资"。最后总结道：陈瑸"盖知谋国而不知营家、知恤民而不知爱身，其天性然也"。

陈瑸从第一天开始当官就有了自己的打算：不靠当官维持家庭生计，不拿当官作为谋生手段。当官就是当官，为国家、为朝廷、为皇上当好官，为老百姓当清官，仅此而已！所以一开始他就给家里立了一条规矩："誓不寄银回家！"

他还在当县令的时候，就给儿子写信解释道："做县令，乃为公家守财，为百姓分忧之日，断无自守之而自盗之，不为百姓而为家计之理。爹誓不寄银回家，为此也！"

其实，只要他愿意，他是能够帮助家里摆脱窘境的，一个县令，统管一方经济，即使不搜刮民财，手里也会有大量余钱，支配起来也没有具体规定，一般当官的自然会收入囊中，随意消费。但陈瑸绝不，他无时无刻不以“贪取一钱与百千金无异”为诫，就算是他的正当收入，他依然一分不取，不从中拿出半文寄给家里，他一再劝慰儿子：“家计淡泊，你们清苦，且忍耐过日。”即使是他做地方官分内的收入，为免瓜田李下，寄了便说不清，干脆一文不寄，所以陈瑸立志“誓不寄银回家”。

陈瑸不仅不给家里寄钱，还经常写信给儿子，让儿子照顾乡亲，照顾好邻居，希望通过这些行为，培养儿子的品格志向，养成纯朴家风。陈瑸对儿子说：“勉之勉之，扶危济困，吾儿万里之程，此可观其初发轫也。”

谈及读书做官，陈瑸信中说：“君子不担心名声不成，而担心学习不到位。学习不到位而早早成名，担心说是大耳朵！希望男儿每天以此为念，多读书，勤作文章，孜孜不倦地追求，每天要求自己所要达到的目标。读书和做官，一个理由。做官要埋头苦干做下去，真心实意施政，没有一件事放弃，不自欺欺人，不知不觉，官自然就会升上去的。读书也要埋头读进去，没有一本书不要求记住理解，日积月累，道理充足在中，英华表现在外，不追求中而自己中了。天下有真能读书的人不发达吗？天下有真实的好官不越级升任吗？”

陈瑸常年在外做官，却始终不忘教育两个儿子，每每写信总是教育儿子如何读书做人，这种家书传送了几十年。后来，陈瑸的两个儿子都有出息，分别考上举人，也算没有辜负陈瑸的一片希望。

第二次去台湾，陈瑸实际上干了6年道员，其中有3年兼任知府，直到康熙五十三年（1714年）十二月，偏沅（湖南）巡抚员缺，皇帝昭命九卿简选，这时康熙又想起了陈瑸，就问大学士李光地：“陈瑸居官如何？”

“居官好，操守清。”李光地曾经多次向皇上推荐陈瑸，对陈瑸的清廉、能力十分赞赏。

“好，偏沅巡抚就是他了。”康熙皇帝采纳了李光地的意见，也兑现了当初的诺言，当即任命陈瑸为偏沅巡抚，官升从二品。

巡抚为一省之最高行政长官，官级为从二品。各省巡抚依例兼都察院右副都御史、兵部侍郎衔，掌考察全省地方官员之责。本省关税、漕政等也总归巡抚掌管。若有用兵，则督理粮饷。每年乡试，例由巡抚督试，武科则由巡抚主考。各省巡抚也如总督,都自有直属军营,名为“抚标”。陈瑸从台厦道直升偏沅巡抚,官级从正四品升为从二品,实为“超擢”,是一次超常规的破格提拔,足见康熙对陈瑸的赏识。这也是陈瑸人生的又一次重大转折,一个小时候连书都读不起的穷苦孩子,凭借自己的不懈努力,扎扎实实地打拼,励精图治,终于成为康熙王朝的封疆大吏。

陈瑸对于台湾的治理和开发具有划时代的意义。首先,他的治理使整个台湾跟上了内陆经济发展的步伐,台湾的社会经济得到了前所未有的发展,特别是经过对北台湾的开发使北台湾人民从以渔猎为主的原始生存状态进入农耕文明时代;其次,陈瑸在台湾建立起新的社会秩序,有利于台湾的开发和发展。康熙初年,台湾人口只有汉民3万多人,番民3万多人,后来台湾人口迅速增长,这种增长是从陈瑸建立起新秩序时开始的。

康熙五十三年十二月,朝廷特旨擢升陈瑸为偏沅巡抚(湖南巡抚),台湾百姓闻此消息,悲喜交加,喜的是陈瑸擢升,悲的是陈瑸又将告别台湾。

为纪念陈瑸,台湾人民塑其像于文昌阁,以志不朽。

三十

还在皇上没有特旨擢升陈瑸为偏沅巡抚的时候，江苏巡抚张伯行又一次想起了陈瑸。那时正好江苏布政使缺员，张伯行就上奏皇上，举荐陈瑸来接任江苏布政使。可皇上并没采纳，而是提拔了湖北按察使牟钦元就任该职。皇上确定了的事情，做臣子的只有无条件服从。

可不久，张伯行的麻烦就来了。张伯行发现新来的布政使牟钦元有私通海盗之嫌，且有铁定的事实证据：有个叫张令涛的人与海盗交往很深，其兄张元隆住在上海，造海舱，出入海洋，拥有大量资产，结交豪贵。当时正赶上刑部下檄文搜缉海盗郑尽心的余党，崇明水师查到一条渔船，此船的主人是福建人，却假冒华亭籍，经过查验船照，正是张元隆所代领。张伯行准备一追到底，那时张令涛在噶礼府内任职，张元隆托病逃避逮捕，案子一直未结却死在家中。正巧上海县百姓顾协一起诉张令涛占据他家的房屋，说张令涛就是海盗，另外还有几处水寨也窝藏了海贼，声称张令涛现在居住在牟钦元的官署中。

张伯行有此判断其实并非空穴来风，是有其背景和来历的……

还在张伯行刚刚担任江苏巡抚的时候，上海发生了一起特大的商船船队被抢劫案件，涉案金额竟然高达60万之巨，而且还死了43人，堪称两江第一大案了。接到报案后，江苏巡抚张伯行和两江总督纷纷赶往上海，分别进行调查。

对于这起通天大案，无论是噶礼还是张伯行，谁都不敢怠慢。当时十四皇子胤禵就坐镇在上海，户部尚书张鹏翮也在江宁，况且，康熙皇帝在江南布下了众多耳目，发生这么大的案子谁都别想把这个案子压下去，更不可能大事化小，小事化了。只有一条路，就是尽快破案，尽快剿灭或者抓到海盗。

这时，噶礼和张伯行的矛盾还不大，噶礼亲自和苏州总兵一同乘苏州水师战船由江出海，自上而下搜捕，并着人快马传令张伯行在上海尽量安抚好被抢的海商，稳定人心。

噶礼和江南提督师懿德两人率领水师下海追剿海盗，在东海来来回回地搜了许多天，却连海盗的影子都没看到。不仅如此，被劫海域方圆二三十里商船、渔船都看不到一只。几十年的战乱，沿海的渔民、海商都已成精，一听到水师出海剿海盗，个个猫在家里不敢出海，那些水师官兵抓不到真正的海盗，就会把良民充作海盗去上面邀功领赏，他们一不小心就成了替死鬼。噶礼和师懿德抓不到海盗又不敢擅自收兵，只得不断扩大搜索的范围，其实是做做样子而已。

这边海上围剿海贼一无所得，那边张伯行的调查走访却收获不小。张伯行赶到上海以后，首先就拜访了十四皇子胤禵，而后才住进上海县衙，将被抢劫的一应海商巨户们招来温言细语地抚慰了一番，并表明朝廷已经派出水师官兵出海围剿海贼，让众人在家安心等候消息。

张伯行一向喜欢微服私访，他觉得只有深入百姓，才有可能获得线索。这起案子实在太大，60 多万银货被劫，还牵扯到 43 条人命，在民间不可能没有一点反应。

功夫不负有心人，张巡抚在上海微服私访很快有了眉目。通过大量走访，他首先发现张元隆手下的船员、水手有不少是福建人，却改名换姓冒用松江华亭籍贯，而且张家的船队不仅是在上海领有牌照，在其他地方也有牌照，由此可见，海贸船队的管理极为混乱。

随着进一步调查了解，张伯行发现这种情况并非张家独有，其他几家海贸船队也都是如此。而更让他意外的是，这张元隆竟然与噶礼素有往来，其弟张令涛竟然是噶礼的女婿。还有人透露，去年，张元隆曾经与噶礼联手用战舰倒卖了大量的稻米在海上交易，而张家与海贼有着千丝万缕的联系。

张元隆怎么也没想到新来的江苏巡抚在暗地里调查他。

案件的真正突破其实是张元隆自己。

这一天，张元隆来到胤禵居住的留春园。

“十四王爷，作案的海盗身份已经查明，这股海盗的头目名叫郑尽心，原来是盘踞在黄海济州岛一带，实力很强，手下有四条上千料的大海船，人数 700 有余，船上装有不少红衣大炮。郑尽心这几年一直销声匿迹，万万没想到一干就干了这么一大票。”张元隆认真地向胤禩报告他获得的情况。

“哦？你怎么了解得这么清楚？你跟我说说，你跟郑尽心有过什么往来？”胤禩听完张元隆的汇报感到诧异，这股海盗的实力这么大，几年没有音信，突然出来作案，这张元隆是怎么知道的？

“没有没有，绝对没有，我跟他有什么来往？”张元隆否认道，“在下之所以了解郑尽心，是因为10年前我跟他在黄海交过手。那时，他还没这么大的实力，我们60多艘的海船队，他居然敢下手硬抢，结果两败俱伤，他什么都没抢到，跑了。”

既然张元隆这么了解海盗，胤禩就干脆向他进一步打听关于海盗的情况。

原来，这些商船或多或少、或明或暗都跟海盗有着千丝万缕的联系，每每商船队要出海就会提前跟那些个熟悉的海盗打招呼，出些银子，人家海盗不但不抢，反而给你提供保护，你要真丢了什么东西，找他他还赔你，就如同正规的保险公司一样。

难怪朝廷这些年年年拿出大量的财力物力来剿海盗，却越剿越多，永远也剿不完，原来根子就在这里，这海商与海贼竟然是串通一气互为表里，商船都不依赖官府了，都暗投海盗了，这实在有些可怕。

“这郑尽心跟哪些商船队有联系？”胤禩想问个究竟。

“应该没有，他算是个例外。郑尽心这王八蛋特别狡猾，他下手抢劫的地方就选在徐翁山岛附近，这片海域离岸近，不属于任何海贼的地盘。他不得罪任何海贼，可能怕引起东海海贼的公愤。”张元隆回答。

“哦，原来是这样。那好吧，你继续去了解，有什么情况赶紧报告本王。”胤禩感觉到张元隆跟海盗肯定有联系，甚至跟郑尽心也不乏瓜葛，可人家主动送来了情报，他也不想过多追究。只要能破案，有些事要睁只眼闭只眼，下一步就是要千方百计逮住郑尽心。

可张伯行却不肯放过张元隆。

张伯行不是发现张元隆跟海盗有关系，而是跟噶礼有关系。经过几天的明察暗访，张伯行虽然没有探出海盗的眉目，却打听到张元隆曾用重金贿赂噶礼。尽管是道听途说，但联想到之前噶礼与张元隆两人用水师战舰倒卖稻米一事的传闻，他觉得传闻应该十有八九是真的。

噶礼这个人在官场上是个既有心计又有手段的人。从出任山西巡抚起，就一直是清理亏空的模范，就任两江总督后又积极清理亏空，并且一口气弹劾罢免了江苏的整个高层汉官。表面上，他一身正气。张伯行初到江苏当巡抚也以为噶礼是个清官，虽然骄横跋扈，不可一世，可念在同是清官的分上，张伯行一开始一直是能忍就忍，不想跟噶礼发生正面冲突。但经过这一段时间的调查，真正的海盗郑尽心没有找到，他却发现了噶礼这个人表面上大张旗鼓地弹劾惩治贪官污吏，背地里却是江南最大的贪官污吏，贪污受贿，官商勾结，损公肥私，什么来钱干什么。

这个发现让张伯行极其愤慨，他决定要揭开噶礼伪君子的面纱，而这件事最好的突破口就是张元隆。可他没有急于下手，以一个“假名冒籍，多处领照”的罪名抓捕张元隆，肯定会引起海商们的连锁反应，导致地方不安。本来海盗抢劫就已经闹得人心惶惶了，再把上海最大的商船老板抓起来也许会引起更大不安定。重要的是，张元隆现在这个罪名太小，他一个巡抚为这点芝麻大的案子出面抓人审讯，自然会分外引人注目，而且也避不开上海县衙这一关。这个知县徐世桢是胤禵的马前卒，他这边一动那边胤禵就会有反应，胤禵一插手事情就不是他能控制住的。

怎么对付张元隆，张伯行一时没了主意。在上海，公开抓不行，私下抓也不行，没有不透风的墙，一旦走漏风声，什么行动都只能中途而废，收不了场。可不抓张元隆，就无法取得口供，没有口供怎么弹劾噶礼这个败类？当然，张伯行这个时候并不知道张元隆已经向胤禵报告了大案的凶手是郑尽心，更不知道张元隆跟郑尽心有什么瓜葛，张伯行只是觉得现在不能轻易动张元隆，弄不好还可能被反咬一口。

张伯行冥思苦想了一天，还是没能想出一个稳妥可行的法子来。他不能老待在上海，惊天大案没破，他还得赶紧回巡抚衙门。现在既然想不出别的办法，还不如索性破釜沉舟，干脆跟胤禵摊牌，争取他的支持。他想，凭借自己跟胤禵的关系，加上都是为了朝廷的大业，胤禵应该会支持他的，这样总比什么也不做强。

这一天张伯行来到了胤禵的住所留春园，可胤禵不在园内，正在洪港那边训练海军。

张伯行又赶往洪港，跟卫兵通报了姓名，职守的亲卫一边将他让入园内奉茶，一边遣人快马去报。

胤禵正在欣赏他一手调教出来的一支 21 人的小分队操练，报信的亲卫快马赶到，说张巡抚来了。听说张伯行上门，胤禵心想可能是跟海盗的事有关，就飞身上马急驰而回。

“哎哟，巡抚大人来了，有失远迎，失敬失敬。”胤禵匆匆进屋跟张伯行打着招呼。

“下官见过十四爷，给十四爷请安。”张伯行施礼道。

“岂敢岂敢，孝先兄近日可好？”胤禵招呼张伯行坐下，问。

“托十四爷的福，一切安好。”张伯行接过茶杯回答道。

两人一阵寒暄。

“孝先兄今日登门可是为海盗之事？是不是有什么进展了？”胤禵问道。

“回十四爷话，海盗之事还无进展，下官是为另一事来禀报十四爷的。”张伯行说道。

“另一事，何事？孝先兄不妨道来。”胤禵道。

“十四爷，下官此次冒昧拜访，是为张元隆巨款贿赂噶礼，并与之勾结联手用水师战船倒卖大量稻谷于海上一事而来。还望十四爷深明大义，将张元隆交予下官带回苏州。”张伯行也不绕弯子，直接就说明了自己的来意。

“把张元隆交给你？”胤禵的脸色一下就沉下来了，张元隆远不止是他的妾室张梦娇的父亲那么简单，他还充当着其他重要的角色，比方管理着江南海关的棉布出口份额，还关系到远洋贸易船队的建造，更重要的是，直接关系到胤禵在上海的声誉。到目前为止，张元隆是唯一一个全身投靠胤禵的海商，他要落得这么个下场，这谣言还不满天飞？十几个皇子天天都在等着看别人的笑话，出了问题正好落井下石。如果把张元隆交给张伯行把事情闹大了，其他皇子岂会放过这个机会？以后谁还敢投靠他？谁还敢相信他？

胤禵虽然不可能答应张伯行的要求，可也不想因此得罪张伯行。一方面，他俩平时关系还算不错；另一方面，张伯行是当朝难得的清官，父皇对他十分器重，没必要跟他交恶。他就说：“张大人想必清楚，我坐镇上海是为了建造远洋舰队，可为什么要建造远洋舰队，张大人就未必清楚了。”

张伯行只好附和地摇摇头。

“张大人是进士出身，多年来历任地方主官，对江南也很熟悉，应该知道前明倭寇侵扰江南沿海的事吧？我们打造远洋舰队的目的就是为了保护两江两广闽浙沿海一带不受侵扰。”胤禵继续说道。

“此一时，彼一时，我大清现在兵强马壮，四海归心，一个小小日本国，能自保就不错了,还敢再度叩边？十四爷有些危言耸听了吧?”张伯行回答道。

“张大人此言差矣！我大清既是兵强马壮,为何沿海会让海贼纵横,来去自如？你只看到日本,怎不看看西洋诸国？西洋的战舰你见过吗？一艘战舰便可载火炮百门,士卒上千,我大清几百艘水师战船怎能与之抗衡？能拒敌于国门之外？怎能保江南沿海不受侵扰?”胤禵一说就滔滔不绝了。

“只听说过西洋战舰载炮三四十余门,兵卒不过三百,何来这等夸大之词?”张伯行也不讲那么多礼节了,心里有点气,就跟十四王爷顶起来了。

“你听说的那是几十年前的老战船,人家早就淘汰了,现在大多都已经改成武装商船了。我说的是西洋的新战舰,不信你去打听打听。”胤禵说。

“即便如此,这跟张元隆有何干系?”张伯行不解。

“关系大着呢！这个张元隆名下有个很大的造船厂,他那里造的船都是我的。”胤禵端起茶杯喝了口茶,说道。

“哦？那这个张元隆也贿赂你?”张伯行脱口而出。

“笑话。”胤禵不屑一顾地说道,“本王爷1500万两的身家都全部拿出来造远洋舰队了,贿赂我,你以为那点小钱我会看在眼里?”

“这……”张伯行一下傻了眼,早就听说十四皇子胤禵富可敌国,他独自出资打造舰队的事也是真的,这是个什么样的人？他图的又是什么？

“这么跟你说吧,张元隆此人呢,不仅关系到我胤禵在江南海商中的信誉,也直接影响到远洋舰队的进度,你们谁也别打他的主意了。”胤禵坦诚地对张伯行说。

“难道十四皇子就坐视噶礼这等贪婪骄横、阴险狡诈、道貌岸然的败类祸害江南？下官宁愿辞官不做,也羞与此等人面兽心之人为伍!”张伯行气愤地说。

“张大人,你一向为官清廉,深得父皇信赖,本王爷也素来佩服。你掌一县,能造福一县;你牧一府,能推恩一府;你抚一省,可以恩泽一省,你若辞官,岂不是自弃治下子民,你如何向父皇交差？又如何面对仰仗你的百姓?”胤禵太了解张伯行的为人了,这个时候张伯行要是真的把官辞了责任就全到他十四阿哥身上了,他可不能当这个恶人,所以他这样说道。

张伯行低着头,一言不发。

“君子喻于义,小人喻于利,老子贪生,佛者畏死,烈士殉名,皆利也。这话可是你说的呀,你不知道爱惜声名,置治下百姓于不顾,是君子所为还是小人所为?”胤禵太会抓对方的要害了,张伯行最在乎的是什么?就是名声。所以胤禵这么激他。

张伯行还是没说话,可背上却出了冷汗。这些话一旦传出去,自己一生的清名都将付诸东流。圣上的期望、百姓的爱戴、官员们的尊敬,一切都没了,他能真的为这事把官辞了?

“张大人,本王爷不想干涉地方政务,但也不希望你们阻碍我的差事。现在人你不能动,至于以后,如果真的有问题,那就再说吧。”胤禵也算是给张伯行一个台阶,没把话说得太死。

什么都别说了,妥协!这就是官道。张伯行太清楚了,他不可能跟十四皇子较劲,话都说到这份上了还有什么好说的?他无法也不可能带走这个张元隆,他也不能就此辞官不干,该干什么干什么,乖乖打道回府吧。

几个月之后,郑尽心被胤禵在海上截获,成了俘虏。这一年的五月,由刑部等衙门奏报闽浙总督范时崇,并请解京质审。第二年,康熙皇帝谕示大学士,令其加派官兵于浙、闽、粤追捕郑的党羽。郑尽心等被擒解京,按律须立即正法,但康熙念他水性好又熟悉水战,命九卿再议后,决定从宽发配至黑龙江宁古塔,而在当中又拣选善舞藤牌挑刀者四五人,送至热河当差……

正是因为有了前面这一背景,尽管噶礼已经倒了,可他的党羽还在。正巧上海县百姓顾协一起诉张令涛占据他家的房屋,说张令涛是海盗,另外还有几处水寨窝藏了海贼,声称张令涛现在居住在牟钦元的官署中。张伯行据此就向皇上上了个折子,一是强调要加强海禁,二是弹劾牟钦元将通海盗的罪犯张令涛隐藏官署中,请求逮捕治罪。

皇上接到张伯行的奏报后就命总督赫寿(噶礼被革职查办后,赫寿就接替了两江总督一职)调查审理此案。赫寿曾经在江南科考案中和张鹏翮同为钦差大臣调查过科考案件,曾一味地袒护噶礼,现在又受命调查张伯行举报的张令涛一案,还没开始调查就先入为主了。赫寿到苏州相关衙门一打听,江南地区的高官“无对张伯行称善者”,张伯行的人缘很差,所以赫寿觉得张伯行的话肯定不能信。而那个张令涛是何人?张伯行说是通海盗的罪犯,可他还有个身份,他曾经在噶礼府上当过差,现在噶礼是死了,可赫寿还认噶礼这个人,而憎恨张伯行,所以他庇护张令涛。

赫寿调查一番后,采纳了大多数官员的意见:张令涛跟海贼勾结的说法，是顾协一道听途说，并无真凭实据。牟钦元衙门里确实没有张令涛的踪迹。根据张令涛的儿子张二供述，张令涛本人已经前往湖广、福建。这样，赫寿否定了张伯行的指控，并以此向朝廷奏报。

看了赫寿的奏报，康熙很诧异，张伯行不是“天下第一清官”吗，怎么会事情还没弄清楚就往上报？

康熙心里还是疑惑，又派吏部尚书张鹏翮等人前去复审。

张鹏翮问张伯行：“牟钦元府上到底有没有海贼？”

“确实没有。”找不到海盗，张伯行也只好改变口气回答说。

“没有？你不是举报有吗？既然没有海贼，那你以前号称有海贼，抓捕张元隆兄弟，这就是欺骗皇上！”张鹏翮咄咄逼人地问道。

“怎么是欺骗皇上？本官不也是得到消息才向皇上奏报的，你这不是乱扣帽子吗？”张伯行感到很委屈，据理力争道。

“好吧，你等着吧。”张鹏翮结束了对张伯行的“审问”。

张鹏翮等经过一番调查回复皇上，奏报张元隆、张令涛都是良民，根本不是什么通海盗的罪犯，请求革去张伯行的官职。

这一下张伯行就遇到麻烦了，张鹏翮全部否定了张伯行的举报不要紧，还要将张伯行革职，这一回让康熙皇帝也为难了。

康熙皇帝让张鹏翮再行复查，又令张伯行自己阐述清楚。

张伯行上书说：“元隆通贼，虽然上报已死，然而他财产丰厚，党徒也多，人人可以冒名，处处可领到执照。张令涛是顾协一首先告发的，如果顾协一举报不实，照例应以诬陷治罪。由于钦元庇护，致使此案久悬未决。我作为地方长官，应该在事情刚刚发生时立即加以防止，怎能不追究呢？”

其实这时的康熙皇帝已经对张伯行的印象有了变化，一个封疆大吏办事怎么这么草率？以前噶礼弹劾他一条，就是能力太差，看来噶礼也没完全说错。换成另一个巡抚，怎么会什么还没弄明白就往上奏？

张鹏翮这一次是下了决心要整张伯行一回，先是上奏皇上应该给张伯行革职，皇上免了张伯行巡抚一职。张鹏翮后再奏，说张伯行诬陷良民，挟私报复，要求斩首。这一建议拿到刑法部门一讨论，那些个大臣居然同意张鹏翮的建议：斩首张伯行。

这个篓子捅大了，张伯行举报竟然举报到自己要被斩首的地步，皇帝也震惊了。

康熙皇帝命张伯行立即来京城面圣。

张伯行匆匆赶来京城,见了皇帝。

“人要无私心就好。”康熙皇帝说。

“臣无私心杂念。”张伯行回答。

“人无私心杂念便是圣人,为何还有人怨恨你?”康熙说。

“仁者无私心,而当于理,臣无私心而所行未必当于理。”张伯行答道。

“嗯,说的也是。那好吧,你就留在南书房,帮朕打理些文书之类的事情吧。”康熙说。尽管康熙对张伯行不如以前那么喜欢了,但总不至于真的杀了张伯行。作为皇帝,康熙太清楚了,清官不能杀,民意不可违。再说,他也不是没有看出,江南官场的水很深,江南官场是在孤立张伯行,皇帝怎能随了那些人的意?这绝对不可能。

这中间还有一事前面一直未提,张伯行到江苏任职之后就在着手调查江南米仓案,而江南的高官们或多或少都从大米走私的生意里获利,张伯行的调查触怒了众人。在此案中,噶礼罪责难逃,其他不少人都脱不了干系,张伯行的行为犯了众怒,在江南官场被高度孤立,是很难再在江南立住脚跟的,把他挤走是迟早的事情。

一个清官,在100个贪官里面,能不被孤立?

一个张伯行能有多大的能耐?

康熙决定:张伯行从宽免死,调进京城,命南书房行走,署仓场侍郎。

这个决定一方面是把张伯行这个清官放在自己身边保护起来,另一方面也变相承认了张伯行在地方的办事能力确实不行。

就这样,张伯行灰溜溜地离开了江南,去了北京……

三十一

陈瑸一直在想,台湾要长治久安光靠朝廷派人来是远远不够的,治理台湾还要有台湾本土人的参与。最理想的是,朝廷的官员和台湾本土的官员共同治理台湾,台湾的事情就好办多了。为此,他在台湾期间有意培养了一批本土的人士参与台湾的管理工作,提拔了一批后起之秀进入台湾官场。

最典型的有两个人:一个是刘五哥,还有一个叫黄曾荣。

刘五哥是陈瑸在台湾最得力的帮手。作为台湾罗汉门社的大首领,他跟陈瑸一开始就结下了不解之缘,陈瑸第一次登上台湾岛的时候,两人戏剧性地成了好朋友,罗汉门社的大首领成了知县的保镖、捕快。陈瑸第二次到达台湾时,刘五哥正带人在衙门闹事,后来闹事的队伍变成了迎接陈瑸的队伍,这中间正是刘五哥起了关键作用。刘五哥主动放弃闹事,而且再次当上了陈瑸的保镖、捕快,协助陈瑸做了大量工作。人,有时候讲究的就是个缘,陈瑸跟刘五哥有缘,跟台湾有缘,别人在台湾当知县、知府,台湾天天闹事,民变不断,陈瑸来当知县、知府,闹事的人就自动放弃闹事,天下太平。这中间有一个最重要的原因,就是陈瑸心中始终装着台湾人民,做任何事情都是替老百姓着想,老百姓有谁不拥护他?他时时刻刻都在为台湾的老百姓办事,老百姓还闹事干什么?不是有毛病吗!陈瑸在处理台湾事务的时候常常在想,要是有台湾本土的人一起参加管理台湾的事情该多好,很多难办的事情就会变得容易。所以从第二次登上台湾岛之后,他就有意培育台湾本土人士进入知府衙门当差,而且有意提拔一些能人。当陈瑸在台厦道第一次快要任满的时候,他就提拔刘五哥为捕头。捕头是负责衙门里捕捉犯人的一种武官,刘五哥正合适,他干得有声有色,出色完成了陈瑸交办的各项工作。

他愿意留下来帮助陈瑸是对陈瑸的尊敬和崇拜,可陈瑸却一直在暗自努力，试图把刘五哥对他个人的尊敬和崇拜逐步转化成对朝廷的尊敬和崇拜，让台湾本土人士从骨子里接受朝廷的统治和管理。陈瑸先把刘五哥提拔成了捕头，后来第二届任期快到的时候，他又派刘五哥到诸罗县当了县丞，让刘五哥有更大的平台。

还有一个人是黄曾荣。这个人也是台湾本土人，原本是个读书人，后来投笔从戎，到了军营。陈瑸是台厦道，是台湾最高军政长官，肩负台湾防务重任，他除了喜欢夜巡市井之外，也常常去营房查看。有次已经是晚上了，营房旁边的操场上还有人在操练，陈瑸这一天正好在附近视察布防，发现操场上还有人训练，就过去跟那人说话。

"哎，小伙子，歇歇吧，过来陪本官说说话。"陈瑸对还在操练的小伙子喊道。

那小伙子好像没听见，仍在聚精会神地操练，林伯就跑过去喊道："喂喂，停下停下，知府大人问你话呢。"

小伙子这才跑过来，向陈瑸鞠了个躬："士官见过知府大人，给知府大人请安。"

"你叫什么名字？"陈瑸问。

"黄曾荣。"

"今年多大？"

"23。"

"哪里人？"

"台南人。"

"为什么一个人还在训练？"

"今天有个技术动作做不好，所以在补课。"

"很好，继续吧！但别练得太晚，明天还要早起。"

"是，多谢知府大人体恤。"

从那以后陈瑸就记住了这个叫黄曾荣的小伙子。后来，这个黄曾荣在几次与几股零星倭寇交战时英勇善战，表现非常出色，陈瑸就向当时的福建巡抚满保引荐，说黄曾荣英勇善战，表现不错，又是个台湾人，建议提拔为千总。满保对陈瑸治理台湾非常满意，欣然同意陈瑸的建议，就将黄曾荣升为千总。

那年郑尽心犯下大案，时任台厦道的陈瑸立即命令黄曾荣赶往淡水追捕盗贼郑尽心。黄曾荣在追捕过程中,把北部的山川地势绘成略图上呈陈瑸,建议在台湾北部添设军营。这一次虽然没有追捕到郑尽心,陈瑸却从黄曾荣那里得到了台湾北部的详细地形图。后来陈瑸带着黄曾荣专程去台湾北部考察,发现黄曾荣提出的建议非常好,对加强台湾的防务十分有用。

后来,陈瑸升任偏沅巡抚,在离开台湾的时候,陈瑸特别上书向朝廷推荐黄曾荣。康熙皇帝看了陈瑸的奏折十分欣喜,连说了三个"好"字,说非常高兴能看到台湾本地军官的出现,这着实是一件令人兴奋的好事,着吏部记录在案,列入贤能官员册中,以做日后备用。

三十二

这一年的四月，陈瑸接旨后赶忙交接完台厦兵备道事宜，带着长随林伯、任重还有刘阿妹乘船驶过台湾海峡，跨过福建仙霞岭，前往偏沅赴任。

任重重新回到陈瑸身边完全是他自己主动要求的。林伯跟刘阿妹结婚之后，陈瑸就打算让他们俩安安心心过日子，就写信给儿子，让他们再找一两个人来给他帮忙。老二居诚正在寻访，任重知道了，就赶紧跟居诚说他要去服侍老爷，居诚说去可以，可不能再像上次一样半途而废，任重说绝对不会，这样任重又去了台湾，跟着陈瑸。至于林伯，虽然结了婚，打死也不愿意离开陈瑸，就继续跟着陈瑸，主仆又变成了三人，还外加一个刘阿妹。

这一次到任偏沅，陈瑸还是采取最初到古田、台湾的做法，衣着朴素，车马从简，微服私访，一路了解民情。

陈瑸一行长途跋涉走了一个多月，终于进入偏沅地界。掐指一算，离朝廷给的上任时间还有半个月，陈瑸松了一口气，顺着驿路朝着省城长沙方向慢慢前行，一边与身边几人说笑。

“任重，吃得消吗？是不是还想回去？要是想就跟大哥说一声，没关系的。”陈瑸问任重。

“不不不，大哥，小弟绝对没有想回家的意思。上次都怪小弟不懂事，现在大哥都当巡抚了，打虎还靠亲兄弟，上阵还靠父子兵，小弟再也不会离开大哥了。”任重回答。

“任重啊，为兄的可要提醒你，就算你哥当巡抚了也没有油水可捞啊，你要想发财就趁早死了这条心，现在走还来得及。”陈瑸郑重其事地说道。

“没有，没有，大哥，小弟绝没有想要跟着大哥发财的意思，就是愿意帮哥一把，没别的意思，真的。”任重辩解道。

其实，任重还是口是心非，他跟着堂兄出来跨海渡洋，翻山越岭，就是想来沾点光，只是没有想到他堂兄对下人要求甚严，约束极多，不光没有挣下银两，平日连顿酒肉都难以见到。任重虽然不满意，可是现在人哥是从二品了，封疆大吏，不可能再像过去了，好日子也许就来了，所以任重虽然平时嘴里嘟嘟囔囔，却还是勉强跟着。

“你呢？要不要跟小妹一起回雷州？”陈瑸又问林伯。

“我跟老爷走，老爷到哪里我就到哪里，绝不离开。”林伯的态度一直是坚定的，始终如一地跟着陈瑸，吃苦耐劳，毫无怨言。不管陈瑸去北京还是去四川、台湾，他都一直不离不弃，即使结婚了也没离开。他把刘阿妹带在身边，一起服侍老爷。

陈瑸相信林伯说的，这么多年了，林伯一直死心塌地跟着自己，吃了不少苦头，但他从无怨言。陈瑸视林伯也如同己出，两人的心早就拧在一块了。现在林伯娶了刘阿妹，带着刘阿妹一块出来也是一件好事，到了长沙就在巡抚衙门旁边租两间房子给小两口住，大家还能朝夕相处，何乐而不为？

想到这些，陈瑸心里还是挺高兴的，几人赶路也不显得太累。

一主二仆牵着一匹瘦马，马背上驮着两只旧竹箱，里面装满书与最简单的日常用品。刘阿妹蹦蹦跳跳在后面跟着，一路看去都是新鲜的，快乐无比。几人昼行夜宿，深入民间访贫问苦。在驿站休息的时候，驿丞看到这几个人穷酸得要命，眼睛是横着的，一脸的轻慢。任重看不下去了，好几次要亮明陈瑸巡抚的身份，可是每一次都被陈瑸打断了。陈瑸微服私访是想真正了解民情，一旦公开了身份还不是耀武扬威地被抬到长沙。所以一路来陈瑸叮嘱任重、林伯和刘阿妹，千万不能跟人说他是巡抚，他就是个穷老头子，这样人家才会跟他说实话。果然，陈瑸在村头巷尾马上就融入了贩夫走卒们的交谈之中，倾听到民间最底层的声音。陈瑸最在意的还是老百姓的诉求及老百姓对官府的态度。有的说，官老爷收的租税太重，不是朝廷要得多，而是添的火耗太重，竟然超过应交份银，叫百姓怎么活？还有的说，官府酷刑太甚，百姓进了大牢，如果没有银两伺候，小命也会丢在里面，哪位官员清廉，哪位官员贪腐，乡亲们都心中清楚。

这些都是坐在巡抚衙门听不到的，也是非常真实的，陈瑸就愿意听这些。不只是听，有的陈瑸还把它记录下来，他想，这些对日后治理偏沅绝对是有用的。

继续前行，几个人不知不觉已经走到了湘潭境内。陈瑸在路上听说湘潭县有个乡绅叫陈鸣玉，正在联络各方，准备面见新任巡抚陈瑸。陈瑸想，这人要找我干吗？是不是有什么冤要诉？有什么困难要解决？陈瑸就让任重找到了陈鸣玉。

“听说您想见新来的巡抚陈瑸？”陈瑸问。

“你是何人？你怎么知道我要见巡抚陈瑸大人？”陈鸣玉不知对方是谁，拿眼睛斜着看陈瑸。

“在下就是个教书的。”陈瑸回答。

“教书的？教书的跟您说了也没用，先生还是趁早赶路吧。”陈鸣玉不想跟陈瑸多说什么，眼前的这个人对他没有帮助。

“别急别急，陈先生有话且说无妨，说不定本教书匠还能给巡抚大人递上话呢。”陈瑸想听听对方到底有什么话要说，便说道。

“哦？先生能给巡抚大人递上话？可是真的？”陈鸣玉半信半疑地问道。

“我老爷是……”任重就要说出陈瑸的身份，却被陈瑸制止了。

“真的，不瞒您说，在下跟陈瑸还是亲戚，这次正好要去长沙见见他。你有什么话就说吧，在下保证帮你带到。”陈瑸说道。

“那好，那就拜托你了。”陈鸣玉就说开了。

原来，在善化（长沙）县境内有不少淘沙的人，风餐露宿，辛苦谋生，好不容易赚点钱，可当地官员不管公事私事，动辄派令应役，却不付分文。沙夫辛苦一天却分文未获，如何维持生计？那里民不聊生，百姓势必铤而走险，恐起民变，陈鸣玉希望巡抚大人出面禁止。

“好，此话在下一定带到，请陈先生放心。”陈瑸叮嘱了陈鸣玉几句，让他等候消息。

几人继续北行，来到一个镇子，在镇东一家小旅馆住下。有几人在街头闲谈，陈瑸凑过去“偷听”，又听到一则消息：镇西有户人家，户主姓王名三，祖传印花布手艺。由于王三既勤劳又会操持，不久就临街盖起一幢房子，前面门店后面作坊，干得风生水起，一家人过得有滋有味。可这王三碰到了一个恶邻居，那邻居每天爬在围墙上看他家染布，偷偷学会了他家手艺，又倚仗知县王爰溱是他家亲戚，不断蚕食王三家院落，后来干脆把几间狗窝盖在王三家的院子里，几条大狗终日吠叫不停。王三愤而上告知县，却被知县打得遍体鳞伤，躺在家中不能动弹。王三的父亲气不过，前去恶邻家讲理，竟被那家人恶语交加给活活气死。有亲戚好友来劝说他们不要告了，人家知县早被恶邻买通了还告什么告？王三不信，就写了诉状，将削发断指夹在状纸之中，跑到长沙知府前去找知府薛琳声，没想到知府根本不予理睬。

一个镇子里的人都为王三鸣不平，可没用，人家上面有人，还是那句话：衙门大堂朝南开，有理无钱莫进来。

“看见了吗，要是我们走官道能听到这些吗？只听当官的跟你汇报，我能听到这些真实情况吗？”陈瑸跟任重说。

“是呀，咱这一路行来听到这些，到了巡抚衙门谁也别想再欺瞒老爷了。”林伯说。

“还是老爷有办法，老爷头次到台湾要是穿官服就被我哥给抓了，幸亏穿便服。老爷，要想听到下面的真实情况就不能摆官架子，老百姓不喜欢。”刘阿妹说道。

“小妹说得极是，当官的就不能高高在上，不管百姓的死活。哎，别说了，看看那边。”陈瑸正说着，不远的地方过来了一乘官轿，陈瑸叫手下都别说话了，看看对方何许人也。

前面一乘大官轿，后面四乘小暖轿，前呼后拥足有五六十人，衣色各异，丫头、老婆子、师爷、书办、长随一大群，后头十几头骡子驮着箱笼、化妆台、画眉笼子等式杂物，浩浩荡荡地穿街而过。陈瑸一行四人蹲在路边，等那一干人过去，林伯小声问旁边一杂役：“轿上坐着的是哪位老爷？”

“你们赶紧退后，这可是咱知县王老爷。”杂役拇指一翘，说道。

“哦？这就是知县王爰溱大人？”林伯再问。

“正是正是，快闪开吧，没事别凑热闹。”杂役说着跟着队伍匆匆走了。

陈瑸听了杂役的介绍，心里在想，一个小小的七品芝麻官居然如此摆谱！自己从知县当到巡抚，还从来没有这么威风过，这架势哪是一个廉洁县令所能有的！一个知县，岁俸银45两、米45斛，摆这么大排场，能养活这么多人，这人绝对是个贪官！

一晃半个月过去了，今天就到了上任时间，这时陈瑸一行已经到了离长沙城十多里的雨花亭。朝廷任命新巡抚的关文，同时飞报巡抚衙门。陈瑸上任之日，自副使以下官员都赶在天亮之前，在十里之外的官道上列队恭候。官府已经备好八抬大轿，参花挂红，八音鼓乐，要让新巡抚好好风光一回，做下官的也好落个手下人精明能干的好印象。巡抚衙门的官员，乃是一省之精华，在人情世故中摸爬滚打，早已熟知官场奥秘，深谙个中玄妙，他们既要将迎接巡抚的场面搞得轰轰烈烈，又不想动用巡抚的银库，更不可能自己掏腰包，就只好全都转嫁给长沙知府衙门。长沙知府薛琳声明明知道这是个吃亏的事情，可他乐意，这是难得的亲近巡抚的机会，正好可以为日后的仕途发展做些铺垫，也便装糊涂，欣然领命。长沙人特别喜欢看热闹，路上有个人踩死一只蚂蚁也能围上三五个人看个究竟，官府这么大的阵势谁都不肯错过，连路边的老叟妇孺都跑来看热闹，却什么都没看到。就打听，这是干吗？新巡抚要来，还不回避？新巡抚在哪？就来了！

官府的人等呀等，太阳都到了头顶了，还是没看见新巡抚的影子。

陈瑸一行其实就在这官道上走着，却没被人发现。

陈瑸等人继续往城里赶去，忽然前面又来了一支队伍，旗鼓大张，仪仗两列，前面的皂衣衙役打着肃静、回避的牌子，后面八个人抬着一顶官轿，轿后面走着几位胖乎乎的官员，衣色杂乱，汗流浃背。

“什么意思？这陈巡抚怎么这么难伺候，我们迎好几趟了，连个影子也见不到，到底来不来呀？”一个官员说。

“哎呀，现在当官的都这样，官越大越难侍候，你就耐心等吧。”另一个同行劝道。

陈瑸就在这几人旁边，却让了道等他们过去。

那边车马威风凛凛，这边真巡抚却端坐在一匹瘦弱的老马上，身后的马臀悬着两只书篦晃晃悠悠，马后跟着两男一女，背着简单的衣裹行囊。

明明知道对方就是迎接自己的，陈瑸却不道破，你走你的，我走我的，谁也不理谁，继续赶路。

过了没多久，那迎接巡抚大人队伍里领头的心里越来越惶惑，怎么回事？怎么还不见巡抚呢？正迟疑间，忽听后面有人快马赶到，报告说，都御史（陈瑸又兼都御史）大人已到巡抚官邸，请大人们立马赶回。

众人立马回头就走，脚步一阵慌乱，那领头的心中的惶惑一下变成了疑惑：难道刚才过去的那几个人，莫非就是巡抚大人？

陈瑸很快就到了巡抚衙门，他让林伯等人安顿好行囊，自己立即赶往巡抚大堂升堂理政。

陈瑸到偏沅走马上任巡抚一职，至今还流传着打油诗一首，可见当时情形：

陈琰陛辞别朝堂，
赴任长沙赶路忙。
湘省官员急如火，
接风洗尘费周章。
派出探马三百里，
准备驿车接中堂。
长沙城门煞热闹，
文武大员着朝装。
布政按察学政使，
提督总兵众武将。
首县黄堂众观察，
顶戴辉煌列两旁。
日已将晡时过午，
未见官轿心惊慌。
巡抚踪迹杳黄鹤，
官员踮足脖伸长。
可怜腹中鸣如鼓，
汗如雨下倍彷徨。
再派三百里探马，
藩台臬台几欲狂。
忽然人头一片乱，
何事喧哗何事慌？
只见前边一老者，
一表斯文书生装。
身后两人紧相随，
不慌不忙进城防。
书童悠悠随后至，
搁下担子歇一厢。
目睹众官狼狈相，
忍俊不禁笑声扬。
提督猛然来呵斥：

大胆小童太猖狂。
若非今日接巡抚，
叫你小命丧当场。
将爷且莫仗权势，
欺压小民不应当。
张牙舞爪施暴虐，
当心陈公治强梁。
藩台看出事蹊跷，
忙问巡抚在何方。
刚才过者是陈抚，
如今已往中丞堂。
众官闻言如梦觉，
打道回城上衙堂。
高举手本急跪下，
齐声乞求告罪忙。
陈瑸捻须笑声朗，
迎送扰民扰地方。
繁文缛节不足取，
廉政爱民理应当。
下官赴任到贵地，
安步当车又何妨？
观山涉水察民意，
尔曹贤愚我知详。
为官要为民做主，
清正廉明守纪纲。

按照惯例，第一天只是巡抚和下面各级官员见见面，了解了解情况，也无要事相议。见面会上，各州府的官员纷纷报上名头，简短介绍情况。

这时，长沙知府薛琳声上前报告，陈瑸便问："薛大人，湘潭知县来了没有？此人做官如何？"

"啊？巡抚大人一来就问起王知县来，难道……"有人小声议论起来。

在官场，一个封疆大吏一来就问某个知县，人们猜测这人肯定上头有人，都想尽快打听个究竟。

“回巡抚大人话，湘潭知县王知县廉洁爱民，政声颇佳。”薛琳声不知巡抚大人已经听到了什么，只知把好话说尽。

“哦，是吗？王知县出行的阵势本官在路上可是见识过了，一个岁俸45两的七品小官，大小轿子8乘，随员不下60位，前呼后拥，如此铺张，钱从何来？作为王知县的上宪，薛大人可否告知本官一二？”陈璸今天就是要来个下马威了，严肃地问道。

“啊?！这……”薛琳声听到巡抚大人如此说道，满脸通红，无言以对。

“王三的那封削发断指状子，薛大人可否收到?”陈璸继续问道。

“啊？下官知罪。”薛琳声慌忙跪下，吓得一脸惨白，心中忐忑不安，不知道这位刚刚上任的巡抚大人还知道多少秘密。

“知罪就好。本官今天才到，也不是一来就升堂问罪，你先回去好好想想吧，做过什么好好写来，本官一件都不会放过。”陈璸说道。

“好，大人英明！现在有的官也太不像话了，屁大个官，谱摆得不小，拉泡屎恨不能也要派人给他擦屁股。”一位清瘦老者愤愤说道。

“大人可是有所实指?”陈璸踱步趋前，向清瘦老者问道。

“自然是有所指，久闻大人清名，下官才敢造次胡言。请大人查访一下湘潭知县王爰溱，方知下官不是虚言。”清瘦老者躬身一揖，道。

“既是如此，因何未被查处?”陈璸看了看清瘦老者，对方十分诚恳，不像那种官员之间有恩怨情仇借机构陷之势，便问道。

“巡抚大人有所不知，现如今都是官官相护啊。”老者不敢深说，欲言又止。

“有这种事?”陈璸装作不相信，问道。

“大人查查就知道了，民间早已怨声载道了。”老者还是不肯再往下说，只是点到为止。

“各位，朝廷设官分职，是为了在民间激浊扬清。若社会风气不好，首先要观察吏治如何。倘若吏治混淆，而要求得民生之安定，是不可能的。当今皇上爱民如子，故对吏治特别重视，廉能者必获擢升，贪腐者必受惩罚……偏沅地处偏僻，远离京畿，地远法疏，偏沅众官员中，洁清自好之员当然占多数，然昏庸败检者亦恐不乏。本巡抚兹土，有察吏官民之责，下车之初，合行通饬。……各位适才谈到本抚一介不取，下属不能略表寸心，殊不过意。本抚一贯以为，非分之钱，纤毫不可取，能取一分，便可取千百万。与各位共事，来日方长，各位慢慢便会了解本抚脾性。慢待上宪，不算过失；盘剥鱼肉百姓，罪不可赎。”这算是陈瑸在偏沅的就职宣言。

把众人打发走了，陈瑸点名长沙知府薛琳声留下，他要向薛琳声了解偏沅的情况，包括地理、物产、气候、地形、风土人情等等，当然，还有他意。

“对不起，巡抚大人，今天下官对巡抚大人的到来有失远迎，实在抱歉。”薛琳声十分虔诚地道歉。

“不怪你，你大可不必自责。你们这种迎接新官的做派本官十分反感，劳民伤财，有什么意思？当官的是要为民兴利除弊，断不可如此劳民伤财。从此之后决不可发生此类事情，否则本官将追究责任。”陈瑸严厉地说道。

“是，巡抚大人教诲下官一定铭记心中，下次一定改正。”薛琳声连连点头称是。

陈瑸接着就问了一些偏沅的基本情况，薛琳声一一作答。

陈瑸又问到偏沅一些官员的情况，特别是湘潭知县王爰溱的详细情况。

薛琳声在官场混了几十年了，很会揣摩上峰的旨意。在此之前他就做了不少功课，知道陈瑸是位十分清廉而能力很强的官员，在福建政绩突出，乃当今皇上器重之人。陈瑸重廉重勤，薛琳声便专门在这些问题上阐述自己管理官吏的措施，而在回答陈瑸关于王爰溱的问题的时候遮遮掩掩，陈瑸只是认真听，并不过多发表意见。

谈话结束，薛琳声说为了给巡抚大人接风洗尘，已准备了酒席，陈瑸说他一向吃素，婉言谢绝。薛琳声却说怎么也得让他尽一次地主之谊，陈瑸见人家已经备了酒席，再推辞就有些不近人情，就说行吧，这客就由自己来请，费用记在自己的俸禄之中。

这样，陈瑸就自己掏腰包请了薛琳声吃饭。

官府向来是用官府库银请客，新巡抚上任第一天就自掏腰包请人吃饭，这在偏沅还是第一次。看看今日巡抚之举动，官场上下忽然意识到今非昔比，以后谁也不敢公然用官府库银请客了。

在前任巡抚留下的存卷中，陈瑸发现了一封密告王爰溱的状子。那折子署名“湘潭百姓”，告发王爰溱加额摊派，横征暴敛，陷百姓于水深火热之中。可上任巡抚却在上面批了“匿名滥告，不予理睬”八个字，便放进卷宗。

对匿名状子不予理睬，究竟是怎么回事？

到底是举报属实，还是前巡抚批示正确？陈瑸一路微服私访已经掌握了不少情况，虽然他还没有十足的把握可以肯定王爰溱是个贪腐之官，但可以断定的是，这绝不是一个好官，必须要查。

要查得讲究方法，陈瑸在官场混这么久了，知道下面的人会怎么对付上面的调查，他太知道对策了。陈瑸要调查王爰溱“加额摊派，横征暴敛”的问题，绝不说是调查他的问题，而是派了巡抚衙门的副使带着自己的亲笔信去湘潭，说是为了“请教”弥补赋税上解损耗之法，由巡抚衙门的副使带领全省八州知府衙门的账房主管前来学习、取经，然后各州一齐仿效。

这个烟幕很有效，王爰溱一点都没有怀疑，让来人查看各种账目，学习、取经者还在县里做了各种实验，把王爰溱的底细摸得一清二楚。

经调查发现，王爰溱从中大肆捞钱，“加额摊派，横征暴敛”完全属实，陈瑸决定杀一儆百，严惩王爰溱。

然而，正在陈瑸要处理王爰溱的时候，林伯送来了一张纸条交给陈瑸。陈瑸打开一看，是老家一个远房表侄写给他的，上面的内容是：处理王爰溱请手下留情，我已替你收下人家孝敬老姑的银子。

陈瑸忙问：“人呢？”

“刚走。”林伯回答。

“快去追，一定要把他追到！”陈瑸大声命令道。

“好，我马上去追！”林伯匆匆跑出去。

林伯跑出去追了一阵，什么也没追到，跑回来报告：“人跑了，没追上。”

陈瑸立即叫来捕快，幸好林伯知道那个远房亲戚住哪，就叫林伯带路，捕快带了两个手下，直奔那人住的下河街客栈。

还算及时，捕快刚到，那人就背着包袱准备出门，在门口被捕快拦住，带到了巡抚衙门。

“说，你收了王爰溱多少银子？”陈瑸问远房表侄。

表侄沉默。

“说呀，到底收了多少？”陈瑸的声调一下子升高了。

“我……收了100两银子，不是我要的，是人家硬塞的，说是孝敬老姑姑的，人家怕你不收，就叫我转交。”远房表侄战战兢兢答道。

“你……谁叫你这么干的?！说，你还收了谁的钱？”陈瑸气得头上直冒青烟,吼道。

“没有了。”

“真的没有了?”

“真的没有了。”

“你到长沙几天了?”

“七八天了。”

“你是怎么认识王爰溱的?”

“那天我来找表叔您,本是想找点事做,正好碰见林伯了,他说您忙,只怕没时间见我。我问您忙什么,林伯说正在调查王爰溱的案子。我一听觉得来钱的事来了,就跑到湘潭找了王爰溱,说我是您侄儿,对方请我帮他把事情摆平,就给我100两银子。”

“你个混账东西!我差点被你害死了,你……银子在哪里?”

“在包里,用了5两了。”

“林伯,你和捕快一块到我账上支10两银子,5两给他还账,另外5两给他做盘缠。你们带他到王爰溱府上还了那100两银子,再把他送到船上,让他回家,我再不想见到这个亲戚。”

“是!”

林伯带了陈瑸的表侄出了巡抚衙门,取了银子,和捕快一道按照陈瑸的吩咐办了。

陈瑸坐在屋里抽了几口烟,实在气愤。这种事情其实发生不止一次了,在台湾就有老家的人打着他的招牌到处招摇撞骗,他在台湾就发过告示,凡打着他的旗号来办事的,知府衙门也好,各县衙门也好,都要一概拒绝,或者抓进衙门处理。没想到,现在自己到偏沅当巡抚,还有自己的远方亲戚跑来行骗,干扰他的公务,实在让他气愤!

看来必须堵住这扇门,斟酌再三,陈瑸写了一份告示,叫《关防诈伪示略》,让差役刻板印刷,各处张贴,其内容如下:

居官之与居家,迥不相同;而国法之于私情,尤难假借。本都院籍隶东粤、世居雷阳,自通籍以来,不携家累,独居一十七载;由渡海而后,谢绝交游,前后亦八九年。兹荷殊恩,破例超擢。恐有寻声附影之辈、山人墨客之流,借名故旧新知,招摇关节;寄寓庵观寺院,撞岁抽丰:法纪大干，允宜严禁。嗣后凡有称往本都院衙门者，盘诘籍贯姓名，登即驰报，以便分别真伪。倘或徇隐，访出定行严究。

……

王爰溱贪赃枉法民愤极大，而长沙知府薛琳声一而再，再而三地包庇王爰溱，陈瑸奏请朝廷立即罢免了王爰溱的职，将其绳之以法，而包庇他的长沙知府薛琳声也被贬官三级。

经过一番查访，陈瑸下令，严禁偏沅各级官员役使民夫。又派人贴出安民告示，有不平事可以直接上告，不准削发断指。下面官员不理事，可以直接告到巡抚衙门，并且上书朝廷。陈瑸当了巡抚后，连总督都来跟他说，该请个幕僚了，在清朝的任何一个抚督衙门，巡抚也好，总督也好，或者提督，没有一个不聘请幕僚，好出主意，有幕僚很多事情可以交给幕僚去办。陈瑸不需要，处理政事要什么幕僚？在古田，在台湾，在偏沅，哪一件事情不是他自己拿主意？哪一件事情他不处理得游刃有余？幕僚来了不把事情搞砸才怪。他一不需要幕僚来出主意，二不需要幕僚起草官文，一切公务他都自己办理，他把心思全都用在政务上，再累再苦也心甘。

在偏沅，陈瑸认真处理每一桩公务，一刻也不懈怠，大小事宜都逐渐走上了正轨。

三十三

到偏沅两个月了，陈瑸想到要把妻子吴秀珠接来，这是他早年的承诺，是他的夙愿。还在自己没有步入仕途的时候，陈瑸就跟秀珠说，以后自己真要当了官就一定带着她一块出去，夫妻二人同甘共苦，相互照顾。可是，陈瑸一开始并没有这么做。初到古田的时候，因为路途遥远，考虑带着秀珠会让她吃苦，也因为家里需要秀珠留下来，所以他跟秀珠说，不能带她出来。秀珠满口答应了，没跟着来。后来自己到了台湾，台湾距雷州并不远，本是可以带秀珠去的，可是朝廷有规定，所有在台湾为官的都不能带家属，朝廷也许是怕有人在台湾闹独立，所以把在台湾的官员家属都留下来作为人质，秀珠又不能跟着陈瑸去台湾，两口子还是分开着。古田不适合去，台湾不能去；后来到了北京，做部曹小官，俸银很少，要租房子住，以致“累日不能举火”，又不能带妻子；后来去了四川，蜀道难行，还是不适合带家眷；从四川又派去台湾，两任台厦兵备道，依然不能带家属，又熬了六年；现在被皇上破格提拔，当了偏沅巡抚。这一次是他整个仕途经历中离家最近的地方，真正到了当年他说的“湖广地方”，这一回，他决定把妻子秀珠带来，夫妻俩好好聚聚。

在陈瑸的心里，对秀珠一直是有愧的。这种愧疚，不是说自己做过对不起秀珠的事，对秀珠有二心，刚好相反，在陈瑸的心里，秀珠始终是第一而又是唯一的。这么多年，无论是以前外出参加乡试还是殿试，无论是春闱还是秋试，无论是在古田还是在台湾，无论是在四川还是现在的偏沅，陈瑸无数次地“单飞”，可他却从来没有做对不起秀珠的事情，从来就没有越雷池半步。无论贫贱还是显贵，陈瑸对妻子秀珠都表现出固守其一的尊重与忠诚，这是非常难得的。他常写信叮嘱儿子要孝敬母亲：“汝母一世劳苦，未有安闲之一日，今予出在外，汝兄弟须每饭与共为是。”

早在福建古田当知县的时候，陈瑸就写信告诉儿子要照顾好母亲：“汝在家要安慰她（其母），其小妹不可令食她乳，乳为元气，人到中年何堪？”

在台湾的时候，巡抚满保看陈瑸身体瘦弱，给他送去两斤燕窝，陈瑸却把燕窝寄回了老家，写信叮嘱儿子，要求只给妻子秀珠食用：“其燕窝甚贵，一斤值二两外银，可予汝母食用。”

这种对妻子的尊重与理解，持续终生。

秀珠跟着他吃了一辈子苦，帮他照顾年迈的母亲，带大了五个孩子，自己从知县当到了巡抚，秀珠却没跟他过上一天好日子，现在总算离家不远了，他决定要把秀珠接来，就在长沙安家，让她过几天好日子。

当偏沅的政务走上正轨之后，陈瑸向朝廷要求请假一段时间，他要回家祭祖，看望母亲、妻子、儿女，然后把妻子秀珠接来长沙。他本以为朝廷会批他的假，自己辛辛苦苦这么多年，实在太累了，几乎没有休过一天正儿八经的假。别人当官都把老婆孩子带在身边，以前他没条件，现在他有这个条件了，是到了该把家属带在身边的时候了。可他怎么也没想到，朝廷没批他的假，康熙爷只叫他赶紧处理好偏沅的政务，休假之事日后再说。

陈瑸无奈，与家人团聚的愿望只好一拖再拖，在信中再三跟妻子解释，请她理解，请她支持，接她来长沙的事情只能等到明年再说。

当时的赋税一律征银上交国库，把百姓交的散碎银两熔化，铸成银锭上缴就有损耗，损耗就是火耗。这些火耗都要加在百姓身上。而火耗没有固定标准，向百姓加耗就成了贪官污吏盘剥百姓的借口，征税时加征的火耗大于实际火耗，差额就归官员了，成了官员贪污的一个重要渠道。早在顺治年间，朝廷曾屡发禁令，但并不起作用，解决不了问题。关键是朝廷拿不出钱提供各级衙门的正常开支，这正常的开支就只得从这不正常的火耗中获取，而官吏也借机从中捞取好处。这样，明明知道这个做法有弊端，朝廷却解决不了，也就干脆默认了，只要官员为朝廷办事，上下都睁一只眼闭一只眼。陈瑸经过调查觉得这事极为不妥，乱加火耗势必导致官场腐败，经过慎重考虑，陈瑸向朝廷上了条陈：（一）“禁加耗以苏民困”。不准有司在正额外加取钱粮，若税外加税，即“计赃依法治罪”。（二）“禁酷刑以重民命”。不准有司滥用夹棍重刑。（三）“粜积谷以济民食”。政府在青黄不接之时，尽数发粜；秋收后，买补还仓。（四）“置社仓以从民便”。在各村庄分设社仓，社仓之谷其敛其散，听民自便，县官不得干预。（五）“崇节俭以惜民财”。官吏奢侈，必加重百姓负担，因此提倡俭朴。(六)“禁馈送以肃官风”。不许馈送，尤其严禁贪污。(七)“隆书院以兴文教”。广泛设立书院、书斋以便发展教育事业……

陈瑸上书奏请禁止增加火耗、免除酷刑、出售陈年谷梁等，一共十件事。康熙看了，虽然对严禁乱加火耗之事颇有微词，但并未否定，所奏之事均下诏褒奖勉励，并且告诉陈瑸要亲自实践，不要追求虚名。

其实，这时候各地乱加火耗已经成了一个趋势。一般来说，火耗率在5%到10%之间，就可以满足各级政府的需要，但是陈瑸到达偏沅的时候，偏沅的火耗已经达到20%到30%，山西是30%到40%，陕西是20%到50%，而山东和河南，竟达到80%。这是一件非常危险的事情，火耗增加太多，老百姓交不起，贪官拼命贪，势必影响整个国家的安全。

陈瑸担任偏沅巡抚之后就决定，绝不再增加火耗，康熙皇帝却对陈瑸的举措并不感兴趣。

那天，皇上看了陈瑸上的折子，里有言“禁加耗以纾民困”，心里很不是滋味，就故意找茬说：“陈瑸为封疆大吏，兴利除弊，乃伊分内事，火耗应革则尽革之，何用申奏？”

康熙皇帝这时是生气了，认为陈瑸当了巡抚就好大喜功了，不切实际了。火耗存在这么多年，虽然明知有问题，可你当了巡抚就拿这事开刀是什么意思？这能禁得了吗？这不是吹牛皮说大话吗？康熙看了陈瑸的折子自然就想起了像陈瑸这样的一批清官，事实上，这时候的康熙对清官的举荐是非常谨慎了。他一生大力扶植清官，可现在他对一些清官着实失望了，比方于成龙，清倒是清了，按康熙的话说叫“清而刻”，于成龙有点不懂得策略，在贪官窝里斗得狼烟四起，误了公事，使政治生态更趋于恶劣。比方张伯行，不仅“清而刻”，而且能力有限，一堆公务摆在巡抚衙门，自己却很难厘清，在苏州府巡抚衙门外盗贼成群居然无力惩处。康熙过去一直赏识他，可噶礼参本里说的也不是全无道理。还有，张伯行一向热衷于出书出诗集，他刻了那么多书，而刻一部书非花千金不可，这些钱从哪里来的？康熙从来没有过问过，但心里有疑惑。比如赵申桥，任偏沅巡抚的时候，大小官员都被他弹劾过，难道全省没有一个好官？况且这个赵申乔，康熙并不怎么喜欢。有一回，康熙又同大臣们说起赵申乔的清廉，皇帝说，朕相信赵申乔是个清官，但作为封疆大吏，要说他一清二白，朕未必相信。比方云南巡抚施世纶，康熙批评说:“尔居官声名甚好,但过于偏执,不度事理,唯以己所知者为是。”他告诫施世纶:“天下凡事当中道而行,今为封疆大吏,理宜尽改前非,不可拘执己性。至驭下属,务以宽恕为本。”再比方张鹏翮,本来一向清廉,可不能长久,仅仅一起江南科考案查处下来,居然本性暴露,所以康熙晚年再碰到清官就极为警惕。

康熙虽欣赏张伯行等人为官之“清”,却不喜欢他们“清而刻”的做派。在康熙看来,为官清廉固然重要,但官员的最高目标却不仅仅是清廉,而是为国分忧、为民解难。康熙在一篇“训谕”中说:“为官之人,不取非义之财,一心为国效力,即为好官;或操守虽清,不能办事,似此清官,亦何裨于国事乎?”康熙讲究的是以宽治天下,他曾对大学士们说过一番话,大意是说,治国宜宽,宽则得众,若吹毛求疵,天下岂有完人?

这时陈瑸提出要“禁加耗以纾民困”,是不是哗众取宠、沽名钓誉?所以康熙就说:“陈瑸刚当了巡抚,就说大话,是因为他老了,干不了几年,这么说是为了博取身后的虚名罢了。”

康熙说这话是非常尖酸刻薄了,他认为陈瑸这样的清官都染上吹牛皮说大话的毛病了。

康熙还想要进一步考察这个他非常赏识的清官。

按照惯例,每年的年底,各省巡抚、各地总督都要来京城觐见皇上,也算是一年一度的考核。人还没来康熙就收到了陈瑸的奏折,陈瑸在上奏中说道:“人之所以贪财,都是因为感到钱不够用。有人一当官,饮食、衣服、器用及交际往来,都备极奢华。花得多必然取得多,最终都要小民出钱。官员随便贪取一钱,就与贪取百千万金没有区别。我刚担任知县,俸银虽少,但不致穷苦,不取一钱,衣食亦能充足。”

此话精辟,康熙十分欣赏。

这一年的十月二十一日上午,陈瑸从长沙启程北上,一路风尘仆仆,十一月三十日到达北京。康熙皇帝接连几次在畅春园瞻宁居召见陈瑸,这位清官给当今圣上留下了极为深刻的印象。

十二月初一,冬天的北京虽然阳光明媚,但外面很冷,陈瑸穿着还是单薄,进到畅春园就有些颤抖了。他来到澹宁居宫门外跪下,恭请圣安,求奏事大人转奏。

皇上传旨侍卫带陈瑸进澹宁居站立。

“微臣陈瑸叩见吾皇，吾皇万岁万岁万万岁！”等其他大臣奏事完毕，陈瑸忙行三跪九叩头礼谢隆恩。

“嗯，陈瑸，你是哪里人？”康熙问道。

“微臣是广东人。”陈瑸跪答。

“广东哪一府？”

“雷州府人，与琼州府交界地方。”

“今年多少岁数了？”

“微臣六十了。”

“是正经岁数吗？”

“是正经岁数，丙申生的。”

“初在哪里做过官？”

“初任福建古田县。”

“再任呢？”

“后调任台湾县知县，奉文行取，补授刑、兵二部部属。由兵部郎中，钦差提督四川学政，调补台湾厦门道。由台厦道，蒙皇上天恩，补授偏沅巡抚。天高地厚，微臣虽粉身碎骨，无能为报。”

“在台厦道任内几年？”

“五年有余。”

“台湾光景何如？”

“台湾近日比初开时不同了，人民众多，商旅辏集，竟与内地漳、泉等郡一样了。”

“台湾人多，日后何如？”

“人民日多，日久各有身家，更无妨处。总仗皇上声灵远震，兵民俱是相安。”

“台湾出产何物？”

“出产米谷、白糖等物。”

“米谷是多的啊？”

“是。但台湾种地与内地气候不同，下种在五六月间。若五六月间雨水调匀，便可望一年丰收。”

“天气寒冷不？”

“天气不甚寒，亦不甚热。冬月有棉衣便可过了，不用皮衣。”

“比广东雷州何如?”

“广东冬月便要皮衣。”

“广东亦是近来方用皮衣,初亦不用的。”

“是。”

“台湾地动是何故?”

“台湾是海外一块浮地,东至西五十里,南至北二千余里,四面皆水,地动原是常事,不足为异。”

“台湾荒地何如?”

“台湾原无荒地,南北路荒地虽多,俱是土番鹿场。他们纳饷、养家,俱于是出。若将此荒地垦了,便没了鹿场,便失了生业。所以抚臣久经出示严禁,不许土棍人等往南北路借名开垦,扰害土番,方得相安无事。”

康熙点了点头,对陈瑸的回答还算满意。

过了一会,康熙又问:“你是哪一科进士?”

陈瑸回答:“微臣是甲戌科进士。”

“状元是谁?”

“状元是胡任舆。”

“榜眼、探花是谁?”

“榜眼是顾图河,探花是顾悦履。”

“你乡试中第几名?”

“乡试中三十四名。”

“会试中第几名?”

“会试中一百二十四名第三甲进士。”

“笔下何如?”

“微臣笔下平常,不过说得过去的话,还写得几句来。康熙四十七年四月十五日考放天下试官,蒙钦取现任江南学院馀正健第一名,臣第二名。”

“什么题目?”

“《五亩之宅》,四段。”

“有诗题没有?”

“没有诗题。”

“读的是什么书?”

“臣读的书,不过寻常‘四书五经’。近蒙皇上颁发《性理》教天下士女学习，臣亦粗涉大概。”

“背得吗？”

“《太极》《西铭》还背得。”

“你背几句《西铭》给朕听听？”

陈瑸就当场背了一段《西铭》，背到“勇于从而顺令”一句时，后面一句“至庸王汝于成”就不记得了。

皇上就帮陈瑸补上了遗忘的句子，又帮陈瑸一一更正了读错的字。

“《西铭》凡一百五十三字。”陈瑸说。

“亦不在字数多少。”康熙说，又让陈瑸背《太极图说》，陈瑸便随即背诵起来，当背到“五行，一阴阳也”时，康熙又问：“因何说五行只是阴阳，是何为阴、何为阳呢？”

“以质而语其生之序，则曰水、火、木、金、土。水、木，阳也；火、金，阴也。以气而语其行之序，则曰木、火、土、金、水。木、火，阳也；金、水，阴也。”陈瑸答道。

皇上又点了点头，再问：“因何说天一生水、地六成之？”

陈瑸一时没有回答上来。

“五加一，不是六吗？五加二，不是七吗？”康熙说。

“此皆圣上学于《易经》精透，方晓得。”陈瑸说。

“你本经是何经？”

“臣自少习《尚书》，《书经》内《洪范》一篇，即与河图相表里。”

皇上又点了点头，再问：“如何叫九畴？是从哪里配来的？”

“河出图，伏羲则之以画八卦；洛出书，大禹则之以列九畴。自一至九，皆洛书之数；自五行至六极，皆大禹所列之畴。”陈瑸回答，接着又背诵所列之九畴，“初一曰五行，次二日曰启用五事，次三曰农用八政。”

“第三畴如何配八政？又如何叫作五福庶征？”皇上训导精微，发现陈瑸偶尔不对之处及时指正。

“臣做外吏日久，都荒疏了。”陈瑸坦率地说道。

“果是荒疏了，”皇上又问道，“你先世有做官人吗？”

“臣世为农家，无做过官的人。”陈瑸答道。

“你有几个儿子？”

“臣两个儿子，一个中辛卯科举人，一个是邑诸生。”

“你昨条奏加耗事情，是何年起的？当日赵申乔做巡抚，岂不禁加耗吗？”

“臣到任后，见民间纷纷告状，皆称自前抚臣赵申乔去后，又渐渐加起耗来。臣所以冒昧请旨，重申严禁一番。这是臣愚昧之处。”

“总督都不禁吗？”

“总督原禁火耗，恐亦阳奉阴违的。”

“总督做官好吗？”

“甚是好。”

“偏沅巡抚赵申乔后是谁？不是潘宗洛吗？”

“是。”

“还有呢？”

“还有河南巡抚李锡，不几个月去了。”

“你从河南来，听见他做官好吗？”

“听见做官甚好。”

“河南今年收成何如？”

“通算有七八分收成。”

“米价多少？”

“自七八钱起至一两一二钱不等。”

“你云是仓斗是市斗？”

“亦是约略大概，民间早晚时价低昂不一。”

“你雷州有乡谈（家乡话）没有？”

“有乡谈。不但雷州一府有乡谈，广州各府俱有乡谈，各自不同。”

“各府俱有乡谈，如福建省各府乡谈亦不同，你都晓得吗？”

“臣说不得，都略晓得。”

“你官话倒好，没有乡谈。”

“臣原不会说话。”

“陈瑸啊，做清官固是好，固是难得，朕一向推崇，但恐清而刻，人便不能相安。又做官亦有体，做巡抚封疆大臣，与做府道州县小官不同，一切犒赏应酬，均不能免。若说我一介不取，亦一概不予，恐行不去了。不能做得些事，徒说清官，亦有何益？”康熙深有感触地说道。

“圣上说得极是。”陈瑸回答。

“如张伯行,做福建巡抚声名甚好,调到苏州,最初一年也还好,后二三年,渐渐不好了,人甚议论他。他做人太短,又自视太高,说我是清官,与总督、提镇等官都不相和,一事亦不能行,更生出好些事端,这便是清官不好处。天下人哪个不知陈瑸是个清官,但恐汝清而刻了。”皇帝提到了张伯行,其实也希望陈瑸从中吸取教训。

“微臣一定牢记吾皇教诲,时刻铭记在心。”陈瑸说道。

“你做官带有多少人口?”

“只带仆一两人,妻室在家不能搬动。”

“你儿子呢?”

“臣儿子不相见十多年了,因为无盘缠,不能来往相看。只有第二个儿子,在四川任上,来看臣回去,今又隔数年了。臣今年由台湾到福建便少盘费了,蒙抚臣给臣盘缠赴任。又到衢州见总督,总督说你到任后应请陛见,皇上必叫你去看,若无盘缠,如何去得呢!臣得总督给的盘缠,方能来京。”

皇上息声良久。

一阵之后皇上说道:“你竟是苦修行老僧一样!”又问,“湖南布政司阿琳,你因何不参他?”

“臣因到任未久,正在察访,又来陛见,时间紧迫,还没来得及。”

这一次陈瑸跪了很久,皇上看了心痛,忙赐手扶御榻,叫陈瑸起来。

“陈瑸是广东雷州人,极偏僻处出一个这样好人,不趋势利,正气中,我看他还是和平的,真是国家之祥瑞啊!”康熙对身边的中堂大人说道。

陈瑸来的时候也没穿多少衣服,衣衫单薄,跟皇帝说话一直都在打战。

“卿何故打冷战?”一向精通医道的康熙看见陈瑸脸色有些不对,便问道。康熙这时对陈瑸是非常赏识了,看到陈瑸打战心里很难受。这样的封疆大吏真是难得,平时皇上总是称那些大臣“爱卿爱卿”,那都是说给那些大臣听的,不乏冠冕堂皇,眼前这位封疆大吏才是他真正的爱卿。

“微臣诚惶诚恐。”陈瑸不能说自己穿得太少了,不然皇帝会以为他在圣上面前哭穷,就撒谎道。

“你平时做官很清廉,总不要一文钱,到今日天降大雪,很寒冷,你的衣服单薄,朕赐你貂皮衣褂一件,你喜欢吗?”康熙说道。

“微臣喜欢。”陈瑸回答。

康熙当即赐陈瑸貂裘一件。

“微臣叩谢圣上，吾皇万岁万岁万万岁！”陈瑸跪下谢恩。

“平身，看你浑身发抖，许是冻坏了，你先回去歇息吧。回头朕再传你。”康熙说道。

“微臣再次叩谢皇上。”陈瑸再次施礼，皇上摆了摆手，让他离去休息。

过了三天，初四日，陈瑸随阁部大人进，站立宫门外。康熙又一次召见陈瑸，还是老地方——畅春园澹宁居。

“你过海曾经遇险吗？”康熙问。

“微臣于四十三年行取进京时，舟出鹿耳门便失去舵了，船在海中漂荡一夜，至黎明，忽有西风一阵将船打回港内，一船方得生命。再放洋至洋心，又遇大风发作，波浪滔天，船几沉了。此是臣过海经险头一次。到今年四月内过海，仗皇上洪福，一日两夜即顺风过来了。”陈瑸回答。

那次遇险实在惊心动魄，陈瑸至今记忆犹新：那一次出海，首先船失了舵，只得随波漂流，万幸的是巧遇西风，把船打回风平浪静的海港，一船人侥幸得救。随后继续前行，驶向澎湖方向，不料又遇大风，波涛如墙，浪高数米，船只时而似沉海底，时而又被抛向半空，像风筝一样飞离海面，惊险万分。陈瑸搂定随身携带的书箱，紧闭双眼，不知过了多久，总算熬到风小浪平。一次出海两度遇险，实不多见，此事虽已过多年，其情其景陈瑸依然历历在目。

“难怪，大难不死，必有后福。”康熙说道。

“全仗皇上洪福齐天，微臣方才躲过一劫。”陈瑸答道。

“你有话启奏吗？”康熙问。

“臣庸才，蒙天恩超擢巡抚，但湖南地方辽阔，巡抚任大责重，臣恐不胜任，有误地方。”

“湖南地方比福建何如？”

“湖南地方，人民只依田为生。有数县田地逼近洞庭一湖，每岁夏秋之交，川江水发下注，洞庭上涨，民田多被水灾。幸蒙皇仁蠲免赈济，民始得安生。湖南民生甚是艰难。福建山多田少，民生依海采捕为活，均不易治。”

“湖南秋收何如？”

“有七八分收成。”

“米价何如？”

“自七八钱超至一两一二钱止。”
“这算贱了。”
“是。”
“湖南布政使司谁？”
“是阿琳。”
“做官何如？”
“做官办事好。”
“按察司是谁？”
“是王朝恩，已蒙升广东布政司去了。”
“做官何如？”
“做官好，最得民心。”
“比布政司何如？”
“比布政司更好。”
“湖广总督额伦特做官何如？”
“做官好。”
“如何好？”
“臣自武昌来见过，宽大和平。”
“比福建总督满保何如？”
“都是最好。”
“福建布政司是谁？”
“是沙木哈。”
“按察司是谁？”
“是董永芨。”
“两人做官何如？”
“都好。”
“水师提督前后两个，哪个好？”
“前后提督都好，前的更老成。”
“台湾总兵何如？”
“总兵约束营伍最好。台湾兵骄，近来都就约束了。”
“武官哪一个好？”
“有安平水师副将张国，整练兵船，出海巡哨，已蒙升定海总兵去了。”

“吴升何如?”

“臣在海外做官,未曾认识,听见说做官好。”

“吴升做官最清,家丁只七八个,一分空粮也没有,谁人不知。你说不尽知道,岂不使朕心疑惑了吗?”

“圣明洞察最真,更无可疑。”

“你从河南哪一路来?听见河南巡抚做官何如?”

“臣由湖广孝感、应山等处地方到河南新郑、郑州、卫辉府、彰德府,一路来听见河南巡抚做官很好。”

“他是个老实人,见过吗?”

“臣不走开封,不曾见过。”

“看你前日条奏的话语还正直;今日问你的话都说不尽知道,与前条奏话有霄壤之隔了。如水师前任提督,有海贼数十起,后部议革职,你说他好。这就不是正直了!”

陈瑸一时语塞,从他内心讲,他不想在皇上面前说任何一个人的坏话,事关他人前途,有一句不妥就会直接影响他人身家性命,所以皇上问他他总说是好,看来皇上今天不高兴了。

“我……”陈瑸想解释什么。

康熙摆了摆手,说:“罢了,朕知道你也不想得罪谁,不谈这个话题了。哎,朕问你,湖南虫灾与蝗灾有分别吗?”

“回皇上话,螟虫食在苗心,与北地飞蝗原不同,非可以人力捕灭的。臣先题报虫灾,所以不曾指参地方各官。后接邸抄旨下,蝗虫伤害禾稼,地方官既不设法捕灭,又不去查参,着一并察议。臣因此补参地方各官,并声明臣疏忽之咎。其实皆地方官平时政事失宜,有乖和气,致生虫灾,处分固所当然。”

康熙点了点头。

“哎,说说台湾光景如何?朕想知道。”康熙转移了话题。

“回皇上话,微臣觉得台湾是个风景秀丽、气候宜人的美丽宝岛,很值得我大清大力开发。”陈瑸回答道。

“哦?你跟朕说说,怎么个美丽?”康熙很有兴趣地问道。

陈瑸就把台湾的地理、气候、物产、海上交通、方言、生活习惯等一一做了介绍,陈瑸如数家珍,皇上听得十分入神。

“嗯,朕问你,上次你入台前都说民变不断,很是危险,听说你去了之后台湾人都夹道欢迎你,这是怎么回事?”这个谜康熙皇帝至今不解,便问道。

“也没什么。微臣去的时候本来有些民众要到知府衙门闹事,后来听说微臣去了,那里面有一些是微臣的朋友,大概是因为朋友来做知府,他们也就不闹了,还跑到码头来欢迎微臣。微臣不敢贪天之功为己有,实际上,微臣什么都没做,是他们自己散的。”陈瑸说得非常坦诚。

“哦,不战而退?乃上策,你跟朕说说,台湾民众为什么那么信赖你?”康熙惊讶,他甚至不敢相信,民变闹得那么凶,所有的大臣都说危险四伏,陈瑸去了却什么危险也没发生,人也散了,要闹事的变成了欢迎的队伍,这实在有些不可思议。康熙觉得,这陈瑸莫非使了什么魔法?

“启禀皇上,微臣以为,此乃皇恩浩荡,天下归心,台湾百姓心系朝廷之表现啊。”

“此话怎讲?”

“微臣理政处事时刻牢记圣上仁政理念,心系百姓,一心为民,从不向民众施以高压手段,一切为了百姓过上好日子,百姓感受到皇恩雨露,自然会心悦诚服,哪还有民变之事?”

“还是陈爱卿真正领会了朕的意图啊,好,很好!”

“微臣谢皇上夸奖,日后一定再接再厉,为官一任,造福一方,一定不会让圣上失望。”

“嗯,还有、还有那个海妖呢,你是怎么弄的?”

“回皇上话,实际上不是什么海妖,是一种生活在海底的动物,叫鲎,剑状尾,全身黄褐色,是种美味佳肴,只是台湾当地人不知道,不会处理这东西的内脏,以前误食了内脏中毒了,所以才把这东西视为妖怪。微臣长年生活在海边,在我们老家雷州早就抓这种东西吃了。微臣一到台湾就发动民众抓鲎吃,微臣亲自示范给台湾民众怎么吃,当着大家的面吃,什么事也没有,大家相信了,都去抓鲎吃,海妖很快就消灭了。”

“嗯,你这一去就变废为宝了,难怪台湾人民那么信任你,朕为你高兴。朕已决定再调你去福建担任巡抚,你回去好好想想怎么履职。”

康熙今天对陈瑸治理台湾的事情特别有兴趣,接着又问了许多陈瑸在台湾施政的情况,陈瑸一一作答,皇帝甚是欢喜,一晃就谈了两个时辰。要不是李德全在康熙耳边小声提示了什么事情,只怕康熙还收不住话题,可皇帝实在是要处理别的事情，只好约陈瑸隔日再叙。

这一次皇上召见之后，康熙随即又召见了闽台的一些重要官员，比如闽浙总督满保、布政司沙木哈、按察司董永笈等人，均是了解闽台情况，以及陈瑸在台的施政情况。从众人的口里得知，陈瑸治台的确非同一般，皇帝对陈瑸更是欣赏有加。

十二月初六，康熙再次召见陈瑸。

陈瑸赴宫门，烦奏事大人转奏谢恩、请圣训。

巳刻，蒙旨传侍卫带进，前跪。

“你有话启奏吗？”康熙问。

“臣蒙皇上天恩放湖南巡抚，毫无报效，罪过多端。皇上不立加罢斥，犹施使过之仁，改调福建巡抚，臣感激无地。但福建乃山海要区，臣智识愚昧，请皇上训旨遵行！”陈瑸回答。

“福建有加耗吗？”

“台湾三县征收钱粮，一分火耗也没有。”

“内地呢？”

“闻内地各府、州、县征收钱粮，火耗亦不上一分。”

“加耗原不是好，若禁绝了，恐州、县官又别生弊端，取钱重戥，私派必不能免。从前各州、县有存留一项银两，公费少有出处；后议将存留银两尽归户部，州、县费用毫无所出了。若将加耗尽禁，如汝条议分毫不许，恐行不去。”

“圣明洞鉴，甚是。但严禁加耗，州、县官尚有不顾法纪，多取火耗者，明许加一火耗征收，便不止加一了。”

“台湾地方，到后来日久何如？”

“台湾本土人只有南、北路土番，甚是愚蠢，不谙种地，知捕鹿为生。其余俱是漳、泉等府及广东潮州人民在彼种地营生，日久各有家业安生，更无可虑。全在地方得好官，文武和衷加意抚恤，数百年可保无事。”

“有多少人数？”

“数十万户口是有的。彼处出产米谷，都容易养活，只是食物太贵些。”

“何故太贵？”

“人太多了。”

“淡水地方何如?”

“南路凤山县地方有上淡水、下淡水,一日可到;北路诸罗县地方有鸡笼、淡水,十数日方可到。旧时淡水地方都到不得,有瘴气;此时水土都好了,臣都到过。”

“台湾总兵姚堂何如?”

“做官甚好,约束兵丁最严。”

“汉仗好、弓马好,他做古北口游击时,朕知。他昨任满,就要升他。因你来了,地方无人弹压,所以再留他。”

“圣鉴甚明,果然汉仗好、弓马好。臣与他共事三年,深知道。”

“台厦道是谁?”

“是梁文科。”

“哪里人?”

“是旗下。”

“做官何如?”

“做官好,原是福建粮驿道,皇上特放的。”

“知府何如?”

“旧知府冯协一,做官好,办事有才,因耳病,告休了。新知府尚未到任。”

“福建海贼算得什么!贼,就是那打鱼船出去回不来做的。福建、广东、浙江、江南、山东沿海一带居民,皆依海为生,若将渔船禁止,沿海居民便无生业了。总在把口武职官放出去时验他有印照,回来无须索他,各人即安生业了。往往把口官要他东西,才肯放他回;他一不得回来,在外洋打不得鱼,遇有商船孤单,便抢劫了船只、货物去做贼了。就是有贼,于要紧口子巡哨监查得严,贼亦不敢在洋面行走。如福建地方,南澳镇最要紧,盘查得严,广东贼便过不来;海坛镇最要紧,盘查得严,山东、浙江、江南海贼便过不去。如浙江定海镇、江南尽山、花鸟等处都有官兵处处严紧,贼海上不能行走,他自散了。”

“圣鉴甚是。全在沿海兵船不时巡哨,洋面贼便无可容身了。”

“巡哨固是要紧,他做武官的,能辞得了吗?但必要舵工、水手识水性,船只修整坚固,方可出洋。海上风波之险,你走过是晓得的。若船只不坚固、水手不识水性,便恐误事。战船都是经你们督、抚修的,要修得好。你还说与总督满保知道，朕御极五十余年，虽在九重之上，天下兵民时时刻刻关切在心；他们不知道，谓朕在九重之上，未必关心。今说与你知道，可都晓得了？地方若哪里有贼，就要相机早早扑灭，勿容忍久了便为害地方，就要折奏朕知，自有处制。若干系地方事情不奏朕知，你督、抚就该死罪了！”

“乞皇上天恩，允臣缮折俱奏！”

皇上点了点头。

陈瑸跪谢隆恩。

“州、县官有汉人科目出身的，有旗人、乌金朝号、捐纳的，其途甚杂，不可分别待他。他们初做官，或未甚晓得，要教导他。他若甚不堪教、做得很不好，就参一两个，使他知道法纪，不可太过，总要得中为好。地方上每年收成分数及米价贵贱，俱要据实奏闻。你若不实奏，我又问别省人就说出来了，说出来不对，不是奏得不实了吗？如你打河南地方来，我便问河南米价与湖北米价，看与他们奏得对不对，如何隐得呢？”

“臣谨遵旨！”

“你往福建去，到浦城走陆路，不必走水路，建宁一带河滩下水甚险，记着！”

“臣谨记心中，感蒙皇上天恩垂念！”

这一次皇帝召见，主要话题仍然是听取陈瑸对治理福建和台湾的看法，重点还是台湾，如台湾所辖三县征收钱粮的“火耗”问题如何解决。陈瑸这时对火耗问题已经有相当认识，自己在偏沅时为了核查湘潭知县贪腐情况，派了偏沅八州布政官员对火耗逐一核对，对多少银两熔化会有多少火耗了如指掌，就跟皇上说了一般情况火耗会是多少，在台湾是绝对不能增加火耗的，康熙欣然赞同。

康熙又问如何能保持台湾日后的长治久安，如何平定台湾海峡的海盗。

陈瑸觉得，要使台湾长治久安，一方面要从大陆移民拓垦台湾荒地；另一方面，要实施开禁，鼓励两岸交流，发展台湾经济。

“哦，说具体点，怎么移民？怎么开禁？”康熙问。

“台湾土地尤其适宜各类谷物生长，按北路诸罗县属 2300 余里，南路凤山县属 600 余里，台邑中路东西 50 余里，其间旷土尚多，现在不少地方并未开垦，弃之实在可惜。而漳、泉州等郡民居仅一水之隔，应广为招徕，以闲旷之地处之，使之畊食凿饮，安居乐业于其中。”陈瑸说道。

“那本地番民呢？会不会受到影响？”康熙问。

“请将垦番地永行禁止，庶番得保有常业，而无失业之叹。”陈瑸认为朝廷必须继续维护番民利益，确定“番社”的农地、休耕地、鹿场等皆为“番地”，应予以保护，不能有任何侵害，否则本地番民则会民不聊生。

康熙点头称是，又问：“依你之见，如何开禁为好？怎么开？开到什么程度？”

陈瑸知道，这是一个敏感话题，他提出这个话题是冒了很大风险的。当年，为了收复台湾，困死“郑氏集团”，大清王朝采取了极为严厉的经济封锁措施。朝廷的经济封锁措施包括实施海禁和迁界移民，目的在于断绝郑氏集团粮饷和军用物资的供给，坐困“郑氏集团”，令其不战而降。所谓“禁海”，就是严禁一切船只出海贸易、捕鱼。清政府的一纸禁海令，北自天津，南至广东沿海岸线各省，严格禁止商民船只私自入海，用大陆产品货物进行海上贸易。这既包括中国与外国间的国际贸易，也包括大陆各港口间的国内贸易。禁海的目的是通过断绝海上贸易往来、阻塞大路货物的出海渠道，使“郑氏集团”失去大陆货源和军品供应。还有“迁界移民”，这是“禁海”的扩大和补充，是为了更加彻底地切断海内外经济联系的封锁措施。其具体做法是：将福建、广东、浙江、江苏、山东、河北六省沿海及各岛屿的居民内迁30—50里，在沿海一带形成一个无人区。清政府的目的就是利用这样一个隔离带来彻底隔断台湾与大陆的经济联系，使其既不能与大陆进行贸易活动，获取大陆的商品和军用物资，又无法向沿海居民征收粮饷，从而在经济上完全陷入困境。

这一封锁政策在当时无疑是有一定作用的，在一定程度上造成了台湾“郑氏集团”的经济困难。朝廷在采取政治、军事行动的同时，对“郑氏集团”实施经济封锁，力图从经济上削弱、打垮“郑氏集团”，迫其就范，实现统一，从战略上看是可取的，其实施的封锁措施客观上也确实多次使“郑氏集团”陷入经济困境。由于海上运输能力的限制，粮饷供应不能满足“郑军”的需求，造成大批“郑军”降清或逃亡；而另一方面，这对台湾的经济也是一个巨大的消耗，为最后统一台湾创造了条件。但这种政策带来的后果是可怕的，使台湾几乎与外界隔绝了好多年，经济文化都相对滞后，不仅对台湾影响深远巨大，对整个中国的影响都是巨大的。陈瑸觉得，经过朝廷一二十年的对台治理，台湾现在社会稳定，人心思稳，只是经济还远赶不上大陆其他地方的步伐，过去的许多封锁政策现在都已经过时，已经非常不适应，是该废除了。

“启禀皇上，自收复台湾之后，朝廷大规模地遣返在台官兵及其家属，开海禁之后，朝廷规定赴台官员不得携带家眷，对赴台百姓管理更严，并有严格规定：其一，欲渡船台湾者，先给原籍地方照单，经分巡台厦兵备道稽查，依台湾海防同知审验批准方可。此即所谓‘照单’入台。其二，渡台者，不准携带家眷，业经渡台者，亦不得招致。其三，粤地屡为海盗渊薮，以积习未脱，禁其民渡台。微臣不敢冒犯朝廷各种规定，只是觉得这些规定还是过于严苛，不利两岸交流，不利两岸经济发展。微臣建议朝廷加以修改，放开禁令，这样有利于两岸交流，有利于推动两岸经济发展。”陈瑸对现在的两岸政策了解透彻，说了不少建议。

“很好，你的建议朕会认真考虑。不过牵涉到台海稳定，朕觉得还是稳妥起见，先可做一些局部的改革，至于深度改革，包括移民台湾，现在恐怕还为时过早。”康熙没有一一回答陈瑸的建议，有些问题不是一两句话能解决的，尤其涉及根基问题，康熙不会轻易表态。

自从当年施琅打下台湾之后，康熙没有一天不在考虑治理台湾的问题。当年，康熙召集施琅、李光地共同商议镇守与管理之策，施琅的建议是“镇守之官”三年一易，而驻军不动，“请以万人永戍台湾”，并且希望在台湾实施屯田政策。

对于台湾，康熙最担心的是什么？是“台独”。皇帝一直在考虑所谓“万人永戍”的问题。台湾与大陆有海峡天堑，如果有人凭险起了反意，在天高皇帝远的地方一岛独大，搞起“台独”怎么办？那个时候，皇帝心里想得更多的不是发展台湾的经济，不是如何让台湾人过上好日子，头等大事是台湾不能重蹈覆辙。所以施琅一提出建议之后，皇上虽然微微点头，却依然没有十足的把握，便问身旁的李光地：“光地如何考虑？”

康熙每每要决定国家大事，总要向身边几个非常有主见的大臣征求意见，虽然常在朝会时让群臣议事，也不乏采纳众臣意见，但真正决策之前，他常常要听听李光地、张廷玉等人的看法。尤其是李光地，他跟皇上既是君臣，又是朋友，所以历史上在说到康熙和李光地的关系时就有这样的说法：“情虽君臣，义同朋友。”李光地是一个非常聪明、非常有能力又参透官场规则的人，他实干、谨慎，有着卓越的管理才华，很得康熙皇帝赏识。他虽然在官场上也有走背运的时候,也遇到这样那样的麻烦,也不断有人在他背后说三道四,争议不断,但他还是步步高升,位至国相。

李光地身为重臣,常有建议、意见,却少有奏疏。为什么?李光地悟出了官场之道,极为谨慎,一般不落笔,也很少写东西,“光地益敬慎,其有献纳,罕见于章奏”。历史上有名的《南山集》案和陈鹏案,李光地为人求情,却不上书,而是采用了一种漫不经心的沟通方式。他的特点就是在龙颜大悦之时进言,效果极佳。那年,皇太子胤礽疾废,命诸大臣保奏诸皇子孰可当储位者,“众议谁属,朕即从之”。结果,尚书王鸿绪等大臣居然公推皇八子胤禩,康熙很不高兴。康熙早就看出了八王爷的用意,收买群臣,公推他来当这个太子,康熙口里说推举谁就谁当太子,可实际上推个皇上不满意的,皇上岂能“从之”?这个时候唯有李光地看透了皇帝的心思,始终一言不发,康熙就问李光地为何一言不发,李光地回答:“前者皇上问臣以废太子病,臣奏言徐徐调治,天下之福,臣未尝告诸人也。”这话是李光地早前回答过皇上的,当时康熙问李光地,询问废皇太子病“如何医治,方可痊好”,李光地明白皇上的心思,治胤礽之疾在于废,现在群臣突然推出八王爷来做太子,在朝堂之上李光地不会说谁能做太子谁不能做太子,但他再把前面的话说出来,“徐徐调治,天下之福”,就谁都不好说什么,非常明显的意见:慢慢来,不可急于求成,不可众臣推举谁就是谁,而要徐徐调治,方得天下之福。可见李光地伴君如何精到了。

现在,台湾打下来了,如何治理?李光地太了解皇上了,实际上,皇上是不会百分之百相信任何人的。大臣之间如果走得太近,皇上会怀疑那些人拉帮结党。当年施琅出征台湾就是李光地、姚启圣等人极力举荐的,现在台湾打下了,治理台湾施琅提出了一个好建议,“镇守之官”三年一易。可施琅的另一个建议却犯了一个致命的错误,就是驻军不动,“请以万人永戍台湾”,这是皇上最忌讳的,“万人永戍台湾”,如果又来一个“吴三桂”呢?又来一个“郑氏集团”呢?万万不可。所以李光地回答:“施将军守官三年一易之论极有见地,一可防止纠葛成势,二可体谅海外做官艰苦,三年任满,如无大过,即可擢升。”李光地吃透了皇帝的心思,说到此话突然锋一转,“不过微臣觉得戍兵似乎也该三年一易。虽然靡费略增,但可防止居心叵测之人据台叛乱,是值得的。”

“好,很好!”康熙甚是高兴。官员三年一换,驻军也三年一换,不用“万人永成台湾”,哪有一岛独大?谁还能在台湾搞独立?这就有了治理台湾的最初策略。

上有朝廷的治台方针,下有几任台湾的知县、知府、兵备道的不懈努力。比方首任诸罗县知县季麒光,他的贡献在于其勇于揭露施琅等人在台的土地与经济掠夺,反映台湾百姓赋税过重;还提议在北台地区驻兵设防,系治台官员中对北台形势重要性较早的认识者。在社会治安方面,他提出并落实保甲制度,可谓一届具有官德的治台良吏。又比方高拱干,曾为台厦道,掌管台湾全境,在开发以及因应粮食生产的迫切需要,其还下令禁止高利贷者重利盘剥平民,并严禁奸商猾吏苦累高山族原住民,颇得平民拥戴。在台湾任职时间最长、最有影响的就是陈瑸,可以说是他彻底改变了台湾的面貌,大清的治台策略现在实施20多年了,台湾在陈瑸的治理下已经完全走上正轨,社会稳定,经济发展,政通人和,是收复台湾以来最好的时期。但是那时的很多政策现在已经不适用了,陈瑸提出的很多建议康熙都非常赞成,可真要拿出新的政策来取代过去的政策,康熙这个时候还没考虑成熟,他只能暂时把陈瑸的建议放在心里,现在没办法决定采纳还是不采纳。

康熙接着又问了一些台湾官员的情况,如台湾总兵姚堂、台厦道梁文科、台湾知府冯协一等人的表现如何。陈瑸回答得相当客观全面,实事求是,尽量在皇上面前多说人家好话。这些官员在台湾已经相当不易,说一句好话可能改变一个人的命运,说一句坏话就可能毁人一辈子,与人为善是陈瑸做人的宗旨。

末了,康熙告诫陈瑸:“做清官不要钱,固是好,从古来亦是难得。但自己清,亦要替朝廷办些事才好。”

“微臣一定牢记皇上教诲,既要做清官,还要把皇上交办的事情不折不扣地办好。微臣回福建之后定当恪尽职守,殚精竭虑,鞠躬尽瘁,死而后已。”陈瑸答道。

“好好好,什么都好,就是别死,朕还想看你多干几年。就像治理台湾一样,你把福建也给朕治理得井井有条,朕等着你的好消息。”康熙叮嘱了一番,叫陈瑸不仅要把巡抚当好,还要把自己的身体保养好。

陈瑸感激不尽,一再表示竭尽全力治理福建,恳请皇上放心。

一生阅官无数的康熙皇帝见到陈瑸如此认真诚恳,表里如一,所有的顾虑尽已消除。陈瑸离开后,康熙独自赞叹不已,对大学士松柱等人这样说道："朕细察其举动言语，实系清官，与苦行僧无异。国家得此人，实为国家祥瑞。允以从优表异，以鼓励清操。"并且惊奇道，"陈瑸系海滨务农之人，非世家大族，朝中士大夫又无门生故旧。而无人莫不知其清，苟非真清，岂能至此？凡为地方官者，但能持己以正，不为非法之事，即称良吏。如陈瑸者，岂可多得？"

康熙实在太赏识陈瑸了，赐了陈瑸貂裘还不足以表达其对这位清官的赞赏，又御笔亲缮，赠送陈瑸一首诗：

留犊从来汉史传，
建牙分阃赖官贤。
宽宏驭吏当持法，
休养安民务使全。
岭海屏藩靖蜃气，
关山保障息烽烟。
迎年节近新春至，
援笔枫宸饯别篇。

该诗大意是：三国时期的魏国，时苗为寿春的县令，离任时留犊的清廉事迹是汉人历史留传下来，在阃外建立军旗，负军事重责要依靠长官贤能。长官管理属下既要宽宏，又要持法，还要安定人民，让他们休养生息。福建、台湾是岭海屏藩，要平定一切动乱，不要出现像青蛙那样吵吵嚷嚷的气氛。国家的关口河山要保障安定，不要引起战火，要过太平日子。在新春将至之时，朕在宫殿里举笔写下了饯行的诗篇赠给你。

离开畅春园澹宁居时，康熙皇帝又赐陈瑸《周易折中》《御制文集》《朱子全书》《渊鉴类函》《佩文韵府》等书，另有御书条幅。

十二月初八早上，陈瑸在宫门候旨，蒙传进畅春园内宫御榻前跪。

"你请的训旨，昨日都说过了，你照着行就是。做清官固是好、固是难得，但恐清而刻，便不能相安，要清而不刻为好。今天下做官人各样皆有，有举人进士出身的、有捐纳的，有旗下人、有汉人。论做官，捐纳内亦有好官，举人、进士亦有败检不好的。他们初到地方，或未晓做官，须教诲他。人孰无过，过而能改，还是好的；不肯改过，以法参处他，他亦无怨。又做官亦有体，做巡抚封疆大臣，与府、道、州、县小官不同，一切犒赏应酬，均不能免。若说我一介不取，亦一介不与，恐行不去了，不能做得些事，徒说清官，亦有何益！如张伯行做福建巡抚声名甚好，调到苏州，最初一年也还好，后二三年渐渐不好了，人甚议论他。他做人才短，又自视太高。说我是清官，都不管人，总督、提、镇等官都不相和，一事亦行不得，更生出好些事端，这便是清官不好处。天下人哪个不知陈瑸是个清官，恐你清而刻了！"康熙语重心长地跟陈瑸说道。

"做官清正，亦是自己守本分；与他人何干，清有何用！圣明洞鉴甚是。臣是做过小官的人，深知做小官苦情，臣不敢刻薄待人。如今有皇上训旨，越发凛遵就是。"陈瑸答道。

"你晓得有哪个做官是好的，不要钱的，说来朕听听！"

"做官有才人甚多，说到不要钱上头，臣未敢冒昧启奏。容臣细访，果有真正操守好，再具折子奏上。"

"你把好的折奏来，有十分声名不好的亦奏来！我虽不因汝一个人就听信，我再查访便知道好不好了。"

"臣在福建做官，知道陆路提督杨琳已升广东巡抚，是最好的，清正方严。自做提督，福建山贼一个也没有，兵民甚是相安。"

"果然好，朕深知道他。他字都是自己写的，很明白的人，又不要钱，不虚冒兵粮。还有好的吗？"

"原做福建粮驿道、今升贵州按察司白潢是臣旧上司，做官才守俱好，不苛求下属。"

"是哪里人？是旗下吗？"

"旗下人。现任江南学政余正健，学问好，人品端方，是皇上所素知，不待臣推荐。"

"他做江南学院，声名很好。"康熙说，"水师提督，如今的比先时吴英何如？"

"吴英老成；如今提督肯操练兵船，是好的。"

十三日早五鼓，皇上再次传旨唤陈瑸。陈瑸已先往清河地方，等候送驾。巳刻，在清河跪送圣驾，李德全前来传旨："皇上已见你来了，可回去，赴任去！"

“几时可到福建?”皇上问。
“约四十日可到。”陈瑸回答。
陈瑸随即叩头起身,退走几步。因地上雪深,陈瑸失足倾跌。
“李德全赶紧前去扶起陈瑸。”皇上在御驾上说道。
李德全赶紧跑去扶起陈瑸。
陈瑸躬身:“谢主隆恩!”他顿时感激涕零,泪流满面。
“陈爱卿免礼了,回吧。”皇上说道。
“微臣遵旨。”陈瑸欲退下。
“巡抚见过这样大雪几次? 在京曾住过吗?”李德全又过来传旨。
“臣在京住有五年,见过大雪三四次。”陈瑸回答。
“在京做何官?”
“做部属。”
“在何年?”
“自四十三年起,至四十七年出差四川做学政去。”
“外面有雪吗?”
“无如此大雪。”
“嗯,回吧。尽早启程吧,福建那边正等着你呢。”
“喳!”
陈瑸回到寓所,感慨万分,当即赋诗一首:

天文璀璨下瑶池,
五色成章光六离。
掞藻荣分太史简,
挥毫宠锡使臣诗。
龙飞凤舞腾云起,
铁画银钩带露垂。
此到闽疆依训旨,
优游安享太平时。
圣由天纵自高深,
学海汪洋何处寻。
有类摊书能暗诵,

无文不韵尽长吟。
紫阳全集皆心性，
大易折中尽古今。
重以王言加黼黻，
常悬日月照书林。
盛朝景运应天开，
经国鸿文属睿裁。
万古心传能独阐，
百王制作已兼该。
珠囊妙理探河洛，
金鉴精英挟雨雷。
分得传家有至宝，
报称何自答尘埃。
貂裘一捧出宫门，
立地春回四体温。
典自尚衣充帝御，
暖生寒骨佩君恩。
衮原无阙难思报，
服已及身要永存。
唯有鞠躬图尽瘁，
时披衾影对乾坤。

三十四

趁着这次进京的机会,陈瑸有一事要求与他同年考试中了状元的胡任舆(康熙三十三年第一甲第一名进士——状元,授翰林院修撰,任会试同考官)帮助,请这位天下第一文豪为自己的恩师吴马期先生撰写寿文(纪念文章)。在老家,陈瑸尊敬老师是出了名的,一生对老师敬之如父,逢年过节经常拜望先生,平时偶尔路过先生家门,也必下车或下马,徒步走过,或登门拜访。后来陈瑸考中进士,成为乡里显贵,更是如此。在家乡当私塾先生的时候,逢年过节必拜老师;步入仕途,无论当多大的官,陈瑸总会以各种形式问候自己的老师,或写信,或寄些银两,从没间断。自陈瑸入仕以来,家里的儿孙们从他那里要几两银子是很难的,他从来不给家里寄钱,可对先生则是例外,几乎年年都寄银子,老师的家人时常能接到陈瑸来自远方的馈济。

上次回老家雷州,陈瑸又去拜会吴马期先生,见先生年事已高,就说要给恩师写篇寿文。先生当即就拒绝了,说我虽教了你,你现在是朝中重臣,我不敢贪功。即使有功,也应该归于我的父亲吴日赞老先生,老先生才是真正的有功之人(吴家办的私塾在当地很有名,培育了大量人才)。

陈瑸很清楚,自己虽然受教于吴马期先生,可没有吴马期先生父亲办的私塾又哪有吴先生免费收他为徒的机会?再说,除了吴马期先生多年施教予他,吴老先生还常常给他上课,所以同样是他的恩师。吴日赞老先生在当地可谓大教育家,性情宽和,对学生从来没疾言厉色,不管学生质资如何,都耐心施教,诲人不倦,在当地素有“忠厚长者”之称。吴老先生乃奇人,寿届古稀,在学生众多的学园中端坐而逝,没有经历半点痛苦,是真正的寿终正寝,一时被传为神人。吴马期说,真要写寿文,应该追忆我父亲吴老先生。老师对父亲的一片至诚至孝之心,陈瑸想写,可他觉得自己不够分量,想来想去,最终决定另请高人。正好,这一年的正月十六就是吴先生八十寿辰了，陈瑸觐见了皇上之后就立即去了胡任舆大人的府上。

“胡大人，下官有一事相求。”陈瑸拜见了胡大人，说道。

“岂敢岂敢，眉川兄乃当今圣上最器重的封疆大吏，有何事求到本官头上?”胡大人不解地问道。

“真有事要请胡大人帮忙。”陈瑸就说明了来意。

“不可不可，此事胡某断不可为，眉川兄文章了得，为何不自己动笔?”胡大人说道。

“不瞒胡大人，下官还不够资格撰写先生的寿文。胡大人乃天下第一文豪，念在当年你我同年科考的分上，算是下官求大人帮忙如何?”陈瑸从来不求人的，为了他的恩师，这一回就算是低三下四也豁出去了。

“这……”胡大人为陈瑸之精神所感动，一个封疆大吏为了给自己的老师写寿文，居然亲自找上门了，他还怎么好拒绝?

“好吧，念在眉川兄对先生一片诚心，胡某就应了为兄所求，愿为代劳。”胡状元开始还推诿，实在不想写这种文章，可最终被陈瑸的尊师之情所感动，再加上吴先生至孝之心实在难得，欣然提笔，为陈瑸之师吴马期先生写了一篇洋洋万言的寿文，是为佳话。胡状元写道：吴家私塾几代先生“积学励行，以厚德至性闻闾里”“门人有穷乏者，束修有所不计”。学生太穷就不收学费，陈瑸就是个例子。不光不收学费，反而提供食宿，“教而兼养”，实在难得。

而在当时，远近百里，吴家私塾学术水平高、教学质量好堪称一流，胡状元评价：“得经师者易，得人师者难。先生实今日之人师也。”在当时的教育界，经师是研究或传授儒家经典的学者，人师则不光教授经典学术，兼而培养人的品德，教人如何做人。从“经师”到“人师”是一般教师到教育家的一大飞跃。吴家的几位老师既有学养又有方法，其教育成就可谓辉煌，“自先生之门造就成材者，指不胜屈”“郡之名士强半出其门”。其中最为杰出的当属陈瑸。

陈瑸在此求学8年有余，这8年多的学习为陈瑸一生的成长奠定了坚实的基础，而对陈瑸教导最多的正是吴马期先生。当年一个是好学多思的少年才俊，一个是精力充沛、知识渊博的青年教师，吴马期给予了陈瑸最大的帮助，使陈瑸没齿难忘。这一年陈瑸自己也60岁了，还邀请胡状元为自己的先生写文章，实在难得。“眉川已成进士、为令尹，犹谆谆不忘其学之所自出，思有以颂其师”。

陈瑸在离开北京前还拜见了另外一位要人，这就是他的恩公张伯行。张伯行这时已经被皇上调来北京，任南书房行走，兼代理仓场侍郎，并充当顺天乡试的正考官。

陈瑸一直都非常仰慕张伯行的道德文章，他们同为理学名家，有相同的文化追求；同为清官，对清廉有共同的理解。张伯行说的那些话，使陈瑸十分折服：“我为官，誓不敢取民一钱。”“若受人一钱，不唯不忠，且不孝。”“一丝一粒，我之名节；一厘一毫，民之脂膏。宽一分，民受赐不止一分；取一文，我为人不值一文。”这些话一度成为陈瑸的座右铭。当然，陈瑸也有自己的名言：“官吏妄取一钱，即与百千万金无异。”

两人所说的经典之句，谁也没有跟谁商量过，在同一个朝代不同的地方，两位清官说的至理名言竟有异曲同工之妙，也许是天意，也许是冥冥之中两人心有灵犀一点通。

这一日傍晚，陈瑸来到张伯行的住处，正好张伯行才回来，陈瑸就在门口等着。

“张大人，您回来了？”陈瑸迎上前问道。

“您是……”张伯行一时没有认出对方，问道。

“在下陈瑸，特意来拜访恩公的。”陈瑸拱手作揖，答道。

“啊?！陈瑸，是你！来来，快请进，快请进，文焕可是稀客呀！”张伯行拱手还礼。

两人进屋，张伯行赶紧叫用人上茶。

“多年未见，恩公一切可好？”陈瑸问安。

“托文焕的福，伯行过得还算可以。”张伯行答道。

“岂敢岂敢。早些年江南科考一案可把恩公折腾得要命，那些时日，下官天天为恩公提心吊胆，不曾想到那个噶礼如此卑劣。”陈瑸说道。

“哎，总算过来了，一切都好了。说说你吧，听说皇上召见你好几次了，你可是圣上的座上宾了。”张伯行扯开话题说道。

“哪里哪里，文焕承蒙圣上错爱，这几日是被圣上召见了三次。恩公您是知道的，下官一向清苦，不承想圣上倒也喜欢，鼓励了在下一番。”陈瑸说得很谦虚。

“甚好，甚好，你我都是朝廷命官，能得到当今圣上赏识足矣，日后定当再接再厉才是。”张伯行很欣慰。陈瑸是他一再推荐的人才，今日终于得到皇帝的赞赏，实在是大好事。

“恩公说得极是。哦，对了，下官还有一则重要消息要禀告恩公。”陈瑸说道。

“有何重要消息？”张伯行急问。

“皇上让下官前去福建，担任福建巡抚。”陈瑸答道。

“啊？是吗？太好了，太好了，福建乃大清岭海屏藩，国家的关口河山要塞，可见当今圣上对文焕兄是何等器重呀，喜事喜事，可喜可贺。”张伯行说。

“恩公，下官这次来还想请教恩公，恩公在福建当巡抚的时候把福建治理得有条不紊，还望恩公赐教。”陈瑸的确是想请教张伯行的。他早就听说了，当年张伯行在福建当巡抚时为福建人民办了很多好事。台湾、凤山、诸罗等地因灾荒而交不起赋税，张伯行就上书朝廷请求免去台湾、凤山、诸罗三县因灾荒而欠交的赋税；当时福建的米价很贵，张伯行就请求朝廷动用国库的5万两银子购买湖广、江西、广东的米平价出售；比方修建鳌峰书院，办置学舍，拿出自己的藏书，搜罗前代文人的文集刊印成《正谊堂丛书》，用来教化学生；比方福建百姓祭祀瘟神，张伯行命令毁掉这些瘟神的偶像，改祠堂为义学，祭祀朱熹；福建民间多尼姑，有人卖贫苦人家的女儿，以致削发为尼者成百上千，张伯行命令这些人家赎回自己的女儿，为她们选择配偶，有家境贫穷无法赎回的，由官府出钱赎出，等等。这一切都留下了很好的名声，他的恩人也是他心中的偶像，陈瑸这一趟来就是想当面请教他的恩公，讨得真经。

“免了吧，免了吧，今日还是莫谈此事。来，文焕兄，咱俩多年不见了，你一来就带来好消息，今晚一定要在本官这里好好喝两盅，不醉不休！”张伯行扯开了陈瑸讨教的话题，忙叫下人准备酒菜。

“这……”陈瑸有些不好意思，他是不知道，就是张伯行做的这些好事，到了噶礼那里，却成了张伯行“犯罪”的由头。噶礼指控张伯行私自动用库银违反朝廷规定，是为大罪，从而导致张鹏翮跑来福建调查。幸亏皇上不糊涂，不然张伯行吃不了还要兜着走。现在事情都过去好几年了，张伯行不愿意提那些往事，提了就伤心。这些年来，他堂堂正正做人，清清白白做官，可每每总是遇到麻烦。清官之路走得步履艰难，自己还差一点儿小命都丢了，那些个伤心之事他真的不愿意再回忆，所以他对陈瑸说：“喝酒，痛痛快快喝酒！”

“您看，恩公，下官可是空手来的呀。”陈瑸还是有些不好意思，他真是两手空空来的。

“文焕呀，看你这话说到哪里去了？我跟你谁跟谁，还讲究什么俗礼？你要带东西来还是你陈瑸吗？我要收你一文钱礼物我还是张伯行吗？别说那些个废话了。哦，对了，还记得那年你去台湾吗？本官还欠你一顿酒呢，今天就算补上行吗？”张伯行突然记起那年对陈瑸的承诺，结果阴差阳错，到今日两人才见面，实在高兴。

这一夜，两人开怀畅饮，谈古论今，畅谈理学之体会，直到第二天天亮。陈瑸没有回客栈，就睡在张伯行家里。

第二天，张伯行请了半天假，说要拜祭一位先人。陈瑸问何人，张伯行说此人其实你我都熟，就是噶礼的母亲。噶礼母亲前日病逝，已经三日了。自噶礼被碎尸万段之后，叩氏就受到噶礼后人的歧视，谁都不理老太太了，现在人死了却没人出面下葬，连棺材都没准备。张伯行说叩氏是天下最公正的母亲，噶礼家不理我理。

陈瑸说下官也不能袖手旁观，走吧，下官跟恩公共进退，非把这事办好不可。

这样，当朝的两大清官牵头，买了棺材，请了乐队，请了喇嘛为老人超度，把叩氏的葬礼办得很隆重，算是对老太太有个交代。

“叩氏，您安息吧！”张伯行和陈瑸跪在老太太坟前做了最后道别。

至此，叩氏才算彻底离开了这个世界。世人不知，老太太的灵魂却知。

三十五

当巡抚的权力很大，一个省的人财物等全操控在巡抚一人之手。后来，闽浙总督届满，康熙又命令陈瑸兼任闽浙总督，官升正二品，可见康熙皇帝对陈瑸是何等信任。一般情况，总督多控制在满族贵族之手，很少有汉人担任，陈瑸成了一个例外。这个时候，闽浙一带行政、军事大权全由陈瑸一人承担。如何用好手中这个权力，陈瑸有他自己的主张，还是那一条：一切权力都用于为民服务，造福百姓！

还在古田当县令的时候，陈瑸曾经巡察水口，见这个地方地势背山面水，无业可从，人民生活十分清苦。那时候他想不出别的办法，现在当了福建巡抚，他立即行文闽省：凡上游木排梢至水口，一律由水口人接运省城。本来世世代代没有赚钱机会的水口人在巡抚的特别关照下，有了一个赚钱的机会，民赖以为生，众感其德，建祠立碑，春秋致祭，以示铭心。

陈瑸一直有一个愿望，是关于老家雷州的那片湖。雷州城之东、南、西三个方向，是一望无际的平川，良田万顷，堤岸逼近大海，当地人称为洋田。洋田中间被一条驿道划成两片，驿道之东是为东洋，驿道之西是为西洋，这里是雷州的粮仓，自古就有“两洋熟，雷州足”的美誉。但“两洋熟”是有条件的，只有当风调雨顺的时候两洋才能熟，而往往是咸潮年年冲击，渐多崩毁，灾荒不断，两洋就要绝收。如何治理那些灾难，如何保住“两洋熟”成了少年陈瑸的一个梦想……

有一个人叫洪泮洙（号垂万），是陈瑸的莫逆之交，也是陈瑸的精神领袖。洪泮洙比陈瑸年长45岁，58岁告老回乡，住古楼巷，而陈瑸此时正是13岁的少年，在私塾吴先生帐下读书。陈瑸年纪虽小，可已“穷年绩学，文名甚盛”。一次洪老先生拜访吴先生的学校，遇到小有名气的陈瑸。二人一见倾心，竟成忘年之交，从此两人“过从无虚日”。洪老前辈曾中进士，在外当知县,做过许多有益于百姓的事,陈瑸对此极有兴趣,时常追问不断,这让洪老先生谈兴大发。不知不觉,老先生的爱民思想如春风化雨,潜入陈瑸内心深处,给他带来极为深远的影响。少年陈瑸的聪慧敏捷、博闻强记、抱负见识,深为洪老所赞赏:“岁序频催前辈老,江山留待少年雄。”

康熙三年(1664 年)、康熙二十三年(1684 年)年都是雷州历史上台风肆虐、巨浪侵袭的大灾之年。康熙三年“飓风大作,咸流涌涨,东洋万顷悉没波涛”。当时的郡守吴盛藻“重修捍卫,栉沐之苦、无疆之惠,载诸志乘,赫赫若前日事”。吴知府栉风沐雨的辛苦,给人民带来无边的恩惠,百姓和历史记住了这件事。康熙二十三年又遇大灾,洪垂万曾有记载:“石龙震怒,海若凭凌,禾稼之区荡为巨浸,沿海之众颗粒罔收。”每每逢大灾,朝廷租税照收,农民不光无力缴纳,而且饥馑遍地,性命不保。人们发现,只有修好被冲开的决口,才能解民于倒悬。陈瑸当时大声向雷州士绅民众呼吁:“岂有人在井中,独忍坐视而不救!所望仁人君子,切乃身之痛,思犹己之饥,各解囊金,助兴工费!”

从这时开始,人们发现,雷州城乡有两人在为修堤而四处奔波,这便是洪老先生和陈瑸,一个 73 岁,一个 28 岁。这一老一小,为家乡修堤竭尽全力。陈瑸主持募捐修堤,洪老先生在旁摇旗呐喊:“敢告当事名卿大夫,广施仁政,轸念民依,协力赞成,毋曰滨海之地,难比中土,要荒之服,无与神畿,遂膜外视之,庶不负陈子一段婆心也。”

康熙三十三年(1694 年),陈瑸募捐修堤,拼尽全力亦未能完工,即进京赶考。也许是憋着一股报国热情,陈瑸会试、殿试连捷,中了进士。

堤围刚刚筑起,不时有耕牛在堤上践踏,一遇耕牛上堤,修好的河堤势必要被踩踏,工程等于白干。陈瑸为这事一度伤透脑筋,后来想出“禁堤”的办法来,提出严禁在堤上放牧,违者宰牛。

禁约贴出来了,但如何能保证实施呢?陈瑸想:万一某个农家真的违反了规定,宰了他的耕牛,农民的农田又由谁来耕种?农民又如何生活?然而,违反禁约,如不重罚,堤围就会保不住。总得要有个好办法啊!他苦思冥想,想出了一招。第二天,陈瑸叫家里的童仆(陈瑸一直在外当私塾老师,农忙时也会请些零工,童仆便是专为陈家放牛的)把自家的老水牛(陈瑸家有老、壮两头牛)赶到堤上放牧。童仆不解,问:“老爷,您不是提出禁堤吗?为什么还叫我把自家的牛赶到堤上放牧呢?这不是明知故犯吗?”陈瑸说:

“你照办就是，不用多讲。”童仆虽然极不乐意，但主人开了口也只好服从，就把老水牛赶上了河堤，可刚上堤就被护堤人逮住了。尽管童仆申辩此牛是陈瑸老爷的，也没有用。陈瑸当时已经中了进士，在当地很有名气了，但再有名气，你自己定的规矩自己触犯了，自然要受到惩罚。护堤人不容分说，把老水牛拴起来，然后跑去报告陈瑸。陈瑸一听有牛违禁，当即下令：“宰牛，分给护堤人吃了！”这时，童仆刚从堤上气喘吁吁地跑回，见陈瑸下令宰牛，急忙说：“老爷，这牛是我们家的，不能杀呀。”童仆本以为陈瑸听说是自家的牛，会收回命令，不料陈瑸却哈哈大笑：“那大家饮酒吃牛肉就更有味道了！”接着，陈瑸重申命令，“先把此牛牵去游村示众，然后按禁约规定宰掉，分给护堤人吃了，等会儿我就给你们送酒来，放心，酒钱我出。”

护堤人依令执行了。这消息很快一传十，十传百，全雷州便家喻户晓了。人们纷纷议论着：陈瑸老爷自家的牛违禁也要宰掉，何况我们的牛，可不能违禁啊！

从此，堤围得到保护，禁堤令一直沿用多年。

康熙三十三年，雷州又遭遇台风，海水冲破堤防淹没庄稼，雷州半岛“家家悬罄，处处石田，村落丘墟，人愁菜色”。陈瑸离开家乡 8 个月，回来看到台风海潮冲决了堤岸，雷州人民饱受煎熬，随即重倡修东洋堤岸。至十月，陈瑸所募银两远不足以加固堤岸，他跨过琼州海峡前往海南禀求雷琼道党道台，党公捐助百金，命陈瑸回乡继续广劝乐捐。陈瑸此时已经有了一定的社会地位，影响力也进一步扩大，但经过多次倡捐，民间确实承捐无力。陈瑸根据现实情况和以往经验，知道光凭民间力量，不容易凝聚起足够的财力，必须由官府出面，把民间自发的零散行为变成官方统一行动，才能毕其功于一役。恰在此时，雷州新任知府刘星前来上任。陈瑸就把全部希望寄予刘星身上，上书《上刘府尊书》，请求他为民做主大修堤岸，洋洋万言，说得十分恳切。按照陈瑸的设想，官府只要管饭，就会有饥民上堤干活，这个方法是“古人赈济良法。今沿岸饥民东奔西走，糊口不给；倘得现钱雇役，不上一月，数百丈之岸立可竣工”。至于资金来源，陈瑸也替刘星谋划好了：根本不要刘星自己出钱，“我公肯做民主兴此大役，无须自捐廉俸，要不过以民钱筑民岸。盖海康县一十九社，除大埔一社灾伤，尚有十八社答应公务。各社地方有十分者，有七八分者，有三四分者，每分一月有缴柜钱四千文；合十八社算，计有百余分数，每月输钱不下千余千文。目下公务，亦约略可计；虽未尽得用此项之钱,然肯于其中拨出一社所输或一年,或两年,则圩岸立成邱阜矣”。就是说,刘星以知府身份主持修堤,只需举手之劳。

然而,陈瑸的美好设想到了刘星那里就成了一堆废纸,人家根本不予理睬,洋洋万言石沉大海,“虽极力呼号,而彼且若罔闻”(《上刘府尊书》)。

陈瑸只能以一介书生之力,号召乡亲捐款,雇役修筑堤岸200余丈。

20年了,陈瑸一直惦记着家乡的那段河堤,就在他第一次到台湾放犯的那次,他料定自己可能会受到朝廷惩罚,他心中唯一未了之事就是家乡的那段河堤。当时他做好了最后也是最坏的打算,让林伯把身上仅有的500两银子带回家乡,交给雷州知府衙门,用来筑堤。只是后来没有被惩罚,寄钱回雷州修堤的想法也就搁置下来了。现在,他当上了福建巡抚、闽浙总督,有权了,也可以调集资金了,修堤的事又重新列入他的议事日程。

显然,他不能拿福建的一分钱去给老家修堤,也不能拿闽浙辖区的钱去修堤,这于情于理都断不可,但他觉得可以利用自己的身份和地位为家乡做点事情。他知道皇上是很器重自己的,皇上器重是因为他廉洁,因为他能为朝廷办事,这对他来说就是资源。别人可能用这种资源给自己捞取更多的资本,继续往上爬,可陈瑸不需要,他从来没有想到要往上爬,他想到了用他手上资源干点事,就是实现他多年来的愿望:给老家修堤。

康熙五十五年(1716年),陈瑸的次子居诚从家乡来福建看望时任福建巡抚的父亲。陈瑸详细询问了他一直揪心的东洋大堤的情况。儿子说还是老样子,一有台风,海水就会漫过堤坝,淹没庄稼。陈瑸听了,夜不能寐,凌晨时分思考成熟,披衣起身给皇上写了一个折子,称“臣生长斯土,深知海潮之患”,奏请朝廷主修雷州东洋堤岸。

康熙皇帝接到陈瑸的奏折,欣然同意。

当年,朝廷拨付2400两白银给雷琼道修筑东洋堤岸。根据当时雷琼道奏报,修筑雷郡东洋堤岸需用工费银5324两,国家下拨一部分,其余2924两请当地士绅公捐。

陈瑸得知修堤资金不够,便把自己多年俭积下的俸银5000两,送到海康,协助修堤(实际上,陈瑸前前后后个人共捐款7924两用于雷州修筑堤坝)。

后世雷州半岛“稻菽成熟,金浪滔滔,香透九重”,雷州粮仓东西两洋,年年出现一片喜人的丰收景象,“一龙烟绕”功不可没。这“一龙烟绕”便是陈瑸力举修筑起来的东洋大堤,自此以后惠及万世。

三十六

巡抚也好，总督也好，每年年底或者来年年初，陈瑸总要回朝述职，面见圣上。

这一年，陈瑸照例回到京城向皇上述职，皇上听了陈瑸的述职，问道："福建有加耗没有？"

陈瑸回答道："回皇上话，台湾三县无之。"

皇上又说："火耗尽禁，州县无以办公，恐别生弊端。"

皇上说的是实情，在硕大的一个中国，总督衙门、巡抚衙门、知府衙门、知县衙门，所有的办公经费都是从火耗之中获得。廉洁一点的官员会将火耗用于公事，而官员自己不从中捞取银两；不廉洁的则会借收取火耗之名自己大捞一把，甚至损公肥私。历朝历代，只要用银两收取赋税，这中间就有猫腻。康熙皇帝早就知道这中间的猫腻，可整治不了了，现在也只好睁只眼闭只眼，只要不贪得无厌也就算了。陈瑸在偏沅时就建议取消增加火耗，皇上当时还错怪了陈瑸，说他吹牛皮。两人一见面，康熙就后悔错怪了陈瑸，这是多清廉的臣子！那一回一连三次召见陈瑸之后，康熙对陈瑸就非常信赖和佩服了，还没等陈瑸回到偏沅就把陈瑸派到福建去当巡抚。现在陈瑸到福建任职一年有余了，是不是在福建又取缔火耗了？要是真取缔了火耗，衙门怎么办公？皇帝不能不担心，所以如此问道。

如果按照陈瑸的本意，他是绝对要禁止火耗，或者严禁增加火耗的，他非常清楚地看到火耗里面的弊端，倘若不严格控制，绝对会毁掉一批官员。但实际上真要全部禁止火耗又不现实，就像皇上说的，真要严禁火耗了，衙门的办公经费怎么解决？火耗还是要的，关键是要把握好分寸。幸亏陈瑸在偏沅的时候把偏沅八州的布政司全都派到湘潭，说得冠冕堂皇是要推介人家的经验，实际上就是要弄清银两熔化火耗准确的数字，就是要看知县贪了多少银子。

那一次对火耗进行了严格的核算,多少银两交上来熔化会有多少损耗,陈瑸现在已经了如指掌,没有人能骗过他。陈瑸办事往往想得十分周到,办得干净利索,当年在古田把那些不交税的地主豪绅全都请来,要做甲事不说做甲事,偏说做乙事,结果人家跟他做乙事的时候甲事也就做好了,让地主豪绅自己统计了地租田地数再去按地收税,豪绅地主一夜之间就主动交了赋税,等那些人明白过来连后悔都来不及了。后来整治湘潭县令也是这样,把问题解决得天衣无缝。这一回到了福建,他又有了自己的办法。在官场混了这么多年了,他知道怎么保护好官,怎么整治贪官,怎么与周围的同僚和平相处,有了湘潭核实火耗的经验,到了福建他处理这事就游刃有余了。说白了,他知道怎么对付下面的官员,下面的知府、知县收了多少赋税、损耗了多少银两,只要把数字报出来,他就知道里面有没有水分,有多少水分。水分少的,他也不较真,下面的官吏总要捞点酒钱。而水分大的,陈瑸首先还给人家面子,或者说是给人机会,不一棍子把人打死,让手下回去好好核对,知趣的赶紧回去把数字改了,把贪的银子交出来。可下面的人还继续坚持己见,报上来的数字还是那么多,陈瑸就派官员下去调查核实,发现真正的贪官就严惩。所以假借收取火耗中饱私囊的人在陈瑸手上是很难蒙混过关的。而且陈瑸一到福建就宣布,台湾地区严禁收取任何火耗,其他地区所收取的火耗也只能用于衙门办公,一旦发现借增加火耗中饱私囊的一律严惩不贷!

听了陈瑸的汇报,皇上甚是喜欢。

康熙当着众臣的面表扬陈瑸:“瑸为治,举大纲,不尚烦苛。”意思是陈瑸施政能抓大事,能抓住关键的东西,而不拘泥于小事。这正合了康熙施政的思路。所以每每陈瑸做出什么决定,或有什么重大建议,康熙总是觉得这陈瑸想到点子上了,想到朕的心坎上了,皇上从心里喜欢这个十分廉洁而又非常能干的巡抚。

“清官诚善,唯以清而不刻为尚。”康熙谆谆教导陈瑸。实际上,陈瑸已经是这方面的典范了,诚善,清而不刻。

陈瑸在福建巡抚任上做了大量开创性工作。一上任他就改革海防陈规,用哨船(军舰)在台厦沿海巡逻,对航行台湾、厦门、澎湖的商船,拨哨船连环保结,规定若洋中遇贼,必须互相援救,如不救,即以通贼行劫论。

作为福建巡抚,陈瑸越来越清醒地认识到台湾的地位,台湾岛是拱卫福建、广东、浙江等东南沿海诸省的咽喉要地,台湾北路又是台疆之心腹。

当时，台湾府及周边已有重兵把守，台湾南路已可确保无虞，而北路诸罗山一带，绵延2000余里，田地肥美，畜牧蕃庶，实为心腹要区。这里居住有土番三十六社，他们不懂农耕稼穑，专以捕鹿为生，养家糊口纳课税，全靠猎获，生活十分穷困，其境况可堪怜悯。陈瑸当年登上台湾岛到达北部的时候，这里还比较原始，高莽深菁，麋鹿逐队，一片未曾开发的荒野景象。世居台湾的原住少数民族清初时被称为“番”，他们“男裸全体，女露上身”“射生禽、镖麋鹿，炙而食之，生亦不厌也”，他们“不辨四时，以刺桐花开为一度”。经过陈瑸这几年对北部的开发，现在境况要好多了，开垦的土地增加了，农业发达了，人们也开始过上好日子了。但此地的军事防御多有疏漏，如果有心怀异志之人潜伏其中，煽动诱惑番民起事，就会成为朝廷心腹大患。这样，从朝廷方面来说，会带来许多剿抚麻烦；从百姓角度讲，会造成更多生灵涂炭。所以，此地不可不预谋经略，增加营防，以固心腹。心腹固则咽喉愈固，以此拱卫台湾、凤山二县，势若建瓴，全台可保无虞，而粤闽浙诸省才可安枕无忧。

早年黄曾荣献给陈瑸一张台湾北部详细地形图，还建议在北部增加防务，这一建议说到陈瑸的心坎上了。现在自己是福建巡抚了，必须把巩固边防作为重中之重。

陈瑸跟闽浙总督爱新觉罗·满保商议，在台湾北部添设淡水营，满保表示全力支持。陈瑸说那就向皇上上折子吧，满保说算本官一个，咱俩联名上奏吧，兴许皇上会更重视些。满保又说，你对台湾熟悉，你提一个人选担任台北都司。陈瑸其实心里早就有了人选，这人非黄曾荣莫属，就说了看黄曾荣可否。满保说黄曾荣是难得的人选，台湾土生土长，又有能力，就是他了！两人随即联名上书奏请朝廷，添设淡水营，朝廷很快批准下来，在台北添设淡水营。由黄曾荣任本营都司，命黄曾荣辟地建营地、盖兵房。黄增荣异常能干，3个月即告竣工。

遗憾的是，黄曾荣由于过于劳累，积劳成疾，病卒于任上，英年早逝，实在让陈瑸、满保等人痛惜不已。

陈瑸一向特疏举荐、推升后学，他保荐闽台两地的惠安、永春、漳浦、平和、南平、凤山、大田、泰宁、长汀、武平、福安、南靖、清流的一批县官，称他们“催科有法，居官俱有声名”，保荐延平府通判、邵武知府、福宁知州，赞扬他们居官简净，勤惧供职。在福建巡抚任上，陈瑸先后保举了12位县令、1位通判、1位知府、1位知州，申请给予破格奖励……

真是像康熙皇帝说的那样,陈瑸“举大纲,不尚烦苛”,他当官一向会抓住事情的关键,从不崇尚繁杂严苛。他担任福建巡抚之后就对福建的现状进行了一番认真的分析研究,认为在福建,不仅要抓好全省的生产生活,发展经济,更重要的是要抓好边塞的防务。

陈瑸上书朝廷:“防海贼和防山贼不同,山贼啸聚山林往往有固定的地方,但是海贼出没没有规律。台湾金厦防海贼,又和沿海边境不同。沿海边境担心贼会突然侵犯内地,而台湾厦门则担心贼在海上抢掠。想要防台湾厦门海贼,应当命令提标以及台澎水师定期巡视,如有海贼,则变换旗帜。商船出海,应命令台湾和厦门两地分拨哨船护送。”

陈瑸的奏章下放到各部,各部认为烦琐。但康熙皇帝认为陈瑸的奏章是对的,又下令九卿第二次审议。这一次再议众大臣已经明了圣意,再也不敢造次说出烦琐之意,公认可行,圣上批复准许施行。

这就有了加强福建边关建设之大事。

康熙五十六年(1717 年)四月,陈瑸会同闽浙总督满保进行了一次长途巡行查勘。

像以前任何一次外出巡察一样,陈瑸一直是带着他的两个仆人——林伯和任重,自行开伙,吃的是粗茶淡饭。还在陈瑸刚当上福建巡抚的时候,任重满以为现在该是过好日子的时候了,可他发现日子还像从前一样,没有半点变化,该吃盐蛋还吃盐蛋,该吃小菜还吃小菜。任重这一回没有离开,他终于慢慢明白,老爷为什么能从一个知县当到巡抚,这跟老爷餐餐吃盐蛋有关,实际上就是生活过得清淡。回过头一想,吃得清淡一点有什么不好?天天大鱼大肉就是好日子?不见得。自家老爷天天粗茶淡饭,天天在为老百姓办事,乐在其中,吃什么都无所谓了。既然老爷都无所谓,他和林伯两个仆人难道还有什么不满?慢慢地,他也和林伯一样,替老爷想得多了,清苦的日子也不觉得清苦了。其实,人活着,就是活在一种信念之中,只要信念不倒,人永远都会精神抖擞,就像陈瑸。

陈瑸也不是不近人情,跟着满保一块考察,每到一处下面都安排了饭菜,一般情况陈瑸都会告诉下属,他吃饭的事情不用下面管,他自己解决。

“你这又何苦呢?咱们怎么说也是朝廷的二品大员,到下面连个饭都弄不到像什么话?”满保有时会跟他说。

“实在抱歉,下官吃素,已经习惯了,就不能陪大人一块就餐了。”陈瑸总是这么回答满保。

满保以前只听说过陈瑸清廉，那时他当巡抚，陈瑸当台厦道，虽然是上下级关系，可满保很少去台湾，所以两人的接触也不多。尽管皇上非常器重陈瑸，满保还是不相信世界上会有那么清廉的人。现在，自己是闽浙总督，陈瑸是巡抚，常在一起商量工作，接触多了，满保才发现，官场中关于陈瑸的所有传闻都是真的，这个人实在太清廉了！自己虽然是总督，可在陈瑸面前，他总觉得自己还是矮小了点，自愧不如，满保由不理解到理解，再到佩服。

满保不再劝陈瑸跟他一起享用下属为他们准备的美味佳肴，他也要求下面给自己准备的饭菜简单再简单。有时，到下面要跟官兵一起聚餐，陈瑸的规矩是，推不掉的联欢、聚餐还是参加，饭照吃，酒照喝，银子照给。陈瑸那么做了，满保是总督，他觉得自己也应该做出样子来，所以后来任何聚餐满保也和陈瑸一样，饭照吃，酒照喝，银子照给。

"让您为难了，总督大人。"陈瑸带着歉意跟满保说。

"哪里哪里，陈大人为本官上了一课，本官要感谢你才是。"满保说道，话是诚心的。

"您这是要下官的命了，下官养成习惯了，也就这么做了，大人实在大可不必。"陈瑸有些诚惶诚恐。

"不不不，陈大人你千万别这么说。本官觉得像陈大人一样才是本色。现在官场的应酬实在太奢靡了，本官上次回京城，闻京师宴席多尚异味，什么鹿尾、驼峰、猩舌等在重大宴会上随处可见，奢靡之风连圣上都反感了，实在太离谱了，像什么话！这么奢侈谁掏钱？还不是贪，还不是从老百姓身上捞钱？本官早就反感这种奢靡之风，陈大人能这样做，本官真的从内心佩服。"满保说得有几分动情了。

其实，大清的奢靡之风是承接明末的风气而来的，奢靡之风的集中体现就是吃喝。本来，清初的国力一点都不强盛，国家刚刚经历了"天崩地裂"般的明清鼎革，山河残破，民生凋敝，社会经济遭到严重的破坏，从道理上讲，不具备大吃大喝的外部条件。可实际上却不然，清初官场的吃喝之风不仅盛极一时，而且比明末有过之而无不及，且愈演愈烈，这就有了满保在京城所看到的京城多尚异味。

康熙皇帝发现了这股猛于虎的奢靡之风，康熙十一年(1672年)八月，康熙谕礼部："崇尚节俭，禁止奢侈，故能使人心淳朴，只化修隆。近见内外官员、军民人等，服用奢靡，僭越无度。富者趋向华丽，贫者互相效尤，以致窘发为非，盗窃诈伪，由此而起。人心嚣凌，风俗颓坏，基于治化，所关匪细。”康熙要求九卿等官会同礼部制定办法严加禁止。

康熙还说：“世之财物，天地所生以养人者有限，人若节用，自可有余，奢用则顷刻尽耳，何处得增益耶？”“国家财赋出于民，民力有限，当思樽节爱养，则国家常见其有余。”“天下之物力有限，当为天下惜之。”

康熙皇帝不仅在全国禁止奢靡之风，而且身体力行，以身作则，毕生拒绝奢靡、躬行节俭，是为天下臣民表率：“朕虽贵为天子，而衣服不过适体；富有四海，而每日常膳，除赏赐外，所用肴馔从不兼味……宫中服御之具质朴无华，至于古玩器皿之属，皆寻常极平等之物，竟无一件为人所罕见可珍奇者。”

康熙皇帝所说的实为天下第一实话。康熙喜字画，宫中有一官人，叫高士奇，写得一手好字，被康熙爷欣赏，把他留在身边，官升四品。此公对字画颇有研究，特别会鉴赏，在民间淘了不少稀世珍宝。为讨好皇上，他常送一些字画给皇上，称之“稀世珍宝”，皇上常大喜。而别人献给皇上稀世珍宝，只要涉及字画，康熙必会叫高士奇前去鉴赏，高士奇每每总会把真迹说成赝品，而把赝品说成真迹。无论是他自己献给皇上的，还是别人献给皇上的，所有赝品都留在皇上手里，所有真迹却都被高士奇弄回自己家里。后来终有识货之人发现高士奇在欺骗皇上，就将实情禀报给皇上，康熙才将其革职查办。可念其多年在皇帝身边，康熙还是免了高士奇的死罪，令其告老归家。

陈瑸20年来一直勤俭，深得皇上喜欢。而满保亲眼见识了陈瑸的清廉，常常为之感动，所以真心实意要以陈瑸为榜样。在以后的几年时间里，满保和陈瑸一块视察，始终都是粗茶淡饭，就算与官兵一块联欢聚餐，一概自掏腰包。

满保和陈瑸这次主要考察了沿海炮台、营房等军事设施。这次巡行由连江、福宁至闽浙交界，又由海道抵南澳、诏安，再从漳州、泉州返回福州。南澳位于闽、粤、台三地海面交叉点，是广东省唯一的海岛县。诏安地处福建省最南端，都是重要的战略要地。满保、陈瑸督抚联合巡查，声势颇为浩大。

这次巡查，陈瑸发现军事防御的许多薄弱环节，即与满保商议，必须修缮，甚至重建。

“的确需要修缮，可总督府拿不出这笔银子。”满保说。

“经费问题下官想法解决。”陈瑸说。

“你怎么解决？我还不知道你什么想法，还不是想自己掏钱来修缮？”满保说。

“总督大人您……”陈璸倒有些不好意思了，仿佛自己没穿衣服一下被对方看破。

不错，陈璸是想自己掏钱来修边塞营房，可这时他不好说出来，他已经发现总督大人真是在效仿自己，这让陈璸颇为不安。陈璸想，吃饭掏钱，雇人付钱，这都好说，可真要从自己口袋里拿出银子用在修炮台、建工事上，这恐怕会让总督大人太为难，这种事情纯属自愿，不能有半点勉强。所以只要是防务需要，陈璸都说自己会想办法调集资金，到哪里调？巡抚衙门的每一处费用都有出处，一个萝卜一个坑，陈璸说自己想办法就是准备自己掏钱，但在总督大人面前什么都不说，免得人家总督骑虎难下。可还是被总督大人看出了他的内心，陈璸倒尴尬了。

“别遮遮掩掩了，你不就是想自己掏腰包修工事嘛，本官也想。一起干吧，能出多大力就出多大力，一定不能让闽浙的边塞防务毁在我们的手里。”满保说道。

“总督大人说得极是，既然如此，那在下和总督大人想到一块了，真可谓英雄所见略同啊。”陈璸道。

这样，两人巡视勘查之后，拿出了具体修缮边塞防务的实施方案，两人一块掏腰包，陈璸将自己节省下来的 3 万余两全部用来营造炮台，加强台湾海防。

那一天下午，满保和陈璸来到金门官澳寨，看到这里已经破败不堪，陈璸心里很不是滋味，他坐到一块残缺的工事上，掏出了烟斗，跟满保说：“总督大人，下官想歇歇，要不大人先走，反正这里也是今天的最后一站了。”

“不急，本官陪你。”满保也在旁边残墙断壁上坐下，陪着陈璸说话。

“要不要试试？”陈璸把自己的旱烟袋递给满保，问道。

“免了吧，本官消受不起这个，还是留着你多抽两口吧。”满保摆摆手，笑着说道。

陈璸把烟丝装上，抽了两口，精神好了许多。看着那破败的工事，他突然想起什么，问道：“总督大人，还记得这工事是谁修的吗？”

“要是本官没记错的话，此乃明代周德兴所建，当时是一座巡检司城。”满保答道。

“是啊，当年周德兴修这个要塞为抵御外敌特别是抵御倭寇起了非常重要的作用,可是现在看看,破败成什么样子了？炮台没有了,战壕没有了,这怎么能抵挡外敌呀?”陈瑸失望地说道。

“陈大人说得极是。我大清自立国以来一向注重塞北边防,皇上亲征噶尔丹,北击匈奴,北部边疆基本得以巩固;可东南沿海防务多有松懈,你我这次巡防都已看到,边防危矣！我意此处工事须彻底修复,不得逊色于当年周德兴所造城防。”满保有感而发。

“下官赞成！下官以为不仅要修好各处工事,还要加强边防士兵的军事素质训练,外敌不可不防呀。”陈瑸想到了更深一层,这么多年在台湾、在福建,陈瑸亲眼看到了外敌侵扰带来的灾难。首先是海盗,让沿海百姓不得安宁;还有就是倭寇,不时骚扰,沿海百姓没一天过得安宁。陈瑸觉得加强沿海的防务已经迫在眉睫,所以他才深有感触地说到加强部队训练的话题。

“好,陈大人果然是做大事的,心系国家安危,难得,难得！实不相瞒,本官一直在思考一个问题,倭寇常常骚扰,我大清跟日本迟早要有一战。”满保说道。

“何止一战？日本虽是小国,可居海中,资源匮乏,日后势必向外扩张。本官以为此敌必是我中华最大之敌,如我国力不强,必会成为日本的掠夺目标。大明抗倭上百年,虽有戚继光大败倭寇,可日本亡我之心不死,终是我泱泱中华之心腹大患呀。”陈瑸深有感触地说道。

“哦？有这么严重?!”满保还从来没想这么深,虽然他对日本日后可能会冒犯中国有点预感,但远远没有陈瑸想得那么复杂、那么严重。事实上,在整个大清王朝,真正能看到未来日本的威胁的人还为数不多,就连康熙皇帝自己也一直不把日本看在眼里。

康熙曾经多次在不同场合评价过日本人,他对日本人没有好感,他并不叫那个岛国为日本国,而只叫“倭子国”。有大臣问为什么叫倭子国？康熙说就是“矮人国”,“倭”字从“人”从“委”,“委”意为“身材软缩”,“人”与“委”联合起来表示“身材矮小的人”。“寇”字从“完”从“攴”,“完”指“家园完整”,“攴”指“敲打”,“完”与“攴”联合起来表示“家园破碎”。康熙说“倭寇”一词由此而来,用以称呼来自倭子国的海盗。“其国人不知何故天生矮小,故称‘矮人国’。”

康熙对日本人有很深的了解,认为日本人天生无赖而又具有海盗的本性,骨子里有种尚武精神,敬酒不吃吃罚酒。康熙说:“倭子国,最是反复无常之国。其人,甚卑贱,不知世上有恩谊,只一味慑于武威……故而,不得对其有稍许好颜色。”

而在当时,日本人对于康熙皇帝是十分崇拜的,极为尊敬的,称康熙爷为“上国圣人”,日本人甚至将康熙的《圣谕》翻译过去当宝书读。

正因如此,在当时国人眼里,上上下下,几乎谁都不把日本人看在眼里,更没有人认为以后日本可能是中国的最大敌人。

唯独陈瑸意识到了日本可能是中国未来最大的敌人,而现在的海防,真正要对付的,实际上就是日本。如果自己的国力不强大,中国就可能成为日本下一个侵略的目标。

“与日本人迟早有一仗,本官以为这在所难免。可要说日本会成为我大清最大的敌人,本官真还不敢苟同。陈大人难道忘了,连皇上都鄙视小日本,一个‘矮人国’岂能成为我大清最大之敌?岂不笑话?”满保虽然认同日后可能会跟日本有一战,可在他骨子里,和其他王公贵族一样,从来就没把日本人放在眼里。怎么可能像陈瑸说的,一个弱小的‘矮人国’能够成为泱泱大清国之最大敌人?这不是天方夜谭吗?所以满保还是不赞成陈瑸的看法。

“此言差矣。不错,皇上是说了,‘倭子国,最是反复无常之国。其人,甚卑贱,不知世上有恩谊,只一味慑于武威……故而,不得对其有稍许好颜色’。这说明什么,说明吾皇看透了倭子国的本性,日本国家也好,日本人也好,大多都是反复无常、出尔反尔,都是只崇尚武力,所以皇上说不要给点滴好颜色给日本人看。下官以为,皇上是在提醒我们,日本人是反复无常、不讲信用的,跟这样的人交往是没有诚信可言的。千万不要看现在人家称皇上为‘上国圣人’,他们佩服皇上是要学习皇上,学习皇上是要超过皇上。”陈瑸分析得非常透彻。

“他敢!”满保气愤而又恼怒。

“有什么不敢?!总督大人忘了,前不久日本信牌事件说明了什么?”陈瑸提示道。

前一段时期,为了扼制贵金属外流,日本德川幕府于日本正德五年(1715年)颁布了新的贸易条例,其中对中国商人的商船数以及铜的交易限额均有大幅削减,同时又发给商人们一定数量的信牌照票,并规定只有携有信牌的船只方许通商。然而针对中国商人是否可以接受日本信牌的问题,在浙江、江南的地方官员间引发了争议,此事继而作为政治事件被上报至朝廷,并引起了康熙皇帝与大臣们数次激烈的议论。清朝廷对这起事件的议论历时两年,在此期间，由于没有信牌，赴日的中国商人均被遣回，最终在康熙皇帝的干预下，朝廷还是默许了日本信牌，中日贸易才得以继续。

而在当时的大清王朝，由于需要稳定国内银与铜钱的比价，提高钱币质量，统一国内货币制度，政府一直以官方授权、商人买办的形式大量地从日本进口铜料。中日两国虽然多有贸易往来，但此时的清朝在经济上对日本的依赖反而偏重一些。信牌事件发生后，康熙非常清楚地意识到，日本官方对贵金属的出口限制是清朝政府无法直接干涉的问题，实际上，这是日本政府暗地里在向中国政府叫板。

众所周知，在历代中国王朝的政治视野当中，日本等周边国家都被归属于“夷”的位置，他们在文明程度、经济实力等方面都与中国有着很大的差距。四方臣服，朝贡称臣，中国皇帝在周边国家具有绝对的权威。可日本信牌事件却透露出这样的事实，即中国对日本有所需，而皇帝对日本制定的政策却没有干涉的能力。同时，对照明朝向日本施行的勘合制度，接受夷人的信牌规则管制更是在形式上显现出中国与日本在华夷秩序中位置的颠倒。这不但伤及大清王朝的颜面，在意识形态上对皇帝的绝对权威也是一种挑战。从长远来说，这更会使以中国为中心的华夷秩序出现被颠覆的危险。同时，向来以经济、文化等软实力得以统辖的东洋、南洋等边缘地区也会出现脱离清帝国控制的可能。

“总督大人别忘了，日本有极强的尚武精神。尚武意味着什么？意味着好战，这是他们的天性，他们的眼睛时刻在盯着我辈呀。”陈瑸像是在提醒满保。

是啊，陈瑸比当今朝中大臣可能想得更远。自从他任职台湾以来，特别是担任福建巡抚之后，他常常在思考一个问题，东南边陲安危何在？在台湾、福建待了这么久，陈瑸清楚地意识到，沿海真正的敌人不是海盗。对付海盗并不太难，最大的危险还是日本，这是个好战的国家、好战的民族，早在元末明初，日本正处在南北朝分裂时期，封建诸侯割据，互相攻伐，在战争中失败了的封建主就组织武士、商人、浪人到中国沿海地区进行武装走私和抢掠骚扰，这就是历史上人们所说的倭寇。在明初，明朝国力强盛，国家非常重视海防设置，倭寇未能酿成大患，可是随着明朝政治的腐败，海防松弛，倭寇祸害越来越严重。嘉靖年间，倭患尤甚，其重要原因，一是明世宗昏庸腐朽以及严嵩的奸贪狠毒，庇护、纵容通倭官吏，打击、陷害抗倭将领。二是嘉靖年间，由于商品经济的进一步发展，对外贸易相当发达，沿海一带私人经营的海上贸易也十分活跃。这些海商大贾、浙闽大姓为了牟取暴利，不顾朝廷的海禁命令，和“番舶夷商”相互贩卖货物，成群分党，形成海上武装走私集团。有的还勾结日本各岛的倭寇，在沿海劫掠，以致倭患愈演愈烈。明代东南沿海抗倭之战是中国历史上第一次反侵略战争，嘉靖三十四年（1555 年）五月，由汉、壮、苗、瑶等族人民组成的抗倭军队，在明爱国将领张经的领导下，在浙江嘉兴大破倭寇，斩敌两千；后来倭寇劫掠福建福安等地，遭到当地畲族人民的奋起抗击；嘉靖四十二年（1563 年），败走福建的倭寇，窜至台湾鸡笼（基隆）一带，又被高山族人民赶走；再后来，民族英雄戚继光率领的“戚家军”多次打败倭寇，最终取得了抗倭战争的历史性胜利。这么多年了，倭寇成建制的侵略还没出现，以致边关防务如同虚设，工事凋零，刀枪入库，马放南山，陈瑸一路看来非常痛心。就目前的防务，只要倭寇来袭，必会长驱直入，实在太危险了！作为福建巡抚，他实在是心急如焚，所以跟总督大人说出了自己的担忧。

经陈瑸这么一说，特别是信牌事件的发生，足以说明日本国只要国力强大一点儿就敢跟我大清叫板，日本以后才是我中国最大的敌人。

满保终于赞成地点了点头：“陈大人说得极是。”。

“《周易》早就说过，安而不忘危，存而不忘亡，治而不忘乱，是以身安而国家可保也。”

“不错，生于忧患，死于安乐。”

“祸患常积于忽微。”

“居安而思危，则终不危，操治而虑乱，则终不乱。”

“我国唐朝为什么能够昌盛那么多年？唐太宗皇帝就常常告诫群臣，天下稍安，尤须兢慎，若便骄逸，必致丧败。”

“历览前贤国与家，成由勤俭破由奢。”

“兴也勃焉，亡也忽焉。”

……

“哈哈，今日下官真是遇上知己了。”陈瑸很是欣慰。

“本官也有同感。”满保一样高兴。

其实满保和陈瑸一样，也有强烈的忧患意识，他们是真正替朝廷、替国家操心的封疆大吏。他们都深深感到边关防务实在不堪一击，一路巡察他们终于达成了共识：不惜一切代价修复边关工事，加强防务，以御外来之敌。

这样，一个巡抚、一个总督，自己掏钱修缮边塞工事，福建布政司沙木哈闻讯也主动掏钱，积极参与。闽浙几位朝中重臣自掏腰包修缮边塞工事，全部捐出来用以新建或修建边防几大设施:其一,新建漳浦县云霄营演武厅;其二,修建金门官澳寨,此寨为明代周德兴建造,是一座巡检司城,到清代已经趋于破败,督抚下令把一座周围一百四十八丈,基广六尺五寸、高一丈七尺,修复如初;第三,捐造澎湖新城。

这一举措在当时的朝廷被传为佳话。

不仅如此,作为封建疆大吏的陈瑸还关心着全国军务,康熙五十六年(1717 年),陈瑸"题明捐马价银三千两,又捐银二万两,以充西事军需;委领解本年颜料延平府通判杨毓健搭解,赴兵部投交"。

经过陈瑸多年的不懈努力,真正达到了康熙所希望的"岭海屏藩靖蜃气,关山保障息烽烟"的效果。陈瑸为东南沿海的稳定做出了卓越的贡献。

三十七

满保在闽浙总督的位置上已经干满任期了,回到京城去面见皇上。

“你觉得闽浙总督由谁接替最为合适?”听完了满保的汇报,康熙问满保。

“微臣以为,闽浙总督非陈瑸莫属。”满保毫不含糊地回答。

“哦? 何以见得?”康熙有些疑惑。在当下官场,总督和巡抚总是很难相处的,噶礼和张伯行就是个典型的例子,没想到如今满保却极力推荐巡抚陈瑸来接替,莫不是督、抚之间存在什么利益关系? 康熙从来就没有相信过任何一个人,对臣子也好,对自己的皇子也好,都是半信半疑,现在满保这么一说他也产生怀疑了。

“微臣观察陈瑸已经很久了,此人乃我大清栋梁之材,若能由陈瑸接替闽浙总督,东南边陲安全圣上足以放心。”满保答道。

“哦? 说说你对陈瑸的印象?”康熙问。

“第一,此人为官十分清廉。不瞒圣上,起初微臣对陈瑸的清廉还是半信半疑,总感觉当下清官多是装出来的。这几年微臣跟陈瑸接触多了,特别是和陈瑸一块巡察沿海防务,微臣才彻底服了,陈瑸的确是天下第一清官。”

“听说你们一路巡查,他都是跟他的两个仆人一起吃粗茶淡饭,从不要奢华接待,即便是在军营就餐也付伙食费,此事当真?”康熙问。

“千真万确,微臣亲眼所见,为之感动!”满保坚定地回答。

康熙点了点头,在思考什么。

“第二,陈瑸是个难得的能员,办事能力极强。陈瑸从来不要什么幕僚,所有公务都是他亲自处理,精明强干,处事极有办法,微臣从心里佩服。”满保说得有些动情。

康熙还是点点头,没说话。

“最难得的是他为官的那颗心,了不得!”满保欣赏而又佩服地继续说道。

“此话怎讲?”康熙问道。

“微臣以为,陈瑸上对圣上赤胆忠心,下对百姓充满大爱,当今官场为官之人能真正做到这两点的不多。一些官员对上阳奉阴违,对百姓百般欺压,对上对下都没有真心实意。陈瑸却是全心全意对圣上忠诚,心中还始终装着百姓,实在非常难得。所以微臣觉得让陈瑸接替闽浙总督,圣上大可放心。有陈瑸在东陲,不仅是福建人民之福,也是闽浙人民之福。”满保很动情地答道。

康熙想起上次陈瑸面圣,皇帝下谕群臣说:“我每次见陈瑸,观察他的言行举止,发现他确实是清官。陈瑸生长在海滨,并非世家大族,也没有门生故旧,但天下人都称赞他清廉。不是真有此行,怎么会得到这样的称赞呢?国家得到这样的人,实在是福气。应该评为优异,目的是振奋清廉之精神。”

现在从满保这里得到了肯定,康熙心里一阵喜悦,无数的事实证明,自己对陈瑸的看法是准确的。

“好,很好,朕准你奏。立即着吏部下旨,由陈瑸兼任闽浙总督!”康熙高兴地说道。

其实这时候,关于清官,皇帝已经不再停留在最初的认识上了。在他当政初期,清王朝统治阶级奢靡贪腐,官场风气和社会风气一度堪忧。康熙注重整顿吏治,巩固政权,积极倡导、逐步推行清官政治,极力推举清官制度,有效地发挥清官的援引荐举作用,也选拔了不少清官,像格尔古德举荐张鹏翮,张鹏翮举荐张伯行,张伯行举荐陈瑸,这种清官推举清官的选人链条在康熙当政前期、中期都十分常见,真正做到了用一贤人则贤人毕进,不拘一格提拔擢用清官。康熙知人敢用,只要清廉、有才能,就能得到重用。他摒弃了前面皇帝只用满人不用汉人的做法,大举重用汉人官僚、士大夫,选拔优秀的汉人官员作为封疆大吏,特别是超擢一批清官,在官场上树立了健康的从政导向,收到了明显效果,贪腐风气受到遏制,整个大清王朝官场政治渐获清明,社会风气大为改变,呈现出清官辈出的景象。客观地说,康熙年间的“清官比贪官多”,甚至只有典型的清官,没有特别典型的贪官。

可这么多年过去了,康熙发现,当官仅仅是清廉是远远不够的,还要是能员。在康熙的心目中,“清官标准”除了“洁己”,更要“任事有为”。康熙任用的清官大都秉持了这一点。为让官场风清气正,防止贪腐奢靡反弹,康熙除了注重“援引荐举”制度外,对清官的勉励和嘉奖制度也很到位。比如,用心体察官员的内心,适宜的夸奖、加薪或者晋职都是一种肯定的表现。于成龙是康熙皇帝最赏识的清官，康熙赏赐给于成龙自己乘坐过的骏马一匹，还作诗表达对他的褒扬和恩宠；汤斌也是康熙时期有名的清官，康熙赐他鞍马、衣料、银钱，又赐御书三轴，并说“今当远离，展此如对朕也”；陈瑸深得康熙喜欢，赐他裘皮大衣。而清官去世后，康熙追加谥号，也是他笼络清官的方式之一，比如张伯行的“清恪”、李光地的“文贞”、赵申乔的“恭毅”、吴琠的“文端”、格尔古德的“文清”、于成龙和陈瑸的“清端”、徐潮的“文敬”等。

这时，皇帝本能地想起自己当政以来的一些公认的清官，比如于成龙，清代名臣，45 岁被任命为广西罗城知县，曾因多次政绩卓异，被提拔为直隶巡抚。于成龙在清廉、戒贪、减赋、赈灾等方面都有杰出表现：青县知县赵履谦贪污，于成龙上奏弹劾，赵履谦被按律惩治，皇上褒奖他为“清官第一”。于成龙升任两江总督后举贤荐能，革除积弊，大力推行政令教化，自己还微服私访体察民间疾苦，以身作则节俭衣食住行。江南素有奢侈之风，于成龙只吃粗米和蔬菜。他的行为触犯了一些有势力的人的利益，就有人编造出一些流言蜚语诽谤，他副都御史马世济弹劾于成龙年老体衰，被中军副将田万侯欺骗蒙蔽。皇帝命令于成龙就此事回奏，于成龙引咎请求严厉处罚自己，皇帝下诏书让于成龙继续任职，将田万侯降职调离。这一年，于成龙在任上去世，时年 68 岁，将军、都统以及幕僚属吏入内检点遗物，只不过是竹箱内一身丝绸棉袍和床头盛盐、豆豉的几件器物罢了。百姓们听到噩耗，放下生意不做，聚在一起痛哭，绘制他的画像供在家里祭拜他。康熙赐予祭拜安葬的礼遇，将“清端”（“清廉最佳”之意）二字定为他的谥号。

有大臣从江南出差回来，康熙皇帝问他，于成龙居官如何，那大臣回答，成龙居官甚清，但因轻信，有时被下属欺骗。康熙反驳说，于成龙素性耿直，被下属欺骗的话是那些嫉恨的人造谣。康熙感叹：“居官如于成龙者有几？”

自古清官廉吏难得，也难学。于成龙难学，官员学不来也不愿意学。后来康熙见了于成龙的孙子于准，对他曾经是“天下第一廉吏”的爷爷，不赞其清廉，反而说“尔祖宽严并济，人所难学”。清官难做，清官难学，众多清官是清而刻，或者清而怪，难以接近，于成龙“宽严并济，人所难学”。与陈瑸同时代的赵申乔也是著名清官，生性过于刚直，眼睛里揉不了沙子。他在偏沅当巡抚时，“凡贪赃枉法者，从不少贷”，几乎参遍了所有的官员，康熙朝著名的文字狱“南山案”，就是起因于赵申乔对戴名世的参劾。张伯行是康熙早年十分推重的一个清官，但后来康熙对他也不满意了。

到了康熙朝晚期，为求仁君美名，康熙治政一味宽厚，对臣子的贪腐时常放纵。加上诸王夺嫡，各个争权夺利，拉帮结派，对亲信的不法行为诸般包庇，康熙看在眼里，很多时候也无可奈何。

这个时候，举目皆是平庸因循甚至私欲极盛之辈，不复初年“廉吏辈出，吏治蒸蒸”的景象。唯独对陈瑸，康熙始终是赞赏有加，听了满保的介绍，康熙更是欣喜。一个农家出身的穷苦孩子，没有任何关系背景，靠自己的打拼，靠自己的清廉，靠自己的能力，做到了巡抚的位置。为官以来，几乎没有遭到任何人的弹劾（仅胡德参本一次），从来没有听到半句说他不好的话，官声无论在同僚还是在百姓之中，都是拔尖的。陈瑸清而不刻，中庸厚道，始终有一颗宽厚的包容心。他不光爱民，而且爱护那些为民办事的好官。陈瑸一生与上宪下属都能和睦相处。在福建巡抚任上，他善于协调官民各种关系，催科有法，既完成朝廷征赋，又让百姓能够过得幸福；而对于手下的官员，他一向特疏举荐推升，在他任上，一共保举了 12 位县令、1 位通判、1 位知府、1 位知州，申请给予破格奖励；对官员中那些贪渎之徒，也是查清事实，列款题参，请朝廷给予处分。陈瑸主张坚决打击贪官污吏，对那些“并不实力践行，徒尚浮论，沽名钓誉，又皆久奉禁革之事，故张大其词，有玷官箴，业经圣明洞见肺肝，斯即立加罢斥”。

康熙觉得，这才是他所希望看到的清官，这才是天下第一清官。可是这个名号康熙已经赐给了张伯行了，虽然张伯行不尽如人意，可也不能把那“天下第一清官”的美名拿下来，最后康熙只好赐给陈瑸一个“清端”（跟于成龙一个谥号）。

与清廉相对应的是贪腐。在康熙时代，虽然出了不少清官，但是腐败也比较严重，而且愈演愈烈。究其原因，与制度本身有关，也与康熙本人有关。

清朝的俸禄制度有着根本性的缺陷，主要是官员俸禄低至不足以维持官吏本人和家属的基本生活。一个七品知县岁俸银仅 45 两，即使总督、巡抚这样的封疆大吏，每年合法收入也只在 150—180 两之间。这点小钱，对于奢华盛行的清初社会，实在是杯水车薪。

不仅如此，如遇国家有难，朝廷还要在官员的俸禄上打主意，让他们捐俸、减俸，这就逼着官员利用手中权力侵吞公款或搜刮民财，纵容或者鼓励他们依靠“不明来源财产”生活。

官员为国家、为朝廷掌控着银钱，手里又有权力，当他们从正常的渠道得不到满足的时候，势必就会从非正常的渠道获得财富，这时候的权力就成了他们的一颗摇钱树。古人云：天地生财只此数，不在民间在官库。一语道破真谛！曾经有大臣向康熙进言要提高官员的俸禄，可康熙始终没有把这事当一回事。官员的俸禄低，上面还要摊派，钱也就那么多，不是所有人都能像陈瑸、张伯行、于成龙一样，他们都可以不拿百姓一文钱，不给家里寄一文钱，别的官员却要靠这些俸禄养家糊口，要靠做官发财。怎么办？只有敲诈百姓，火耗就是一种捞取银子最普遍、最通用的手段。为什么陈瑸提出取消火耗，康熙会认为是笑话？就因为天下都在执行火耗制度，就是康熙皇帝自己也知道这中间有名堂，也曾想改进，可改不了。衙门要靠这火耗赚点钱维持正常的开销，官吏也要靠这个火耗捞点油水，于公于私火耗都是个好东西，只是对百姓不好。

康熙尽管极力推行清廉制度，但他同时又在不断地纵容贪腐。从康熙本身的意愿看，他希望下面的大臣个个都是清官，可实际上他的指导思想和做法又时刻在怂恿贪官。康熙一个致命的错误就是治贪不严，治腐不彻底。

曹寅就是个典型的例证。

还在噶礼担任两江总督的时候，噶礼就曾经密奏皇上，说曹寅拖欠300万两银子，请求公开弹劾曹寅。噶礼弹劾曹寅不是因为他自己有多清廉，而是因为他知道曹寅是康熙皇帝的“密探”，他的劣迹随时都有可能被曹寅直接汇报到皇帝那里，所以他要急于铲除曹寅。噶礼对曹寅并不是诬陷，当时曹寅的确拖欠了朝廷的银两，如果换成别人，皇帝早就着人调查处理了，曹寅的脑袋可能早就搬家了。可曹寅跟康熙的关系实在太硬了，可以说曹家几代都在为康熙效力，深得皇帝的宠信。曹寅的父亲，也就是曹雪芹的曾祖父曹玺曾经由王府护卫升任内廷二等侍卫，康熙二年(1663年)，曾经担任内务府营缮司郎中的曹玺被康熙任命为江宁织造，负责织办宫廷里和朝廷官用的绸缎布匹，以及皇帝临时交给的差使，开始充任皇帝的耳目。由于曹玺忠实勤奋、办事利索，康熙对他非常宠信，又赏蟒袍，又赠一品尚书衔，并亲手写“敬慎”的匾额赐给他。康熙二十三年(1684年)，曹玺“积劳成疾”，死在工作岗位上。康熙南巡至江宁时(今南京)，亲自到织造署慰问曹玺的家属，还特派了内大臣去祭奠他。曹寅“子承父业”，又担任了江宁织造，皇帝知道曹寅和李煦亏欠两淮盐课银300万两，却不查处他们，只是暗中提醒曹寅，赶紧把亏空还上就什么事都没有了。

实际上，曹寅亏欠两淮盐课也是无奈之举，甚至与康熙直接有关。康熙六次南巡，四次住在曹家。康熙南巡，排场甚大，开支浩繁。曹寅接待四次，仅一顿“御宴”就是一百桌,此外还要看戏、观灯、游览、摆宴及打点随行的太子、皇子、重臣、侍卫等。当时有人形容江南迎接“圣驾”的奢靡情景:“三汊河干筑帝家,金钱滥用比泥沙。”正像后来的《红楼梦》里写甄家接驾的情景时所说的:“把银子花得像淌海水似的。”但只要皇帝高兴,“别讲银子成了粪土,凭是世上有的,没有不是堆山积海的,‘罪过可惜’四个字竟顾不得了。”

皇帝下榻曹府所需开销,全由曹寅个人承担。曹寅一向是个慷慨大度之人,出手不凡,可以说,江南织造实际上就是皇室的提款机。织造是专门负责经办宫廷里和朝廷官员用的绸缎布匹以及皇帝临时交给的差使。清内务府共设三个织造官,江宁(南京)织造、杭州织造和苏州织造,分别由曹寅、李煦和孙文成担任,曹寅是李煦的妹夫,孙文成是曹寅母系亲戚,实际上三人都是亲戚。康熙一朝官场中最大的肥缺就是江南织造,被以曹家为中心的曹、李、孙三大家包办了。所以孙文成出任杭州织造时,康熙就专门叫他传口谕给另外两位织造:“三处织造,视同一体,须要和气,若有一人行事不端,两个人说他改过便罢,若不悛改,就会参他。”

正因为这样,几十年以后,曹寅的孙子曹雪芹在他的《红楼梦》里就对江南三织造这样写道:“皆联络有亲,一损皆损,一荣皆荣,扶持遮饰,俱有照应。”

常常皇上要用钱的时候,就向这几个织造官要。在康熙给曹寅奏折的朱批上就有这样的话,其余的钱你留作贴补家用,“朕只要 6000 两喂马”。皇上轻描淡写的一句话,就把 6000 两白银拿走了。不只是皇上要钱,皇子们要钱了也找江南三织造,允礽、允禟等诸王从织造借去大量银两,从来不还。曹寅给康熙的儿子送礼从来都是非常大方。康熙四十四年(1705 年)和康熙四十六年(1707 年),太子胤礽先后两次向曹寅“借钱”,每次“借款”的数额都是 2 万两。

曹寅孝敬皇上和皇子出手极为大方,自己家里的排场也十分了得。从康熙四十四年到康熙四十七年(1708 年),曹家光养戏子就花了将近 3000 两银子;康熙四十八年(1709 年),康熙的老师兼顾问、原礼部尚书熊赐履在南京去世,曹寅既要当密探,又不能寒碜,一出手就拿出了 240 两银子做祭礼,给了熊赐履的儿子。

更重要的是曹家有大批房地产,曹家在北京有住房两所,曹雪芹就出生在北京自己家里。后来,曹雪芹的父亲 24 岁去世,曹寅前去北京述职,之后就把曹雪芹接到了江宁(南京)。曹家在南京、扬州、苏州三地有住房 11 所,另田产有 8 处,共 1967 亩。当初,康熙叫曹寅去打听熊赐履的家境,熊赐履死前家里拥有两所住房、100多亩土地,在当时高级官员当中已经属于中等水准了,可跟曹雪芹家相比,实在寒碜。

曹家如此家业,靠曹家的几个人在朝廷拿工资根本无法实现。譬如曹玺,按规定,年薪只有130两银子,另有108两归他自由支配,名义上是办公经费,实际上是岗位福利的工作津贴,把年薪和津贴凑一块儿,总共238两。曹老爷子风格高,年薪只领一半,工作津贴一文不要,这样每年领到的银子,只有65两。曹寅的工资相对低一些,年薪105两银子,工作津贴108两银子,其中工作津贴也一文不要,年薪按标准全支,每年实领薪水是105两。到了曹頫(曹寅的儿子)那一代,实领薪水跟曹寅时一样,也是100多两。这时曹家已经"不得圣意",为了向皇帝表示忠心,曹頫时不时还要捐出一笔远远超过其薪水的巨款。比如康熙五十四年(1715年),曹頫一次捐了白银3000两,给朝廷作为买骆驼的费用。算到后来,他领到的薪水实际上就是负数,等于没有薪水,还得倒贴。

如果靠薪水,曹家是不可能过上《红楼梦》里那种锦衣玉食、醉生梦死的奢侈生活的。曹家上要满足皇上的需求,满足皇子的"借"款,下要保证曹府的风光,只有一条路,就是"贪",挪用,账面亏欠。亏欠300万两,皇帝只说赶紧还上,没说半点别的,曹寅也知道做人,于是就拆东墙补西墙赶紧"补上"。曹寅在江宁织造的职位上一直都是疲于应付,其账目始终是一笔糊涂账,从来没有清楚过,也无法算清,也没有一年不亏空。曹寅早就陷入债务深渊,直到曹寅死时窟窿还没补上,还差20多万两。

曹寅面对茫茫债海,已经无法弥补,也没有能力挽回局面。康熙五十一年(1712年)大年初一,曹寅感染风寒,卧病数日,转而成疟,虽服药调理,日渐虚弱。七月十八日,曹寅让李煦密奏康熙,向皇上讨药。当时治疟疾最好的药是从西洋进口的金鸡纳霜,以曹寅之富在当时也难以弄到。康熙朱批:"尔奏得很好,今欲赐治疟疾的药,恐迟延,所以赐驿马星夜赶去。但疟疾若未转泻痢,还无妨,若转了病,此药用不得。南方庸医,每每用补济,而伤人者不计其数,须要小心,曹寅原肯吃人参,今得此病,亦是人参中来的。""金鸡纳霜专治疟疾,用二钱,末,酒调服,若轻了些,再吃一服,必要住的,住后或一钱,或八分,连吃二服,可以出根。若不是疟疾,此药用不得,需要认真,万嘱!万嘱!万嘱!万嘱!"一连四个"万嘱",从北京到扬州康熙限快马九日赶到,也算一片真心,可惜曹寅最终不治而亡……

曹寅的离世,标志着曹家富足的生活走到了尽头。曹雪芹正是从曹家的鼎盛时期开始了他的人生,可历史给他开了一个不大不小的玩笑,让他从锦衣玉食的奢侈生活一步步掉进了生活的最底层……

三十八

在开发台湾的策略上,陈瑸认为,一要开禁,二要从大陆移民拓垦台湾荒地。陈瑸说:“台地尤宜谷之地也。按北路诸罗县属二千三百余里,南路凤山县属六百余里,台邑中路东西五十余里,其间旷土尚多,弃之可惜。漳泉等郡民居仅一水之隔,应广为招徕,以闲旷之地处之,使之畊食凿饮,安居乐业于其中。”另一方面,陈瑸又主张维护番民利益,确定“番社”的农地、休耕地、鹿场等皆为“番地”,应予保护。陈瑸说:“将请垦番地永行禁止,庶番得保有常业,而无失业之叹。”

无疑,陈瑸的这些主张对台湾的长久发展起着巨大的作用,可是,大清对台湾的政策并没有因为陈瑸的主张而彻底开禁。大清王朝对于台湾的开禁政策有一个漫长的变化过程。

当年,为了收复台湾,“困死” 郑氏势力,大清王朝采取了极为严厉的经济封锁措施,清政府的经济封锁措施包括实施海禁和迁界移民,目的在于断绝郑氏势力粮饷和军用物资的供给,坐困郑氏势力,令其不战而降。陈瑸入台和接任福建巡抚以来,无时无刻不在为这一方土地的发展殚精竭虑。台湾已经收复20年了,过去的封锁政策已经过时,必须废除。陈瑸当政以来已经不止一次提出系列开禁措施,也一直在身体力行推行一系列的改革措施,朝廷也出台了许多开禁措施,但仍然不够。最明显的是移民政策,陈瑸呼吁无数次了,在他当了巡抚之后也多次上奏朝廷,可作用依然不大。直到后来有一天,十四阿哥把这个话题在朝堂之上直接向皇上陈述,引起一场不小的争论,这件事情才在后来有了历史性的突破。

陈瑸知道自己说话还很难影响朝廷的重大决策,移民台湾不是个小事。正好这时十四阿哥到福建筹办海防之事。有不少人传话给陈瑸,说十四王爷在福建放出话来,要把福建饥民移民台湾,陈瑸觉得这是个千载难逢的机会,他的移民策略或许有希望了。陈瑸虽然平时绝不会攀附王公贵族，到了京城也从没到过哪位阿哥的府上，现在十四阿哥到了福建，他想借尽地主之谊的机会，拜访拜访十四阿哥，趁此机会跟十四阿哥说说移民之事。

这一天一清早，陈瑸就带着林伯和任重出了巡抚衙门。这一回是正式拜访，他没有穿便服，着的是二品大员的官服，坐了官轿，径直去了十四阿哥在泉州的提督府。

“下官陈瑸给十四王爷请安。”陈瑸进门拱手向十四王爷鞠躬请安。

“岂敢岂敢，陈大人亲临本督乃本王之福。早听父皇说了，陈大人乃天下第一清官，今日得见实在荣幸。”十四阿哥还礼道。

“听说王爷来了福建，下官本该早来拜访，只因杂事繁多，来迟了，还请王爷见谅。”陈瑸谦逊地说道。

“哪里哪里，该是本王前去拜见陈大人才是。也是事多，一时没安排过来，本王还要请陈大人原谅呢。来，陈大人，请喝茶。”十四王爷客气地说道，指了指下人刚端上的热茶。

宾主寒暄了一阵，十四王爷问道：“听说陈大人早有移民台湾的想法，本王很想听听大人的高见。”

陈瑸本来就是想来谈此事的，没想到十四王爷先开了口，他自然顺水推舟，谈起了自己对移民的看法。

“回王爷话，福建地瘠民贫，人多田少，而台湾却地荒人稀，加之台湾土地肥沃，地气和暖，稻米、糖蔗、杂粮有种必获，一岁所获，数倍于福建，如若能移民台湾，实在是件功在当代、利在千秋之好事。”陈瑸侃侃而谈。

“哦？本王对台湾府情形不甚了解，陈大人在台履职多年，台湾民众对大人称赞有加，能否请大人详细谈谈台湾的情况？”十四王爷说道。

“回王爷话，我大清收复台湾之后，朝廷设立了台湾府，下辖台湾、凤山、诸罗三县，下官在台湾既任过台湾知县，又任过台厦道、台湾知府，对台湾情况的确有较深的了解。朝廷曾经为收复台湾采取了禁海迁界政策，毫无疑问，这些政策为收复台湾起过重要的作用。可台湾现在已经收复20年了，为防台湾再次成为各股反贼的集结地，朝廷对台湾管理还是极严，对沿海各省与台湾间百姓的往来也限制颇严，犹以福建为甚。下官不止一次向朝廷反映，建议彻底解禁，建议将福建靠近台湾的沿海地区移民部分去台湾，这对朝廷、海峡两岸都有好处，下官恳请王爷也为之呼吁，恳请朝廷对台政策做出更大的调整，以利台湾以及福建百姓。”陈瑸一说起这个话题就滔滔不绝。

陈瑸在说的时候十四王爷不时点头，显然，他是非常赞同陈瑸的主张的：“好，陈大人说得极是，本王深有同感。本王初下江南，正在打造远洋舰队，创建海军，皆是为了捍卫海上疆域。台湾虽然孤悬海外，却是东南海防不可或缺之地，开发台湾、移民入台不是权宜之计，陈大人请详细说说您的看法。”

“回王爷话，自收复台湾之后，朝廷便大规模地遣返在台官兵及其家属。开海禁之后，朝廷规定赴台官员不得携带家眷，对赴台百姓管理得更严，并有严格规定：其一，欲渡船台湾者，先给原籍地方照单，经分巡台厦兵备道稽查，依台湾海防同知审验批准方可。此即所谓‘照单’入台。其二，渡台者不准携带家眷，业经渡台者，亦不得招致。其三，粤地屡为海盗渊薮，以积习未脱，禁其民渡台。下官以为，这些规定实在过于严苛，不利两岸交流，不利两岸经济发展，下官准备再奏请朝廷建议加以修改。”陈瑸对现在的两岸政策了解透彻，一些改革的设想正在酝酿之中，十四阿哥一提到此话题，陈瑸便一泻千里。

“哦？还这么严格，这着实不便交流，请陈大人继续发表高见。”十四阿哥也在思考这个问题，今天碰到了专家，便继续洗耳恭听。

“王爷，福建历来便是缺粮大省，无田无地之民甚众，一遇灾荒，饥民便流离失所。台湾对福建百姓的诱惑实在太大，虽然朝廷对福建与台湾之间往来管束很严，但每年仍然有不少的海商、百姓往返。台湾的种种情形在福建广为人知，‘台湾好趁食’‘台湾钱、淹脚目’等谚语在福建亦是妇孺皆知，福建百姓尽皆视台湾为乐土。”

“哦？还真有这回事？”

“一点不假，尽管朝廷管理如此之严，但仍有大量百姓以小船偷渡入台，每年死于海上、孤岛的百姓数不胜数。与其偷偷摸摸渡海，还不如鼓励部分百姓移民过去，让更多人去开发台湾，也减轻了福建的压力，两全其美，何乐不为？”

“好，陈大人说得非常好，本王举双手赞成。”

“既然王爷也赞成下官之见，下官便有一事相求，还望大人成全。”

“陈大人请讲，只要本王能做到，本王决不推诿。”

“好，下官先谢过王爷。”陈瑸要施礼，十四王爷忙扶住陈瑸。

“免礼免礼，陈大人只管道来，本王定将全力以赴。”

“下官以为，王爷若能上书朝廷，允许移民入台，无异于福建灾民再生父母。”

“这……”十四王爷并没马上答应，心里在琢磨着。

“王爷，如若不准许福建民众移民台湾，已经偷渡台湾的饥民则有可能还会被遣返回来，这于福建沿岸亦是后患无穷。日后，只要稍遇灾荒，便会故态复萌，长此以往，积重难返，移民台湾乃当务之急呀。”

“陈大人所言极是，请容本王好好想想，如何向父皇禀报。”十四王爷没有发表更多的看法。事实上，他还没有想好怎么运作这件事情，他要好好理清头绪。

十四王爷送走了陈瑸，在屋里静坐了好一段时间，他的脑子里在回放陈瑸的话语，他越来越被陈瑸的话所打动。是啊，朝廷花了那么大的代价收复了台湾，现在却不移民开发，反而严加控制，还要抑制台湾的人口发展，实际上也是在控制台湾的经济发展，这是一件多么不可思议的事情啊！十四王爷当然知道，父皇苦心抑制台湾发展，无非就是害怕台湾再次成为反清基地，过去有这个担心一点儿也不足为怪，可现在情况不同了，自己建起了远洋舰队，建起了强大的海军，陈瑸和满保还修了那么多坚固的工事，台湾还有可能成为反清的基地吗？绝对不可能。十四王爷从心底赞成陈瑸的建议，他这时才发现，陈瑸真正是大清的铁杆忠臣，对父皇、对朝廷、对百姓一片忠心，实在难能可贵，他还有什么理由不去支持这位封疆大吏？这可是为了大清的千秋伟业。台湾是一块宝地，如此荒废，着实令人叹息。

沉思了许久，十四王爷终于提笔给父皇写了封密信。

畅春园，清溪书屋。

外面滴答滴答下着小雨。

康熙看完胤禵从福建泉州发来的密信，在殿中来回踱步。胤禵在信中恳请移福建饥民入台，并详细列出了移民入台的好处：第一，能够缓解福建民众田寡之现状，从根本上解决福建缺粮的问题；第二，台湾地广人稀，土地肥沃，气候适宜，可一年耕种两季，甚至是三季，一旦开发，不仅台湾丰衣足食，临近的福建、广东两省也会跟着受益，从而缓解江南、湖广的压力；第三，台湾在东南海防中的地位日益重要，人口太少，不利于驻军防守，如果移民，就可以从根本上解决这一问题；第四，如日后打下广袤的海外领土，也需要移民巩固，不妨以移民入台先行积累经验。

康熙对照胤禵所说的几条理由，逐条琢磨、分析。信的末尾，胤禵又说，自荷兰人手中购买的二级战列舰已经在上海开始着手仿建，仅仅是这种二级战列舰，一次就可装载兵员上千，更大的一级战列舰不过几年时间，也将建造出来，有此等巨舰组成的远洋舰队远征西洋尚且不惧，何惧台湾弹丸之地？

康熙一直在担心台湾的防务问题，最怕的是台湾再次成为反清基地，看了老十四的信，心里宽慰了许多。这几年陈瑸在福建建起了坚固的防御工事，再加上老十四正在筹建的二级战列舰和海军，只可能成为东南沿海的重要屏障，怎么可能还会成为反清的基地？这又是多好的事情！大清不就需要这种坚固的海防吗？

这可是为了大清的百年大计，难得十四皇子有这片心。一直以来，康熙无时无刻不在观察、考验这些皇子，皇太子胤礽实在让他失望，根本就没有能力继承皇位，他不得不另选他人。康熙一共生了55个子女，其中皇子35人，格格20人，在35位皇子中有20位已经成年，较为年长的有12人，分别是大阿哥胤禔、二阿哥胤礽、三阿哥胤祉、四阿哥胤禛、五阿哥胤祺、七阿哥胤佑、八阿哥胤禩、九阿哥胤禟、十阿哥胤䄉、十二阿哥胤裪、十三阿哥胤祥、十四阿哥胤禵。事实上，在这12位皇子中没有一个不想成为皇位的继承者，只是有的愿望强烈，有的愿望没有那么强烈。有的看到自己在皇上心中的地位不高，比如五阿哥胤祺、七阿哥胤佑、十二哥胤裪，知道自己争王毫无希望，干脆不掺和，安安心心地当着自己的亲王。最终剩下大阿哥胤禔、二阿哥胤礽、三阿哥胤祉、四阿哥胤禛、八阿哥胤禩、九阿哥胤禟、十阿哥胤䄉、十三阿哥胤祥、十四阿哥胤禵等9人为夺取皇位而费尽心机，史称“九王夺嫡”。后来，大阿哥胤禔因野心太过暴露，遭康熙帝终生圈禁，太子胤礽被废黜，三阿哥胤祉看到大阿哥胤禔、二阿哥胤礽的前车之鉴，不敢再搅这趟浑水，主动退出了竞争，最终只剩下四阿哥胤禛、八阿哥胤禩和十四阿哥胤禵三人角逐。这三人中，八阿哥最有心计，上次废除太子之后康熙让众臣举荐太子，朝中上上下下居然全部首推八阿哥，这让康熙看到了危险。他最反对的是皇子与朝中重臣勾结，八阿哥居然把上上下下的大臣都买通了，康熙能看不出来？康熙反复观察了八阿哥，在众皇子中，就数八阿哥最有人缘，最会拉关系，可八阿哥实际上没有自己的建树，没有开创精神，真要把这个皇位传给八阿哥大清就完了。群臣越是支持胤禩，康熙就越要提防这个儿子，他意识到，老八在朝廷上下的好名声对他来讲是个不小的威胁，他害怕有朝一日老八逼宫就麻烦了，所以康熙决定要坚决打消胤禩以及他的党羽对储位的幻想，曾在公开场合说胤禩居心险恶。偏巧有一次康熙的寿辰，胤禩因为母亲忌日的原因不能亲自拜寿，就派人送去两只将死之鹰。康熙大怒，立刻骂胤禩不忠不孝，连带骂他为辛者库贱妇所生，并且声称父子之恩断绝，并停爵停俸。不久，胤禩感染了伤寒，几近毙命。康熙当时在承德，只是批复：勉力医治。随后康熙御驾回畅春园，路上经过胤禩居住的园子，此时的胤禩已经人事不省，康熙坚持让其他儿子将其移回京城。皇九子胤禟反对挪动胤禩，说将死的人了，不应该挪动。康熙却说，这可不是我逼你们要挪走他的，你们回头不要怪到我头上。

还好，胤禩当时没死，还是活了过来，可他不再有希望继承皇位了。

现在，只剩下两个儿子有资格继承皇位了，一个是十四阿哥，还有一个就是四阿哥胤禛。十四阿哥长年在外征战，很得康熙欣赏。而四阿哥胤禛在众皇子中是城府最深的一个，号称“冷面杀手”，康熙多次把重要的政务交给胤禛去办，胤禛件件办得妥当。早年清理国库空虚，胤禛清出了一批朝中蛀虫，追回了1000多万银两，康熙十分赞赏，可胤禛认死理，非要把那些贪官一个一个问罪。胤禛办事，连康熙都找不出任何瑕疵，康熙在心里是非常欣赏胤禛的才能的。可这个时候他心里并没有认准哪一个是皇位继承者，也许是十四阿哥，也许是四阿哥。

在此之前，朝廷已经将内地民众大举移民四川，结果四川成了朝廷的粮仓。要是台湾也仿四川之例，大举迁移广东、福建之无地贫民，既可相互制衡又可促进台湾开发，数年后，朝廷不又得一粮仓？

康熙缓缓地叹了口气，过去一直担心的事情好像一下子找到了答案。如果过去不是为了防范汉人在台湾坐大，祸乱东南沿海，朝廷又何至于花那么大的精力去限制台湾开发？现在，陈瑸把福建治理得那么好，边防大大加强，尤其是老十四又建起了远洋舰队，又有什么不放心的？

康熙皇帝对台湾的认识从模糊到逐渐清晰，而台湾地位的重要性始终是毋庸置疑的。康熙从来就没有放弃台湾的想法，早在清政府与郑氏对峙与议和时期，郑氏多次提出要“照朝鲜事例”处置台湾，康熙始终没有答应，坚守了国家统一的最后底线。在平定郑氏统一台湾之后，当臣下议论台湾或弃或留之时，康熙果断地把台湾收归大清版图。正因为如此，康熙皇帝的治台政策也有逐渐强化之势。收复后即设置府县，随后展界开海，再到派遣巡台御史，每一项政策出台都在加快台湾内地化的进程，从而也使台湾成为中国不可分割的重要组成部分。

康熙现在觉得移民台湾相互制衡确实是个不错的主意。

正好这时四阿哥胤禛求见，康熙就把他叫进畅春园的书屋里，听了胤禛办的几件政务，康熙一一准奏。末了，康熙突然问胤禛，你觉得台湾的政策该不该调整调整？

胤禛一向是有主见的，虽然他还不知道父皇这时问台湾的政策是什么意图，但他早就在思考这个问题，而且他早就觉得对台湾不能再采取抑制的政策了。他很欣赏陈瑸在台湾开创的局面，也早听说陈瑸一直在试图开台湾之禁，就谈了自己的一些看法：放开对台禁令，准许台海人员自由交流，而且对入台官员不再限制携带家眷入台，不仅官员，就是士绅百姓携带家眷入台也应该准许。另外，南海诸岛早有汉民居住，还应将南海诸岛拉入大清版图，加强对南海的统治。为了加快台湾发展，也为了减轻福建、广东一带的赋税负担，应该实施移民台湾政策。朝廷实施移民四川的政策是非常成功的，移民台湾一样会给朝廷带来另一个粮仓，是繁荣台湾的百年大计。

康熙一听，心里不禁暗自佩服，四阿哥平时话语不多，一旦说出来句句真知灼见。这事他还没有跟任何人说，胤禛却想得比老十四还周到，论处理政务，论雄才大略，24 个皇子中间真没一个能与胤禛相比。康熙心里满是欣慰，却没有半点儿表露，也不多跟胤禛讨论，自己心里却更有了主意。

皇帝心里有了打算却不想直接说出来，他要让六部九卿都来议议，看看众臣是何态度。这实际上也是康熙玩弄权术的一种方式，他要让各色人等跳出来，表演个淋漓尽致，他再把自己的包袱抖出来，让所有人大吃一惊。

康熙原本是想把陈瑸召回来的，陈瑸是治理台湾的专家，也是治理福建的专家，又是闽浙总督，是最有发言权的，可现在陈瑸身体不好。上次满保回来报告，陈瑸的身体一年不如一年，最近还生病了。康熙听了心都酸了，多好的臣子，怎么身体就不经折腾?！他不忍心把陈瑸叫回来，来回折腾会让陈瑸身体更吃不消，反正陈瑸早就表明他的态度，他是第一个力举开禁，力主移民台湾的，要他回来只是在朝廷中多一分赞成的力量。其实就是 1 万个人反对他也会要坚持，最终还是没有叫陈瑸回来。

这天朝会，康熙处理了一些别的政务，接着就把老十四的移民台湾的建议说了出来："皇十四子胤禵上书请准移福建 30 万饥民入台，请准放开入台限制，请准入台官员、士绅百姓携带家眷入台。诸臣工对此有何异议?"

这是一个极为敏感的话题，朝廷对台政策一向是严密控制的，十四王爷的三个请准实际上是对过去国策的颠覆，这个建议一旦拿到朝廷上就成了考验众臣工的政治智慧和胆识的话题了。朝廷为收复台湾，仅仅是"迁界禁海"就长达20余年，造成的损失根本就无法估量，为此付出的代价实在是太大，即便是"三藩之乱"所造成的损失也远远赶不上"迁界禁海"所造成的损失。也正因为这个原因，在收复台湾后，朝廷上下，所有满汉大员的意见高度一致，都极力主张对台湾采取极端变态的抑制政策，就怕台湾再次乱党群集，成为反抗朝廷的基地，再来一次"迁界禁海"。

每个人的心里都在嘀咕，皇上抛出十四阿哥的这"三个请准"是什么意思？用意何在？十四阿哥的"三个请准"完全是全面开放台湾，台湾孤悬海外，朝廷的控制力量薄弱，谁敢保证不会出现第二个郑氏？谁敢保证不会有人再割岛而据？难道还要再来一次征台？

对台的政策总是牵动无数人的心。收复台湾之后，朝廷重开海贸之后，海贸的巨额利润使朝中大员、王公亲贵纷纷插足，每个人都从中分到一杯羹。可以说，满朝文武大员除了像陈瑸这样的清官之外，或多或少都在海贸中获得利益，都是海贸的既得利益者，谁也不愿意再出现"迁界禁海"这样的悲剧，可谁又想过像十四阿哥一样全面开禁？

没人敢想，都以为这是皇上放出的一个烟幕，或者是皇上有意设了一个陷阱，让人往里钻。哪有可能全面开禁？哪有可能大规模移民台湾？地方上还恨不得把那些偷渡出去的人全都抓回来囚禁起来才好，除了十四阿哥这个神经病说出这样的疯话，谁敢去想？

绝对是皇上借题发挥，想打压一批像十四阿哥一样头脑发热的家伙。皇上就喜欢出其不意，攻其不备，一旦有人来附和便立即治罪，这种事情在康熙爷身上发生不是一次了，一句话、一首诗，莫名其妙就掉了脑袋，谁还不谨慎点？

所有人都在揣摩圣意。

"启禀皇上，微臣以为多一事不如少一事，少一事不如没一事，兴一利，必生一弊。朝廷自收复台湾以来，对台政策始终如一，20多年来，天下太平，东南无忧，足以证明对台政策是有效的、正确的。若是妄加变动，则徒增变数。微臣觉得，台湾孤悬海外，不比内陆，开发、发展是其次，稳定乃第一要务。"都察院左都御史赵申桥第一个站出来说话，他觉得他对圣意已经理解得非常透彻，于是如此说道。

众大臣面面相觑，都在暗自赞许赵申桥的胆量。赵申桥在朝廷中就是个大炮，一向敢说，他说的这话不是他自己的话，是康熙皇帝亲口说的话。早在三个月前，偏沅巡抚潘宗洛在朝堂上提出了一条建议，康熙就是用这句话来训斥潘宗洛的："多一事不如少一事，少一事不如没一事，兴一利，必生一弊。"现在赵申桥竟敢把皇上的话用来对付皇上，胆子实在太大了，要是皇上真要支持十四阿哥的对台政策，不是自己打自己的耳光？

这赵申桥一开始就把话说到顶了，谁敢赞成？众大臣都不敢说话，要说赞成十四阿哥的意见，赵申桥已经把皇上的话摆在上面，皇上金口玉言，台湾这么多年就是这么过来的，这几年陈瑸治理得有条不紊，朝中上上下下尽人皆知，还改什么革？现行的政策不是很好吗？就是有心赞成十四阿哥的意见的人也在犹豫，也不敢站出来附议，谁都知道在大是大非面前说错话是有风险的。人们既不好附和十四阿哥的建议，又不好赞成赵申桥的建议，要是皇上是要改革呢？赵申桥不就死定了？

朝堂之中一时无语，寂静得掉下一根针头都能听见。

康熙看了看赵申桥，一不赞成，二不反对，实际上，在康熙心里，他也是矛盾的。康熙是不喜欢赵申桥这个人的，嘴巴又硬又臭，可他一生清廉，康熙又不好发作，这王八蛋一开始就拿自己的话来堵大家，弄得谁都不好再说话，实在是居心叵测。

"启奏皇上，微臣不敢苟同赵大人之看法，正所谓此一时，彼一时。朝廷对地方的政策历来并非一成不变。台湾孤悬海外，唯稳为先，这一点毋庸置疑。可不仅要稳定，还要发展，这几年陈瑸执政台湾、福建，使台湾政通人和，民变再未出现。微臣以为，台湾稳定已成定势，若要台湾长久稳定，长久发展，十四阿哥所提建议乃为上策。"文华殿大学士、上书房大臣张鹏翮一听到赵申桥的一派胡言就坐不住了，移民入台，改变对台政策可是十四爷胤禵提出来的，凭着自己跟十四王爷的铁杆关系，他怎么也不能再沉默。万一以后十四王爷当政，他不就成了当朝的宰相？关键时候他能不说话？十四王爷的党羽中有多少双眼睛在盯着他，他不能沉默，所以张鹏翮站了出来。

"嗯，张爱卿说得在理，不妨继续道来，朕还等你的下文呢。"康熙就盼着有人出来说话，这个时候他不管是谁的党羽，只要他敢站出来说话就不错。这个赵申桥就得有人出来杀杀他的威风，自恃清廉，什么话都敢说出来，特别让人讨厌的是他居然拿皇上说的话来堵住言路，康熙心里很气却不好发作，有了张鹏翮开声，康熙心里自然高兴，就让张鹏翮继续说。

“微臣以为，赵大人的话有些危言耸听，实际上是拿皇上的话挡群臣的言路。赵大人既然那么担心台湾的稳定，微臣就不得不一吐为快。微臣上个月刚刚从上海回京，十四王爷在上海训练海军、建造远洋舰队已经大有起色，虽然时日不长，却卓有成效。不足一年时间，恂郡王便已将海军训练成了一支雄壮威武、军纪严明的虎狼之师，在建的战船也是载员千人、火炮百门的巨型战舰，远不是过去的水师四百战船可比。既然有如此舰队、海军在手，何愁台湾不稳？这一切赵大人是否知晓？”张鹏翮说得有理有据，赵申桥一脸惨白。

“这一点微臣的确不知。”赵申桥不得不承认，十四王爷在办理海军之事他知之甚少。

“所以赵大人不可妄加断言。赵大人应该知道，这几年陈瑸担任福建巡抚兼闽浙总督治理有方，不仅福建社会稳定，经济发展，还切实加强了东南沿海的海防建设。尤其是台湾，这些年被陈瑸治理得井井有条，绝无不稳之患，既然如此又为何不加以开发利用？皇上远征台湾，费时糜饷，历尽艰辛，难道还能任其荒芜？再说，福建、广东山区，皆是民众田寡，已无可垦之地，台湾乃膏腴肥沃之地，怎能任其空闲荒芜，岂不是有伤皇上爱民之心？微臣以为，十四王爷提出的建议大胆而又可行，功在当代，利在千秋，有何不可？”张鹏翮说得振振有词，无不感人心扉。

“张大人所言极是，台湾地广人稀，气候适宜，土地肥沃，一旦放开，沿海无田可耕、无工可雇、无食可觅之民必欣然前往，不出几年，定然兴旺起来。朝廷只需派遣像陈瑸这样的能员加强治理便可巩固下来，实乃利国利民之举。”张鹏翮话一落音，户部尚书噶敏图就立即站了出来说道。

实际上，这个户部尚书噶敏图也是十四爷的人，但不管是谁的人，说出的话还是在理的，几乎无懈可击。

这大堂之下，实打实算，也就这两个要员乃十四党门下之人，等这两人说完，朝堂上便一片安静，没人再跟着附和。

康熙扫了一眼殿中众大臣，居然没人接话，心里不禁暗骂：这个老十四，自己自立一党，怎么就没多拉几个人来？要是太子提出这样的建议会有多少人附和？要是老八提出这样的建议又会有多少人附和？就是这老十四，人也拉了，就是少了。康熙的策略一向用一派来抑制另一派，让众皇子斗来斗去，他在一边坐山观虎斗。现在老十四的力量实在是太单薄了，小崽子难道还要朕给你建班底，帮你拉人？也是，是该帮他再塞几个人，不然怎么在朝中立足？又怎么抗衡太子党与八王党？怎么平衡？

政治就是平衡。

可康熙这时没有表态，还不是时候，要继续看看其他大臣什么态度，看看太子什么态度，看看八王爷什么态度。当然，今天的朝会他没让胤禛参加，把他支开了，他早就知道胤禛的态度了，不需要再听胤禛的意见，更不希望胤禛转入派系斗争之中。

事情摆在这里，说什么都可以，就怕不说。

康熙不作声，众大臣也不敢作声了，皇帝到底什么态度？是支持十四王爷，还是要拿这个事做由头来发现一批异己？

康熙看看太子胤礽，胤礽知道自己不能沉默了，正好借这个事给老十四卖个人情，就说："皇阿玛，儿臣赞同张大人所言，台湾既是稳如磐石，为何不将其开发？与其让其荒芜，还不如大力开发，既能造福两岸百姓，又能给朝廷带来税收，实乃朝廷一大盛举。"

康熙点点头，还是不说什么，继续看着众人。

"皇阿玛，十四弟在福建招抚饥民，于台湾不过是一海之隔，于此时提出调整对台政策，定然已深悉、洞察福建与台湾之民情。十四弟历来眼光独到，虑事长远，谋划周密，儿臣相信对台政策的调整定然又是一大善政。"八阿哥胤禩一见太子表态支持，就知道这是太子要以此拉拢老十四，八阿哥当然不能让太子得逞，也奏道。

康熙点点头，还是不说什么，继续看着众人。

"启奏皇上，十四王爷此议实乃忠心体国，老成谋国之举。台湾一旦放开，不出五年，便可成为我大清又一大粮仓，台湾不仅可以自给自足，还能返销粮食于福建、广东。移民开发台湾，乃历朝历代未有之创举，微臣恳清皇上允准。"这是大学士李光地启奏。李光地是福建安溪人，对福建和台湾的情形尤为熟悉，眼见已经是一面倒的情形，他当然不能沉默，也躬身奏道。

李光地是康熙最器重的大臣之一，既然他都表态了，康熙就放心了，这事就可以定了。

康熙的脸上终于露出了微笑。这时下面重臣纷纷表态，全力支持开禁台湾，移民台湾，康熙更是高兴。

等人说完了，康熙才说："诸位既然都极力支持移民台湾，开禁台制，朕即诏告天下，允准福建30万饥民移民台湾，亦允准官员、百姓携带家眷入台。至于取消入台限制，还需稍缓时日，以免各省无地无籍之民蜂拥入台，造成混乱局面。”

“吾皇圣明，吾皇万岁万岁万万岁！”众臣纷纷跪拜。

拜过之后，众臣纷纷站起，只有一人没有站起，依然跪在地上不肯起来。

“赵申桥，你为何还不起来？”康熙问依然跪着的赵申桥。

“微臣有罪。微臣不思进取，只想墨守成规，把皇上三个月前说的话搬出来想借此堵住众人的嘴巴，臣罪该万死！”赵申桥一脸惨白地说道。

“算了吧，朝堂之上，都是谈论国家大事，何罪之有？记住，国之大事还是要审大小而图之，酌缓急而布之，连上下而通之，衡内外而施之。李德全，去把左都御史扶起来。”康熙说道。

“喳！”李德全鞠了一躬，就下到大殿，扶起赵申桥，小声说道，“赵大人，赶紧起来吧，换个地方跟皇上好好磕几个头就没事了。赵大人，这金銮殿里的地板是有讲究的，有的地方磕头磕得山响，有的地方磕死都不响，本公公带你去个地方，保证你磕头就能震动皇上的耳朵。”

“哦？还有这回事？李大人快带我去。”赵申桥也小声问道。

“来吧，就在前面。”李德全把赵申桥扶到前面一点点儿，用脚点了点一块青砖。

赵申桥会意，立即又跪下，使劲把头磕在那块青砖上，口里不停地说道：“微臣有罪，微臣罪该万死！”

赵申桥的前额砸得都出血了，却没有一点响声，赵申桥还在使劲地磕头。

李德全斜看着赵申桥把头磕破，心里直乐，这时皇上在上面咳嗽了一声，说道：“免了，免了，言者无罪！”

李德全再回过头来，在赵申桥前面用脚使劲踩着一块青砖，小声说：“这，在这，错了。”

赵申桥赶紧爬到前面，再一磕头，其声如钟，大殿里所有人都能听见。

康熙忙说：“身居高位者，首要职责便是权衡政务利弊。利多弊少则倡之，弊多利少则禁之，利弊平衡，自然则是多一事不如少一事。凡事多琢磨，不要一味地生搬硬套。”

赵申桥边继续磕头，声如洪钟，边说：“圣上英明，微臣愚不可及！差点误了国家大政！实乃罪该万死！”

“够了,朕免你罪,以后多长点心眼吧。众爱卿有事奏来,无事退朝!”康熙说道。

众人再无话可说。

“退朝!”康熙摆手说道。

“吾皇万岁万岁万万岁!”众臣高喊。

皇上退去,众臣跟着散开。

赵申桥这才慢慢爬起,额头还在流血,有大臣便暗自笑出声来。

谁都心里明白,这回赵申桥被李德全整得有苦难言,哑巴吃黄连有苦说不出。有些大臣还是知道的,乾清宫的地板是有厚有薄的,发出的声音也是有轻有重的,可有谁会想到,李德全偏偏让赵申桥把头磕在没有回音的地板上,这是李德全的意思还是皇上的意思?没人知道。

从这以后,大清王朝开始大举移民台湾。

正是清前期大规模的移民拥入,使台湾在清朝均处于典型的移民社会形态;也正是由于大规模的移民拥入,使台湾的社会经济逐步走向繁荣,台湾也因此成为我国重要的米糖生产和出口基地之一。

大清王朝的一系列开放移民措施,开启了台湾社会经济发展的新纪元。

三十九

陈瑸在闽台地区的治理成绩斐然，一方面他自己一身清廉，始终把“贪取一钱，即与百千万金无异”作为他为官的戒律，不取百姓一分一毫，并通过“率之以廉”来影响周围的官员，是为表率；另一方面，他是典型的能员，善于深入民间，体察下情，适时治理，特别在施政时有意发展文化教育，在很大程度上改变了闽台地区的社会风气，留下“海疆治行第一”的特殊政绩。在陈瑸身上，传统的民本思想得到了充分的继承和发扬，其优秀的政治品质和卓越的政治才能有机地结合起来，成就了他的政治人生，留给后人一份极为宝贵的精神财富。

陈瑸在任福建巡抚第三年（1718 年）的六月开始生病，经常头晕眩，出虚汗。最初，陈瑸一点也没在意，以为就是一点小感冒。以前不是没有感冒过，也头晕，也出虚汗，不叫郎中不吃药，熬几天就好了。

可这一回有点儿不对劲，熬了几天根本不见好转，不仅时常头晕，出虚汗，还咳嗽，每天晚上咳得要命。

现在是任重住在他隔壁，林伯小两口已经在外面租房住了。任重原本每晚睡得如同死猪，这天晚上起来小解，听到陈瑸不停地咳嗽，就在门外问陈瑸：“大哥，您怎么了？”

“没事，有点不舒服。”陈瑸有些吃力地回答。

“要不要叫郎中来？”任重虽然这些年跟着陈瑸没有赚到什么钱，可名声很好，他心里也挺满足。

“不用，过两天就没事了。”陈瑸强打起精神回答。他总觉得过两天就会没事了，实际上，陈瑸从来不拿自己的身体当回事，吃东西从不讲究。这么多年来，早上就没有认真吃过一顿早餐，每天早上就是几颗桂圆充饥。然后就开始处理公务，或审案，或巡查，或处理公文。无论是当知县还是学政，还是巡抚总督，他从来就没有用过师爷，也从来没有聘过一个文书，一切文案都是亲手处理。“抚闽三年，一切奏章政务，无从假手于人”，此话只是说了他当福建巡抚亲手处理一切政务，实际上从当官以来其政务从未易手他人，总是亲力亲为，这要耗费多少精力？每日忙碌一上午，几乎空腹度日，直到中午才吃正餐，而所谓的正餐也不过是粗茶淡饭，最有营养价值的就是盐蛋，还不是餐餐有吃。他一直以来就是营养不良，以致身体瘦弱，骨瘦如柴，每每轿夫抬他出巡均感觉不到什么重量。

他总以为挺一挺就能过去，可这一回却没能如愿。

陈瑸硬拖了三个月，也请来了郎中，也吃了汤药，虽然没有一个亲人在身边，可林伯夫妇和任重天天守在陈瑸的身边。刘阿妹听说陈瑸病了，就干脆搬到巡抚衙门来照顾陈瑸，煎药、做饭、洗衣服，全都是刘阿妹一人承担。

药也吃了，就是不见好转，还是头晕，出虚汗，咳嗽不止，比先前更厉害了。到了九月初，陈瑸感觉实在撑不下去了，莫说处理政务，连下床都很吃力了，陈瑸赶紧写了奏折向康熙告病。这个时候他真的很想家了，非常想念阔别20多年的家乡，常常口中喃喃自语，我该回家了，我该去见我的老母了，我该去见我的妻子了，还有我的孙儿。乡村许许多多的人时常出现在他的眼前，还有故乡的东洋大堤以及堤内肥沃的洋田，雷州城，东湖村，一切的一切都不时在他眼前闪现，是该告老还乡的时候了。

康熙皇帝接到陈瑸的折子之后并没有批准陈瑸告老归家，他一声叹息：“盖知谋国而不知营家，知恤民而不知爱身，其天性然也。”康熙实在舍不得陈瑸这个时候离开，又考虑福建巡抚和闽浙总督责任重大，再说一时也找不到合适的人选接替陈瑸，所以再三挽留陈瑸继续留任。康熙并不知道，这时陈瑸已经病入膏肓，所以给陈瑸发去了旨意，叫陈瑸暂时不要回家，还是在任上好好调理，好好养病。

朝廷六百里加急送来康熙御批：“超擢闽抚，居官甚优，操守廉洁；不必以病辞，着在任调理，照旧供职。尔居官以来，一尘不染，真正清官，深为可惜！还当节饮食，慎起居，用心调理！”

随圣旨赐下来的还有鹿肉条32束给陈瑸。在康熙看来，陈瑸只要加强营养，慢慢调理，或许有救。他着总督满保立即赴任，以减轻陈瑸负担，让他安心荣养。

陈瑸遵旨在任调理，却依然浑身乏力。这时二儿子居诚已经赶来福建，日夜守候在父亲身边。陈瑸感觉自己身体越来越不行了,又让居诚赶紧写信给长子居隆,快一些赶来福建,见父一面。

陈瑸吃了皇上千里之外送来的鹿肉,除了心理上获得很大的安慰之外,身体并无好转。郎中也没给出什么结论,只是觉得病源已经到了肺部,脉象越来越不好,已近垂危。陈瑸还是强打起精神,想握笔写字,可握了几十年的毛笔突然变得如握铅锤,使劲抓笔却把握不住,墨汁淋漓抖在纸上,连折子都写不成了。反复试了几次,还是不行,干脆弃笔作罢。

九月二十五日,刚刚赶来福州的总督满保匆匆赶来探视,亲切问道:“怎么样? 文焕兄,好些了吗?”

“皃山兄,代我上折报病吧。禀告皇上,下官恐怕真是不行了。”陈瑸吃力地回答。

陈瑸这时已经意识到自己实在难以在任调理了,担心有负皇恩,就直接跟满保说出了心里想说的话。

“文焕兄,你安心养病,不会有事的。”满保安慰着陈瑸。

“不行,这回恐怕真的有负皇恩了。皃山兄,你无论如何要帮本官赶紧禀报皇上,本官实在是力不从心了。”陈瑸有气无力地说着。

“放心吧,本官会马上禀报皇上。不过陈大人还是要尽心调理,及时吃药,一定会好起来的,本官还等着和你一同巡查呢。”满保口里这么说,但看到陈瑸这般神情,他知道这位大清清官已经病入膏肓了,心里十分难过。

“呵呵,只怕下官不能再陪总督大人巡查了,谢谢大人前来探视。”陈瑸勉强答着,说话的力气都没有了。

满保没有久留,怕影响陈瑸休息,安慰了几句就依依不舍地离开了陈瑸的寓所。

满保回到总督府,立即向皇上上了折子,报告了陈瑸的病情。

满保几乎是含着泪写完奏折的。跟陈瑸共事这么多年,他亲眼看见了陈瑸的清廉和为人,亲眼看见了陈瑸的工作能力和办事效率,就像自己跟皇上汇报的那样,在整个大清,无论是廉洁还是处理政务的才能,没有一个能够超过陈瑸,尤其是真心对老百姓那颗心,在大清的官场实乃绝无仅有。陈瑸步入官场20多年了,从来没有寄过一文钱去家里,从来没有利用自己职务的便利为自己或者家人、亲戚办过一点私事,也从来没有把家属带到身边。满保曾经不止一次在心里问自己,陈瑸到底为了什么? 最初他还真的以为陈瑸这样做是沽名钓誉，是做做样子，接触这么多年了，满保才发现，陈瑸是用心在做官，他一心想着的是国家，一心想着的是百姓。他不为名，不为利，为的就是当好这个官，当知县要当最好的知县，当学政要当最好的学政，当巡抚要当最好的巡抚，上要对得起皇上，下要对得起百姓，除此他再无奢求。到头来，他收获了什么？就是当一个好官，当一个清官，他做到了，他是当今大清最好的官，最廉洁的官，绝无仅有，无与伦比。是的，表面上看，他什么都没得到，当了半辈子官，一无所获，现在身体已经不行了，随时都可能离世，可满保越来越觉得陈瑸了不起，他被人们发自内心地佩服、赞美，这样的人是能够长久活在人们的心里的。也许，这才是陈瑸真正的收获。

满保从心里佩服陈瑸，从心里敬仰陈瑸，他含泪写完了奏折，用600里加急上报皇上。

康熙接到满保的奏报，知道陈瑸沉疴在身，已经吃不下鹿肉，他颇为心痛，御批道："陈瑸好巡抚，甚为可惜！所以赏赐好参二觔，交尔家人赍回。"他担心其家人病急乱用药，又怕圣旨有威力伤到他，遂细心嘱咐道，"令其随宜便用。若不相宜，恐服之过多。可谕知之，不必具本谢恩。"

陈瑸接旨，在枕上叩头谢恩。

陈瑸感觉来日不多，该安排自己的后事了，他问次子居诚，你哥还没到？

居诚说，应该快到了，应该在路上了。

十月初二，陈瑸感觉浑身轻松了许多，精神一振，他知道这可能是回光返照，于是叫来管库银的皂吏，吩咐他将其任内应得银两，令接任抚臣解京充饷。

康熙接报，下旨处置："陈瑸将伊应得银1.3万余两奏请充为兵费，银1万两着留藩司库以充兵饷，其余剩银3000两给予陈瑸之子。该部知道。钦此。"

直到这个时候，陈瑸的身体是真的不行了，已经奄奄一息了。

访遍名医，吃尽各种所谓的特效药物，陈瑸的病始终不见好转，刘阿妹在巡抚衙门里陈瑸的住处旁边按照台湾的习俗帮陈瑸敬起了菩萨。

而在同一时刻，远在千里之外的广东雷州，陈瑸的妻子和老母亲也在虔诚敬拜菩萨，乞求菩萨让陈瑸躲过这一劫，身体好起来。

陈瑸的妻子吴秀珠长跪在菩萨面前，呼喊着要菩萨救救陈瑸。自从知道陈瑸生病的消息，秀珠的心就像刀割一样。这么多年了，她一直没有机会陪伴在丈夫身边，没有尽到妻子的责任，她心里真的难受，现在自己也不能跑到福建去，只能祈求菩萨保佑。秀珠一边哭着，一边喊着，也许跪着的时间太长，吴秀珠昏倒了……

与此同时,福建巡抚衙门里的陈瑸已经走到了他生命的最后时刻……

十月初三辰时,长子陈居隆匆匆赶到,陈瑸握住老大的手,已经说不成话,只能目光对视。陈瑸的目光中包含着无限爱意,脸上浮出一丝笑容。渐渐地,他握着居隆的手慢慢松开,慢慢松开,最终垂了下去……

陈居隆握着老父亲慢慢变凉的手,只说了一句话:“父亲,放心去吧。”

陈瑸闭上了眼睛,在福建巡抚的位置上走完了他最后的人生,享年 63 岁。

据《福建通志》记载:“当属纩,一绨袍,覆以布衾而已。属员入视,莫不感涕,民有相向哭于途者。”

陈瑸弥留之际只穿一件粗布棉袍,盖着一席布被。前来吊唁的大小官员入其居室,见四壁萧然,摇头叹息,不甚唏嘘。当人们得知陈瑸家徒四壁而捐银巨万时,都不禁热泪盈眶。

四十

康熙五十七年(1718年)十月初三,一代清官陈瑸永远离开了这个世界。

噩耗传来,康熙皇帝极为难过,眼泪夺眶而出,连连喊道:“陈瑸好巡抚,甚为可惜!甚为可惜!”

康熙痛哭了好一阵,他为失去了一位有操守、有能力、能替皇帝镇守一方的封疆大吏而痛心。他一向倡导为官清廉,而让他最佩服、最疼爱、最器重的就是这个陈瑸,在他心里,所有官员中只有陈瑸清廉卓绝。所谓“清廉卓绝”,是说陈瑸的清廉程度超过了中国历史上任何一个清官,无与伦比,出类拔萃;而卓绝在于,自古清官多酷,可陈瑸清而不酷,他的行政方式都合乎康熙施仁政的理念。陈瑸的一生都表现出宅心仁厚,无论皇帝也好,百姓也好,同僚也好,上上下下都喜欢他。自古好官多庸,多数清官虽然一身清廉,却无能,百无一用,陈瑸廉却不庸,他是好官,又是能臣,精明能干,施政处事十分精明,可谓无懈可击;自古能官多专,独断专行,专横跋扈,可陈瑸能而不专,他有能力,又不专横,从善如流,皇上喜欢,朝廷喜欢,上司喜欢,同僚也喜欢;自古德官多儒,迂腐懦弱,陈瑸却不,他是德官,却不乏铁的手腕,决定要干的事情决不手软,刚当上古田知县就把那些地主豪绅整得一个个服服帖帖,从来交不上赋税的古田被陈瑸三下两下就解决了,微笑的后面是坚如钢铁的手段,没人不服。这一切的一切,都表明陈瑸为官有柔有刚,刚柔并济,从而使他为官得心应手。有这样的官出现是国家的福气,是国家兴旺发达的标志,所以陈瑸被康熙称为“国家祥瑞”,被称为“廉能之最”,是“从古清官未见有如伊者”。康熙在不同场合对陈瑸给予了极高的评价。在康熙看来,他推崇了几十年的清官政策,最理想、最成功的清官就是陈瑸。陈瑸一生正气,两袖清风,能干事,会干事,到哪里就造福到哪里,是百姓心中真正的好官。可以说没有一个清官能够取代陈瑸在康熙心中的位置。现在,陈瑸突然走了,康熙比谁都难过,比谁都痛心。

可人已经走了，皇帝痛心归痛心，难过归难过，作为皇帝，最终还得给他的大臣盖棺定论，康熙立即下旨：追授陈瑸礼部尚书（从一品）。这个追授是很有作用的，这标志着朝廷对死者的认可。在康熙看来，陈瑸必须是个礼部尚书，康熙说："凡祭葬、立碑、与谥之处皆照尚书衔给予，荫子入监读书，以示朕优礼清廉大臣之意。"不仅如此，皇帝还要赐一个谥号，让逝者名垂千古，康熙给陈瑸赐谥号"清端"，这在当时是最具权威的盖棺定论。康熙对文武百官说："陈瑸居官甚优，操守极清，朕亦见有清官，然如伊者，朕实未见，即从古清臣，亦未必有如伊者，实乃清廉中之卓绝者！"这是康熙皇帝对清官的最高赞誉了。"清端""清廉中之卓绝者"，历朝历代，皇帝这么评价一个清官还未曾有过。这还不够，康熙还亲自给陈瑸撰写御制祭文和御制碑文，这在中国历史上又是罕见，足见陈瑸在康熙皇帝心中的地位。康熙亲自撰写的祭文和碑文被刻在石碑上，至今还耸立在雷州城郊陈瑸墓前，碑上的文字有满汉两种。

碑文大意如下：陈瑸，你刚当县令的时候，就做出最优异的成绩；来到中央，你很快就做出值得赞赏的贡献。你善于自我约束，从不放纵；你使自己的品格坚贞洁白；你能励志公忠，居怀淡泊；你是从古到今清官中的清官，又是极为罕见的能臣；你是"国家祥瑞"……

赐给他谥号，御笔碑文，康熙皇帝给予他的评价当朝无人能及，可谓极致！

陈瑸临终时，把节余下来的1万余两银子全都上交了国库，结果连料理自己后事的银子都没有留下。康熙闻之，不禁心痛，又不忍心陈瑸这样的封疆大吏连下葬的钱都没有，立即发还3000两银子给陈瑸办理丧事。"是时，公长子居隆扶丧旋里，费无所措；幸圣祖赏给三千余金，方能就道。"

陈瑸的灵柩在福建停灵一月有余，居隆与弟居诚扶父丧起程归乡，福建锐健营标下守备、千把总带役相随护送。浙闽总督满保、两广总督杨琳具委官护送。由闽至粤，两月有余，每日所到之处，地方文武百官皆出城数里迎送祭奠，一路官民多有馈赙，陈居隆秉承父亲遗志，坚持分文不受。沿途祭奠的百姓塞街充巷，哀号之声，如丧父母。此情此景，只有当年海瑞之丧灵柩归自南京时才出现过。陈瑸归程一路艰辛，辗转到家，陈居隆葬父于距郡城雷州七里的东洋洋田。在这里，能够依稀望见陈瑸一生魂牵梦萦的东洋大堤。下葬之际，礼部派员传旨：陈瑸谥"清端"，并在墓前诵读御祭文和御制碑文，交付康熙所赐祭银24两、葬银400两、碑价银300两……

陈瑸去世后，不仅朝廷给了他最高的褒奖，福建的百姓，尤其是台湾的百姓也给了这位清官最高的赞誉。

陈瑸逝世的噩耗传到台湾，台湾人民捶胸顿足，悲痛欲绝，如丧考妣，哭声载道，台湾府举人、岁贡生等许多士人联合署名呈请将陈瑸入祀“名宦祠”。台湾县知县俞兆岳、凤山县知县李丕煜、诸罗知县事台湾县县丞冯迪等人说陈瑸：“两任善政，满袖清风。初宰台阳，鸣琴比单公之迹；旋擢学宪，相士空伯乐之群。视民如伤，溥惠（漠）爰于穷詹；诲人不倦，遍乐充于胶痒。既减税而裁丁，亦惩奸以剔弊，风行草偃，吏畏民依……”（《陈瑸轶事·题清入祀宦祠文》）

台湾人民为了让子孙后代永远怀念陈瑸的善政功德，以每人一把米自发捐献的方式，集资建庙纪念，俗称“把米庙”，并用檀香木雕刻两尊陈瑸像。塑陈瑸的像时，台湾人民纷纷献出自己的胡须、头发给塑像粘上，一尊留祀于台湾的名宦祠，一尊船送回海康县的“清端公祠”。直到今日，300 多年过去了，陈瑸的塑像依然屹立在台湾和雷州两地，而他的额上至今还留着无数台湾人民自发拔下的胡须，实乃千古奇闻。

台南孔庙大门上高悬的“全台首学”四个字，就是出自陈瑸之手。这么多年过去，沧海桑田，物是人非，人们从孔庙大门进进出出，依旧还能看到陈瑸手迹，不由得让人睹物思人。

陈瑸虽然走了，但他的精神却永存。有至今留在台湾的《去思碑》碑为证：

公讳瑸，号眉川，粤东雷之海康人也。性廉洁，甘淡泊。所学以程、朱为宗，非圣贤之书不读，由名进士出宰占田，即以廉能调台邑。渡海以来，美政相续。圣天子嘉厥丕绩，不俟秩满，擢入秋曹；台人士辕扳辙卧，不遂借寇。公亦怏怏登舟，以作兴吾台者，犹未备也。时勒石志德，以永瞻依。过其下者，感叹慕仰企。复乃天从人愿，张中丞以吴抚系念海疆，荐公巡宣岛外；时公督学川省，破格允从，莅台之日，欢声腾沸；遍远聚近妇女儿童，亦识为司马相公复来也。不特民喜，公亦甚喜；以前所未得自便者，今可一意举行。视事之后，即厘剔积弊数十端，巨奸豪蠹敛迹远窜。凡有便于民者，不动声色，焕然一新。数年来，台民乐乐利利于尧天舜日中者，孰非公之赐乎！碑短政多，难以条举。其最切者，如建社仓以备旱灾，历郊原而询疾苦；甲午岁饥，单骑履田间踩勘，或为请蠲，或为缓征；至于街坊市肆，贸易杂伙，而供亿无闻：公之于民也至矣！建学设塾，崇祀先贤；亲诣黉宫，讲明绝学；环诸生童于旁，示以作文关钮：公之于士也至矣。严部伍,申纪律,户籍虚者补之,苦乐偏者均之;未尝以细微之事,复使行间:公之于兵也亦至矣。至其自奉甚薄,菜蔬之外无他物;官厨所入饶有余资,唯取以修建郡邑文庙、启圣、朱子、文昌、名宦、诸祠及祀典所载如社稷坛壝,馀则封贮府库虽以万计,淡如也。且其劳于事也,鸡鸣而起,夜分不寐,连餐旰食;爱公者屡以意请,而公不答。盖知谋国而不知营家、知恤民而不知爱身,其天性然也。台例:三年即迁;公自庚寅至癸巳秩满,台人士蜂拥蚁附,奔各大宪恳留。疏奏得请,民咸呼天子"万岁"。今特擢公开府湖南,闻报日阖郡悲喜交集;喜则喜异典超升为古来所未有,而悲则私惜其去也。斯行也,不敢复作扳辕计。群道公为九重特识,不日爰立作相,将来坐庙廓、理天下,岛外虽遥,呼吸相通;公虽去,公实未尝去也。郡人戴公者诚、思公者切,共竖斯石,重志公德;佥曰"斯石可泐,公德不朽"!

康熙五十四年岁次乙未季春谷旦,阖郡四坊、十五里坊耆铺民人等同立。

陈瑸斐然的政绩、独到的建树被载入史册。无论是在台湾,还是在陈瑸的老家雷州,他的事迹至今传诵不衰,两地人民始终以他为自豪。

数年之后,康熙的继承者雍正皇帝对陈瑸也给予了极高的评价:"几为完人!""卓然完人,千秋茂典!"

200 年以后,中国第一任民选总理熊希龄称赞陈瑸:"此君一出天下暖!"

陈瑸,天下第一清官!人们永远不会忘记你!